负重的文学

纪念版

郎伟 著

黄河出版传媒集团
宁夏人民出版社

图书在版编目（CIP）数据

负重的文学：纪念版/郎伟著. -- 银川：宁夏人民出版社，2024. 8 . -- ISBN 978-7-227-08017-6

Ⅰ. I206-53

中国国家版本馆CIP数据核字第20240V2H87号

负重的文学（纪念版）　　郎伟　著

责任编辑　陈　浪
责任校对　陈　晶
装帧设计　王敬忠
责任印制　侯　俊

黄河出版传媒集团
宁夏人民出版社　出版发行

出 版 人　薛文斌
地　　址　宁夏银川市北京东路 139 号出版大厦（750001）
网　　址　http://www.yrpubm.com
网上书店　http://www.hh-book.com
电子信箱　nxrmcbs@126.com
邮购电话　0951-5052104　5052106
经　　销　全国新华书店
印刷装订　宁夏银报智能印刷科技有限公司
印刷委托书号　（宁）0030302

开本　720 mm × 980 mm　1/16
印张　24
字数　259 千字
版次　2024 年 8 月第 1 版
印次　2024 年 8 月第 1 次印刷
书号　ISBN 978-7-227-08017-6
定价　66.00 元

目录

对鲁迅“改造国民性”思想的重新认识

自19世纪中叶，自我封闭的清王朝的国门被帝国主义列强的枪炮强行轰开以后，中华民族和中国社会便不可避免地面临巨大的挑战和艰难的选择。在时代的巨变和残酷的现实面前，自我陶醉的“天朝”迷梦逐渐化为瓦解的碎片，“知足常乐”“与世无争”的生存价值观念在“物竞天择，适者生存”的现代进化观念的强有力冲击下，竟显得那样的孱弱和毫无抵抗之力。很显然，摆脱民族生存的巨大危机，找寻强国强种的救亡之路已成为近现代以来中华民族和中国社会的最为重要、最为迫切的思想及实践课题。一百多年来，为了寻找中华民族的出路，多少仁人志士殚精竭虑、呕心沥血；又有多少“行动的巨人”前仆后继、百折不挠，从头收拾旧山河。如今，历史的尘埃已经落定。在经历了一个多世纪的风云激荡之后，饱经忧患的中华民族再度走到了新世纪的大门口，中国社会又一次面临真正走入现代文明社会的历史转折期。在这继往开来之时，回首百年往事，总结先哲们奋斗的经验与教训，梳理一个多世纪以来本民族伟大的思想家对于民族命运和民族性格的深沉思索，我们会惊喜地发现，五四时期的文化革命的巨匠们对于民族命运、民族性格的清醒认识和深刻解剖无疑是中国近现代思想史上最具光彩的一页。而其中，又以中国文化革命的主将鲁迅所提出的“改造国民性”思想最为成熟和深刻。当经历了那么多内忧外患，当我们的民族试图以新的姿态进入世界的大竞技场，希望重现曾经有过的光荣与梦想而又屡困于国民精神的迟缓与犹疑时，我们必须从鲁迅的著作中寻找“先知”式的思索与“药方”。我们也将发现，在新的时代条件下，“改造国民性”的呐喊今日听来依旧如黄钟大吕般震撼人心。

没有人会认为鲁迅不是一个伟大的爱国主义者。1936年10月，在他逝世之后，崇敬他的人们将一面永不褪色的写有“民族魂”三个大字的旗帜覆盖在他的遗体上。“民族魂”三个字可以说是对鲁迅精神最为集中和典型的概括，它凸显着鲁迅敢于抵抗邪恶与不义的凛然正气，与奴隶主义相对立，不屈不挠、自立自强的奋斗精神以及对民族充满忧患情思、勇于自省的反思精神。我们学习和继承鲁迅精神，不仅要学习鲁迅热爱光明、奋发进取的战斗精神，还应该全面而深刻地理解鲁迅对民族命运与民族性格的深重忧思。我们应该把鲁迅的“改造国民性”思想看作是一个怀有忧患意识的伟大爱国者对中华民族和中国现代社会的最为宝贵的精神奉献。

作为鲁迅思想重要组成部分的“改造国民性”的思想，发端于鲁迅的留学生涯。1902年，在东京的弘文学院，鲁迅就常同友人讨论“三个相联的问题：（一）怎样才是理想的人性？（二）中国民族中最缺乏的是什么？（三）它的病根何在？”[1]18。1906年，鲁迅在日本仙台医学专科学校，因为在课间放映的幻灯片上目睹了神情麻木的看杀头的中国同胞而忧

[1] 许寿裳. 我所认识的鲁迅［M］.北京：人民文学出版社，1953.

愤难当，遂中断了医学学业，决心以提倡文艺运动来作为救助国民精神的利器。1907年至1908年两年间，鲁迅写作并发表《科学史教篇》《文化偏至论》《摩罗诗力说》等论文，在这些文章中，他相当清晰地表达了对于改变民族命运、创造中国社会新局面的一些重要思索。他首次提出了“立人”的观点，认为“致人性于全，不使之偏倚”[1]35才能达到“自强保种”的目的。他认为国家的富强“根柢在人”，因此救国之道也是“首在立人，人立而后凡事举；若其道术，乃必尊个性而张精神”[2]57。“国人之自觉至，个性张，沙聚之邦，由是转为人国。人国既建，乃始雄厉无前，屹然独见于天下。”[2]56到了五四时期，鲁迅更是几乎把全部的注意力都倾注到了对于“国民性”问题的探讨上。翻开鲁迅写于这一时期的杂文集《热风》《坟》《华盖集》，仔细阅读一下收录其不朽的名作《狂人日记》《阿Q正传》在内的鲁迅小说集《呐喊》《彷徨》，我们发现，无论是尖锐泼辣、说理透辟的杂文，还是情思在深处的小说，其“改造国民性”的思想始终是一条重要的贯穿线索。1927年“四一二”大屠杀发生之后，鲁迅思想发生了新的转变，阶级论思想代替了前期的进化论和个性主义思想。但是，鲁迅对于“国民性”问题的深切关注并未因此而改变，他一如既往地审视与考察着我们民族灵魂的优美与丑陋、孱弱与强健。直到1936年3月（鲁迅于1936年10月辞世），鲁迅还在致友人的信中谈道：“日本国民性，的确很好，但最大的天惠，是未受蒙古之侵入；我们生于大陆，早营

[1] 鲁迅. 科学史教篇 [M] //鲁迅全集：第一卷. 北京：人民文学出版社，1981.
[2] 鲁迅. 文化偏至论 [M] //鲁迅全集：第一卷. 北京：人民文学出版社，1981.

农业，遂历受游牧民族之害，历史上满是血痕，却竟支撑以至今日，其实是伟大的。但我们还要揭发自己的缺点，这是意在复兴，在改善……”[1]1064 综观鲁迅一生，我们不难发现，从他立志“我以我血荐轩辕”的那一天起，“改造国民性”思想就一直伴随着他为民族解放事业奔波劳苦的一生。从某种意义上我们甚至可以说，鲁迅为之奋斗终生的工作就是不知疲倦地诊断和治疗中国“国民性”的种种病症。作为现代中国“思想革命”的巨匠，“改造国民性”的思想无疑是鲁迅提供给整个20世纪中华民族的最为深刻的思想命题之一。

鲁迅对于中国社会“国民性”问题的关注，其实就是对中国人精神素质的审视与考察，是对我们的民族性格、民族精神和文化心理的研究与剖析。鲁迅之所以改变学医的初衷而义无反顾地投身文艺运动，就在于鲁迅坚定地认为文艺是“引导国民精神的前途的灯火”[2]240 。因为在他看来，“凡是愚弱的国民，即使体格如何健全，如何茁壮，也只能做毫无意义的示众的材料和看客，病死多少是不必以为不幸的。所以我们的第一要著，是在改变他们的精神……”[3]417 那么，在鲁迅看来，中国“国民性”中到底有哪些精神性负面需要改变？也就是说，在他的锐利思想的显微镜下，中国“国民性”中到底有哪些缺陷与“病苦”？我们只能到鲁迅的作品中去找寻答案。

其一，鲁迅认为：“我们民族最缺乏的东西是诚和爱，换

---

[1] 鲁迅. 1936年3月4日致龙炳圻信［M］//鲁迅书信集：下卷. 北京：人民文学出版社，1976.
[2] 鲁迅. 论睁了眼看［M］//鲁迅全集：第一卷. 北京：人民文学出版社，1981.
[3] 鲁迅. 呐喊：自序［M］//鲁迅全集：第一卷. 北京：人民文学出版社，1981.

句话说，便是深中了诈伪无耻和猜疑相贼的毛病。”[1]18这种缺乏“诚和爱”的品性导致的直接后果是“瞒和骗”，就是说没有敢于正视，“敢想，敢说，敢做，敢当”的勇气，“先既不敢，后便不能”[2]237。由“瞒和骗”的习性又生出“瞒和骗”的文艺来，“由这文艺，更令中国人更深地陷入瞒和骗的大泽中，甚而至于已经自己不觉得”[2]240-241。鲁迅还通过分析中国旧文学中才子佳人戏的大团圆结局，指出“团圆”迷信乃是国民性的一种表现。在《中国小说的历史的变迁》一文中，鲁迅对唐以后的诸多作家，将元稹的《莺莺传》由悲剧改为大团圆式的喜剧颇不以为然，鲁迅说：“这是因为中国人底心理，是很喜欢团圆的，所以必至于如此，大概人生现实的缺陷，中国人也很知道，但不愿意说出来；因为一说出来，就要发生‘怎样补救这缺点’的问题，或者免不了要烦闷，要改良，事情就麻烦了。……所以凡是历史上不团圆的，在小说里往往给他团圆；没有报应的，给他报应，互相骗骗。——这实在是关于国民性的问题。”

因为缺乏抱诚守真的精神，于是“国民性”中便深藏“瞒和骗”的病菌，又由于缺乏爱和人道的精神，所以中国人之间总是那样的隔膜、冷淡、多猜疑，缺乏相互的同情与关爱。鲁迅一生当中多次沉痛到战栗地描画过神情麻木的无聊的“看客”们。留日期间，在幻灯片上所看到的虽生犹死的看杀头的同胞对他刺激之深自不待说。1924年，鲁迅在《娜拉走后怎样》一文中，再次感叹中国人“永远是戏剧的看客”。“北京

[1] 许寿裳. 我所认识的鲁迅 [M]. 北京：人民文学出版社，1953.
[2] 鲁迅. 论睁了眼看 [M] //鲁迅全集：第一卷. 北京：人民文学出版社，1981.

的羊肉铺前常有几个人张着嘴看剥羊，仿佛颇愉快，人的牺牲能给与他们的益处，也不过如此。而况事后走不几步，他们并这一点愉快也就忘却了。”直到20世纪30年代，鲁迅又一次写到了病态的看热闹的人们：“旧历端午，在一家戏场里，因为一句失火的谣言，就又是推，把十多个力量未足的少年踏死了。死尸摆在空场上，据说去看的又有万余人，人山人海，又是推。推了的结果，是嘻开嘴巴，说道：‘阿唷，好白相来希呀！’”[1]196

在小说中，鲁迅通过对社会生活现象的典型概括，集中刻画了“老中国的儿女”们精神的愚昧、麻木以及缺乏人道与同情心的事实。咸亨酒店的人们可以置孔乙己的痛苦于不顾，只是把迂腐但不乏善良的孔乙己作为取笑的对象；鲁镇的人们在对祥林嫂的悲剧耳熟能详之后便变得异常冷淡与隔膜；《阿Q正传》当中那些城里的闲人跟着死囚阿Q跑了一趟，原指望阿Q唱几句戏文，竟然没有听到而颇觉遗憾；《药》里面的那一对视人血馒头为救命至宝的华老栓夫妇最终还是失去了儿子……鲁迅怀着极大的忧愤刻写着国民灵魂的病态与缺陷，在巨大的悲怆中感叹着仿佛自己不是生活在人间！

其二，鲁迅不留情面地揭出了“国民性”中盲目自大、自欺欺人、永远“精神胜利”的毒疮。在《热风·随感录三十八》中，鲁迅说：“中国人向来有点自大。——只可惜没有‘个人的自大’，都是‘合群的爱国的自大’。这便是文化竞争失败之后，不能再见振拔改进的原因。”在这篇文章

---

[1] 鲁迅. 推[M]//鲁迅全集：第五卷. 北京：人民文学出版社，1981.

中，鲁迅惟妙惟肖地活画了“爱国的自大家”们的几种嘴脸：“甲云：‘中国地大物博，开化最早；道德天下第一。’乙云：‘外国物质文明虽高，中国精神文明更好。’丙云：‘外国的东西，中国都已有过；某种科学，即某子所说的云云。’丁云：‘外国也有叫化子，——（或云）也有草舍，——娼妓，——臭虫。’戊云：‘中国便是野蛮的好。’”“爱国的自大家”们的种种谬见，其核心便是夸耀中国固有的“精神文明”，以为“月亮就是中国的圆”。这其实是一种非常可笑而又可怕的“精神胜利法”。近代以来，国家和民族内忧外患，社会局面动荡不安，致使民族的政治、经济、文化始终处于落后状态。然而，偏有一些中国人不敢或不想正视现实，不肯承认本国的落后，于是每每从祖先那里找寻“荣光”，以“厥祖在时”如何如何，“漫夸耀以自悦”。[1] 65 这不能不使我们想到那个可怜而又可笑的阿Q的口头禅：“我们先前——比你阔得多啦！你算是什么东西！”

与盲目自大、自欺欺人相联系的是“国民性”中的“做戏”习气和好面子心理。鲁迅在《马上支日记》一文中曾引用留居中国达半个世纪之久的美国传教士斯密斯所著的《中国人气质》（*Chinese Characteristics*）一书里的话，认为“支那人是颇有点做戏气味的民族”。由于国民将天地视为“大戏场”，喜欢玩把戏，所以“精神略有亢奋，就成了戏子样，一字一句，一举手一投足，都装模装样，出于本心的分量，倒还是撑场面的分量多。这就是因为太重体面了，总想将自己的体

[1] 鲁迅. 摩罗诗力说[M] //鲁迅全集：第一卷. 北京：人民文学出版社，1981.

面弄得十足，所以敢于做出这样的言语动作来。总而言之，支那人的重要的国民性所成的复合关键，便是这‘体面’。”然而，要“体面”却并非真正的自尊自强，而是“‘圆机活法’，善于变化”[1]128。因此，“这普遍的做戏，却比真的做戏还要坏。真的做戏，是只有一时；戏子做完戏，也就恢复为平常状态的”，而“可以普遍的做戏者，就很难有下台的时候”。[2]337, 338 鲁迅对“善于做戏”的民族劣根性的揭露与批判可谓一针见血，入木三分。

其三，鲁迅认为在我们的“国民性”中有着卑怯、势利、苟活、安于命运的奴性等精神病灶。鲁迅通过读史和观察现实发现，中国人由于“受强者的蹂躏”，“蕴蓄的怨愤”太多，但他们不敢向强者反抗，却反过头来在弱者身上发泄，这就是所谓的“卑怯”。[3]225 但这种“卑怯”又并非永远做奴才，而是具有它的两面性：“对于羊显凶兽相，而对于凶兽则显羊相，所以即使显着凶兽相，也还是卑怯的国民。”[4]61 历史上那肆虐的暴君，一遇入侵的异族，便诚惶诚恐，叩首称臣。受尽欺压的阿Q，就只会到小尼姑和小D身上讨便宜，寻找心理平衡。这种“卑怯”的性格又总是与势利、貌似中庸、看风使舵联系在一起。鲁迅指出：“遇见强者，不敢反抗，便以‘中庸’这些话来粉饰，聊以自慰。所以中国人倘有权力，看见别人奈何他不得，或者有‘多数’作他护符的时候，多是凶残横

---

[1] 鲁迅. 说面子［M］//鲁迅全集：第六卷. 北京：人民文学出版社，1981.
[2] 鲁迅. 宣传与做戏［M］//鲁迅全集：第四卷. 北京：人民文学出版社，1981.
[3] 鲁迅. 杂忆［M］//鲁迅全集：第一卷. 北京：人民文学出版社，1981.
[4] 鲁迅. 忽然想到：七［M］//鲁迅全集：第三卷. 北京：人民文学出版社，1981.

恣，宛然一个暴君，做事并不中庸；待到满口‘中庸’时，乃是势力已失，早非‘中庸’不可的时候了。一到全败，则又有‘命运’来做话柄，纵为奴隶，也处之泰然，但又无往而不合于圣道。这些现象，实在可以使中国人败亡，无论有没有外敌。”[1]26

鲁迅一生都在向奴隶主义做韧性的战斗，所以他格外痛恨苟活和安于屈辱命运的奴性哲学。1925年，鲁迅在《灯下漫笔》这篇文章中尖锐地指出：“但实际上，中国人向来就没有争到过‘人’的价格，至多不过是奴隶，到现在还如此，然而下于奴隶的时候，却是数见不鲜的。”他认为，对于中国百姓来说，他们在历史上的命运无非可以概括为两句话：一是想做奴隶而不得；二是暂时做稳了奴隶。针对自古流传下来的“苟活”哲学，鲁迅一针见血地指出：“苟活就是活不下去的初步，所以到后来，他就活不下去了。意图生存，而太卑怯，结果就得死亡。以中国古训中教人苟活的格言如此之多，而中国人偏多死亡，外族偏多入侵，结果适得其反，可见我们蔑弃古训，是刻不容缓的了。”[2]52 要推倒奴隶主义，克服苟活的劣根性，最重要的一点就是正视现实，打破自欺欺人的迷梦。“我们仔细查察自己，不再说诳的时候应该到来了，一到不再自欺欺人的时候，也就是到了看见希望的萌芽的时候。”[3]101

其四，鲁迅还认为中国人的精神性格中存在着守旧排外、保守善变的一面。自从中华帝国的国门被异族强行打开，西方

[1] 鲁迅. 通讯［M］//鲁迅全集：第三卷. 北京：人民文学出版社，1981.
[2] 鲁迅. 北京通讯［M］//鲁迅全集：第三卷. 北京：人民文学出版社，1981.
[3] 鲁迅. 补白［M］//鲁迅全集：第三卷. 北京：人民文学出版社，1981.

文明以血与火的形式进入中国之后，近代中国在与西方列强全方位较量中便一直处于劣势。但是，国民中一些“体质和精神都已硬化了”的人不去思索近代中国屡战屡败的原因，“知耻而后勇”，反而一味地抱住“祖宗”“老例”不放，以祖先的往日辉煌来抵抗今日的全面衰落。更有甚者，一些守旧排外的人甚至不惜“以自己的丑恶骄人”[1]312。守旧势力如此强大深固，而人民尚未觉醒，鲁迅感叹道：“可惜中国太难改变了，即使搬动一张桌子，改装一个火炉，几乎也要血；而且即使有了血，也未必一定能搬动，能改装。不是很大的鞭子打在背上，中国自己是不肯动弹的。”[2]164 鲁迅的深刻之处不仅仅在于他揭示出国民中守旧僵化势力的强大，更启人深思的是，鲁迅睿智地觉察到国民性中的某种投机性，如何善于“将新事物变得合于自己”：“谁说中国人不善于改变呢？每一新的事物进来，起初虽然排斥，但看到有些可靠，就自然会改变。不过并非将自己变得合于新事物，乃是将新事物变得合于自己而已。”[3]102 联系近现代以来，外国新学说每传入中国却总是被某些国人“改造”涂抹得面目全非的事实，我们不能不由衷地钦佩鲁迅先生目光的敏锐与深邃。

鲁迅先生“忍住了悲悯的热泪”，“拿着刀一遍一遍地不懂世故地尽自刺”“老中国的毒疮”。[4]114，119 然而，“发露各样的劣点，撕下那好看的假面具”[5]26 还仅仅是一个开

---

[1] 鲁迅. 随感录三十八［M］//鲁迅全集：第一卷. 北京：人民文学出版社，1981.
[2] 鲁迅. 娜拉走后怎样［M］//鲁迅全集：第一卷. 北京：人民文学出版社，1981.
[3] 鲁迅. 补白［M］//鲁迅全集：第三卷. 北京：人民文学出版社，1981.
[4] 茅盾. 鲁迅论［M］//茅盾论创作. 上海：上海文艺出版社，1980.
[5] 鲁迅. 通讯［M］//鲁迅全集：第三卷. 北京：人民文学出版社，1981.

始，鲁迅并没有满足于对国民性弱点的一般性描述，作为民族命运、民族精神性格的清醒认识者和解剖者，他总是努力地将锋利的解剖刀深入国民性弱点产生的社会根源和历史根源当中去，试图在对历史和现实的细心而独到的挖掘、考察中，解开近现代以来中国走向衰落之谜。

鲁迅认为国民性弱点和病态产生原因有这样几点：首先，"国民劣根性"与几千年的封建统治者的等级森严的统治和"吃人"制度有密不可分的联系。他认为国民性弱点是封建等级制度"制驭"的结果。"天有十日，人有十等"，"有贵贱，有大小，有上下。自己被人凌虐，但也可以凌虐别人；自己被人吃，但也可以吃别人。一级一级的制驭着，不能动弹，也不想动弹了。"[1]215 鲁迅认为中国人的奴性、苟活和对强者奉迎，向弱者施威，皆来源于这种封建的等级制度。鲁迅还认为，中国国民精神的落后，"彼此漠不相关"，也"因豺狼当道"[2]540，是由统治阶级的残酷统治所造成。20世纪30年代，有人感叹"中国人好像一盘散沙"，鲁迅回答说："他们的像沙，是被统治者'治'成功的，用文言来说，就是'治绩'。"[3]549

其次，封建传统思想的严重毒害和腐蚀也是造成国民性弱点的重要原因。鲁迅认为中国人的精神创伤是"圣人和圣人之徒""作践"的结果，"助成""民族性昏乱"的"物事"

[1] 鲁迅. 灯下漫笔 [M] //鲁迅全集：第一卷. 北京：人民文学出版社，1981.
[2] 鲁迅. 经验 [M] //鲁迅全集：第四卷. 北京：人民文学出版社，1981.
[3] 鲁迅. 沙 [M] //鲁迅全集：第四卷. 北京：人民文学出版社，1981.

是“儒道两派的文书”。[1]313 在《十四年的“读经”》一文中，鲁迅指出：“我们这曾经文明过而后来奉迎过蒙古人满洲人大驾了的国度里，古书实在太多，倘不是笨牛，读一点就可以知道，怎样敷衍偷生，献媚，弄权，自私，然而能够假借大义，窃取美名。再进一步，并可以悟出中国人是健忘的，无论怎样言行不符，名实不副，前后矛盾，撒诳造谣，蝇营狗苟，都不要紧，经过若干时候，自然被忘得干干净净；只要留下一点卫道模样的文字，将来仍不失为‘正人君子’。”统治阶级所拼命宣扬和维护的封建传统思想就像那“细腰蜂”的“神奇毒针”[2]204，它麻痹了被统治者的中枢神经，使得他们能够安于被奴役的命运：“我们的圣贤，本来早已教人‘非礼勿视’的了；而这‘礼’又非常之严，不但‘正视’，连‘平视’‘斜视’也不许。”[3]237 “这闭着的眼睛便看见一切圆满，当前的苦痛不过是‘天之将降大任于是人也，必先苦其心志，劳其筋骨，饿其体肤，空乏其身，行拂乱其所为’。于是无问题，无缺陷，无不平，也就无解决，无改革，无反抗。”[3]238

再次，我们民族屡受外来侵略也是造成国民病态性格的重要原因之一。据许寿裳回忆，鲁迅在和他探讨国民性问题时，认为造成国民性弱点的原因很多，但“两次奴于异族”，“是最深最大的病根”。[4]18 1936年3月，鲁迅又在致友人龙炳圻

---

［1］鲁迅. 随感录三十八［M］//鲁迅全集：第一卷. 北京：人民文学出版社，1981.
［2］鲁迅. 春末闲谈［M］//鲁迅全集：第一卷. 北京：人民文学出版社，1981.
［3］鲁迅. 论睁了眼看［M］//鲁迅全集：第一卷. 北京：人民文学出版社，1981.
［4］许寿裳. 我所认识的鲁迅［M］. 北京：人民文学出版社，1953.

信中认为历史上游牧民族不断侵入中原，导致民族精神和民族性格的“满是血痕”。鲁迅说：“汉唐虽然也有边患，但魄力究竟雄大，人民具有不至于为异族奴隶的自信心，或者竟毫未想到，凡取用外来事物的时候，就如将彼俘来一样，自由驱使，绝不介怀。一到衰弊陵夷之际，神经可就衰弱过敏了，每遇外国东西，便觉得仿佛彼来俘我一样，推拒，惶恐，退缩，抖成一团，又必想一篇道理来掩饰，而国粹遂成为孱王和孱奴的宝贝。”[1]198 历史上的汉民族不断沦为异族统治者的奴隶，虽多次反抗却往往失败，于是国民才变为“愚弱的国民”，失败主义，自欺欺人，麻木健忘一类病菌才乘虚而入，“精神胜利法”才得以滋生和蔓延。

鲁迅对于“国民性”病状毫不留情，痛下“辣手”，并不意味着鲁迅只是一味地批判与揭露民族灵魂中蒙垢的一面，事实上，无论是他思想发展的前期或后期，鲁迅始终注意揭示我们民族性格中善美刚健的一面，只是思考问题的侧重点不同而已。1925年，鲁迅就曾称赞过韩非子的“不耻最后”的精神，他说：“记得韩非子曾经教人以竞马的要妙，其一是‘不耻最后’。即使慢，驰而不息，纵令落后，纵令失败，但一定可以达到他所向的目标。”[2]106-107 在《学界的三魂》（1924年）一文中，鲁迅分析中国的“国魂”有三种：官魂、匪魂、民魂。他认为：“惟有民魂是值得宝贵的，惟有他发扬起来，中国才有真进步。”20世纪30年代，鲁迅在《中国人失掉自

[1] 鲁迅. 看镜有感［M］//鲁迅全集：第一卷. 北京：人民文学出版社，1981.
[2] 鲁迅. 补白［M］//鲁迅全集：第三卷. 北京：人民文学出版社，1981.

信力了吗》这篇著名文章中，更是义正词严地批驳了认为“中国人失掉自信力”的说法。他指出：“我们自古以来，就有埋头苦干的人，有拼命硬干的人，有为民请命的人，有舍身求法的人……虽是等于为帝王将相作家谱的所谓‘正史’，也往往掩不住他们的光耀，这就是中国的脊梁。这一类的人们，就是现在也何尝少呢？他们有确信，不自欺；他们在前仆后继的战斗，不过一面总在被摧残，被抹杀，消灭于黑暗中，不能为大家所知道罢了。说中国人失掉了自信力，用以指一部分人则可，倘若加于全体，那简直是污蔑。”

综上所述，我们可以说，无论是针砭国民性的弱点，还是肯定和发扬国民性中某些优秀的方面，鲁迅的目的其实只有一个，那就是通过揭出“病苦”，使中国人“知耻而后勇”，从而在新的时代条件下造就一种全新的、向上的、驱除了“毒气”和“鬼气”的能够与“科学”与“民主”的旗帜相辉映，能够与现代文明世界相和谐的壮健的民族精神和性格。

20世纪即将逝去，新的世纪正露出迷人的曙光，当着中国社会经历了这许多风雨、坎坷，中华民族终于以不屈不挠的精神跨越苦难与困扰而向现代化强国迈进的时候，重温鲁迅关于“改造国民性”的思想，无疑将有助于我们更加坚定、成熟地走向下一个世纪。

1996年5月

老年人的文体

——孙犁新时期散文创作散论之一

社会政治动乱结束以后，孙犁已步入了人生的暮年。对于这位饱经沧桑与忧患的老人来说，年青时代曾经拥有的浪漫激情与梦幻显然属于早已久远了的那个年代。“荷花淀”的明丽与温馨只是献给青春岁月的“情歌”，青春既逝，浪漫的歌吟便只能是曲终人散。孙犁不止一次地充满感伤地告诉读者，他已经写不出以前那样的小说了。矛盾随之出现：诗情洋溢的小说明显地已经难以为继，而年龄的趋于老境与活动空间的相对缩小又极大地限制了老人的生活范围与感知素材的补充。孙犁面临着创作道路上的严重困扰。令人欣喜的是，孙犁不愧为一位高明的创作家。当《荷花淀》式的“抒情小说”不再可能创作下去，他审时度势，明智地选择了散文的写作。这一机智的富于远见的创作“转型”被证明是极为成功的，它给老作家孙犁带来了文学创作实践上的另一个“黄金期”。截至20世纪80年代末，孙犁已结集、出版了八种散文、杂文合集：《晚华集》《秀露集》《澹定集》《尺泽集》《远道集》《老荒集》《陋巷集》《无为集》，凡八十万字。其散文创作不仅数量可观，而且审美品格也出类拔萃。毫无疑问，孙犁已经以其卓越的散文创作实绩成为新时期散文创作领域的大家之一。本文试就孙犁新时期的散文创作实绩做一综合性考察。

应该说，老年人比之青年人更有心境与能力来操作散文这一问题。自然，这并不是说青年人缺乏操作这一文体的资格与能力，而只是说，老年人操作这一文体更具有某种优势与潜力。如果不做过于简单的理解，我们说，散文的写作应该是人生与艺术沉淀的结果，是一种对于复杂的人生经验与阅历的最得心应手的审美观照方式。人生经历愈复杂、曲折，艺术积累愈丰厚、广博，则散文愈能写得深沉博大、炉火纯青。孙犁对于散文的这一特殊性似乎悟得很透。早在1980年，他在回答记者来访提问时就曾非常精辟地谈到“散文之于老年”这一问题。孙犁认为，在中国，写小说常常是青年时代的事。人在青年，对待生活，充满热情、憧憬、幻想，他们所苦苦追求的，是没有实现的事物。待到晚年，艰辛历尽，风尘压身，回头一望，则常常对自己有云散雪消、花残月落之感。缺乏热情，缺乏献身的追求精神，就写不成小说。缘乎此，孙犁说：“我现在经常写一些散文、杂文。我认为这是一种老年人的文体，不需要过多情感，靠理智就可以写成。青年人爱好文学，老年人爱好哲学。”[1]9-10 这段话应该被看成是孙犁的经验之谈。这位曾将自己的青春热血贡献于伟大的民族解放战争，应时代的感召而成为那个时代一名合格“歌手”，并在新中国成立以后的创作生涯中历经坎坷的作家，在近半个世纪的风云激荡的岁月中阅尽人世，极其深刻地体味了人生“美好的极致”与“邪恶的极致”[2]119。当其身历的患难人生以一种刻骨铭心的

---

[1] 孙犁. 澹定集 [M]. 天津：百花文艺出版社，1981.
[2] 孙犁. 秀露集 [M]. 天津，百花文艺出版社，1981.

"灵魂经验"的方式沉淀于老人的意识深处，并与老人力图总结与反省历史的创作心态相结合，写作散文的选择便事属必然。

粉碎"四人帮"以后，孙犁的创作是以回忆往事而开其端的。当整个民族终于从一场噩梦中醒来，全社会沉浸于深刻的反思之际，像巴金、杨绛们一样，孙犁将笔触伸向了过去。孙犁自述这时期的创作心情时说："自从一九七六年，我开始能表达一点真实的情感的时候，我却非常怀念这些年死去的伙伴，想写一点什么来纪念我们过去那一段难得再有的战斗生活，这种感情，强烈而迫切，慨叹而凄怆，但拿起笔来，又茫然不知从何说起。"[1]230, 227 尽管浩劫之后追怀往事往往是令人黯然神伤的，但孙犁毕竟在粉碎"四人帮"才只两个月后就写出了第一篇回忆性散文《远的怀念》。这篇文章虽然在孙犁的新时期散文创作中不算是非常优秀的篇章，但它开启了孙犁新时期散文创作的源头，自有其不可替代的价值。由追悼亡友的《远的怀念》为滥觞，孙犁的回忆逐渐地演变为以自觉地反思个人几十年的人生经历，反映时代风云、社会变迁为旨归，呈现出通过自己人生的特殊经历总结历史的意向。因此，与行于当时一般的散文相比，孙犁的这些回忆性质的散文便具有了不同凡响的历史纵深感和丰厚的社会人生内涵。

孙犁的人生经历堪称特殊。他自小病弱，性格偏于内向。学校生活结束以后，父亲希望他能考上邮政局，自食其力。孙犁没有考中，这很使父亲失望。孙犁则不以为意，他当时正做

---

[1] 孙犁. 晚华集 [M]. 天津：百花文艺出版社，1979.

着文学青年的梦，想通过给报刊投稿来谋生。然而，事实证明这条路根本行不通，孙犁只好去做了一名教书匠。也许，他将老死在教书匠这一行当上。但是，个人的命运却在时局的动荡中发生巨变。

20世纪三四十年代，感受着冀中平原“大风起兮云飞扬”的时代气氛，孙犁踏上了征战的路，也踏上了他奋发有为、一展才情的文学之路。20世纪50年代，他进城之后，又经历了完全不同于战争年代的另一种生活。城市的喧闹使他厌倦，人际关系的复杂纠缠使他困惑，政治风云的变幻莫测使他迷惘、惊心。50年代中期，孙犁大病一场，从此“十年荒于疾病，十年废于遭逢”[1]205。应该说，孙犁的经历富有代表性。半个世纪以来，他始终处于中国社会变动发展的主流之中。他的经历在某种程度上正代表着20世纪30年代参加革命的一代小知识分子的共同生活历程。将自己的人生经历与心灵苦旅如实地描绘下来，就可能在回顾与反思中不仅见出个人生命的运动轨迹，更见出历史的真实面貌，从而给现实和未来以某种深刻的启示。孙犁似乎很早就清醒地意识到了这一点。1975年，当时孙犁还没有权利发表作品。眼前的现实如此荒诞、离奇，未来又仿佛不可触摸。心情抑郁的老人在死一般的寂寞中将心灵之船托付于往回走的时光之流。他想写一部“自传”，但觉得“自传”这题目未免堂皇，不如以“纪年”的形式订一个“年谱”。“那么，这一年谱，就只能是记录：一己的履历，时代的流波，同行者的影子与声音，群众的帮助与爱护。

[1] 孙犁. 晚华集 [M]. 天津：百花文艺出版社，1979.

其中，有个人的兴起振奋，也有自己的悲欢离合。有崎岖，也有坦途。由于愚暗，有时也曾蹈不测的深渊；由于憨诚，也常常为朋友们所谅宥。认真记录下去，也有可能超出个人范围的一个时代的步伐，一个队伍的感情吧。”[1]256-257 如果说，当孙犁写下上述文字时，心中还有疑虑，不知道自己是否能够真的将这“纪年”与“自传”写下去，那么社会政治动乱结束之后，新的政治局面的建立确实为这“自传”的书写提供了极好的契机。这不仅仅是因为孙犁重新获得了创作并且发表作品的权利，更由于“反思”正成为日益强大的社会性思潮。于是，以《善闇室纪年》为“自传”的基本纲要，以各个历史时期的具体生动的所历所闻作为诠释，孙犁向我们展开了自己人生命运遭际的长卷：举凡童年漫忆、乡里旧闻、求学生涯、战地生活、病中感思、动乱岁月，都被作者纳入方寸，倾流笔端。一篇篇叙事、抒情文章，将纷繁的世事、作者的人生感悟与心灵激荡真切动人地展现在读者面前。孙犁的这些自传性质的回忆并不仅仅一味纠缠于个人的悲欢、一己的荣辱。在作者的个人荣辱悲欢之后则是整个时代和社会的风云与波澜。在20世纪30年代初期日益迫近的民族灾难中，身处“苦雨愁城”之中的青年学子孙犁孜孜阅读革命的社会科学著作，力求从中找寻解决中国社会问题的答案。与对国事的深情关切相比，个人感情的波动起伏只能说是一个小小的插曲[2]。《关于〈山地回忆〉的回忆》叙及孙犁抗战时期在山西境内某村庄因炉灶爆炸而几

[1] 孙犁. 秀露集［M］. 天津：百花文艺出版社，1981.
[2] 可参看《晚华集·保定旧事》《陋巷集·〈善闇室纪年〉摘抄》《老荒集·书信》等。

乎遇难，写的是个人生命的悲欢，却同时表现了同伴们的乐观与豪迈，传达着抗日战士的英雄主义情怀。其他如对于战争年代伙伴与战友的追怀，对于“罹病生涯”[1]的描述，对于亲人的追悼，对于一生之中吃饭、穿衣、住房、文字生涯等方面的回忆，都无不在抒写个人情怀的同时映照时代的风云，反映特定社会历史时期的声色容貌。孙犁的人生轨迹毕竟是从大的时代与社会背景中孕育出来并受其支配的。从这个意义上说，总结反思了个体人生，也就总结反思了历史。我们可以从孙犁发表于新时期的回忆性散文中看出，作者在追怀往事时，无疑是站在时代的高度来重新发现与思索已逝的历史的。风云激荡的几十年在孙犁的心灵深处留下那么多难以抹去的记忆，以一个“过来人”的理性与良知穿透社会历史的表象，发现与总结某种带有普遍性和规律性的东西，是权利，也是义不容辞的义务。于是，我们读孙犁的那些回忆篇什，便会从字里行间感受一种深沉的思索与反省。

如烟的往事弥漫于孙犁的心头。过去的岁月或恍如隔世，或鲜明如昨。在经历了人生的大劫难、大悲欢之后，孙犁想要探究的是，究竟是一种什么样的力量在支配和决定着人间忧乐、众生生死？命运感和沧桑感不期然地渗入孙犁的意识深处，并成为孙犁新时期散文创作最重要的感知意向。遍翻孙犁近年文集，会发现命运感与沧桑感已经成为充溢于孙犁散文的一种基本的情绪基调。尤其是在大量的回忆性记叙体散文中，

[1] 可参看《晚华集·黄鹂》《秀露集·石子》《老荒集·一九五六年的旅行》《老荒集·老十字医院》《陋巷集·病期经历》等文。

这种命运感与沧桑感更成为一种拂之不去、难以摆脱的情绪氛围。我们先来看看孙犁本人对于命运的看法。在《文学和生活的路》一文中，孙犁谈道："拿我个人来说，我就没有想到我一生的经历，会是这个样子。在青年的时候，我的想法和现在不一样。所以过去有人说：青年的时候是信书的，到老年信命。我有时候就信命运。命运可以说是客观的规律，不是什么唯心的东西。我们生活在这个世界上，是受这个客观世界，受时代推动的。"[1]108 在谈及与命运有关的"因果报应"时，孙犁说道："我并不反对，有些小说标榜因果报应。因果，就是现实发展、变化的规律。事物都有它的起因和后果。起因有时似偶然，然其结果则是必然，其间迂回、曲折，或出人不意，或绝处逢生，种种变化，都是事物发展的过程。……兴衰成败，生死荣枯，冷热趋避，人生有之，文字随之，这是毫不足奇的。"[2]127 孙犁对于"命运"一词的解释似乎可以这样理解：命运是一种客观的规律，是大的时代与社会背景对于个体生命的制约与规定，个人无法逃出他们存在的时代与社会。生存的选择于偶然中见必然。孙犁所深切领悟的这种命运感体现在他的创作中，首先表现为他对于个体生命与个人命运的深切关注，对于已逝岁月的痛切反思。孙犁新时期散文中有大量的记人叙事的篇章，而这些人和事又大多发生在过去的岁月，是孙犁所熟悉的人们的生与死、哀与乐。这些人和事曾经激动过青年孙犁的心，促使他写出过诗意迸发的"抒情小说"。然

[1] 孙犁. 秀露集 [M]. 天津：百花文艺出版社，1981.
[2] 孙犁. 陋巷集 [M]. 天津：百花文艺出版社，1987.

而，事隔几十年之后，当饱经沧桑与忧患的老人重新审视过去年代的生命律动与个体浮沉时，他所感受到的将会是比任何时候都要强大的命运感，于是，他追寻家乡父老的生死歌哭，为亲人故旧的不幸与苦难扼腕而叹；他噙着眼泪回眸旧日同志与战友的荣辱沉浮，痛心于天灾人祸对于革命队伍的摧残。在笔下人物曲折多变、动荡不已的人生命运的故事中，孙犁升发着对于社会与人生、生命与自然的玄思默想，寄寓着对于沧桑人世的沉痛感喟。

其次，这种因特殊的人生阅历和深刻的内心体验而促成的命运感与沧桑感，表现在孙犁的随笔体散文中，则为“知人论世”的睿智与明见。在孙犁新时期的散文创作中，谈论中国古代优秀作家与作品的文章占有相当大的比重。孙犁论及作家则援引经历和趣味与自己相同或相仿的人，如司马迁、柳宗元、欧阳修、蒲松龄、曹雪芹，以期感同身受、心心相印；论及作品，则烛隐发微，剀切精当。作者论及柳宗元，在赞叹其为文造诣高超，哀其身世不幸之时，也指出了他的缺点，认为柳宗元政治上过于天真，而官场失意之后竟至于丢魂落魄、疑神疑鬼，“看来是有些神经衰弱了”。[1] 230, 227 论及王国维之死，孙犁认为虽然原因很复杂，但主要是王国维个人的悲剧性因素，即心理与病理的因素：“人无学，仍可以操斧而作，荷耒而耕，阳光雨露，得其自然。有学而无识，则易矛盾百出，进退失据，心身交瘁。即如孔融与曹操《论盛孝章书》中所说的‘若使忧能伤人，此子不得永年矣！’王国维的悲剧，就在

[1] 孙犁. 晚华集 [M]. 天津：百花文艺出版社，1979.

于他学问过深，识见太浅了。”[1]188 谈论古典小说名著《金瓶梅》和《红楼梦》的大小文章已为数不少，孙犁论及两部小说，却能独出机杼，成为一家之言。他认为《红楼梦》绝不是出世的书，不是劝诫的书、暴露的书，也不是作者的自传。“《红楼梦》是为人生的艺术，它的主题思想，是热望解放人生，解放个性。”[2]233 对于评论界聚讼纷纭、褒贬不一的《金瓶梅》，孙犁在认真研读之后论道：“我从来不把小说，看作是出世的书，或冷漠的书。我认为抱有出世思想的人，是不会写小说的，也不会写出好的小说。《红》如此，《金》亦如此。作家标榜出世思想，最后引导主人公去出家，得到僧道点化，都是小说家的障眼法。实际上，他是热爱人生的，追求恩爱的。在这两点上，他可能有不满足，有缺陷，抱遗憾，有怨恨，但绝不是对人生的割弃和绝望。”[3]127 可以看出，孙犁在论及古代作家、作品时，确实是将自己几十年的人生经验与晚年的深沉的理性思索糅入进去了，所以他才能在慢慢读懂生活这部大书的同时，对前人“写在人生边上”的批注体会得如此深刻而独到。

历尽沧桑的孙犁将面临两种选择：一是从此红尘意远，彻底绝望，以对命运的畏惧和屈服而遁入宿命论当中；另一种选择则是在承认命运的强大与威严当中继续着抗争与奋斗，坦然于生命、自然、宇宙的万千变化，有限无限。选择了前者，则堕入虚无与逃避，意冷心灰；选择了后者，则会感受生命的光

[1] 孙犁. 老荒集 [M]. 上海：上海文艺出版社，1986.
[2] 孙犁. 晚华集 [M]. 天津：百花文艺出版社，1979.
[3] 孙犁. 陋巷集 [M]. 天津：百花文艺出版社，1987.

辉，人世磨难之中的美好。孙犁显然属于后者，这带来了这位老人胸襟的宽容与开阔。于是在超脱与追求之间，旷达与执着之间，孙犁融一种大家风范于处世为文当中，观察思索社会人生问题的角度明显多了。体现在创作中，便是深厚的人道主义观点与西方现代心理学观点也同样成为孙犁解剖个体人生与社会历史问题的利器之一，并被运用得恰到好处。

在经历了非人道、反人道的灾难岁月后，孙犁写于新时期的散文无论是追怀往事还是解剖现实，都把对于人的关注、理解与同情放于重要位置。那个切肉时颇有“庖丁解牛”之风采的“飞刀刘四”，因为醉酒后的一个小小错误便被当作劫匪枪毙掉了（《童年漫忆》）。几十年以后，孙犁忆及此事，仍然惋惜不已。那个东辽城村的“一代风流”小杏姑娘，以青春作为命运的赌注，在诱惑与抗拒之间终于灵魂堕落，不仅祸及自己，也使弟弟在沉沦中死于罪有应得（《木匠的女儿》）。孙犁在描写小杏的坎坷命运当中隐含着掩抑不住的同情。而《乡里旧闻·凤池叔》中那个半公开地与“失败的英雄”瞎老亭作伴的老年寡妇，她的公开倡言：“神仙还救苦救难哩，我就是这样，才和他好的！”如今听来，也不能不使人对充盈于民间的朴素的人道情怀报以敬意。孙犁甚至在《芸斋琐谈·谈谅》一文中认为：“是否可以这样说呢，人类社会之所以能维持下来，不断进步，除去革命斗争之外，有时也是相互谅解的结果。”这就把对于人的关心、信任、理解（这些应该是人道主义最基本的组成部分）提升到了一个相当重要的位置。这无疑是孙犁饱经沧桑忧患之后所总结的值得我们珍视的思想之一。

在孙犁新时期的散文创作中有许多记梦的篇章。这些梦只是作为个别的断片出现在文章当中（其实人在清醒后所能记忆的大多是梦的残片，那种有条有理、思路清晰的梦反倒一般都是经过事后有意的加工，为“小说家言”）。孙犁写于1979年的两篇文章《书的梦》《画的梦》，分别记叙了作者简单而真实的梦境，作者已开始运用弗洛伊德学说释梦，认为“按照弗洛伊德的学说，这种梦境，实际上是幼年或青年时代，残存在大脑皮质上的一种印象的再现”[1]16-17；“其实，按照弗洛伊德学说，这不过是一连串零碎意识、印象的偶然组合，就像万花筒里出现的景象一样”[1]32。1980年，孙犁在同《文艺报》记者谈话时，再次提及弗洛伊德：“不能只学一家的美学，古典美学，托尔斯泰的、普列汉诺夫的、卢那察尔斯基的，甚至日本那个厨川白村，还有弗洛伊德的都可以学习。弗洛伊德完全没有道理？不见得。”[1]123这表明，孙犁对弗洛伊德学说是有一定的肯定的，是乐于接受其中的合理成分的。实际的情况也是如此，孙犁并不纠缠于弗氏学说到底能不能用或该不该用的问题，而是自觉地将其合理成分直接运用于创作。除了上述的《书和梦》《画和梦》两篇文章，孙犁在《尺泽集·芸斋琐谈·谈妒》中就直接印证弗洛伊德学派的分析，说明“嫉妒是一种心理状态”，“是一种缺陷心理”。[2]140在分析自己的创作时，孙犁说写作本身对他来讲就是最大的消遣，他常常在感到寂寞、痛苦、空虚时进行创作。新写出来的文字对他来说是一种安慰、同情和补偿。这一段自述，又可看作是弗氏“升

[1] 孙犁. 秀露集 [M]. 天津：百花文艺出版社，1981.
[2] 孙犁. 尺泽集 [M]. 天津：百花文艺出版社，1981.

华”说的“孙犁版”。自然，孙犁将其进行了改造。在《乡里旧闻》[1]的个别篇章中，孙犁运用性心理学对发生于故乡东辽城村的复杂人事进行透视。《干巴》中的“小变儿”，由于人为的强迫的“性倒错”而心理变态，最终死于非命；根雨叔（《根雨叔》）没结婚前喜欢扎在村中姑娘堆里厮混，娶妻生子后却又把妻子领到远地扔掉了。根雨叔之所为也显然与性变态有关。刁叔（《刁叔》）是东辽城村为数不多的心性颇高，喜爱读书的村人之一，却因为性的苦闷而过早离开了人世。孙犁写性并不肆意渲染、夸大，他的运用性心理学解剖复杂人事，其旨归是对于生命本身的深切关注与同情，是对于人的不幸命运的关注与同情。在对不正常生活的批判中蕴藏着对于健康的、合乎人性的生活的渴望和呼唤。也就是说，孙犁借鉴西方现代心理学观点解剖分析社会人生，是他的深厚博大的人道主义精神的一个重要体现。

似乎没有哪一个年代能像中国大陆的20世纪80年代这样充满激情与梦想、躁动与喧嚣。刚刚逝去的那个恐怖年代在激起一阵狂风暴雨式的控诉与声讨之后，便在一种亦真亦幻的情绪中逐渐被人遗忘和不愿再被人提起。整个社会在略事犹豫之后终于以罕见的疯狂卷入商品经济的大潮。时代在深刻的律动中缔造着新的思想与新的人物，也产生着非新非旧“怪胎”。在这“浪漫的80年代”，面对目不暇给、高速运转着的社会生活和新旧事物方生未死之间的种种矛盾、冲突，所有有良知

[1]《乡里旧闻》是一组系列散文，凡二十三篇，见于除《晚华集》之外的其他七个散文、杂文合集。内容大致包括两个部分：叙述故乡亲朋故旧的生死荣枯与描写家乡的风土人情。

的中国知识分子都自觉不自觉地感受着现实的迫压与情绪的纷扰。新旧嬗变时期不可避免的灵魂的痛苦几乎在毫无准备的情况下便猝然来到。人们不得不面临一系列重大问题：新形势下的文化归属、价值判断、情感协调与行为选择。也许，比之年轻一代的知识分子，孙犁这一代人的心灵痛苦与情绪的纷扰会显得更加尖锐和强烈。这不仅仅是因为他们这一代人大多数已进入人生的暮年，有着浓重的恋旧心态，还因为民族传统文化的“根”在他们的心灵深处扎得很深很牢。如果说孙犁写于20世纪70年代后几年的散文篇章，其内容的大部分还多为追怀往事、痛悼战友，反映现实的篇章相对少一点，那么，进入20世纪80年代，孙犁文章中观照现实、指陈世事的部分便明显地多了起来。也就是说，孙犁的这些文章明显地多了对正在行进着的现实的针对性和参与性。自然，孙犁对于现实的“干预”是从议论、分析文坛现象开始的。他已在这块园地里耕耘收获了半个世纪，见惯文坛各色人物与各种风景，谈论这一领域的事与人显然要得心应手一些。孙犁告诫声誉渐起的新近作家，要忌名利之心，谨防有人“抬轿子”“吹喇叭”。他很生动精彩地向来访的刘心武、刘绍棠、林斤澜三位作家描述了乡村轿夫与吹鼓手在做红白喜事时的不凡身手和得意形态，指出：“庸俗的吹捧，只能助长作家的轻浮，产生哗众取宠的作品。它不能动摇严肃作家的冷静的创作态度。”[1]123 他为那些特殊年代里曾经活跃过，而今摇身一变，改“打”为“拉”的评论家画出一幅极具讽刺意味的漫画，说他们如今放下了“棍子”，

[1] 孙犁. 澹定集 [M]. 天津：百花文艺出版社，1981.

装扮成“保姆”模样，手里拿一条花手绢，东张西望，看有“孩子”受委屈了没有。“昔日隐身林密处，今天巡逻在花丛。”[1]55 针对文学创作中写三角恋爱的小说呈泛滥之势，孙犁认为其中大多数是手法低下，连被鲁迅指斥过的张资平的小说都比不上，并中肯地指出：“问题当然不在三角不三角，而在于小说的道德力量，社会意义，社会效果。”[2]106 20世纪80年代中期以后，整个社会情绪日益浮躁、嚣张，社会生活呈现某种无序、错乱状态。孙犁身处斗室，胸怀天下。他虽继续注目于风景变幻频仍的文坛，但一叶知秋，他从文坛的骚动中感知到了整个社会并非正常的脉搏跳动。面对所谓的“通俗小说”“武侠小说”出版与发行的狂潮，孙犁一针见血地指出：目前通俗文学的流行，与时代思潮模糊有关。这与其说是文学上的一次顿挫，不如说是哲学上的一次顿挫。[3]86 孙犁凭着一个老知识分子的良知本能，以他经几十年风吹雨打而不变其色的执着信念，审视着文坛，也谛听着居所大杂院内外的世俗的声响与骚动。细读一下孙犁20世纪80年代中期以后的文章，会发现他的“孤愤”越来越多，其散文创作的审美情感也越来越趋于冷峻、尖锐。他屡次抱怨居所环境的嘈杂与混乱，慨叹院内院外人心之不古以及整个社会道德水准的严重下降。《黄叶》这篇文章叙及老战友的猝死街头而无人救助，忧愤深重；《小贩》一文在对“新型”小贩的刁蛮无理情状的描画中寄寓深沉感情；《无为集》后记则在对世情现状、文坛风景的描写

[1] 孙犁. 尺泽集［M］. 天津：百花文艺出版社，1981.
[2] 孙犁. 老荒集［M］. 上海：上海文艺出版社，1986.
[3] 孙犁. 陋巷集［M］. 天津：百花文艺出版社，1987.

刻画中，慷慨陈词，激扬文字，颇似一篇向丑恶庸俗宣战的檄文。孙犁几乎在无意之中，本能地感觉到了20世纪80年代社会生活新旧嬗变时期所生发的时代的痛苦和忧患，并力图以一个知识分子的敏感与老人的执拗“揭出病苦，引起疗救的注意”[1]512。从这一点上说，孙犁是继承了五四以来中国新文学的伟大传统的。所以，他的作品所体现出来的忧愤就不仅仅属于老人，而代表着相当广泛的社会阶层。因而，孙犁的那些内容丰厚，风格沉郁、苍凉的散文作品便赢得了普遍的审美共鸣。

1991年5月

[1] 鲁迅. 鲁迅全集：第四卷［M］. 北京：人民文学出版社，1981.

小说家的散文

——孙犁新时期散文创作散论之二

年青的孙犁是与诗意相伴随的。步入老年的他曾经写过一段非常精彩的话来描述青春时代心灵之美妙、神奇：“现在想来，青少年时代，确是一个神秘莫测的时代。那时的感情，确像一江春水，一树桃花，一朵早霞，一声云雀。它的感情是无私的，放射的，是无所不想拥抱，无所不想窥探的。它的胸怀，向一切事物都敞开着，但谁也不知道，是哪一件事物或哪一个人，首先闯进来，与它接触。”[1]72 如此美妙浪漫的心灵确实适合于歌唱。于是，感受着全民族抗击异族入侵的不屈不挠的伟大精神，呼吸着时代奋发激励、乐观向上的昂扬气息，孙犁以生花妙笔写出了一篇又一篇凝聚着生活的诗意，闪耀着理想主义光辉的“抒情小说”。孙犁有个极重要的论点，即写小说是与年青的诗意的情怀相联系、相伴随的。且不说这一论点是否能适用于所有作家，单就孙犁自身的创作而言，这一说法显然是合乎实际的。然而孙犁晚年不写小说（更确切地说是不写年青时代的“抒情小说”），而将主要精力投入到散文创作中，这一创作重心的转移，却并不意味着孙犁将毫无商量余

[1] 孙犁. 澹定集 [M]. 天津：百花文艺出版社，1981.

地地“脱胎换骨”，彻底抛弃他所付出心智与才力而建造的优秀小说家的艺术感觉方式，把握生活的方式与建构作品的技巧。孙犁年轻时代毕竟是一个才能卓著、美学风格独特的小说家。也就是说，尽管孙犁已由青年时期的“爱好文学”而走向老年的“爱好哲学”，创作的审美心态变了，但小说家时期所积累和沉淀的丰富的艺术经验显然不可能消失殆尽。这种几十年前由心灵和创作实践所共同培养的小说家的美学品格可能随着岁月陶冶、生活锤炼而有所发展、扬弃，但不可能彻底被抛掉。实际的情况也是这样，我们在孙犁近十年的散文创作中再次领受了一个小说家的仪容与风采。虽然“这一个”小说家与以前的那个小说家相比已不可同日而语。

老年的孙犁虽然在略事徘徊、犹豫之后重新开始了小说创作，但总题为“芸斋小说”[1]的这一组小说与他早期以《荷花淀》为代表的“抒情小说”相比，显然已经属于两个不同天地。这不仅仅是就其外在的形貌特征而言，更是就其内在的审美感知方式与艺术表现方式而言。孙犁早年写的是“抒情小说”，这一路小说虽然也含有一定的叙事因素，但着眼点是人物心理情绪的起伏波动，是抒情造境。作家以审美的眼光感知世界，努力捕捉生活中的善与美，并将这善和美过滤、升华，浓墨重彩地写出，以期与大时代明朗乐观的主旋律相统一、相

[1] 关于“芸斋小说”，孙犁曾明确阐释道：“我晚年所作小说，多用真人真事，真见闻，真感情。平铺直叙，从无意编故事，造情节。但我这种小说，却是纪事，不是小说。强加小说之名，为的是避免无谓纠纷。所以不能与汪君（按：指汪曾祺）小说相比。”（《老荒集·读小说札记》）看来，所谓“芸斋小说”实际上是记叙体的散文。但评论界一般还是将“芸斋小说”归入小说类。本文从众说。

和谐。老年的孙犁，艰辛历尽，风尘压身，对生活的感知与把握是深邃的，是理智重于感情的，已达于一种“却道天凉”的境界。创作主体这种审美心态的变化，反映到创作中，便是孙犁新时期以来的作品普遍体制短小，理胜于辞，有杂文风，有笔记小说风。孙犁的早期小说贡献给我们的是乐观明朗的情绪，是优美恬静的意境，是青春力量的充盈；老年孙犁呈献于读者的是一位真诚、善良的老人对于沧桑人世的感悟，是对于世间百态的刻写，是慷慨多气的悲歌。两相对照，我们会发现一个奇特现象：青春时代的孙犁是以散文笔法写小说，而老年的孙犁则是以小说笔法写散文。以散文笔法写小说，前人已多有论述，此处不赘；以小说笔法写散文，则有必要详细论述一下。

这种“小说笔法”体现在孙犁新时期的散文创作中，首先表现在驾驭与处理题材时的小说家的气度与眼光上。相对而言，小说所能反映的生活面要广阔一点、深刻一点，境界要阔大一点。小说家较之散文家，也许更具有一种命运感，一种更开阔的胸襟与视野。现代著名散文家李广田在《谈散文》一文中认为，写散文久了，“就容易失之于不能开展，不能壮大，不能表现宽阔场面，不能处理繁复的事件”[1]331。李广田所言，指的就是散文家驾驭与处理题材时所表现出来的短处。作为散文家的孙犁则不然，得益于早期小说家的经历，也得益于几十年生活的沉淀与艺术的锤炼，孙犁一改一般散文写作者艺术气度狭小之通病，而使其散文创作境界高远、气魄阔大。孙

[1] 佘树森. 现代作家谈散文 [M]. 天津：百花文艺出版社，1986.

犁散文很少那种吟风弄月、情调柔曼、媚而无骨的作品。他的感慨、忧愤总是与时代与社会大的背景、大的运作联系在一起，具有一种小说家式的历史感。即使谈花、鸟、虫、鱼，谈衣、食、住、行，也总是与革命者的身世、与社会历史的变迁融为一体，相互生发。谈黄鹂鸟（《黄鹂——病期琐事》），他从黄鹂在江南的一展雄姿而联想到雁排长空、驼走大漠、虎啸深山、鱼游潭底的雄浑景象，在对各种自然界的极致景观的赞颂中寄寓壮志未能伸展的身世之感；谈花草（《芸斋梦余》），他回忆自己一生对于花草的或不以为意或格外珍惜的感情变化中，抒发深沉的人生感喟。《病期经历》一文，叙述作者在京郊小汤山、青岛、太湖的疗养经历，既反映着20世纪50年代中期非常的政治气候，又画出了疗养院内的各色人等：有怪癖的哲学教授，号称风流倜傥的九级工程师，来自乡村的有心计的护理员，等等。由于孙犁能将一时一地之所思所感、所见所闻与绵长的历史和过往岁月结合起来，便在无形之中加厚了文章的生活背景，拉大了作品的时间跨度，从而使散文的生活容量增加了，其表现效果便颇近于小说。

其次，其小说笔法还表现为在散文创作中充分运用小说的结构方式与描画手段。这一特征在孙犁的记叙体散文中表现得尤为突出，在其随笔体散文中也时有所见。小说是叙事的艺术，一般来说它所关注的是人的命运故事的叙写（散文化小说是小说的变体）。它重视情节结构的严整与完满，人物形象的鲜明、生动。细细观察一下，我们发现，孙犁那些记人叙事的散文，结构上显然有着中国古代文人小说的痕迹——中国古代史传文学的影子。《乡里旧闻》中的大多数篇章所写的都是人物的命运故事，而且是有始有终的人物一生的故事。这些散文虽线索比较清晰，故事情节却相对复杂一些。《村长》主要叙述小村村长此生由兴盛、衰败直至死亡的过程，同时兼及村公所办事员（“地方”）和高个子寡妇以及寡妇儿子的生死存亡，容量不可谓不大；《光棍》与《根雨叔》，描述光棍老索父子及根雨叔父子两代人的生存悲剧，情节奇幻，疑窦丛生，描写不可谓不婉转。《乡里旧闻》中的类似篇章，其结构方式明显受我国古代人物传记体小说的深刻影响。而从孙犁的主要通过具体的生活断片、言谈举止的细节来表现人物的散文中，我们又可窥见《世说新语》式的志人小说的影子。孙犁很喜欢采用系列散文的形式来描写世情、反映生活。这种连缀式系列散文形式，其结构方式也颇似小说式的结构。我们可以将每一单篇散文看作是一部小说的某一章或某一节。这些单篇散文独立来看是精彩的人物故事和人物情感的波动轨迹，合在一起则变成一部人情世态的长卷，从而反映出某一独特年代的社会历史面貌，是一部“形象的历史”，而这一点正是许多小说家所梦寐以求的。

鲜明的人物形象从来是衡量一部小说成功与否的主要标志之一。散文因为体制的短小与书写重点的不同，一般并不要求写出生动、鲜明的人物形象。然而，我们在阅读孙犁散文时，却总能发现读后难以忘怀的身影。不说《乡里旧闻》中那些在无法选择的命运中或生或死的东辽城村的村民们，他们的生存境遇实在令读者触目惊心；也不说孙犁勤劳乐观、充满慈爱的母亲（《母亲的记忆》），沉默寡言、任劳任怨的父亲（《父亲的记忆》），心地善良、朴实但礼教观念很重的妻子（《亡人逸事》）；单是孙犁在回忆中所涉及的战友与同志，能给人留下深刻印象的就为数不少。营养不良、脸色憔悴、诗人气质很重的邵子南（《清明随笔》），老成持重的侯金镜（《伙伴的回忆》），爽朗乐观、善解人意的李季（《悼念李季同志》），豪放不羁、军人气质很重的时达（《木棍儿》）以及身世迷离的老刁（《老刁》），颇有心机终于聪明反被聪明误的侯士珍（《同口旧事》）等等，这些真实的，曾经与作者同生死、共患难的同志与战友，他们的生死祸福，他们身上所具有的闪光之处与个性缺陷都无不以一种逼人的力量穿透久远的时空，使我们感奋和警醒。

孙犁笔下的人物形象之所以能获得艺术生命力，之所以能打动人心，令人难以忘怀，奥妙就在于孙犁描摹人物的手段和功力较之一般人要高超而精湛。孙犁年轻时为优秀的小说家，在描摹刻画人物方面曾积累过丰富的艺术经验，进城之后和养病期间，孙犁曾阅读过大量中国古代历史著作与笔记小说[1]，出入其间，深得滋养。一旦重操旧业，其深厚的艺术修养与对沧桑人世之感悟相互交融、相得益彰，于是每每描绘世相人生，便给人以入木凿石之感。

精心选择生活中的真实细节与貌似平淡的小事以表现人物的音容笑貌，是孙犁散文常见的描写手段之一。散文的非虚构性特征使作家难以展开想象的翅膀任意设置情节、虚拟细节来刻画人物。因此在细节的选择上它的要求很高。孙犁阅历丰

[1] 孙犁在《陋巷集·谈笔记小说》中说，在他的藏书中，笔记小说的比重占了三分之一，可见其收藏之丰富。

富，艺术感觉又极敏锐。所以在记人叙事的散文中每每得白描手法之神髓，以极俭省的笔墨，寥寥数笔就使所描写的人物形神兼备。《亡人逸事》是一部悼亡之作，孙犁只是通过妻子生前的几件琐事来映现亡人面貌，抒写哀痛之情，因此精心选择的细节片段在这篇文章中意义颇为重大。文章第二节主要表现亡妻生前的封建礼教观念很重。孙犁写了两个细节片段：一是结婚前与妻子的邂逅，妻子一听见姑姑叫未婚夫的名字，就撇下女伴扭身而退，钻进轿子；另一件事是婚后多年，孙犁有一次从外面归来，路经岳父家，想让这时正在岳父家的妻子随自己一道回家。妻子却严肃地告诉丈夫："明天叫车来接，我才走。"这两个细节片段都谈不上轰轰烈烈、惊心动魄，但就在平常事的简单描述中，妻子性格的一个侧面便相当深刻地展现于读者面前。《耕堂读书记（一）》回忆作者高中时在课堂上随老师读《韩非子》的情景。孙犁只是通过那位举人出身的老师走下讲坛，来回踱步，忽然用力将绸子长衫往后一撩，"喊"诵唐诗等几个动作细节的描绘，便将一位读书人对于时局的忧心如焚神态活画了出来，读来气韵生动，令人回味不已。《病期经历》中写到一位来疗养的哲学教授。这位教授随身带着一台留声机，每天热情邀请病友集体欣赏贝多芬，但他严禁别人抚摸留声机。于是书写了一个"注意事项"，每句话后面都带着一个大惊叹号。这一生动细节的描写之于教授不仅真实可信，而且恰到好处。最妙之处还在于，孙犁在叙述了教授的"怪癖"之后，紧接着是一句画龙点睛的话："他写文章，也是以多用惊叹号而著称的。"可谓意味深长，精彩之至。

选择与写出精彩的、充满个性化的人物语言和对话也是孙犁"小说家散文"的重要特征之一。孙犁曾自述他的语言像吸吮乳汁一样，最早得自母亲。母亲的语言，对他的文学创作影响最大。其次是结发的妻子，她的语言是自己的第二个语言源泉。这段话从一个侧面反映出孙犁母亲和妻子的语言是极为丰富而具有个性化色彩的。实际的情况也是如此。《母亲的记忆》中，母亲生了七个孩子，只有孙犁一人存活。偏偏孙犁幼时多病，母亲牵肠挂肚，生怕厄运再次到来。总是对人说："我这个孩子，是不会孝顺的，因为他是我烧香还愿，从庙里求来的。"这句话貌似解脱，实怀忧惧，将一个农村妇女对于命运与灾变的不可知心理精确地勾画了出来。《报纸的故事》中，孙犁自述婚后不久，失业家居，颇感苦闷，想订一份《大公报》看看，以消愁解闷。这以后文章写了小夫妻俩一段极其精彩的对话，这段对话字数不多，总共六十九个字，但人物的性格、心理、情感波动全在里面了，读来如闻真人气息。其他如瞎周出走前的大声宣告（《乡里旧闻》），不仅活画了瞎周的气急败坏之态，也与瞎周以后并不如意的命运形成强烈对比，造成一种反讽效果；《清明随笔》中，孙犁回忆邵子南常常爱说的两句话："你走你的阳关道，我走我的独木桥。"并且说的时候斩钉截铁，说完以后两片薄薄的、缺乏血色的嘴唇紧紧一闭。这就在人物语言与神态的相辅相成中刻画了诗人耿直但难免浮躁的性格。

孙犁从小说艺术中"拿来"非凡的气度和眼光，从中国古代史传文学与笔记体小说中"拿来"了熔炼、剪裁的功夫与技巧，并能融会贯通，推陈出新，从而形成了他新时期散文创作的一种特殊格调。孙犁的这种小说家式的散文似乎可以概括为两句话：史家的精神，小说的笔意。应该说，这是把握孙犁新时期散文美学风貌的枢纽之一。

1991年6月

回归传统的吟唱

——孙犁新时期散文创作散论之三

步入人生暮年的孙犁对过去是那样的一往情深、恋恋不舍。在老年孙犁的文化意识深处，一种回归往昔的心理情感是如此强烈而执着。孙犁的这种愈演愈烈的回归心理鲜明地表现为两个层次：回归乡土生活，回归传统文化。其实，回归的层次虽然不一样，实质却是相同的，那就是回归古老的文化精神与氛围。

孙犁的回归心理与情感首先表现为对于乡村生活的认同、迷恋以及对于城市社会的隔膜与疏离。孙犁不止一次地在他的文章中深情地怀念与礼赞过他的故乡以及年轻时代自己曾经历过的乡土生活。他屡屡诉说自己不能“叶落归根”的烦忧。同样，孙犁也非止一次地告诉读者，他已经彻底厌倦了城市喧嚣与骚动不安的气氛。他想离开天津这座城市，这个“码头”（“码头”一词在孙犁的语汇系统中已不单单指船舶停靠、装卸货物之处所，而是另外含着一种隐喻，即鱼龙混杂、人情伪诈的商业都会）。

1981年夏天，孙犁在其文集的自序中写道：“我不习惯大城市生活，但命里注定在这里生活了几十年，恐怕一直到我灭亡。在嘈杂骚乱无秩序的环境里，很想离开这个地方，但又无家可归。在这个城市，我害病十年，遇到动乱十年，创作很少。城市郊区的农民，我感到和我们那里的农民，也不一样。”[1]以后数年，孙犁又几次论及他对城市的厌倦与不满[2]。这就表明，孙犁对于乡村的迷恋，对于城市的疏离是一以贯之的清醒意识，并非一时半会的感情冲动。这种疏离城市、眷恋乡村的态度与情感只能从孙犁过往的生活经历中去寻找答案。孙犁少小生长农家，与高粱麦豆、牛马羊犬为伴。抗战时期又长期生活、战斗在农村这一广阔天地，所接触的人也大多是农民以及农民出身的战士、手工业者、知识分子。虽然青少年时期他曾求学、求职外出，但他心灵的根是深扎于生他养他的冀中平原那方水土之中的。1980年，他告诉来访者：“对于我，如果说也有幸福的年代，那就是在农村度过的童年岁月。”[3]7 在孙犁的作品中，大凡提及童年岁月，他都会情不自禁地流露出神往、欣慰之情。童年的乡村生活和青年时代在农村的抗战生涯给孙犁留下的印象与情感记忆深刻而巨大。这种情感体验最终以一种情绪化的经验形式储存在孙犁的记忆之中，并影响到他终生对于乡村的看法。而孙犁青年时期和中年以后两度进入城市，都遭受心灵创痛。[4] 这种遭遇的不幸又直接导致了他对城市的反感与厌恶，并在孙犁离开乡村进入城市之后，时时诱发孙犁的“怀乡病”，促使他以故乡旧梦中的欢喜，唱索居都

[1] 孙犁. 孙犁文集：第一卷［M］. 天津：百花文艺出版社，1981.
[2] 参看《老荒集·一九五六年的旅行》跋、《无为集》后记等。
[3] 孙犁. 澹定集［M］. 天津：百花文艺出版社，1981.
[4] “孙犁两度进入城市”云云指的是20世纪30年代初孙犁在北平流浪、求职经历和1949年以后进入天津定居及后来的罹病、遭遇十年动乱的经历。这两次进入城市，孙犁均遭遇不幸，前一次遭冷落，受失业之苦，只好返乡；后一次饱受磨难，九死一生。其心灵受伤，可想而知。

市冷漠人间的悲戚。应当说，孙犁的依恋乡村、疏离城市的情绪只是一个远未彻底理解城市的老人心态的自然流露，是新旧变革时期因对未来无法把握，对现实失望过多的心灵的自然吟唱。与现代作家相比，孙犁缺乏鲁迅、茅盾式的冷静观照与更开阔的文化胸襟。鲁迅与茅盾既痛恨中国古老乡村死水般的灰色生活，痛心于农民灵魂的麻木，又对人欲横流、拜金主义盛行的都市生活深深失望。他们寄希望于更合理、更具有未来气息、更明朗健康的另一种生活。孙犁则力图从高速行进的城市现实生活中退出，返归古老而单纯宁静的乡村生活。孙犁不止一次地礼赞过过去的乡村民风如何淳朴、人情如何深厚。《夜晚的故事》在回忆了宁静的乡村生活之后，写道："我只觉得那时的农村民风淳朴，多数人有恒产恒心、男女老幼都知道人生的本分，知道犯法的可耻。"类似的思想情绪在《小贩》一文中也有流露。显而易见，孙犁所津津乐道的是一种自然经济条件下的乡村生活，是一种童年记忆中留下深刻印象的田园生活。在这种"小国寡民"式的乡村社会中，人们遵循着传统的道德、价值观念与行为规范，有尊卑长幼的秩序，有以血缘亲族关系而结成的乡村组织。人们日出而作，日入而息，不暇他想，只求温饱。然而，这种宁静怡然的田园牧歌式的生活终于被异族入侵的炮火所摧毁。《乡里旧闻》所描述的真实的人生故事表明乡村这一方天地也并非大诗人陶渊明笔下的"桃花源"。旧日的乡村生活正慢慢地走向崩溃，传统的价值观念和道德规范在社会与时代的动荡、巨变中也发生着不可逆转的裂变。很显然，孙犁已不可能再回到儿时宁静悠然的乡村田园生活中去了。他的回归乡土的愿望只是深感疲惫的心灵的渴望，是一种不可实现的幻梦。由这幻梦而生出的对于城市的反抗与疏离，便只能是一种农民式的傲慢与偏见。

“乡土情结”还只是孙犁回归心理的一个浅性层次，更深层的含义则表现为他对于传统文化的认同与复归，确切地说是向传统文化的主体儒道互补精神回归。这首先牵涉到一个问题：孙犁的文化心理结构中有没有儒家思想？如果有，其生成发展的轨迹是什么？孙犁在自述青年时期的读书经历时谈到他读过孔孟的书、老庄的书、韩非的书，都研习不深。也读过一些外国不同思想流派的文学作品，包括尼采的作品。后来终于集中精力读新兴社会科学、俄国十月革命文学和鲁迅的书。[1]38 就是说，孙犁年轻时虽读书驳杂，但最终还是选择了最能代表一个时代思潮的新兴社会科学著作来作为主攻方向。然而，这并不排除在孙犁的思想深处储存有儒家意识，这种儒家思想的生成我们可以追溯到孙犁的少年时代。作为一个生长于中国北方农业社会的农家子弟，孙犁在知人事之后受正统儒家思想影响是理所当然的事情。只是少年孙犁所接受的儒教影响并非直接来源于书本（孙犁说他小的时候上的是“国民小学”，没有读过四书五经，总觉得是一个缺陷）[1]69，而是来源于父母乡亲的言传身教，来源于乡村社会世代相传的民间礼法，也就是说，来源于经过民间文化改造过的儒教。这是一种更质朴更原始也许是更接近于孔孟宗旨的儒家文化。由于它与乡村的世俗人情的结合，这种儒教更具有人道气息，更具清新感（从孙犁所描写的乡村的风土人情中可以明显看出这一

[1] 孙犁. 老荒集 [M]. 上海：上海文艺出版社，1986.

点）。孙犁的父母，《乡里旧闻》中所记述的那些父老乡亲，他们精神世界中所具有的传统道德观念和人格力量才是哺育少年孙犁心灵、塑造少年孙犁人格的主要力量和直接源泉。这种哺育和塑造影响了孙犁一生。如果说孙犁少年时代对于儒学的接受是一种耳濡目染的非自觉化过程，接受的是一种被民间文化改造过的儒学，那么，中年以后的孙犁则明显是有意识地、非常自觉地从书本上来接受儒家思想与文化的熏陶。革命胜利进城以后，孙犁曾购读了大量古代文化典籍，从文学到历史，从农桑畜牧书到金石书画书。这种由一名“战士”“歌手”向传统文化的重新认同和返归之举，看似难以理解，实际上却颇为自然。其一，由乡村突然再入城市，而且是大都市，孙犁有一种“花树离土”的感觉，因急剧发展着的社会生活以及革命队伍中人与人之间关系的突然隔膜与疏远而产生的迷惘与困惑，迫使孙犁对传统文化典籍产生了新的兴趣和认识，以求找寻答案与解脱心灵。其二，孙犁是一个性格内向敏感的读书人（在烽火连天的抗日战争中，他也只是用笔来战斗），在其心灵深处无疑有着传统文人的文化心理积淀。中年罹病，使他暂时告别文坛，无以排遣心中郁闷，他便将心灵沉入古籍，以求暂时忘却。这是失意的中国文人自我保护与自我移情的通常路径。孙犁说：“看过了不少人的传记材料，使我感到，中国人的行为和心理，也只能借助中国的书来解释和解决。”[1]126 “远离尘世，既不可能，把心沉到渺不可寻的残碑断碣之中，如同徜徉在荒山野寺，求得一时的解脱与安静。

[1] 孙犁. 无为集 [M]. 北京：人民文学出版社，1989.

此好古者之通病欤？”[1]119 由少年时代所接受的非自觉的熏陶，经战争年代一个时期的潜伏，又经20世纪50年代以后的再造与发酵，孙犁文化心理结构中的儒家意识终于在20世纪80年代相对宽容、活跃的精神文化气氛中相当强烈地展现出来。这就是孙犁思想意识深处儒学因素生成、发展的轨迹。这样的生成、发展轨迹之于孙犁应当说是合乎情理的，并不令人感到惊奇。

对于身在20世纪80年代的孙犁来说，个体生命的进入晚境，“画地为牢”“足不出户”[2] 的生活状态，天津多伦道大院的骚动与喧哗，都促使他再一次地走向东方古老的哲学境界，走向儒道互补的古典文化精神氛围。一方面，儒家的积极入世精神强有力地影响着他，使他始终怀有忧国忧民之心，始终睁开眼睛大胆地看取人生并写出它的血和肉。自知非正常的社会情态并非几篇文章便能扭转改变，他表现出“知其不可为而为之”的人生态度，继续着尖锐的社会批评与文化批评；当发表言论，反映真相的正当权利受到非议，他拍案而起，“金刚怒目”。孙犁的文章有“孤愤”，有反省，有解剖，有忏悔。一句话，有一颗跳动不已的心。他号称“无为”、自称“进入了无欲望状态”（《谈镜花水月》）[3]，这都是文人的障眼法，“实际上，他是热爱人生的，追求恩爱的”[4]126。不满足则生愤激，有忧愤则长歌浩发，慨当以慷。另一方面，孙犁又常常流露出对于现实的失望与困惑。他

---

[1] 孙犁. 无为集［M］. 北京：人民文学出版社，1989.

[2] 孙犁在《老荒集·一九五六年的旅行》跋中说：“余之晚年，蛰居都市，厌见扰攘，畏闻恶声，足不出户，自喻为画地为牢。”

[3] 孙犁. 芸斋小说：代后记［M］. 北京：人民日报出版社，1990.

[4] 孙犁. 陋巷集［M］. 天津：百花文艺出版社，1987.

渴望回归于一种安详宁静的古典境界，返璞归真。20世纪80年代中期以来，他写了许多功利性不太强的作品。《火炉》抒写“乐天知命”的旷达胸襟，颇使人遥想箪食瓢饮的颜渊；《晚秋植物记》于院中种种花木瓜果的叙写中透露超脱的心境。他看花、把玩瓷器、观赏画帖，充分享受着人生，领悟着人生。在一种“心远地自偏”的氛围中体验着赤子的天真与喜悦，默默品味着充分艺术化了的生命哲学境界。

返璞归真不仅意味着回归朴素宁静的乡村生活，返归真诚、善良、无伪的道德情感，走回东方古老哲学的玄思默想与生命境界；在孙犁这里，它同时也意味着散文形式与语言在某种程度上向古代文学传统的回归。孙犁对当代散文普遍存在的篇幅太长，一味注重抒情的写法颇为不满。他认为本来中国散文是多种多样的，现在只承认一种所谓抒情散文，其余都被看作杂文，不被重视。“哪里有那么多情抒呢？于是无情而强抒，散文又一变为长篇抒情诗。”[1]51 “其实，中国散文的特点，是组织要求严密，形体要求短小。思想要求集中。……至于那种称作随笔的，是另外一种文体，是执笔则可为之的，外国叫做Essay。和散文并非一回事。”[2]247 “中国古代散文，其取胜之处，从不在于诗，而在于理。它从具体事物写起，然后引申出一种见解，一种道理。这种见解和道理，因为是从实际出发的，就为人们所承认、信服，如此形成这篇散文的生

[1] 孙犁. 澹定集［M］. 天津：百花文艺出版社，1981. 老作家汪曾祺对当代散文过分强调抒情也颇有微词。参见汪曾祺散文集《蒲桥集》自序。

[2] 孙犁. 秀露集［M］. 天津：百花文艺出版社，1981.

命。”[1]247 以上见解，不仅道出了中国古代散文传统的精华所在，也为孙犁新时期的散文创作了很好的注解，因为孙犁正是追随古代散文的优秀传统而创作的。

孙犁说人越到晚年，他的文字越趋简朴。这不只与文字修养有关，也与把握现实、洞察世情有关。“任何艺术，都要求朴素的美，原始的美，单纯的美。这是指艺术内在力量的表现手段，不是单单指的形式。”[2]88-89 老年的孙犁极其爱好古代文化典籍中形制短小、意味隽永的文字。他不止一次地称赞《论语》之雍容和顺、迂徐含蓄的风格。他的新时期以后的第一部散文集曾拟命名为“川上”，“意思就是‘逝者如斯’”。但最后还是定名为《晚华集》。后来，他为自己的第七本散文、杂文合集取名为《陋巷集》（“陋巷”二字出自《论语·雍也》），算是得偿夙愿。孙犁颇喜欢庄子寓言，于是他的散文中便屡有寓言出现，或全篇为寓言，如《猫鼠的故事》《成活的树苗》等，或以寓言式段落为全篇画龙点睛之笔，如《孙犁散文选》（人民文学出版社1984年版）中序的最后一段。孙犁晚近散文中那些随笔体散文，其所得滋养明显来自中国古代的议论文。他之所以推崇欧、柳文章，就是因为欧、柳的议论文能将哲理与现实生活真正融为血肉一体，这种哲理不是凭空而设想，而是从现实生活中体验抽象而来。孙犁散文很少那种文字朦胧、意象晦涩的篇章。这不仅与儒家不语“怪力乱神”的求实精神有关，也与古代散文追求质胜于文的传统有关。可以说，孙犁对古代散文经典的反复阅读与不断领

---

[1] 孙犁. 秀露集 [M]. 天津：百花文艺出版社，1981.
[2] 孙犁. 老荒集 [M]. 上海：上海文艺出版社，1986.

悟，对寓言及我国小说萌芽期作品的醉心与痴迷，都对其散文创作产生了重大影响，使他的晚近期散文呈现一种貌似稚拙而实际上却意蕴沉厚的美学品格。

既然沉迷于古代散文的艺术传统，语言形式的借鉴便理所当然。遍读孙犁近年散文，主要印象之一就是孙犁早期小说、散文中的那种清新、流畅、充满着柔和生机的句子不大见得着了。代之而起的是一种沉郁顿挫的语调，亦骈亦散的句式、严整精练的文字。这些特点，似乎更多地见于古代汉语，但孙犁却“拿来”化用了。文字的功夫是要伴随着深刻的思想的，没有长达几十年的人生忧患，没有对于古代散文艺术的反复玩味、取精用宏，就谈不上孙犁晚年散文深沉、典雅、含蓄隽永的书面语风格。在孙犁的散文中，由于追求优美典雅的书面语风格，为五四以来的散文家所追求的“谈话风”表现得不明显；而表现在何其芳《画梦录》中的“独语”式语言风格在孙犁散文中也难以见到。孙犁散文继承的是古代中国散文载道言志并重，个人与社会结合，审美上追求朴素与优美、自然与严谨统一的传统，并吸取了五四以来以鲁迅为代表的一代散文家的气质与风骨。他的散文语言更多地受到古代散文语言的影响与渗透，而少欧化语言的影响。当然，他只不过在文章中引进、熔铸了古汉语的因素，有意识表现汉语的美质，而并非彻底复归古汉语。从这一点上说，孙犁追求的语言风格其实是周作人所提倡的“涩味”与“简单味”的结合，雅致与明畅的结合。

1991年6月

觉醒与成长：近20年中国文学的简单回顾

当这个民族又一次地从一场巨大而长久的“昏迷”中渐渐醒来的时候，残存在人们意识深处更多的是过去年代的噩梦与阴影。蒙昧和迷信仍然笼罩在国人的心头，精神的匮乏与苍白成为普遍的现象。毫无疑问，在百废待兴、除旧布新的社会大变动时刻，心灵的暗夜急需一束耀眼的真理的强光来照射、来穿透。1978年底，伴随着中国共产党第十一届三中全会的胜利召开，思想解放的美丽阳光终于穿破历史的阴云和层层迷雾而照射到这片饱经沧桑的古老土地上。这一束奇异之光所产生的能量有如物理学上的原子裂变，它重新开启了中国社会的思想创造和精神解放之源，使已经板结了那么多年的中国人的心灵土地从此生长希望和梦想之花。在思想解放的原野上，曾经饱受极左政治摧残的当代文学也同样接受真理阳光的照射和温暖抚慰。于是，中国新时期文学便在这一片新鲜的天地中觉醒和成长，与其他的意识形态门类一道，共同构建着这一时代的中国人的精神空间和心灵家园。

一

如果我们把知识分子的精神状况，他们灵魂的健康与否看作是决定一个时代文学面貌至为重要的因素，那么，从根本的意义上说，新时期文学的觉醒与成长首先源于当代知识分子自身灵魂的觉醒以及作为一个社会良知群体的深度反思意识的逐渐建立。我们说近二十年间的中国文学已经取得了极为辉煌的成就，实际上这种成就的取得与当代知识者破除迷信、解放思想，从而建立了一种具有独立品格的文学的怀疑精神有着直接对应的关系。可以毫不夸张地说，这个年代的文学是如此紧密地与知识分子的精神状况、价值追求和人格水平联系在一起。文学的每一次发展和进步都与知识者的心灵解放息息相关。在经历了过多的灾难和创伤之后，中国的知识分子终于在世纪交替的历史时刻，从内心深处意识到了在过往的岁月当中自身灵魂的孱弱。盲从和迷信所带来的惨痛记忆如一记记重锤时时猛烈敲打着所有正直的知识者的心灵，防止“文革”悲剧重演的庄严的社会责任感使他们明白，怀疑精神和反思意识的获得对于一个饱受磨难即将走向新世纪的民族来说是多么的迫切和重要。

知识者灵魂的苏醒和解放在这二十年间呈现出一种逐层递进和深入的态势。如果说在“文革”后期和新时期最初，对现实的追问和对历史的反思还只是一些思想先驱者的“特殊”权利的话，那么随着党的十一届三中全会的召开，人们精神枷锁的普遍被砸碎，大概从1979年开始，这种思想的觉醒和反思便在时代风潮的鼓动之下逐渐沉淀为众多知识者的内在精神底蕴，成为他们看待生活、从事创作的重要视角之一。并且，这种饱含血泪、来之不易的创作主体意识，几乎贯穿了近二十年间的中国文学的发展过程，而在世纪末的这几年达到了某种空前的高度。仔细考察一下近二十年的当代知识分子的精神旅程，我们可以发现它十分明显的阶段性特征：整个80年代，知识分子的怀疑精神与“反思意识”更多地表现为一种“激情话语”，在文学创作中具体体现为对于社会政治和民族历史文化的审视和批判；进入90年代，随着中国社会市场经济的惊涛拍岸以及价值追求多元化局面的到来，知识分子的怀疑批判精神便主要表现出“向内转”的自审思想趋势，显示出沉郁而冷峻的风格特色。对知识者真品格的探寻与追问，成为世纪末的一道特殊思想风景。自然，世纪末的这一次真正走向“自我”的怀疑和反思比之80年代更具有尖锐性和批判锋芒，对于相当数量的大陆知识分子来说，甚至不无灵魂的拷问和心灵的煎熬。

当刚刚从一场浩劫中被解放和拯救出来的时候，知识分子的心情同普通民众的心情是一样的。他们欢呼雀跃，放声歌唱。长期被划归“异类”、被歧视的政治境遇和“文化大革命”当中的九死一生的不幸遭遇，使他们在新的历史场景下有一种幸福而晕眩的“回家”感，于是他们激情满怀地高呼“第二次解放”，几乎忘我地陶醉在“中国的十月”中。然而，在短暂的兴奋之后，知识分子的理性却很快把他们引入对于过往历史的揭露批判和深刻反思中。在一种知识者的良知和神圣的社会责任感的驱使下，他们开始思考“文革”这一全民族的大悲剧以及“文革”以前种种悲剧产生的原因。“冰川纪已过去了/为什么到处都是冰凌/好望角发现了/为什么死海里千帆相竞？”（北岛《回答》）这样的思索和追问似乎有剖心之痛，但是它指向正义，显现要揭破历史苦难真相的勇气和道义力量，正代表着一代知识者精神的无私无畏。由伤痕小说和朦胧诗开其端，到“反思文学”达到高潮，一股强大的反思意识在文学界逐渐弥漫开来。在新的时代和真理的天平上，一切都必须被重新估价，一切被颠倒的应该重新被颠倒过来！在文学世界中，久违了的悲剧开始大规模“上演”，英雄的受难、民众的被蔑视与恶势力在某些时候的强大形成尖锐的对比和反差。“为什么善良总是这样脆弱”的发问并非意味着天真和不谙世事，实际上，它源于对专制制度下东方式的社会历史生活的深刻体察。很明显，由对共和国的某一段不幸历史的回顾和反思，以人道主义精神作为创作支撑点的“反思文学”的思想旨归其实落在了对于人的重新发现和对人的价值和尊严的肯定和张扬上。人不再是可以被任意摆布的工具，不再是可以被漠视、被随意践踏的草芥。人是万物之灵长，是天地间最伟大的存在物。所以小说家张弦借小说人物之口呐喊道：“对于颠倒人的人，要从严处理！现在还没有这样的党纪国法，将来会有的！一定要有！”（《记忆》）对于极左路线的揭露和批判，对于“大写的人”的重新发现和肯定只是文学反思意识向复杂的社会历史生活伸出的第一根触角。随着知识分子思考的深入，鲁迅提出于五四时期的“改造国民性”的文学思想命题被再度唤醒。以发表《李顺大造屋》《陈奂生上城》等小说而被文坛称道的作家高晓声在一篇创作谈中说：“李顺大在十年浩劫中受尽了磨难，但是，当我深究中国历史上为什么会发生这种浩劫时，我不禁想起像李顺大这样的人是否也应该对这一段历史负一点责任……我不得不在李顺大这个‘跟跟派’身上反映出他消极的一面——那种逆来顺受的奴性。”[1]45 以高晓

[1] 高晓声.《李顺大造屋》始末［M］//新时期作家谈创作. 北京：人民文学出版社，1983.

声的深度反思为代表，方之的《内奸》、韩少功的《西望茅草地》、陈建功的《辘轳把胡同9号》、古华的《爬满青藤的木屋》、冯骥才的《高女人和她的矮丈夫》、吴若增的《翡翠烟嘴》等作品，共同构成了70年代末80年代初颇为壮大的“反思文学”潮流。当“改革文学”和“知青文学”在文坛兴起的时候，表面上看，“反思文学”已经处于落潮状态，这容易给人以错觉，仿佛“反思文学”在兴盛了不长的一段时日就偃旗息鼓了。事实上，在新的文学情势下，作为“反思文学”所孕育的重要思想结晶的反思意识却并没有被丢失，只不过它走向了两个层面：一方面，它化为以蒋子龙为代表的改革小说家的对于现实的忧患意识，这属于显层次；另一方面，它走入民族历史生活的更深处，向整个民族生活的原初状态挖掘和探问，并最终于80年代中期发展成为名重一时的“寻根文学”。生长于80年代中期“文化热”中的“寻根文学”比此前的任何文学潮流都更注重对民族传统文化的深层次挖掘。自然，在时代风气的影响之下，小说家们将注意力放在了对于传统文化负面因素的透视上。应该说，“寻根文学”的创作宗旨依然是鲁迅所说的“揭出病苦，引起疗救的注意”。从思想延续的角度看，它是“反思意识”在新的历史阶段中的再次显现和发展。“寻根文学”的更为重要的意义还在于，它超脱了相对具体和黏着的时代背景，在更为广大的空间和更为长久的时间之流中发现了我们这个民族生存命运的文化奥秘，它的恒定与自足，它的封闭与缺乏变化。而这一点无疑为日后的文学创作家提供了某种难得的思想启示。1985年之后，小说创作领域的“先锋派”逐渐称雄，艺术创作方式与技巧的变革极一时之盛。然而，就在

1986年，山东作家张炜仍然创作出了80年代最为厚重的作品之一——“反思”杰作《古船》；1987年，王蒙写出他的“拷问灵魂”之作《活动变人形》。这两部长篇小说对于我们民族的历史生活和传统文化心理的深刻洞察与批判几乎达到一种堪称空前的高度。这表明小说界的“反思”话题远远没有结束。与此相映成趣的是，当小说创作界的中心话语有所变更和转移之时，报告文学创作中的反思意识此时却空前高涨。张敏等人的反映中小学教育危机的《神圣忧思录》，赵瑜的对中国体育界进行深度透视的《强国梦》《兵败汉城》，徐刚的呼吁保护国土森林的《伐木者，醒来！》等作品，在无意当中接续着小说创作中已颇为淡化的反思意识、忧患意识，从而为80年代最后一阶段的文学打上了完全属于那个时代的浓重的思想底色。

如果说，知识分子秉承政治激情和道义精神对社会历史生活进行“干预”还只是灵魂觉醒的一个显性层次的话，那么走向更真实的自我，对自我进行无情地拷问，以反省和确立自己在现代文明社会中的价值担当，则无疑是灵魂觉醒的更为深刻的内涵所在。其实，作为中国现代文学的伟大先驱者的鲁迅早就为以后的中国知识分子做出了光辉的榜样。在斗争激烈的年代，鲁迅不止一次地说过他的确是在时时批判着社会，批评着别人，但他更多时候是在解剖自己，“抉心自食”，要驱除灵魂当中的“毒气”和“鬼气”。令人遗憾的是，在相当漫长的一个历史阶段中，鲁迅式的灵魂自审与拷问以及五四知识分子在那一时代所形成的特立独行的个性风采几乎在中国知识界完全丢失。在强大的农民话语成为社会主流话语的现实条件下，知识分子的自我像一只断线的风筝，飘向了不可知的所在。

对此，青年学人王晓明有至为沉痛的总结：“三十年代以后的中国历史，就是一部不断逼迫知识分子舍弃理性的自尊和自持的历史，一部不断逼迫他们向求生本能屈服的历史。从消极退让到主动迎合，从自我压抑到自我毁灭，知识分子面对社会的精神姿态越来越低，由后退而下跪，又由跪倒而趴下——在‘文革’的最初几年间，知识分子在精神上成片成片地趴下。”[1]281 这当然是王晓明基于90年代思想背景下的沉痛追忆。事实上，当80年代的大多数作家还把知识分子灵魂的苏醒理解为只有一个层面——批判过去岁月社会政治的荒谬无道时，就已经有一些思想的前行者开始反思当代知识分子在极左政治肆虐时期的精神变异和灵魂中毒。高晓声这样发问：“我们这些人，能在‘左’的染缸里滚了几十年，有几个是真正干净的？要说干净的话，那是因为‘左’的病毒钻在你的骨髓里没有发觉而已。”[2]代前言2 一代文学巨匠巴金老人更在生命的晚年，以“掏出心来”的赤诚与无私，忏悔自己在非常年代里的灵魂的“丢失”，反思何以从一个堂堂正正的人变成了动物。只是，在喧哗与骚动的80年代，在知识分子的大多数还陶醉于启蒙者的身份而无暇和无力注视自己内心的历史时刻，这种声音竟被渐渐淹没了。进入90年代，市场经济潮流以不可阻挡之势冲击着我们的生活，它在给中国的整体社会面貌带来惊人变化的同时也造成了某些价值标准的混乱。知识者队伍在这风云突变的历史转折期发生了严重的分化。就在这一时刻，当代知识者的角色担当问题再次被人文学界所触及。显

[1] 王晓明. 潜流与漩涡 [M] .北京：中国社会科学出版社，1991.
[2] 高晓声. 觅 [M] .南京：江苏文艺出版社，1988.

然，这一次的“旧话”重提规模和深度都是空前的。它的具体表现形态是一次搅动文坛的“人文精神”大讨论。虽然讨论者双方立论的基础似乎有着一定程度的差异，各自对现实的态度也不尽相同。但是，始于90年代中期的这场大讨论却结出了异常丰富的思想果实。它的最为杰出的贡献是，在科学理性的前提下，这么多年以来第一次对“知识分子”这一概念的内涵进行了确定不移的现代意义上的解说和定位。“独立之精神，自由之思想”成为真知识分子的最为显著的精神特征和难以磨灭的“家族纹章”。以此为契机，当代文坛开始进入一种知识者灵魂的自审创作期。鲁迅的再一次被“重读”，以及对陈寅恪和顾准这两位在知识分子普遍染上“恐慌症”和“失语症”的年代里依然保持一份难得的人格自尊的特立独行者的发现，无疑是这个年代思想史上的大事。以这两位离我们年代最近的知识者“巨人”作为一面镜子，更多的活着的人发现了自身的心灵污垢。于是，一场前所未有的对自己对他者的灵魂拷问悄然而迅猛地冲入文坛。心灵的忏悔，正义的追索，只有在这种时刻才显得那样的发自肺腑，那样的义无反顾。如此，诗人兼散文大家邵燕祥对于自己在“文革”中的“可耻”表演的毫不留情的深挖和批判[1]；林贤治对于20世纪“胡风‘集团’案”的“还原”和无尽追问[2]，韦君宜辗转于病榻之上，用良知和生命写就的心灵“痛史”[3]，才有着不可低估的作用和价

[1] 邵燕祥. 人生败笔：一个灭顶者的挣扎实录［M］.郑州：河南人民出版社，1997.
[2] 林贤治. 胡风“集团”案：20世纪中国的政治事件与精神事件［J］.黄河，1998.
[3] 韦君宜. 思痛录［M］. 北京：北京十月文艺出版社，1998.

值。它们以及类似思想主题的作品，毫无疑问指示着世纪末中国知识分子的精神向度，透露着即将走向21世纪的中国文学所可能拥有的某些大境界和大智慧。也许，当代知识分子觉醒的时间是显得过于漫长了一点，灵魂由沉沦到救赎的过程也还显得过于艰难，但“迟开的花朵”也是“花朵”。有花朵就表明春天的存在，就意味着有生命的冲动和向往，有蓬勃的生长和动人的收获。

二

知识分子的思想解放和灵魂觉醒所带来的直接文学现实是，近二十年来的中国文学比之1949—1976年这一历史时期的文学，在文学理念、文学的整体精神风貌上可以说是发生了深刻而全方位的转换。虽然，二十年来的文学征途充满风雨，也曾经产生过重大的争议，甚至不无挫折，但这一时期的文学创作者们秉承知识者的良知，以一种“舍我其谁”的文化勇士的大无畏的精神气概，冲破层层封锁和禁锢，翻越了思想荒芜的高原而最终走向精神丰饶的绿洲。

毫无疑问，文学思想观念的转变是引发二十年来中国文学的历史性转机的直接动力源。从新时期早期开始，面对文学权威话语的定于一尊，富于理论探险精神和勇气的文学先行者们便率先进行着顽强而卓有成效的开拓和反拨工作。在文学与政治的关系、文学与生活的关系、文学的功能和作用、文学所应该面对的读者对象、文学的歌颂与暴露等重大问题上，敏感而智慧的理论工作者和创作者们打破禁区，正本清源，破除迷信，大胆变革，一步步地将这一年代的文学思想和观念推向开放和坚决的反禁忌。在新的时代条件下，文艺不再是政治的工具和简单的传声筒；文艺也不再被简单地理解为只能被动地去反映社会生活而缺乏创作主体的心灵投射，生活固然是文艺的源泉，文艺家异常丰富的主观世界也是构成文艺源泉的因素之一；文学的功能应该是多方面、多层次的，除却认识和教化作用之外，它还应该是审美的，它有着娱乐大众身心、解除心灵疲劳的职责，在市场经济大行其道的今天，文学还具有某种商品属性；文学从最根本的意义上说是为广大的人民服务的，它将通过审美的途径，提高人的精神境界和帮助人实现心灵的解放；在复杂的社会生活面前，文学既应该发现和歌颂光明，也应该理所当然地暴露生活的阴暗面，毫不犹豫义正词严地批判人间的不公与邪恶。

在现实主义创作方法的问题上，作家们的思索同样深入。在当代文学很长的一个历史时期，现实主义在被加上了种种限制语之后，它的最本质的精神内涵实际上已经被消解了，作为一种文学的正义原则和道义精神，它在当代创作史上曾经有过涣散和轻浮。中国文学史上的现实主义从本质上说是一种“穷年忧黎元，叹息肠内热”的关注民生疾苦的道德情怀，是一种“直面惨淡的人生，正视淋漓的鲜血”的不妥协的战斗精神。然而，这种源远流长的精神话语传统在20世纪下半期的某一时刻却令人惊异地从中国当代文学界逐渐消失了。作家们普遍地陷入一种精神变形、血性丢失的写作境地。“颂歌”几乎成为唯一的选择和情感表白；“反映现实”并不是为了揭示真理而是为了制造神话、打扮生活。针对弥漫于现实主义创作领域的种种致幻剂和毒雾，二十年来，勇敢而正义的作家们不屈不挠，上下求索，努力要还现实主义一个真实的面目。经过思想的搏斗，接近世纪末的创作界对于现实主义的理解和运用实际上已经达成了两个共识：第一，现实主义不再享有“唯我独尊”的文化霸权，它只是众多文学创作方法中的一种，是百“花”当中的一“花”。第二，在文学发展多元化的时代，当代文学的现实主义需要冲破固有的创作模式，不断吸取有益的营养，深化它的内在精神意蕴，变封闭体系为开放体系。

在新的历史条件下，如何以一种开放和建设性的目光看待传统文化和外来文化，是一个缠绕理论界几乎一个世纪的尖端话题。传统的异常庞大和厚重，西方现代文明以一种东方人难以接受的血腥粗暴方式进入中国，这一切都使得上述本已复杂化的话题更加疑窦丛生。然而，问题的复杂难辨并不意味着可以将它彻底地悬搁起来，或者拖延时间暂不讨论。在历史转折的关头，现实的巨大逼问无情而迫切。于是“拿来主义”成为新时期以来中国思想文化界清醒而务实的基本态度，对现实中国的文化发展和建设是否有帮助成为价值选择的基本标准。诚如鲁迅当年所言：“我们目下的当务之急，是：一要生存；二要温饱；三要发展。苟有阻碍这前途者，无论是古是今，是人是鬼，是《三坟》《五典》，百宋千元，天球河图，金人玉佛，祖传丸散，秘制膏丹，全都踏倒它！”[1]35 基于以上认识，近二十年来的文学一方面从我国古代博大而深厚的文化传统中汲取精神养分，以熔铸新的生机；另一方面，在改革开放

---

[1] 鲁迅. 忽然想到：五—六［M］//华盖集. 北京：人民文学出版社，1980.

的大背景下，对于西方和其他民族优秀文化的借鉴和消化也成为创造和建设这一时期中国文学的有效途径。开放而务实的文化思想所带来的文学面貌的改观是巨大而惊人的。在摸索和寻找许多年以后，中国文学正在从一种单一的传统农业文明的巨大笼罩之下逐渐挣脱和解放出来。时至20世纪的最后几年，我们的文学中正在蓬勃生长着完全有别于过去年代的文学形态的新质，这种新质突出表现为对于现代城市工业文明的赞美与讴歌，对于市场经济体制下人的物质和精神解放的认同和欢呼。换言之，我们的文学已经从深层精神结构上与世界文学有了内在的联系和对话的可能。

创作主体思想的牢笼一旦打开，热情一旦燃烧，文学艺术生产力的火车头便一日千里。新的天地与生活召唤着年轻的创作者们，也神奇地唤醒了老作家们的创作激情。被文学的颂歌年代搞得手足无措，几乎失语的现代名家们在新时期终于从“冬眠”中醒来，重获创作的勃勃生机。巴金以他的“讲真话的大书”《随想录》宣告了他的第二个创作高峰期的诞生；以“为什么我的眼里常含泪水？／因为我对这土地爱得深沉”而征服了几代读者的艾青在嗓音嘶哑多年之后，又充满深情地唱出了“光的赞歌”。世纪老人冰心八十七岁高龄时还在为中国的教育问题高呼《我请求》（《人民日报》1987年11月14日）；受尽磨难的萧乾在生命的晚年仍然像“冬天里的一把火”，他热情关注社会人生，凌云健笔，耕耘不辍。老作家们在创作上的普遍焕发青春是新时期以来的重要文学现象，这些曾经被极左政治剥夺了发言权，或者在文网细密的年代虽然具有发言权却始终如履薄冰的作家们在这一年代的文学新奉献，从反面证明了文化的专制和禁锢只能摧毁作家的良知和创作激情，从而导致文学生产的荒芜和绝收。

文学禁区的逐渐被打破和摧毁以及农民文化话语权的中心地位的被动摇是这二十年中最为辉煌的成就之一。从文学题材内容的角度来说，禁区的被冲破意味着作家们将拥有完全属于创作主体的“天赋人权”——创作内容的选择权，他们不必再去担心因为写了社会生活的阴暗面或者因为写了复杂的人性而受到严厉批判甚至被剥夺正常生活的权利。现实的严峻和生活的局部黑暗被认为是可能的，悲剧不仅是“伤痕”和“反思”文学当中的寻常故事，在90年代的文学视野中，它同样是一个得到反复叙写的文学品种。对于人情、人性的相当规模和深度的描写是近二十年文学的一大景观，对严肃的“性文学”的理论探讨和创作实践也得到了社会的认可，这些都足以表明这个民族以及它的文学正在摆脱蒙昧而走向科学和理性。

自从40年代解放区文学诞生并出现赵树理的《小二黑结婚》等深受农民喜爱的文学作品之后，解放区文学话语便渐渐取代现代文学史上由鲁迅等经典作家所精心构筑的知识者话语而成为当代文学的学习样板和精神资源。在后来的几十年中，乡土中国成为书写不尽的文学母题，农民生活成为反复吟唱的寻梦之歌。甚至在少得可怜的所谓工业题材的文学作品中，我们也不难发现中国农村的浓重投影。而在几乎所有的“农村小说”中，农民形象的光彩照人与知识分子的猥琐和丧魂落魄又形成鲜明的对比。显而易见，农民式的傲慢与偏见在相当长的一个历史时期统治着文坛，决定着文学作品的取材方向和价值追求，城市以及与城市血肉相连的知识分子，连同文学作品当中的现代感统统被自觉地视为某种与“主流话语”格格不入的疏离物和值得提防的“异动者”。打破“农民神话”，冲开农民文化的重重包围，充分写出真正带有现代气息的崭新作品来，一直是新时期以来期望开拓艺术新时空的作家们所梦寐以求的。

从80年代初开始，王蒙率先变革，将“意识流”的创作方法引入文坛。王蒙之后，文学表现内容和艺术形式的全面革新风起云涌，一种区别于农民文化的新鲜艺术情调慢慢扩散开来。知识者话语在中断了差不多半个世纪之后，重新回到中国文坛。进入90年代，当城市化浪潮席卷中国大陆之时，邱华栋、何顿、张欣们更是在缺乏传统支撑的精神背景下，淋漓尽致地刻写出“都市一族”的欲望、焦虑、冒险、漂泊，以及他们在物欲横流之时的“诗情”守望和心灵困扰。邱华栋们所提供的城市“万花筒”和城市“猎鹿人”在此前的当代文学中是难以想象的，有关这些“新人类”的全新艺术描写，可以看作是中国文学中真正的“城市文学”大潮即将来临的先声。

还人在文学当中的中心位置，把有关人的话题引向深入，对人性的善恶进行大胆的摹写和深刻解剖，是这二十年来又一项重要的文学内容。当过往岁月的文学只以阶级论英雄，鼓吹“一个阶级一个典型”，把文学作品当中的人物形象变成单纯的政治符号和标签，从而消解其深厚的人性内涵时，实际上我们也正在远离深刻的文学。而事实上，生活的复杂多变，世事的风云聚散，人性的不可测度恰恰是文学切入社会的最佳角度，也是作品永远充满迷人魅力的奥妙所在。新时期以来，随着思想的解放和对人本身认识的深化，“阶级论”的单一视角很多时候已经无法解释波谲云诡的历史和现实。人性视角成为许多作家借以解剖生活、透视人生的常见角度。仔细考察一下我们发现，近二十年来的最为出色的文学作品，恰恰是那些写出了动荡的人生命运，揭示了丰富的人性内涵的作品。在这片深不可测的“人性之海”中，高贵与卑下，善良和罪恶，欲念的奔突与心灵的升华，个人的隐秘与阶级的意志，历史的暗影和现实的阳光如此奇妙地纠缠在一起，它使我们沉醉，又使我们因为惊悸而伤感。颇令人深思的现象是，这一时期深刻的人性透视往往在历史题材的创作中大放光彩。而一涉及现实人生，创作者们便少了那一份应有的沉着和智慧，变得耳不聪、目不明。《古船》《活动变人形》《白鹿原》和《曾国藩》的成功标志着当代作家正在远离中国传统的“乐感文化”，对人的怀疑与对人性的锐利洞察正引起作家们越来越浓厚的创作兴趣。

创作禁区的被打破不仅意味着书写题材范围的广泛拓展，对作家们来说，它的更重要的意义在于，一个盼望多年的充分尊重创作主体艺术个性的文学的多元时代终于到来。作家们完全可以遵从自己艺术才情的需要去选择生活、表现生活。由于审美视野的扩大，原来的传统凝固的创作模式便受到无情的冲击，而审美理想的多元交叉又导致文学创作审美范畴的不断开拓。

近二十年来，当代中国文学中的艺术探索和艺术革命可谓波涛汹涌。甚至在某些时候，追逐艺术新潮已经到了堪称狂热的地步。西方文学所走过的近百年的艺术探索路程，在新时期的中国只用了差不多十年就匆匆走完。而进入90年代，“后现代主义”等等文艺思潮又轻巧地在文坛走了一圈。客观地说，“现代主义”和“后现代主义”文学思潮，它们在中国的登陆意义非比寻常。一方面是它们的反传统和反禁忌精神给当代中国作家以重大的思想启示；另一方面，它们又以崭新的艺术想象方式开启了当代中国作家的创作心智，使他们懂得了观照、体验、感受和思索生活的审美方式非止一端，艺术生命的长青之树永远取决于个人创造力和想象力的充分而丰富的展开。

近二十年来，中国作家对于西方现代主义的借鉴和消化走过一个由表及里、由生吞活剥到逐渐化为自己血肉的过程。当所谓“85新潮”涌动的时候，刘索拉、徐星们的作品还多少带有点西方现代派“描红小楷”的味道，但是到了90年代的“新生代”作家手中，现代主义已经被充分中国化了，已成为这些作家作品中的内在肌理，而绝不是硬拼贴上去的。邱华栋小说中的窥视者和精神流浪者的生存焦虑和生命骚动，陈染笔下的心灵幽闭者的恍惚梦境和纷纭错乱的思维幻象，这些艺术境界似乎已不再是对西方现代派的刻意模仿，实际上它们已经具有了某种“中国意象”和“中国情味”，这些来自民族历史和现实深处的“意象”和“情味”，有力地反射着社会生活转型时期中国人深层心理的洪波巨浪。

整个20世纪的中国文学是一曲分外沉重而忧伤的“命运交响曲”。其中，真正发自肺腑的生命的欢愉和舒畅是一种难得听到的音乐之声。即使偶尔有，也常常短暂得仿佛惊鸿一瞥。而命运的悲怆、哀痛、苍凉感却那样的强大和鲜明。也许，始于政治、文化“衰世”的20世纪中国文学从它的原初期就注定要与“苦难”“抗争”这些沉重的文学话语相依相伴、如影随形；也许，只有在与“宿命”的不停搏斗中，才能鲜明地显现出这个曾经创造过辉煌历史的民族在新的时代风暴中灵魂如何从孱弱攀升为强健的过程。值得庆幸的是，当本世纪最后二十年来临的时刻，20世纪中国的“悲怆”的文学主声中突然增添了此前少有的激越清亮之音。而这种艺术变化无疑应该归功于1978年底胜利召开的中国共产党十一届三中全会。回望历史，我们会发现那次重要会议在中国文学思想史上无疑是一座不朽的纪念碑，它值得我们永远珍视和怀念。我们纪念它是因为这次会议改变了20世纪最后一个阶段中国文学的“演奏”方式，使这一年代的文学之声不再成为谎言和言不由衷。我们纪念它是因为我们大家都明白：开启中国大陆新时代大门的巨大的“金钥匙”是在那一时刻被打制和锻造的。

1998年5—6月

1995年以来的文学发展状况考察

考察和描述20世纪90年代中期以来的大陆文学发展状况，是一件非常具有难度的工作。学养的不足和研究对象的相当复杂，都使这一颇有意义的工作成为研究者写作的畏途。然而，既然理解20世纪90年代已经成为庄严的工作，并可能为今天的精神和文学发展提供某种启示和借鉴，那么，并非成熟的研究也可能有抛砖引玉之功效。笔者不揣简陋，愿将对90年代中期以来精神和文学现象的考察和思索呈献给读者。

似乎还没有哪一个年代，能像我国的20世纪90年代这样，充满着如此繁复的精神的矛盾、冲突、困扰与激变。在这个年代里，所有中国人都感受到了生活的传奇性变化和心灵的巨大震撼。在中国社会卷入全球化浪潮的历史进程中，这个年代的生存演变和精神激荡的复杂情形实在令人有眼花缭乱之感。事情很明显，苏联解体和东欧剧变之后冷战的终结以及市场经济体制在中国的迅速登陆和全面扩展，给90年代的中国社会带来了思想的创造性震荡。短短几年之间，中国社会原有的社会结构便出现了前所未有的松动迹象，经济的分化和社会的分层成为显而易见的事实。与此息息相关的另一个现实是，中国社会的精神流向也出现了明显的多头并进趋势，统一的价值寻求已经不复存在。一种更合乎现实发展的宽容意识开始在社会生活中流布开来，多元化的人生价值选择成为这一年代普遍的社会精神现象。与此同时，在知识界也出现了前所未有的灵魂震荡。长期以来，被认为是用同一个声音说话的知识分子队伍，突然在90年代前期，发生了严重的分化。并且，这种分化与重组现象直到21世纪的今天，依然在实施和运行当中。应该说，90年代中期以来的大陆文学界的发展运行图，就在这样的社会时代背景之下渐次展开。本文的任务，便是粗线条地勾勒1995年以来的国内文学图景，希望通过对已经成为历史烟云的精神与文学往事的回眸，找寻中国文学走向21世纪的可能前景。

一

论及20世纪90年代的文学发展状况，不能不首先涉及这一年代知识界的精神流变，而知识界的精神波动与激荡，又莫不与这一年代的社会历史进程密切相关。正是这一年代丰富复杂的现实发展，为包括知识分子在内的中国人的精神建构提供了无法回避的时代背景，并为文学的诸种走向提供“历史的合法性”。

1992年春天，邓小平南方谈话发表之后，整个中国社会一扫几年间的沉闷徘徊的精神低气压状态，而进入一种情绪亢奋、创造力量瞬间爆发的社会情状当中。经过几年的经济高速增长，到了90年代中期，中国社会内部从结构重组到精神空间已经发生了引人注目的显著变化：首先，市场经济大潮第一次以一种不再含混的方式呼啸翻卷而来，它在体制上已经获得了合法性。摆脱物质生活的长期匮乏和低水平状态而“脱贫致富”，成为主流意识形态和整个社会予以认可、普通民众孜孜以求的价值选择。其次，迅速的市场化进程和此前社会地位的原有差异，导致了在新的历史条件下的社会快速分层，知识分子在这社会结构松动和重建的时刻，正在由受尊重的社会中心位置逐渐退向边缘地带。再次，市场经济和商品化社会使原来被压抑的大众欲望表面化，一种纵情狂欢的大众社会的消费享乐心理和道德虚无主义思潮迅速蔓延，并成为腐蚀和瓦解原有的社会文明准则和人文精神的“毒水”。应该说，上述种种社会情状显然对国内人文知识分子敏感忧患的心灵构成刺激和压力。问题的严重性不仅仅在于此，对众多人文知识分子形成更大压迫和刺激的力量，来源于“知识分子”这一光荣的称号，它本应该拥有的神圣庄严色彩，却忽然在此时遭受了完全出人意料的消解和亵渎。

不可否认，知识分子群体在相当漫长的一个历史时期里，一直被当然地认为是中国社会当中的一支极为重要的政治和文化力量。中国古代读书人“学而优则仕”“为天下师”的辉煌而遥远的往事，因为太过古老我们可以不谈。就“礼崩乐坏”的近现代以来而言，知识分子虽然遭逢了前所未有的肉体和心灵创伤，社会地位一落千丈，但是，坦率地讲，知识者的神圣感和庄严感依然存在。我们毕竟有着五千年的文明史，作为民族众多心理积淀之一的对读书人的敬畏之心并不能被连根拔起，彻底摧毁。也因为此，1976年以后的新时期，中国的知识分子才可能以一种历经磨难、苦尽甘来的“英雄”和“勇士”身份，重返社会和时代中心，慷慨激昂地发布社会改革方案和以各种各样的方式（比如文学方式）参与80年代的中国社会思想和文化事业的建设。然而，对于当代中国知识分子来说，这样的人生胜景似乎太短暂了一点。时至20世纪90年代，在市场经济的飓风刮过之后，国内知识分子一觉醒来，忽然发现自己已经不知所以然地丢掉了原有的光荣身份，由引人注目的社会中心人物变成了颇为尴尬的边缘族群。噩梦非止一端，在市场经济惊涛拍岸之际，原有的知识者队伍也发生了重大分化。一些过去怀着各样功利心“误入”知识者队伍的读书人忽然怀疑此前费劲登上的船是一条“漏水之船”，有沉没的危险，于是纷纷跳到了岸上，改换了门庭，或经商或从事别的什么发财的行当去了。情况确实有点离奇：在过去年代的严酷的生存环境里，中国的知识分子并没有放弃生命和思想的尊严，尽管狂风大作、飞雪连天，他们仍然要去做“悬崖边的树”；可是，到了90年代，当政治环境不再严酷，生活之中壅塞了过多的世俗欲求之时，许多人突然感觉到“生命中不能承受之轻”，于是在一种欲起又落的心境中，与万丈红尘相拥相抱去了。更为可怕的还有，当文坛的“痞子”们假借嘲笑虚伪道德之名，对国内的知识界进行放肆攻击并试图消解知识者以及文学的神圣尊严和天然责任感之时，居然有相当一部分人为之喝彩。种种精神的迷乱状况严峻地表明，在新的历史条件下，为知识分子重新定位，并重申知识分子以及文学与生俱来的社会责任感已经刻不容缓。于是，90年代最大规模的精神和文学事件揭开了帷幕，一场人文精神的讨论迅疾地冲上文坛。

确切地说，人文精神的讨论开始于1993年。这一年的6月，《上海文学》在《批评家俱乐部》的栏目里发表学者王晓明、张宏等五人的对话录《旷野上的废墟——文学和人文精神的危机》，由此引发关于社会现状的评价与人文精神的讨论。此文一出，在国内精神界和文学界引起巨大的反响。多种在知识界享有盛誉的刊物和报纸热烈响应，加入讨论。其中，《读书》杂志从1994年第3期开始，连续六期推出沪宁两地人文学者的谈话录以及北京和海外学者对人文精神讨论的看法。人文精神讨论的发起者王晓明认为："今天，文学的危机已经非常明显，文学杂志纷纷转向，新作品的质量普遍下降，有鉴赏力的读者日益减少，作家和批评家当中发现自己选错了行当，于是踊跃'下海'的人，倒越来越多……今天的文学危机是一个触目的标志，不但标志了公众文化素养的普遍下降，更标志着整整几代人精神素质的持续恶化。文学的危机实际上暴露了当代中国人人文精神的危机，整个社会对文学的冷淡，正从一个侧面证实了，我们已经对发展自己的精神生活丧失了兴趣。"[1] 南京学人费振钟同样表达了对知识分子生存状态的焦虑："今天知识分子的状态，无论是生存状态，还是思想状态，都不比中国传统知识分子好多少，更不必比五四那批向西方寻求真理的知识分子了。我们比什么时候都更加虚弱，更感到危机。重建人文精神，从最切近的目的上说，是今天知识分子的自救之道，是寻求再生之道。因此，人文精神在今天的'可能性'，不仅仅是学理上的'可能性'，更主要是指实践的'可能性'。"（《读书》1994年第6期）很明显，在社会拜金狂潮突起，民众道德水平大面积滑坡，知识分子的生存和精神状态陷入萎靡不振的历史时刻，一些对现实怀有忧患之心的知识分子终于发出了"吼声"。时隔多年之后，从当年思想相当庞杂的有关人文精神大讨论的文章中，我们可以发现两个颇为清晰的思想要点：第一，所谓人文精神的危机之说，是有

[1] 王晓明，张宏，徐麟，等. 旷野上的废墟：文学和人文精神的危机［J］. 上海文学，1993（6）.

感于社会民众的人欲横流现象而发。因为按照人文学者的看法，人文精神是对人的存在价值及意义的思索；是对人的精神生活、理想、责任、信念、自尊、怜悯、善良、仁爱等内在品质的关注；是对人类命运，人类的痛苦与解脱的思考与探索。对比现实，相当数量的民众却只把市场经济简单理解为“丛林间的搏斗”，只见物质，不见精神，只逐财富，不讲道德、良知。由此，拜金狂潮愈演愈烈。第二，在商品经济大潮汹涌而来的时刻，许多知识分子的灵魂突然无所归依，不少人甚至同流合污。如此光景，着实可怕。真正的知识分子应该高举精神关怀的大旗，以世俗人生的批判者的角色，积极参与中国社会的精神重建工程。人文精神讨论的这两个思想要点，在以后的历史进程中，可谓命运各殊。第一个思想要点，从事情的发展来看，似乎并没有被普通民众所接受，这由国内民众特殊的生存法则和思想习惯所决定。他们对知识分子话语从来抱有不信任态度。相反，人文精神讨论的第二个思想要点却在精神界“一石激起千层浪”，再一次点燃了国内知识分子反思和自审的意识，开启了90年代中期以后学界对数代知识分子生存本相的全新审视和对过往敏感历史的再度述说。

“知识分子”这一概念在当代中国是一个极其普通的现代汉语词语。多少年来，人们在使用这一概念时并不觉得有什么值得可疑之处。凡是受过相当教育的（相当于哪一级教育程度，不同地域和社会阶层有不同解释）的中国人都可能被称为知识分子。与此相对应的是，在现有的体制中，知识分子一般来说，是国家干部，应该享受一定的“知识分子津贴”。这样的知识分子内涵应该说是根深蒂固地存在于大陆民众的意识当中，所有人都觉得天经地义。然而，情况却在90年代发生了变化。伴随着市场经济体制的确立以及社会民主化程度的提高，在国内思想文化界，不少人开始对知识分子这一概念的原始内涵进行认真的辨析。当人文精神的讨论如火如荼之际，海外学者以及西方学者对知识分子的诸种评说也适时地介绍到国内学术界，并给处于争论漩涡中的国内学人以有益的思想启发和理论支持。经过并不很长的一段时间的讨论，到90年代中期，国内学人终于就现代知识分子的概念内涵达成共识。从此，知识分子是指那些在社会问题、公众问题或人类的问题上，能够依据理性良知，不计利害得失，不媚时阿世，独立思考、敢于发言的现代知识者。知识分子被当然地认为是社会的良心、智慧的传播者和人类精神价值的守护者。独立、民主、批判、创造是他们确定不移的思想品格。显然，对应着现实的飞速发展，在新的历史形势下，知识分子这一普通语词，才可能被赋予新的时代内涵。当大陆精神界经过多年的探求之后，终于在纷扰现实的刺激之下，对知识分子的深层内涵有了确切的领悟，第一件事便是扪心自问：我是一个知识分子吗？这一问就问出许多尴尬来。于是，“寻找知识分子”便成为1995年以后精神文化界的新景观。

也许可以说，“寻找知识分子”的心理冲动并非只是90年代知识界的权宜之计。真实的情况是，早在20世纪世纪80年代，一些思想的前行者就已经开始了“寻找”的心路旅程。1979年之后，文学老人巴金在其创作的《随想录》这部巨著当中，不停地反思和追问自己：作为一个受过现代科学民主思想教育的知识分子，为什么竟然在“文革”的灾难岁月中变成了没有思想的动物？1988年，上海青年学者朱学勤撰文《我们需要一场灵魂拷问》，文中这样说："真正的知识分子都是悲剧命运的承担者。胡风如此，胡风为之执幡护灵的鲁迅也是如此。他们要提前预言一个时代的真理，必须承受时代落差造成的悲剧命运。从这个意义上说，时代需要悲剧，知识分子更需要悲剧。一个时代没有悲剧，才是真正的悲剧；有了悲剧，知识分子们竟如妇孺般哭成一片，又是对悲剧尊严的辱没。"（《书林》1988年第10期）话不可谓不尖锐。然而，由于80年代特殊的思想环境的制约，无论是文坛老人的追悔，还是青年学人的愤激，都不可能引发整个知识界的集体关注。80年代的知识者刚从一场噩梦中惊醒，正陶醉于启蒙者的社会角色，他们还不可能对自己的身份产生应有的怀疑。时至90年代，当复杂的现实再次将知识分子问题提出时，所有的具有社会责任感的精神界人士便再也无法回避历史的诘难和现实的追问。与80年代相异的是，这一次知识者的灵魂自审和拷问，其规模和深度，都是80年代所无法望其项背的。

意味深长的是，在1994年到1995年的中国思想界，首先是两个已故的知识分子典型的被挖掘和被发现。1994年，贵州人民出版社出版了《顾准文集》。顾准作为死于"文革"岁月的经济学家，在思想钳制年代里的惊人思索和对真理的无尽追求，感动了许许多多的人文学者和青年学生。朱学勤这样发问："是否可以这样说，他几乎是以一人之力撑起了一九五七年以后中国知识分子独立思考的断层？"[1] 1995年，一本普通的人物传记《陈寅恪的最后20年》（陆键东著）由三联书店

[1] 朱学勤. 愧对顾准 [J]. 东方，1996（2）.

出版发行，没想到竟然一版再版，到1997年第五次印刷时，印数已超过八万册。陈寅恪是中国现代以来的大师级历史学家，新中国成立后在双目失明的情况下，依然寂寞地在岭南之地从事着历史研究和教书育人的工作。他公开倡言，研究学术应该坚守"独立之精神，自由之思想"的原则，而与当时的思想风潮相抵牾。《陈寅恪的最后20年》一书相当有力地刻画了一个不为时风所动，敢于坚持知识分子操守的学者形象。这一形象的"塑造"无疑渗透着正在陷入反思境地的许多文化人对知识分子饱满丰赡人格的深情和渴望。显而易见，对于同样经历过1957年"反右"到"文革"苦难的国内知识者来说，顾准和陈寅恪是面对权势和苦难，奋力维护人格尊严和学术真理尊严的典范。在国内知识分子尤其是人文知识分子面临现实的压抑，亟须重新论证自身社会存在的合法地位时，作为非常年代精神营垒的固守者和知识尊严的葆有者的顾准和陈寅恪，自然成为当下知识分子抵抗世俗洪流和妥协哲学的精神资源。

以顾准和陈寅恪这两个知识分子巨人作为参照，一场更大范围之内的"拷问灵魂"式的散文写作占据了90年代中后期文坛创作的重要位置。这种"拷问灵魂"式的写作最醒目的标志便是"历史回忆录"这一文体的突然兴盛。尤其是1998年，在人们几乎缺乏思想准备的条件下，一大批有关1957年"反右"事件的书籍一下子进入书籍流通市场，摆上了大小书店的书架。[1] 值得注意的是，以老革命兼老知识分子的韦君宜创

---

[1] 1998年国内出版的有关"反右"事件的书籍，影响较大的有：韦君宜的《思痛录》（北京十月文艺出版社1998年版）、周一良的《毕竟是书生》（北京十月文艺出版社1998年版）、朱正的《1957年的夏季：从百家争鸣到两家争鸣》（河南人民出版社1998年版）等。

作的《思痛录》为代表的一批散文著作，所讲述的是早在80年代就被反复诉说过的陈年往事。然而，这批回忆录依然赢得了包括文学界在内的整个知识界的广泛赞誉。原因似乎也不难理解，在中国，“历史”被反复地诉说是一种惯例，也常常是新的社会情境下的特殊“文化仪式”。无论是为了还原真实的历史，还是为了汲取和寻找精神资源，“反右”题材创作的再度畅销，都是一件不同寻常的精神和文学事件。我们可以这样理解，在新的历史语境之下再度讲述1957年，对当代大陆知识分子来说，是20世纪末的最后一次“精神救赎”。因为在对苦难历史的重新确证和再次诉说中，知识分子的不计利害得失、敢于发表独立见解的硬骨头风范，他们的良知、忠诚和罕见的勇气，都得到了前所未有的凸显。于是，曾经受难的知识分子，就为处于价值选择混乱之中的90年代的知识者树立了一种榜样和高度，并为后续的知识分子提供了坚守独立和批判立场的精神资源。

知识分子既是民族历史生活和现实发展的参与者，更是一个国家和民族的记忆库、书记员，是社会风雨和时代风云的灵敏异常的“感光胶片”。可以预见的事实是，随着中国社会政治民主化步伐的加快，以及许多“历史见证人”生命的趋于晚境，会有更多的知识分子将加入“诉说历史”的创作行列中来。开始于20世纪90年代中期的反思性的“历史回忆录”创作，在21世纪的上半期将再次出现一个写作的高潮。这是20世纪觉醒的知识分子对21世纪的丰厚馈赠，也是中华民族摆脱心灵迷乱走向精神腾飞的必要途径。

二

时至20世纪90年代中期，中国社会的文化语境已相当复杂，知识分子群体的思想状况也呈现斑驳色彩。由于知识者队伍的逐渐分化，其精神的板块在若干年间也发生分离和漂移。“共同的人生理想”此时已属旧年风景，多元化的价值寻求正成为这个年代的精神通行证。“新左派”也好、保守主义者、自由主义者也罢，无论在学理上争得多么面红耳赤，只要是为着民族和国家的利益而各抒己见，便可以赢得精神界的普遍尊重。人文精神讨论以及由此引发的关于知识分子精神价值和社会职能的重新定位，虽涉及面甚广，但由于这场讨论始终在民间进行，并非强制性地耳提面命，要所有人都认可。所以，在知识者队伍当中，我们依然可以听见许多不同的声音。[1]这表明，知识界只用同一个脑袋思考、用同一个喉咙说话的时代已经远去。由此带来的直接后果是，在创作界，因为创作主体精神背景和思想资源的差异，我们便听到了众声喧哗的新曲新调。这新曲新调与90年代的社会精神生活走向密切相关，互为因果，它们以自己特殊的把握世界的方式折射出这个年代的纷纭世相以及心灵的失落与彷徨。

当我们回顾和考察90年代大陆文学发展状况时，在我们的记忆深处总是不停闪现着“80年代文学”的清晰面影。这不仅仅是因为这两个年代有着难以割断的时间承接关系，更因为在

[1] 可参看王蒙、李辉、陈建功三人的对话文章《精神家园何妨共建》《时代变化与感觉调整》《道德乌托邦和价值标准》，以上文章收入《李辉文集·风雨人生》（花城出版社1998年版）。

彼此的对比和参照中，我们才可以更科学地认识和理解诸多精神和文学现象。客观地说，90年代的中国文学面貌，在内外力量的共同作用之下，显然已经发生了令人惊异的变化。如果我们承认，历史的发展并不总是走阳关大道，那么，一个民族精神和文学的发展历程同样面临着相同的困扰。打一个不甚确切的比喻，“80年代文学”是青春期的文学，而“90年代文学”却颇似一个遭逢妻离子散的命运悲剧，从而失魂落魄陷入颓唐境地的中年汉。青春期是热情迸发、“心事拿云”的时代，乐观和自信像清风明月一般布满生活的所有空间；而人到中年，则往往满怀忧郁地吟唱“却道天凉好个秋”！

应该说，20世纪90年代的中国文学，尤其是1995年以来的文学，其成长的外在环境的宽松程度与80年代相比，不知要高出多少倍。然而，外在的政治压力减轻了，作家们的内心世界却在商品经济大潮的猛烈冲击之下，渐渐崩塌了。源于1993年的人文精神讨论，实际上是受整个社会的精神低迷情形，尤其是知识分子和国内文学界无所作为的精神颓唐状态的刺激而生发的。毫无疑问，人文精神讨论发起者们秉承的是五四以来的启蒙话语传统，他们把文学的责任感和使命感视为文学的天然素质。因此，“痞子文学”的流行和许多作家纷纷走入个人化和私语天地，一味吟唱小我的悲欢，这样的文学创作倾向，是人文精神讨论发起者们所竭尽全力予以坚决反对的。于是，在一种重提文学的现实主义精神的创作气氛之中，“现实主义冲击波”作为1995年以后最为重要的小说潮流登场亮相。

主要于1996年前后风行文坛的“现实主义冲击波”是一场文学的回归运动。这也是历史的惯常现象，当无法获得新的精神资源以开拓新路时，回归某种精神传统也不失为一种智慧的生存方式。“现实主义冲击波”要回归的是五四新文学以来的现实主义文学传统，这一传统的要义无非两句话：直面惨淡的人生，正视淋漓的鲜血。从鲁迅开始，现实主义关注现实、干预生活的传统就一直是中国作家的创作之魂。80年代的文学之所以长久地赢得喝彩，为社会各阶层所欢迎，就是因为文学在社会矛盾和人民痛苦面前没有闭上眼睛。相反，进入90年代，虽然作家们口口声声宣扬，文学的自由完美境界来到了。但是，文学的干预生活职能却一再弱化，从而导致文学作品的读者大规模逃逸。90年代中期，终于有小说家在创作意识和实践中确认：文学关注国计民生，书写普通百姓的悲欢并不是低能的表现，更非文学的耻辱。于是，以刘醒龙的《分享艰难》、谈歌的《大厂》、何申的《年前年后》、关仁山的《大雪无乡》等为代表的“现实主义冲击波”作品一时间占据了文坛的显赫位置。这似乎是久违的文学盛况，仿佛整个文学界都在谈论“河北三驾马车”，都在把“分享艰难”挂在嘴边。主流意识形态给予“现实主义冲击波”以特殊的礼遇，一些思想颇为前卫和先锋的批评家也撰文大声叫好。然而，到了1997年，“现实主义冲击波”就渐渐显现疲软之态。由于思想力量的薄弱和艺术的粗疏与张皇，这一小说潮流陷入左支右绌的尴尬境地。更多的批评家认为，“现实主义冲击波”作品在对现实生活的把握和描写上，存在着严重的价值取舍的混乱。对现实中丑恶现象、负面因素的一味妥协、认同，不仅是历史理性的缺失，更是“人文关怀”这一文学基本“地盘”的彻底丧失。“分享艰难”一说被作家们津津乐道，表明五四现实主义的批判精神在当下是如何可怕地被消解掉了。今天看来，“现实主义冲击波”在将文学从越来越幽秘化、“内分泌化”的狭窄胡同里解放出来这一点上看，自有其历史功劳。然而，其思想力量的孱弱，价值选择的混乱不堪，艺术上的脱雅媚俗，惊人重复和雷同，都表明创作者本身精神资源的匮乏和不足。他们向真正的现实主义精神的回归是相当无力的，重要的原因是其内心缺乏强大的理想精神的支撑。他们已经没有80年代作家的激情和豪气。这是90年代的思想背景使然，也是过于趋俗的社会流行风气使然。

给90年代中期以后的中国文坛带来一丝亮色的是文坛“奇人”王小波的出现。许多批评家认为此人的出现，对90年代的国内文学界而言，实在是一个“异数”。王小波的年龄和经历，与许多知青作家并无二致。不同的是，当80年代知青作家们高唱青春无悔之歌的时候，他却到大洋彼岸留学深造去了。别小看了这一段人生经历，正是这一段异国求学生涯，最终造成了王小波的精神和文学资源与他的同龄人之间有了极大的差异。与大多数作家的另一个相异之处是，这位在90年代初学成归国的学者，放着北京大学和中国人民大学的教职不做，单单迷恋上了写作。虽然很长一段时间，他的文章不被编辑和出版社接受和认可，但是王小波矢志不移。而一旦他的作品终于冲破偏见和禁忌，为读者所知晓，我们就发现其实我们面对是一座文学的富矿。

1997年王小波英年早逝，引发了“王小波热”。与“现实主义冲击波”被喝彩不同的是，对王小波的推崇主要来自民间。这就使这位已逝作家的价值更值得珍重。今天我们把“王小波热”作为1995年以后最重要的文学现象来考察，是因为这位作家的创作是90年代最具特色的部分。他的百万字的小说创作的价值，直到现在，还没有被认识得很清楚。单就给他带来盛誉的杂文创作而言，王小波的文学价值就足以使我们震惊。王小波的价值首先在于，他以异常清醒和独立的姿态，对正在行进的中国现实和曾经经历过的历史苦难发言。举凡专制主义的痼疾、中国社会的“花剌子模方式”（即不准报告坏消息）、妄自尊大的狭隘民族主义鼓吹、知识界的好大喜功、重名不重实等等中国社会的惯有现象，都成为作者讽刺批判的对象。王小波的独特处在于，他以一个接受过西方教育的中国自由知识分子的眼光，立足科学和民主的精神价值，结合自己特殊的人生经历，对许多此前国内学界讨论多年却并未彻底弄清楚的“老话题”，进行了生动而有趣的老话新说。而且说得十分入情入理、振聋发聩。对于浮躁喧嚣以追逐“新名词”为能事的90年代文学界和批评界来说，王小波的文章无疑是一服清凉剂。其次，王小波创造了一种特殊的文体风格。他的文章有一种“平常心”。这种“平常心”在他那里，表现为十分理智、健康的生活和写作态度。因此，他的文章既有深切的人间关怀和责任感，又充满平实、通达、宽容的理性精神。他从来不以真理的唯一诠释者自居，不狂热，不气急败坏，不脱光了膀子“杀将过去”。可以说，王小波以自己的创作姿态和文学成就，为思想多元的国内知识界树立了一种类型和风格。这种创作风格，其价值和意义不可低估。

都市文学的崛起是20世纪90年代中期以后国内文学创作的又一个亮点。它的创作实绩具体表现为，在一个都市文学资源十分缺乏、都市文学创作长时期受到抑制的国度，第一次大规模地出现了真正书写都市生存经验，传达世纪末中国人对于都市的复杂感受和心绪的具有独特的审美价值的文学作品。众所周知，迄今为止的中国依然是一个农业人口占绝对多数的发展中国家，“乡土中国”的社会价值观念、人生向往、行为方式，一直是整个中国社会的主导性精神话语。在相当漫长的一个历史阶段当中，出于某种狭隘的意识和恐惧性想象，城市被认为是一个堕落的、肮脏的、罪恶的所在，是资产阶级道德和社会腐败滋生的场所，是不祥之地。当代文学史上，新中国成立初期对萧也牧的小说《我们夫妇之间》的批判，以及20世纪60年代对话剧《千万不要忘记》和《霓虹灯下的哨兵》的推崇，就表明了对所谓都市生活“腐蚀性”的深刻疑惧。从中国当代作家普遍的创作心理和情感而言，如果同时面对城市和乡村，作家们似乎更愿意书写乡村。毫无疑问，乡村更能激发作家的文学想象和创作的灵感。而事实上，在90年代以前的中国当代文学史上，乡土小说无论就创作的数量还是创作的质量，都可以说是名列前茅。但是，如果论及当代文学史上的都市文学，创作界便陷入非常尴尬的境地，我们不仅拿不出一定数量的创作，都市文学精品更是踪迹难觅。之所以形成这样的创作困境，原因可能有两条：其一，90年代以前的中国社会，城市生活方式长期发育不良。在长达几十年的历史阶段，现代城市的成长模式一直受到国家力量的约束，从城市人口管理、城市人的生活工作方式，到国家给城市人提供的精神生活空间，中国的城市都非常像一个放大了的“乡村”。这样的“都市（城市）生活”自然失去了它与中国乡村的巨大反差，它当然也难以以新鲜情调打动创作家。不可否认，当代文学史上许多作家也写出了号称城市文学的作品，但明眼人可以看出，与其说那些是城市文学，不如说它们是市井文学。城市文学依托的是现代工业化背景，而市井文学则植根于传统的农业文化之中。两者有着巨大的历史差异性。其二，从文学传统而言，我国有丰富、深厚、成熟的乡土文学资源。千百年来，中国文学当中积累了极为厚重的乡土文学的主题资源、情感资源、道德资源和语言资源。处于这样一种文学资源的影响制约之下，乡土文学自然是有源之水，而都市文学则仿佛无本之木。

改革开放二十多年来，中国社会发生了翻天覆地的变化，其中最惊人的变化之一，便是城市化终于伴随着改革进程的加快，而成为中国社会走向现代化的显著标志。进入90年代，随着社会主义市场经济体制的全面确立，在中国广大的区域，城市化浪潮一浪高过一浪，许多此前曾享有过国际声誉的大都市，比如上海，再度重现它城市文明的光彩，而更多的素来沉滞悠闲但是乏味的中国城市，忽然间激动和旋转起来。现代工商业文明，以席卷一切之势改变着城市的生活进程，它在消解着乡村文明的固有法则，更在创造着陌生的让人目不暇接的时尚风光。正是在这样的时代精神背景之下，90年代的都市文学创作潮流不期然而至。如果说，在90年代前期，都市文学创作还显得底气不足，那么1995年之后，由于邱华栋、何顿、张欣、西飏等作家的出现，90年代的都市文学便已经变成响亮的大合唱。与当代文学史上对都市生活怀有不信任感和疏离感的那些作家大异其趣的是，邱华栋们对现代都市抱有天然的好感，他们对城市有难以遏制的激情和痴情。如果说都市在以前许多作家眼里是“荡妇”形象，那么，邱华栋们则无疑把都市视为“情人”。城市，似乎是他们唯一的创作对象，是他们现实理解力的全部来源。他们沉溺于都市生活的最为实在的感性层面，在切身体验中获得现代都市生活的光影声色，并捕捉都市人瞬间性的现在时态和焦虑不安的情绪。在他们的笔下，90年代都市商业文化景观，金钱的魔力和罪恶，人被物欲支配而陷入情智乖张的城市故事，冒险和漂泊的人生传奇，都被他们一一道来。虽不乏批判，但更多理解的温情。倘若想到都市文学一直是中国文学创作领域的一个薄弱环节，我们就会明白，1995年以来的都市文学的生成和发展，实际上在创作内容和对象方面已经对当代文学的布局做出了重大调整，并可能为21世纪的中国文学开辟一条别样的通道。因为，这个国度正在毫不犹豫地向全球化迈进。乡土文学的渐渐远去是历史也是艺术的必然选择。

在谈及90年代中期以来都市文学崛起这一创作现象时，另一个不能不涉及的话题是，70后作家的登上文坛，给都市文学带来了什么？可以明确地说，以卫慧、棉棉为代表的70后作家的小说创作，明显地给都市文学创作带来了异样色彩。从人生价值观念和文学观念的开放、叛逆，到小说表现内容的大胆、刺激，一直到许多人善于制造“传媒事件”，70后作家都表现出了与他们的文学前辈截然不同的为人为文风格。“躯体的欲望”成为他们热衷描写的对象，道德虚无主义成为其作品主人公公开打出的人生哲学旗号。不可否认，70后的创作为都市文学增添了一些新色调，但在文学作品中放肆攻击人类公认的价值准则，放弃文学的理性和社会责任感，一味展览肉欲的狂欢，放胆书写人的贪婪、堕落、醉生梦死等反社会的思想和行为，则可视作90年代都市文学的一股逆流。

毫无疑问，1995年以来的中国文学是在相当复杂的社会精神背景之下展开的。在多种因素的影响和制约下，90年代中期以来的文学并没有给我们带来过多的惊喜和自豪。躁动的情绪和目标欠明确的呼喊和行动，不仅充斥于社会生活空间，同样也在文学界频繁上演。在这文学进入“无主潮”从而众声喧哗的年代，花样不断翻新的文学口号和浅尝辄止的文学实践，使我们目迷五色，更使我们困惑不已。这样的情形仿佛是一场赛车比赛，由于车辆疾驰而过，我们甚至认不清楚车子的驾驶人到底是谁就已经跟着起哄与喝彩了。然而，一旦回到斗室，平静了心情，我们又时常感到茫然。纵观1995年以来的国内文坛，无论是文学创作还是理论批评，打出的旗号和玩弄的新术语不可谓不多，但真正能够穿透我们的心灵并引发长久思考的文学创作的确少而又少。据此，我们只能将近五年来的国内文学创作视为文学的歉收时期。也许，一切都与社会转型期的内在精神矛盾有关，与整个文学界的价值选择游移不定有关。也许，暂时的沉寂和摸索只是一场奋勇冲锋前的力量积聚，真正的丰收期实际上已经悄悄孕育。还是让我们相信诗人的话吧：既然幻想已经爬满了青春的篱笆，收获的季节迟早会到来。

2000年12月—2001年1月

迷乱的星空

——论70后作家的创作生成背景及其缺陷

无论我们是否愿意承认，70后作家作为一个小说创作群体，事实上已经登上了20世纪90年代末期以来的中国文坛。由于大众传媒和书商的刻意炒作，以及这个创作群体之内某几个女作家在公众和传媒面前技巧娴熟的“作秀”，70后作家的整体创作面貌似乎被过多的商业化操作歪曲和遮蔽了。而实际上，70后这一创作群体，它所包括的作家显然要比现在已经“曝光”的数量要多得多，其创作的复杂性亦非简单的几句话能够道得明白。客观地说，70后作家在感知、理解和表现生活方面、在对现实中国社会的艺术描写和审美判断上，的确为90年代的文坛带来了一些新的东西。但是，“新”并不一定意味着好，穿新鞋依然可能走老路，甚至可能走岔道。70后作家在创作上有其别开生面之处，然而，由于某种天然的缺陷（比如创作视野的极端狭窄、社会责任感的严重丧失、艺术上的不断自我重复和自我模仿等等），这一文学群体的创作也有可能会是昙花一现，很快就在文坛销声匿迹。

一

任何文学潮流和文学现象的生成和发展，毫无疑问都有着直接对应的时代文化背景。哪怕文学创作中历史题材的作品，今人说古事，也往往有着深刻的时代原因。德里达早就有言，我们不应该只去关注“故事”讲述了什么，而应该弄明白为什么这个“故事”恰恰在此时“被述说”。谈说历史总是为了照亮眼前的复杂现实，作家并非只是为了发思古之幽情。90年代以来，国内电视剧创作中的“好皇帝”“好官”“清官”形象层出不穷，显然与吏治不严、社会风气糜烂以及民众在无奈情境下的某种政治期待有关，并不能简单地斥之为“骸骨的迷恋”。一句话，任何文学文本，从来不可能是一个完全封闭的“自足”的系统，文本的生成无一例外来源于社会与时代的物质和精神生活的运转与变动，是从喧闹不已、复杂而又蓬勃的时代音响中“截取”下来的。区别只是在于，被“截取”的声音是黄钟大吕，还是意乱情迷的郑卫之音。自然，“截取者”自身的思想艺术品位，也有高下文野之分。强调这一点，是想说明，70后作家的创作，只能出现于20世纪末的中国文坛，是受现实中国的整体运行规则和整个时代的精神气氛制约和影响的，其中渗透着这个年代诸多精神失范和迷乱之处，并不是一夜之间就从地底下冒出来的“怪物”。因此，要想全面认识70后作家群的创作，必要的时代背景因素的考察便显得尤为重要。

我们知道，70后作家成长的岁月正是中国社会的政治、经济、文化等诸多方面，从观念到实践都发生历史性转折的年代。这一个年代，“改革开放”是生活的最强音，“脱贫致富”是社会各阶层的光荣与梦想。短短二十年间，经过中国人的不懈努力和奋斗，国家的面貌焕然一新，人民生活水平有了大幅度的提高。国力的增强和人民生活的富裕，使我们有理由为这一个时代高唱赞歌。然而，具有责任感的人也应该看到，在时代提供的光彩照人的巨幅画像背后，依然存在着难以遮蔽的阴影。且不说如此幅员辽阔的国家，一直存在着东西部经济文化的巨大差异，在遥远的西部，许多人仍然生活于贫困线下；即使是被卫慧、棉棉们反复热情讴歌的“上海花园”里，其实也并不都是鲜花满地、莺歌燕舞。消费、享乐主义者心目中的“天堂”是一种上海；弄堂里刷马桶的声音与因为细碎之事而引发的激烈的争吵之声、散发着腐菜和烂鱼气味的菜市场，同样是一种上海。而且，后一种上海也许更接近大多数上海人的毫不掩饰的生活的本真状态。简言之，这是一个丰富而又混乱、芜杂中又孕育着勃勃生机的年代。这样的年代，时代气氛是宽松的，精神的自由空间前所未有地得以疏通和拓展，生活和生命中到处充满着不能承受之“轻”。按常规推测，如此承平之世，正是文学大显身手，出重头作品的年代。然而，现实的演出却总是出人意料。由于价值观念的紊乱和倒错以及理想精神的被鄙视，尤其是知识界精神的涣散，世纪末的文学界实际上被一派衰败气息所笼罩，卫慧、棉棉们的城市“恶之花”正是生长在这一奇异背景之下的文学新景观。

回顾十多年来中国社会的巨大行进，在对生活中的每一个进步都发出由衷赞叹之声的同时，我们不能不对多年以来弥漫在我们生存空间中的种种精神的“毒气”和“鬼气”，表现出应有的愤怒之情。正是一段时期以来，中国人灵魂的无所依傍、丢失和被践踏，才可能导致消费主义、享乐主义、欲望主义放肆地侵入社会生活的所有领域，包括曾经给我们带来神圣的激情和梦想的文学界。应该说，破解70后的创作，尤其是卫慧、棉棉的创作何以如此的关键，是在此处。

诚如许多论者所说，70后作家从文化继承的角度来说，是无根的一代。当他们走入学校，接受各级教育的时候，事实上我们的教育思想正处于纷扰混乱的状态，我们的教育界长时期处于“关起门来称大王”和自说自话阶段，对中国社会风景变幻的现实无力解释和应对，因此，最应该建立坚定信仰和理想精神的地方，理想和信念却软弱无力。再看整个精神界，在世俗主义腐蚀一切的时刻，偶尔可见几个“精神界战士”“荷戟独彷徨”，或发几声呐喊，更多的伪知识者一夜之间，忽然成为暴发户和腐败官员的同谋，与新的年代的“消费英雄”们相拥相抱去了。真实的情况是，当70后的作家面临精神成长的重要时刻，传统的意识形态话语早已经失势，而“精神界战士”所提倡的人文精神也趋于崩溃。传媒到处都在宣扬这个年代的世俗英雄，财富的拥有和积累，成为衡量一个人是否成功、是否具有社会影响力的唯一标准。于是，在一种与欲望主义和解的暧昧气氛中，金钱忽然化作这个年代的万能语言，民众对金钱的张扬和贪婪已经到了可以蔑视任何伦理和法律的地步。全民性的拜金狂潮最终酿成我们精神上的败血症、文化上的实用主义以及道德上的虚无主义。试想一下，在这样的精神气候当中，我们怎么可能让年轻的一代建立起美好而坚定的信念和理想精神？相反，我们只能看到颓废的、以自我为中心的、私欲膨胀的、蔑视道德和法规的一代人在充分表演着浮世的享乐和悲欢。

与此前的创作家相异的是，70后的作家对深层的中国有着暂时还难以消除的隔膜感。由于这一群体的大多数年轻创作者来自中国相对比较发达的城市，又因为生逢国家政治局面稳定时期，因此，与有着深厚的中国“本土经验”的新时期以来的任何一代作家相比，70后作家都显现出了对“中国问题”的一知半解。从个人经历而言，他们没有遭遇共和国历史的不幸，更没有被强制性地驱赶到贫瘠落后的乡村，这使他们对乡村和土地的情感相当淡漠；从生存的环境而言，社会和家庭给予了过多的宽容和宠爱，城市消费享乐狂潮时时诱惑着他们，从而培养了他们的自我中心和“出名要早，享受要快”的为人处世原则；从人生追求而言，市场经济体制提供了职业寻求和生活方式的巨大可能性，这使他们不再有被钳制的感觉。在现实生活中，他们不再追求稳定、安宁、通过加入某种社会组织以取得依托和保护的具有归属感的生活，他们更喜欢冒险和漂泊。凡此种种，都使得此前曾经压迫了数代中国作家的民族苦难感和“疼痛感”，突然在70后作家群中消失。这种“失重”的状态，使这一代作家很难对自身以外的中国现实问题和社会状况持有完全、透彻的认识和理解，更谈不上对中国历史深处的苦难与忧患感同身受。他们已经在自觉和不自觉当中，远离了五四新文学以来的启蒙主义传统。他们是消费时代的时尚文化“英雄”，更乐意描写这个年代个人生活的狭窄天地，吟唱一己的小小悲欢。

说70后作家是无根的一代，确切地说是指这一代作家在世俗主义泛滥的时刻失却了崇高理想之根，也失去了传统人文精神之根。他们对博大精深的中国优秀传统文化，对中华民族近代以来的百年忧患和苦难有着难以消除的巨大的疏离感、隔膜感。生长于古典人文精神迅速衰落的中国大都市，感受着五四以来最为强劲的欧风美雨的吹拂，成长过程中一直与可口可乐、麦当劳、肯德基、阿迪达斯、耐克、好莱坞大片、西方电影碟片（包括西方色情和准色情片）相依相伴，可以说从吃、穿、用的物质器物层面，到艺术接受和体育欣赏等精神层面，这一代人已经被西方文化所包围，而恰恰是这一切培养了他们对西方文化的超常兴趣和亲近感。在把西方生活价值观念和生活方式作为榜样的年代，70后作家群当中的许多人毫不掩饰他们的对西方文化的认同心态。卫慧颇为自得地说："我的生活方式是很西化的。我做过咖啡店女招待，用纯正的英语和客人们聊天。我看国外的电影，读国外原版书。德语会说一些，但现在想学法语。我希望有一天可以用外语写作。"[1] 也许，大都市年轻一代价值观念和生活方式的迅速西方化，是许多人始料未及的。一个显而易见的事实是，在中国的许多大都市，年轻人对西方人的各种节日更熟悉，情感上也更亲近。典型的事例是，在发达城市，喜欢过圣诞节的青年人比喜欢过春节的青年人要多得多。青年学者朱学勤1996年在一篇谈及上海的文章中写道："有一年圣诞，这个城市的歌迷，为了答谢他们听了一年的电台音乐《来自英国的问候》，给那个遥远的国家寄去了十万张贺卡，签上了十万个英国名字……当这个城市的家长与长子在白天还未吵够时，这个城市的十万幼子却趁黑而舞。他们是谁？一个城市有十万人生活在别处，这个城市的家长和长子都睡不着了。"[2] 朱学勤的描述显然有着深深的忧虑。时隔几年之后，"生活在别处"的这一支队伍毫无疑问正在迅速膨胀和扩大。全球化浪潮一浪高过一浪，互联网正在打开这个世界的每一扇秘密之门。可以预见的事情是，随着全球

---

[1] 卫慧. 不是我太另类，而是他们太主流[N]. 中国青年报，2000-03-20.
[2] 朱学勤. 城市隐私[J]. 作品，1996（4）.

化经济和文化的日益一体化，中国文学的精神资源将发生重大变化，70后的创作，似乎只是打开了另一扇门的一道缝隙。

二

70后这一创作群体的主要作家大多生活在中国经济和文化最为发达的江南都市当中，生活经历和阅历的狭窄以及艺术观念的偏执，使得“欲望的城市”成为他们不厌其烦书写的对象。在准西方化的中国都市文化背景之下，他们以一种相当越轨大胆的笔致刻意描写一群城市“边缘人”的灰色人生和精神迷乱。“待价而沽”的独身者、身似浮萍的城市流浪者、地下摇滚歌手、同性恋、双性恋者、吸毒者、流莺（妓女）、姑爷仔（依靠妓女为生的男人）等等，在此前的新时期文学当中从未涉及的生活领域和人物形象，在70后作家笔下突兀地出现了。如果就文学的认识价值而言，70后显然为我们提供了世纪之交的复杂的中国城市社会生活的另一种图景。令人不安处在于，在市场的压迫和诱惑之下，描写灯红酒绿的欲望和享乐之城的作家们的创作心理和动机，包括他们看取生活、描写生活的审美判断与情感，出现了某种严重的偏差。

我们不否认卫慧和棉棉们初涉文坛时对文学这一人类精神事业所抱有的真诚而神圣的信念。然而，令人遗憾的是，对他们来说，这一真诚和神圣感情荡漾的时刻很快就被雨打风吹去。当传媒和书商带着各自的商业动机，将卫慧和棉棉们的创作“改写”为彻头彻尾的欲望版本时，事情就发生了重大变化。此时，真诚蜕变为矫情，自我写真蜕变为放肆的自我揭发和暴露隐私。而产生这一切的心理动机，在出版商是为赚取足够的钞票；在传媒是为了制造新闻事件和噱头；在卫慧、棉棉那里，则是为了快速成名和致富。她们的文学老前辈张爱玲差不多六十多年前就已经说过："出名要趁早呀！来得太晚的话，快乐也不那么痛快。"[1]349 于是，在一种彼此心照不宣的默契中，"上海宝贝"们迅速出动，在物欲升腾的城市，在夜的神秘和霓虹灯的迷离闪烁之下，纵情、放浪、自恋自虐，不知今夕何夕。有一种叙事策略大家应该注意，那就是，无论是卫慧还是棉棉，抑或70后当中的其他一些女作家，都喜欢声称：自己所写并非虚构。《上海宝贝》的封面，干脆写上"一部半自传体"小说，"一部发生在上海秘密花园里的另类情爱小说"。并且，小说的封一和封二，还清晰地印上了作者卫慧的"玉照"。事情已经很明白，口口声声要安静地面对自己内心，只为自己写作的卫慧、棉棉们，还是禁不住市场和财富的巨大诱惑，"出卖"了自己。当然，她们向市场投降的方法很高明。她们能够巧妙地将前卫文化与消费社会的经验结合一致，将城市的繁华和城市的肮脏调和在一起，从而构成一种奇异的"另类文本"。而"另类"的含义之一，便是把"性事"（不仅仅是异性之恋）毫无保留地"表演"给大家看，把个人居室变成大街上供公众浏览的商业橱窗。而上述的一切，据本雅明的分析正是通俗文学的手法，也是消费享乐年代流行一时的文化口味。[2]118, 55 她们总是在小说中真真假假地诉说着自己，用情欲话语的每一种变化来制造"卖点"，以争取公众的

[1] 张爱玲. 传奇：再版的话［M］. 北京：人民文学出版社，1986.
[2] 本雅明. 发达资本主义时代的抒情诗人［M］，张旭东，魏文生，译，北京：生活·读书·新知三联书店，1989.

宠爱。她们的小说给人一种错觉，仿佛一夜之间，中国的年轻女人们都突然间撕掉了遮羞布，而肆无忌惮地放送着自己的身体隐私。这种错觉经过大众传媒别有用心的夸大和渲染，极大地迎合了某种欲望化的窥视心理，是市场经济条件下自然产生的另一种文化阅读期待。居住海外多年的评论家朱大可对此有一个尖锐的说法："一个真假难辨的叫春时代已经来临。"[1]话虽尖刻，但确实点中了卫慧等人的创作"命门"。

受市场和书商操纵，从而刻意追求某种惊世骇俗效果的创作企图，不仅仅表现在意义含混的小说文体的选择上。在小说场景的设置、人物生活命运的安排上，卫慧、棉棉们也煞费苦心。仔细阅读卫慧、棉棉的作品，我们发现，她们小说的"标准"场景不外乎这样几个地方：城市的高级公寓、公寓里漂亮的洗澡间、灯光迷离恍惚的酒吧以及喧嚣不已的迪厅。这样的场景设置并非随意为之。在诸如上海这样的大都市，高级公寓以及洋人出没的酒吧，绝不是普通的中国人能够时常光顾的。能出入这样的场所，非洋人和"高等华人"不可。果然，卫慧和棉棉们让她们小说中的女主人公凭借聪明和美貌，凭借无所畏惧的"堕落"勇气，轻易地踏入这些只有成功者和巨额财富拥有者才可能进入的场所。从阅读效果来看，这样的场景设置以及女主人公利用美色和心计、由来自小城的"灰姑娘"一变而为征服城市的"白天鹅"的戏剧化故事，颇能打动许多做着"城市梦"的年轻读者，并可能开启他们征服城市、享受城市的欲望和心智。因为进入城市"上流社会"在卫慧和棉棉等人

[1] 朱大可. 上海：情欲在尖叫 [J]. 中华文学选刊，2000 (10).

的作品中，似乎并非十分艰难的事情。只要会几句洋文、傍上一个准大款（不是亿万富翁，但起码从不缺钱），像男主人公天天这样的；或者搭上一个外国佬（美国人太浅薄，德国人比较高雅），像马克那样的，一切的城市繁华梦都可手到擒来。我想，如果剥去《上海宝贝》中的种种貌似浪漫的包装，它的中心故事实际上是一个典型的受市场利益驱动符合某种消费时尚的媚俗故事。在道德虚无主义相当有市场的今天，许多读者似乎认为：堕落天使比窈窕淑女更加可爱。

我们批判受市场压迫因而媚俗的作品，并不是要告诉大家市场是万恶之源，文学创作应该远离市场。事实上，文学生产的过程从来是一个作者与读者互动的过程。在社会主义市场经济大行其道的今天，完全无视市场经济运作规律，拒绝市场因素介入文学，显然是愚夫子之见。然而，重视市场并不是意味着作家要放弃社会责任感和文学的庄严感和神圣感，使文学完全成为肉欲的狂欢节和粗鄙精神的传声筒。在利益主义甚嚣尘上的今日，在文学上坚守正义原则，热情而执着地弘扬人文精神，尤其显得重要和急迫。如果我们在文学作品中，不去构建人类正义的天平和理想大厦，相反，却打着“反叛”“另类”之旗，肆意攻取和颠覆人类的尊严和理性，为着一己的私利，放胆书写人的贪婪（物与性）、堕落、及时行乐、醉生梦死等等反社会的思想与行为，那么，这样的文学（倘若它能够被称为“文学”的话），毫无疑问是人类精神的大敌，因为，它瓦解了人类精神的伟大尊严，给正直善良的人们的脸上泼了脏水。

2000年7月

全球化与西部文学创作

进入20世纪90年代，中国社会的历史发展进程明显加快。伴随着冷战的结束、东西方意识形态分野的逐渐模糊以及市场经济体制在中国大陆的全面登陆，全球化的生产和生活模式正在大规模地渗入中国社会的经济、文化领域。在经济和文化的许多重要方面，由于高新技术和跨国资本的介入，传统的中国生活方式和文化面貌已经发生了令人惊异的变化。不仅在吃、穿、用的物质器物层面，甚至在艺术和体育欣赏、精神享受和人生价值寻求等方面，相当多的中国年轻人已经开始唯西方社会的马首是瞻。在中国的沿海发达都市，对传统的中国节日的淡漠似乎成为时尚，而对西方节日的崇拜向往和身体力行却可以赢得年轻人的广泛喝彩。越来越多的人远离了诸如京剧、昆曲这样的传统艺术活动，这些艺术活动毫无疑问正在变成中国老人所钟爱的艺术活动，成为一种怀旧的象征。随着带有西方操作方式的大众文化产业在我国的建立，流行音乐、摇滚乐和MTV等艺术方式反倒在城市年轻阶层大行其道。

如果说，上述的一切几年前还只发生于中国较为发达的都市，那么，随着中国西部社会的日益开放，进入21世纪，以上的文化情形在遥远的西部也开始成规模地上演。今天，即使在贫困落后的西部小县城，你也可以在街道上听到好莱坞最新影片的插曲。显而易见，全球化正在变成一种文化风暴，所到之处，它带来的是强劲的异质于中华原有文化的气流。我们无意讨论这种文化新气流的合法性，因为这一讨论在全球化已经成为可以触摸的、实在的情况下，已没有意义。我们关注的问题是，在全球化已成为我们生存的文化背景的情况下，一直被认为是受传统文化深刻影响的中国西部的文学创作，将会呈现怎样的艺术面貌？全球化对于西部的文学创作而言，是一次难得的历史契机，还是一次贸然而唐突的打扰？问题显然比较复杂，不妨逐一道来。

1840年的鸦片战争以后，中国文学便在一种中西文化相互冲突相互融合的背景之下开始了漫长的新旅程。一个半世纪以来的中国文学创作实践表明，完全无视西方文化的存在，只一味地困守传统，既不可能也没有必要。要发展和壮大中国文学的创作实力，对待外来文化的正确的思想方法无疑是鲁迅所提倡的“拿来主义”。事实上，20世纪上半叶的中国文学之所以取得相当辉煌的成就，出现了鲁迅这样的世界级作家，明显地与现代作家开放的文化心态有关，与他们海纳百川的文化气度和胸襟有关。林语堂当年说：“两脚踏东西文化，一心写宇宙文章。”如果说我们把这句话理解为体现了五四一代作家共同的文化胸襟，那应该说是不错的。历史的情形有时总是非常相似。现在，中国西部的文学创作家们似乎又一次遭遇到了相同的问题，那就是，当全球化浪潮铺天盖地地翻卷而来时，我们将如何应对？实际上，这一问题的文学表达是，当我们的文学资源不再单一和纯洁，当新的生活和新的读者以前所未有的力量冲击和制约我们的创作时，我们将如何面对？我们是否因此而乱了方寸？

中国的西部是如此辽阔和博大精深。它曾经是中华民族的主要发祥地，长江和黄河从这片神奇的土地上发源，中华民族五千年的文明史从一开始就与这片土地息息相关。这片广阔的土地上集中了中国大多数少数民族兄弟，搬演了多少民族与个人的浪漫之剧。从古到今，中国的西部一直都是一片令人羡慕不已的文学沃土。新时期以来，由于陈忠实、贾平凹、路遥、张贤亮、昌耀、周涛、高建群等西部作家在中国文坛的出色表现，西部文学事实上已经支撑起新时期中国文学的半壁江山。

进入20世纪90年代，社会经济和文化情形大变。然而，当处于经济和文化中心地带的许多东部作家们沉醉于吟唱个人一己的悲欢，对欲望化叙事过分痴迷，从而使20世纪90年代的中国文学呈现一派柔靡景象之时，西部更年轻的一代作家却以自己饱含着刚劲之气的创作，为20世纪90年代的文坛吹来一股清新之风。藏族作家阿来的《尘埃落定》以一个藏族土司家族的兴衰演变故事，展示了浓郁的民族风情和一个民族独特的心灵世界，用笔虽诗意缤纷，但深沉的历史感却流溢其中。新疆作家刘亮程以一组朴素到惊人的散文作品（《一个人的村庄》《风中的院门》等），深刻写出了人类与土地的生死情爱。那种人与自然的亲密无间，人与天地的物我同一，生命在日升日落风霜雨雪之间的自然生长和度过，既是中国古代哲学的流风遗韵，更是一个西部作家在纷扰喧哗世情当中的诗情守望。当我们读到“任何一株草的死亡都是人的死亡。任何一棵树的夭折都是人的夭折。任何一粒虫的鸣叫也是人的鸣叫”这样的句子时，我们也许将会懂得西部的坚忍和苍凉。另外，宁夏的石舒清对“苦瘠甲天下”的西海固人民生活的描写，曾经在新疆有过十年生活经历的红柯对新疆维吾尔族同胞和哈萨克族人民性格的诗意表达，同样显示着西部的神奇与浪漫，沉静与博大。是否可以这样说，20世纪90年代以来西部作家的创作同样是出色而充满活力的。甚至，从某种程度上讲，由于西部作家的默默坚守传统文学资源，当代中国文学才没有被20世纪90年代以来各种令人眼花缭乱的欧化“主义”冲得七零八落、面目模糊。

基于上述理由，我们认为，在全球化浪潮一浪高过一浪的时代背景下，在西部社会不可避免地面临传统社会的解体和现代性社会逐渐建立的历史进程中，坚守中国本土文学资源应该说是西部作家不可推卸的责任，也是中国文学被更多的异域读者所认可的先决条件。这样说，理由如下：

首先，我们应该知道，传统中国的文化和文学资源，对于当代作家的创作而言，并没有到已无开发和利用价值的地步。相反，无论是传统的精英典籍文化，还是流传于民族民间的民风民情，当代中国作家很难说是都已达到了耳熟能详、了然于心的地步。关于这一点，十几年前的“寻根派”作家就曾经发出过慨叹[1]。更不必说，由于幅员的辽阔和历史的悠久，中华文化精神还存在着多元性和复杂性，要认识清楚并不那么容易。那种以为全球化时代已经降临，民族传统文化资源已无价值可言的观点，无论从理论上说还是在文学实践当中，都是站不住脚的。

---

[1] 可参看韩少功《文学的“根”》（《作家》1985年第4期）、李杭育《理理我们的“根”》（《作家》1985年第9期）、《“文化”的尴尬》（《文学评论》1986年第6期）等文。

其次，全球化实际上应该分为两个层面来理解。从基本的范畴来说，全球化指的是世界范围之内的技术和经济一体化。而全球化的第二个层面是指文化和精神的一体化。这第二个层面的问题显然异常复杂。虽然，当今世界上的政治领导人和学者当中，不乏全球文化一体化的卖力鼓吹者，但更多清醒的文化界人士却认为这是一个“神话”，是一个起码在相当长的历史阶段难以实现的梦想。因为，我们无法去强制性地消除世界大家庭中的每一个民族的特殊文化胎记，这种与生俱来的精神文化印记是经久远的历史岁月而沉淀在每一个民族的心灵深处的，几乎天然地不可剥夺。正是因为有了世界各民族精神文化的多样性和复杂性，这个世界才会显得多姿多彩，令人流连忘返。事实上，以所谓的全球化来消除各民族间的精神文化差异，对于建设21世纪的世界文化不仅无益，而且有害。在一个文化多元的世界里，对任何一个民族精神文化的蔑视都是一种文化霸权主义行径。对文学而言，它只能导致单调乏味的所谓“世界文学”。要知道，有关人类心灵世界的文学显然要比模式化的技术和流行艺术复杂得多、深刻得多。还是让我们记住大诗人泰戈尔的话吧：“每一个民族的职责是，保持自己心灵的永不熄灭的明灯，以作为世界光明的一个部分。熄灭任何一盏民族的灯，就意味着剥夺它在世界庆典里的应有位置。”

再次，新时期文学已经匆匆走过二十多年的历程，然而，坦率而言，新时期文学在民族化方面并没有取得惊人的成就。因为文化封闭的时间过于长久，所以一旦国门洞开，新时期作家便一窝蜂似的向欧风美雨奔去。如果说，在一段时期之内，对西方文化的崇尚还有相当的现实依据，那么，在改革开放已经经过二十年的风雨激荡，这个时候，我们确实应该从理论和实践两方面对文学的民族化进行有益而有效的工作。应该说，西部作家在文学的民族化建设方面，具有优势。这不仅是因为西部作家生活于“水深土厚”（陈忠实语）的地域，更重要的是，由于西部本身的人文气候和特殊的历史文化心理，文学在这片土地上依然保持应有的神圣和尊严，而神圣和尊严的表征之一便是民族优秀传统文化精神一直在西部文学当中被发扬和光大。同时，西部作家对中国传统文学资源的自觉寻求和学习，也从未间断过。也许，我们可以说，西部作家自觉地从传统文学中寻找文学更新的灵感，明显地具有异乎寻常的文化意义：当相当一部分以现代汉语写作的大陆作家，已经在“欧化”或口语随意化道路上渐行渐远，不惜以牺牲古典文学特有的诗意和汉语的特殊美质作为文学“反叛”的代价时，西部作家对传统文学资源的坚守和继承，并因此而取得令人瞩目的文学成就（陈忠实的《白鹿原》、阿来的《尘埃落定》双双获得茅盾文学奖即为明证），就具有了不容低估的启示性意义。我想，对于当前的中国文学而言，并不缺乏所谓向前的热情，我们恰恰缺乏的是留守的坚忍。

需要指出的是，本文提倡对传统文学资源的坚守和继承，并不意味着在文学资源的选择上对西方文化采取拒绝和排斥的态度。如前所述，现代作家的文化胸襟和气度已经为我们树立了良好的榜样。毫无疑问，向世界优秀文化学习，永远是中国文学充满生机和活力的奥秘所在。并且，恰恰是西方先进文化观念和文学观念的引入，为我们打开了新的思想天空，也为我们反观自身传统提供了绝妙的参照。美国学者塞缪尔·亨廷顿在影响巨大的论著《文明的冲突与世界秩序的重建》中认为，非西方世界的现代化不是也不可能是西方化。非西方世界在现代化的过程中，非但没有使文化更西方化，相反，现代化进程却从两个方面促进了本土文化的复兴。[1] 在全球化成为这个世界最强有力的经济话语的时刻，在整个西部社会面临重大转折的时刻，西部文学的发展应该从新时期文学的总体发展过程中汲取经验和应有的教训。

2001年7月

[1] 可参看塞缪尔·亨廷顿《文明的冲突与世界秩序的重建》的第一部分内容"一个多文明的世界"。

关于中国当代文学教学与研究的若干思考

中国当代文学是大学中文系的基础课程之一，也是中国文学研究领域的重要内容之一。与中文系的其他课程相比，中国当代文学以其讲授内容的新颖与贴近正在行进中的社会现实而备受学生欢迎。教学实践表明，中国当代文学已成为高校中文系最引人注目的课程。然而，我们也必须看到，与中国古代文学等课程相比，由于中国当代文学研究与讲授对象的相对缺乏沉淀和不稳定性，由于这门年轻学科的建设远未达到成果辉煌的阶段（事实上，许多基本的文学史料尚未梳理清楚），也由于中国当代文学每每受制于时代风潮，所以，作为从事中国当代文学的教学与研究者，便时时感到一种压力、一种挑战。如何在90年代改革开放走向深入的时代背景下，使这门年轻的学科逐步地走向科学与规范，走向成熟与睿智？如何使这门课程不仅以其内容的新颖，更应以其讲授的富于思想和智慧而使学生感受文学的深度与力度？这无疑是摆在当代文学教学与研究者面前的迫切需要解决的问题。本文试就中国当代文学教学与研究中的一些具体问题提出思考，以就教于同道与方家。

论及中国当代文学的教学与研究，首先应该谈论的一个话题便是这门学科的研究成果及教材建设。不可否认，中国当代文学是一门非常年轻的学科。作为一门独立的学科，它的科学研究起步于粉碎“四人帮”以后的社会主义新时期。时至今日，它的相对规范化的学术研究也只不过走过了短短十几个春秋。时间的短暂、研究对象的缺乏稳定、社会风潮的强有力影响，都使这门年轻学科的建设面临许多困难和缺憾。体现在科学研究上，我们可以明显感到，研究者们趋时心态较为严重，而对一些疑难问题却避重就轻、泛泛而论。在大量的研究中国当代文学的文学现象及作家、作品的学术论文中，探讨新时期文学的论文占有压倒性比例，而论及“十七年文学”及“文革”文学的论文却微乎其微，少得可怜。问题的关键似乎不在于“十七年文学”及“文革”文学的总体价值低于新时期文学，而是因为研究者对于“十七年文学”及“文革”文学缺乏更有力的科学观照方法和思想的勇气。另外，缺乏文学研究的整体观，也是造成当代文学研究缺乏穿透力的重要原因。

按照流行的说法，中国当代文学是指1949年10月中华人民共和国成立以后一直持续到现在为止的中国文学的发展史。通常又把1949年10月以后的中国当代文学划分为三个时期：“十七年文学”（1949—1966年）、“文革”文学（1966—1976年）、新时期文学（1976年至今）。笔者以为，关于中国当代文学的这一流行概念及其三个分期显然存在许多漏洞。其一，中国当代文学的上限似乎可以规定为1949年10月，但下限的“至今”应该是什么时间，却没有明确的规定性。近年有学者提出，干脆将下限定在1989年。这种分法的科学依据是什么？有没有说服力？笔者以为这种划分法也只是一种不是办法的办法。其二，既然是中国当代文学的发展史，1949年以后的台湾地区文学和香港地区文学应该给予怎样的评价与解说？

尽管20世纪80年代以来，有关港、台文学的研究论文及专著已有相当数量，但如何将港、台文学中的重要文学现象及重要作家、作品纳入大中国的文学格局，以一种客观的、具有说服力的标准给予科学、公正的评价，依然是一个亟待解决的研究课题。中国当代文学学科建设的缺乏整体观还表现在学术研究的眼光过于狭窄。有关中国当代文学与外来文化的联系，关于中国当代文学与古代文学、与现代文学的血缘关系，关于当代文学与市场经济条件下流行文化和大众文化的关系，等等，也依然是研究中未涉及或涉及不深的领域。

学科建设的有待加强以及科学研究的不深不透必然影响到中国当代文学的教材建设。截至20世纪90年代中期，题名为《中国当代文学》（或《中国当代文学史》《当代中国文学史》）的正式出版教材已不在少数（未正式出版的所谓“内部使用”的当代文学教材肯定也会有相当数量）。但仔细研读一下这些教科书，发现从体例到个别作家的论述，却都存在着惊人的相似性。这不仅体现在所有的教材都沿用当代文学三个阶段的分法，大多数教科书都将港、台文学拒之于门外；更令人费解的是，在时代显然已经提供了更宽阔的视野、更深厚的思想材料的条件下，我们通行的许多教材依然故我，对“十七年文学”中的许多作家、作品给予了并非恰当的评价与解说。这些评价与解说人云亦云的成分多，而独立思考、敢于创新的成分却相对薄弱。除了极个别中国当代文学教材（比如河北大学出版社1991年版的《当代中国文学史》）之外，一般的教材都将讲述内容中止在1984年（甚至更早）。1985年以后的文学发展，要么在教材的前言中泛泛提及，要么干脆不论。而事实证明，1985年以后的中国文学的发展已不单单能用“日新月异”四个字来概括。在改革开放逐渐向纵深发展，市场经济体制逐步确立的文化大背景下，当代中国的文学发展显然已进入一个前所未有的关键时期。这一时期的纷乱与嘈杂、成功与失误，无疑将为21世纪中国文学的健康发展提供有力的历史材料和依据。许多中国当代文学的教科书对1985年以后的文学思潮及文学创作现象不予论述，除了某些客观原因外，更主要的恐怕还是主观上的畏难情绪，担心过于近距离地论及正在行进中的文学现象不能做持平、公允之论。其实，论及当前的文学创作现象，评价作家、作品艺术价值的高下，也并不是一件难于上青天的事情，毕竟，五四以来的新文学已行进了七十余年，以七十余年中国现当代文学发展的成功经验与失败教训作为参照，以现代一流作家、作品作为参照，我们还是可以对新的文学现象有一个基本估价的。

中国当代文学学术研究的薄弱和教材建设的徘徊不前，提示我们必须寻找一种新的更具有穿透力的思想方法去发现问题、解决问题。在辩证唯物主义和历史唯物主义的原则指导下，如何将实事求是的研究准则与当今条件下的开放眼光结合起来，是突破的关键。事实上，自20世纪80年代中期以来，已有为数不少的中国现当代文学的研究者就中国文学的百年发展史（本世纪初至今）提出了一个极富建设性的命题：20世纪中国文学。这一新的文学分期的提出，为研究中国现当代文学提供了一种堪称独特的视角。按照“20世纪中国文学”这一整体观，中国现代文学（1917—1949年）和中国当代文学（1949年至今）的非科学化的分割将被打破，中国现当代文学史上所遭遇的许多共同话题将被融合，作家与作品价值的高下也将在一个更开放更阔大的背景之下得到重新审视与确认，而台湾、香港地区文学以及中国少数民族文学将不再会是“被遗忘的角落”。很显然，“20世纪中国文学”的整体观虽然不可能“包治百病”，解决所有问题，但它确实为我们认识与研究中国现当代文学提供了一种具有开放性、启发性的思想方法，拓展了新的研究时空。对于从事中国当代文学的教学与研究者来说，“20世纪中国文学”的整体观将直接启发我们在中国当代文学学术研究与教材建设上有所作为。在这一整体观念之下，重写中国当代文学史便事属必然。以近百年的中国社会的政治、经济、文化的风云激荡作为大背景，以20世纪世界文学发展潮流以及中国文学发展过程中的世界级作家（比如鲁迅）作为参照，我们就有可能避免评价当代文学现象时的短视和趋于功利，而更具科学性与客观性。在这一整体观念之下，以社会价值和美学价值缺一不可的标准，我们将重新梳理中国当代文学史上的具体作家与作品，以一种“文学理性”评判作家、作品的价值；在这一整体观之下，我们也将把中国当代文学置于20世纪全球文化的大背景下予以审视，努力探索当代中国文学走向世界的可能性。

中国新文学已历经七十余年的风风雨雨，中国当代文学也已行进了将近半个世纪。新的时代、新的现实以及面向21世纪的光荣任务，都要求我们必须贡献新的思想成果，提供真正能够站得住脚的科学研究著作，从这一角度讲，重写中国当代文学史已是迫在眉睫的事情。我们期待着内容扎实、立论严谨，既有“20世纪中国文学”的整体观，又有精彩的中国当代文学细部研究的学术著作的问世，我们也期待着以此为契机，中国当代文学的教材建设能进入一个全新的阶段。

在充满时代智慧、扎实而严谨的中国当代文学教科书尚未出现之前，如何组织好高校中文系的中国当代文学课程的教学，根据几年的教学实践，我认为可以做到以下几点：首先，讲授内容必须有所调整、更新、充实。实行学分制以后，中国当代文学的讲课时数几乎被压缩了一半，如何在非常短的一学期之内，使学生对中国当代文学有一个清晰而深刻的认识和把握，这就需要教师在教材的处理上，在“点”与“面”的平衡把握上下功夫。我认为不妨把教科书作为学生最基本的必读书，而在课堂上，教师则以讲清中国当代文学的基本文学思潮、基本创作现象为主，并辅之以对重点作家、作品的精细分析。比如讲授“十七年小说”，通行的教科书关于这一内容，多则用五到六章内容讲述，少则用二到三章内容解说。而实际上，随着时代的前进与发展，随着对于文学本身规律的更深刻认识，“十七年小说”越来越显示出它的“非文学”特征。基于以上情况，我们完全可以将“十七年小说”这一内容合并为两个章节：“十七年长篇小说”“十七年短篇小说”。从基本主题、基本的创作方向、共同的美学特征等方面入手，提纲挈领地讲清楚“十七年小说”的总体概况，然后重点分析长篇小说的“三红（《红旗谱》《红岩》《红日》）一创（《创业史》）、青（《青春之歌》）山（《山乡巨变》）保（《保卫延安》）林（《林海雪原》）”，短篇小说中赵树理、孙犁、马烽、茹志鹃等名家以及1956年至1957年出现的“干预生活”作品。关于新时期小说，流行的教科书也是作家、作品的分析叠加，敷演成章。这样讲解，显得非常的零散，其实我们可以采用更系统的讲法，即按新时期小说行进的潮流更替来讲解，一方面照顾到了新时期小说发展的清晰的脉络，另一方面又补充了教科书上对1985年以后小说创作现象的存而不论。讲课内容的调整、更新、充实还意味着在讲课内容中增加一般的教科书中未曾涉及的文学新现象、文学新动态方面的信息。而对于新近文学发展状况的强烈兴趣，往往是中文系学生喜欢上中国当代文学这门课的内在驱动力之一。学生们对于正在发生着的文学现象的强烈求知欲要求从事中国当代文学教学的教师必须时时更新自己的阅读目标，从大量的新近文学刊物中“披沙拣金”，挑选最有价值的作家、作品推荐给学生。讲授新近的文学创作现象，一方面需要大量的阅读与积累，另一方面也需要更新思想观念、文学观念。比如香港作家金庸的新派武侠小说，长期以来，学术界都认为是不登大雅之堂的所谓“通俗文学”。1994年，国内的一流出版社北京的三联书店将金庸的三十六册武侠小说正式在书籍市场推出，获得非凡成功。许多一流的文学评论家（例如研究“红学”的权威冯其庸教授）对金庸作品给予极高评价。仔细研读一下金庸作品，我们会被作品的巨大艺术感染力所震撼。且不说作者以“武林”暗喻社会人生，穷形尽相地描摹风波险恶的武林人事，单就作者天才的艺术虚构能力与想象能力而言，金庸的作品也会毫无愧色地进入“纯文学”的殿堂。诚如许多学者所言，金庸无疑是20世纪中国文学发展史上最为杰出的小说家之一。金庸小说自20世纪80年代初期以盗版形式进入内地，即成为经久不衰的畅销书。大学校园有大量的金庸小说迷，他们迫切希望能在当代文学的讲堂上听到老师对于金庸作品科学而客观的评价。基于此，我在讲述市场经济条件下中国文学的发展前景时，特别分析了“金庸现象”，把金庸小说作为“俗文学”与“雅文学”成功结合的典范。这样做，既满足了许多学生对于金庸小说的求知欲望，也拓展了同学们对于当代文学的新的认识空间。

中国当代文学的教学，除了讲授内容的调整、更新、充实之外，想方设法调动学生对于这门课程的主动参与兴趣，也是学深、学透课程的关键。笔者以为在讲授某些章节时，尤其是讲述新近的文学现象时，完全可以采用课堂讨论的方式。具体操作如下：比如要讲授20世纪80年代末90年代初文坛最为强劲的小说潮流“新写实主义小说”这一文学现象时，可以先由主讲教师确定几个重要问题，指定班内几位同学就教师确定的问题去图书馆查资料、读作品，然后形成专题发言稿。其他未被指定的同学也可以就已确定或尚未确定的问题准备发言稿。正式上课时，便由准备好了的同学做专题发言，其他同学则可以随时补充发言，或赞同，或反诘，争论交锋，形成人人参与课堂讨论的气氛。最后，再由主讲教师在同学们课堂充分讨论的基础上予以总结、提升。这样的讲授方式可以使学生们主动地参与教与学，并为他们以后写毕业论文打下一定基础。另外，充分利用电视、电影的作用，也是促进当代文学教学的有效手段。当代文学中有一个非常常见的现象，就是许多文学作品一经改编成电视剧、电影，便会形成该作品的阅读热。例如凡经著名导演张艺谋改编、拍摄成电影的小说，都会在学生中形成借阅传看热。其实，作为从事当代文学教学的教师，正可以利用电影、电视剧的视觉冲击效果，引导学生更进一步地研究小说，掌握其思想与艺术的利弊得失，并向学生分析小说原著与影视作品的艺术共同性和相异点，以加深学生对影视艺术与小说语言艺术的理解。因此，在电视机已经普及的今天，中国当代文学的教学如何有效地利用影视手段，已成为一个值得认真思考与设计的问题。

我们无疑正处在一个继往开来的历史时期，新的思想与观点正剧烈地喷发与激荡，面对21世纪中国文学的光明前景，作为从事中国当代文学的教学与研究者，我们应该义无反顾地向这个时代奉献我们的敏锐与睿智，愿中国当代文学的教学与研究早日进入一个新的更辉煌的境界。

1995年10月

20世纪中国文学的两个侧面：改造灵魂与眼含泪水

改造民族灵魂的文学

进入多灾多难的20世纪，中国文学便始终与国家和民族的忧患相依相伴，国家和人民的深伤巨痛，总是能够在文学的书写当中得到深切体现。中国现代文学所面对的社会情势与近代并无二致。一方面，传统的中国社会在西方军事、经济、文化势力的全面侵扰之下，正呈现西风残照的凄凉景象；另一方面，民族中的大多数人却在利刃高悬的历史情境中依然做着"天朝"旧梦，不知今夕何夕。于是，在民族精神沉默死寂的荒原上，就有了五四新文学忧心如焚的呐喊："改造民族灵魂。"自此，"改造民族灵魂"的呼喊就成为整个现代文学中最为强大的声音。这种强劲之声甚至一直持续到20世纪即将结束的今天。

所谓"改造民族灵魂"，从根本上说就是要改造中国人的精神素质。鲁迅等人倡导这一文学观，是痛感于中国人在封建主义和蒙昧主义的长期深重压迫之下，正在变为阿Q那样的奴隶。而一个充满麻木苟且灵魂的国家，迟早是要被开除出整个现代世界的竞技场的。鲁迅的忧患代表了近代以来数代中国先进知识分子内心的极端忧虑。同时，它也使中国现代文学蒙上了焦灼和悲凉的色彩。由于焦灼，现代文学作品便常常成为民族先觉者的启蒙工具；因为悲从中来，现代文学中总是弥漫着说不尽的忧伤。与中国古代文学不同的是，现代文学的表现对象不再是勇将策士、侠盗赃官、神仙妖怪、才子佳人，而是人世间普通的男女。与此相配合的是文学的语言变成了“白话”——现代汉语，现代文学一直试图打破中国古代文学书面语与口语相对分裂的局面。另外，现代文学不再处于自给自足的自我封闭状态，而是尽其可能地接受和吸收域外文学的营养。毕竟，欧风美雨正不可抗拒地进入中国。

为什么我的眼里常含泪水

中国当代文学是在泪水当中生长的。当一个极端腐败和反动的政权被豪气冲天的共产党人赶出大陆的时候，有多少中国作家流下了欣喜若狂的泪水。包括此前对政治不感兴趣的许多作家（比如老舍），都会情不自禁地高唱“没有共产党就没有新中国”。欣喜之泪催生了“颂歌文学”时代的到来，当代文学一派莺歌燕舞景象。那个时代，即使书写本应该悲伤的牺牲，也会将崇高的牺牲精神幻化为浪漫的想象性歌唱：“红梅花儿开，朵朵放光彩，昂首怒放花万朵，香飘云天外。”（歌剧《江姐·红梅赞》）然而，好景不长。本世纪50年代中期的“反胡风运动”和“反右派运动”，给当代中国文学以重创。自此之后，知识界悲苦之泪遍洒。当代文学进入漫长的严冬期，直到1976年的“文革”结束。进入社会主义新时期，中国文学再度呈现生机。但劫后余生毕竟使曾经单纯的心灵变得复杂沉郁。“不知有花朝月夕，只因年来风雨见多。”（舒婷《中秋夜》）80年代以后的文学，即使歌唱浪漫，也带着沧桑和忧患。从这个角度讲，新时期文学与五四文学有着相似的基调和色彩。“改造民族灵魂”的文学之声重新响起，充分证明着中国命运的某种循环。

到了90年代，中国文学的生长环境突然变得异常复杂。金钱成为文学新的压迫者，许多作家一时间乱了方寸。就在这色彩暧昧的时代，一些度尽劫波的文坛老人却开始流下忏悔之泪。他们共同反思个人在以往岁月当中的“可耻表演”（邵燕祥语），追问自己为什么会成为非人？比之当今文坛的普遍“自说自话”现象，文坛老人们的忏悔之泪仿佛是珍珠。当代文学将携带这些思想的珍珠进入下一个世纪。

1999年12月

小说创作的另一种可能性

根据作家感悟生活、表现生活的创作思维特点，我们可以将小说家分为两类：体验型作家和想象型作家。体验型作家从事写作，多以亲身经历过的事情作为取材对象，尽管他也要借助于想象力来创造与黏合，但忠实地记录现实和直接的心灵体验是其创作追求。无论写景状物、摹写世态人情，他都力求做到“无一字无来历”，希望客观实在永远能成为强大的创作依据。而想象型作家则不然，他的创作毫无疑问地也会依据于现实存在，但他并不死板地完全拘泥于已经观察到的“真实”，他不会照相式地反映生活，他有一种点铁成金、化腐朽为神奇的特殊艺术能力。生命有限，而他的艺术寻求与探险的欲望却是无限的。一个偶然的生活场景，不相干人的一句听起来并非特别的话，一个陌生的眼神与笑容，都极有可能打开他灵感的闸门，促使他张开想象的翅膀，遨游天地，穿越古今。对于体验型作家来说，生活积累愈是丰厚，个人体验愈是充盈，愈容易写出数量惊人的作品（当然，生活经验的丰富与创作质量的高下并不存在着简单的对应关系）。然而，我们在这里显然遭遇了一个颇为棘手的问题，那就是，当一个极有创作天赋的年轻作家生活经历不算丰富，个人命运也谈不上是坎坷，是否意味着他将必然失去相当一部分创作的机会与权利？或者，当他非常不幸地将有限的人生经历和经验都消耗完了——比如，他今年刚好三十岁，此前已发表了相当数量的作品，童年和少年时代的感伤往事已经写作殆尽，父老乡亲大自然也已经讴歌得差不多了。这个时候，他是不是应该再一次有意识地去扎根生活，满世界地找寻创作素材、灵感与冲动？如有必要，则不妨尽可能地“坎坷”那么一下，然后，选择提炼，整理思索，“却道天凉好个秋”？显然，这样的创作方式在新的时代形势下已显得相当的落后和过于手工作坊化。什么叫生活？前人早就有言曰：“处处有生活。”我们大可不必只把社会的主流生活叫作生活，而其他支流和超出一般人想象力的领域就不叫生活、没有生活。况且，在任何创作中，创作主体的精神活跃程度始终是一个极为重要的方面，一部内容庞杂丰富，却缺乏思想的锐利和没有想象力的作品算不上是好作品。因此，我们不妨这样认为，当一个年轻作家已小有成绩，但在创作素材上一时还难以有新的感性的体验与积累，而他又不可能轻易停下自己钟爱的写作，他似乎应该借助于文学的虚构与想象能力（这可是文学与生俱来的天然优势），在一边生活、一边深入思索的情况下，凭借创作主体的虚构和想象力，尽可能地为自己的创作再安上一只翅膀（如果我们把直接体验也称作另一只翅膀的话），以便更加酣畅有力地在文学的天空中搏击风雨。

很显然，虚构能力的唤醒和想象力的复活需要创作思想与观念的彻底解放。那种以为非写亲身经历不足以动人的小说创作思维定式必须被打破。其实，自20世纪80年代中期以来，在西方20世纪文学思潮的鼓动和影响下，新时期文坛已经涌现了一大批堪称辉煌的由阅历并非丰富的年轻作家所创作的富于虚构色彩和充满神奇想象力的好作品。譬如，莫言的《红高粱》就是一部由没有亲身经历过抗日战争残酷斗争岁月的下一代人写出的“抗战小说”。作品甫一发表，便好评如潮。在那篇小说中，作者以巨大的艺术虚构能力和想象能力，遥想祖辈惊天地、泣鬼神的斗争业绩，淋漓尽致地表现了昂扬奋发、清新刚健的民族民间精神。今日读来，依然使人心绪难平，感奋不已。《红高粱》之后，莫言深得艺术虚构力与想象力的三昧，其创作如决堤之水，一泻千里。可以说，没有“小说可以是虚构的产物”这一艺术新思维的推动与启发，莫言将无法令人惊奇地构筑他那神奇绚烂的“高密东北乡”。虚构能力同样帮助了年轻的小说家苏童。从某种意义上说，是《妻妾成群》将苏童送入一个崭新的艺术时空。而小说《妻妾成群》的成功则来自于作者杰出的编造故事的能力亦即艺术虚构能力。一个虚构的好故事使苏童由一个纯粹的文学圈子以内的作家，一夜之间竟变成准畅销书作家。苏童在谈到《妻妾成群》最初创作动机时，不无感慨地说道：“而我的创造性也许只在于一种完全虚构的创作方式，我没见过妻妾成群的封建家庭，我不认识颂莲、梅珊或者陈佐千，我有的只是‘白纸上好画画’的信心和描绘旧时代的古怪的激情。”（《婚姻即景》自序）另一位声名卓著的年轻作家余华在谈及自己的长篇小说代表作《活着》时说：“我听到了一首美国民歌《老黑奴》，歌中那位老黑奴经历了一生的苦难，家人都先他而去，而他依然友好地对待世界，没有一句抱怨的话。这首歌深深地打动了我，我决定写下一篇这样的小说，就是这篇《活着》，写人对苦难的承受能力，对世界乐观的态度。”（《活着》前言）似乎不必再列举过多的创作实例来证明虚构能力和想象力对一个年轻作家的巨大帮助和巨大造就。事实上，20世纪80年代中期以后，艺术虚构能力已经成为许多作家（尤其是小说家）走向艺术新转机的重要法宝。创作主体精神的解放与艺术虚构力的恢复与唤醒，不仅使许多年轻作家的创作如虎添翼，即使是一些老作家，也因了思维定式的转变而在创作上老树着花，再领风骚。进入20世纪90年代，在新近崛起的出生于20世纪60年代的所谓新生代作家群中，艺术的虚构能力和想象能力已经成为他们不可或缺的基本创作素质。综观近年的小说创作态势，在现实主义再度回潮的情况下，令人欣喜的是，“虚构小说”正成为能够与体验式的写实小说齐头并进的强大小说潮流，一个依据于社会现实但充分调动虚构与想象能力的小说创作方阵正悄悄壮大，他们的崛起与壮大，正逐渐改变着当代小说创作的固有面貌。

人的生命是短暂而局促的，而围绕我们的世界却是广阔无边的。对于创作者来说，他不可能走遍所有的社会角落，体验所有的人生命运。然而，虚构力与想象力的呈现将给予创作者一种呼风唤雨的艺术“魔力”。人间世界，纵有万千变化，其基本的人生事项和心灵情感方式却只有那么几种。凭借着良好的艺术感知能力，年轻的小说家们完全可以“观古今于须臾，抚四海于一瞬”。重要的是若想穿越古今，俯视人生，必须多读书、勤思索。艺术虚构能力从根本上说，其实是一种艺术的沉雄气度和整合能力。只有对人生独具慧眼，对人类充满爱心，对邪恶、腐朽充满憎恶，概而言之，作家必须具有思想的穿透力和悲天悯人的情怀，他才有可能将艺术的虚构力、想象力化为巨大的艺术生产力，从而创作出动人心魄的艺术精品。如果仅仅以为虚构力、想象力只是一种技巧，一种皮毛的东西，那就错了。任何时代的伟大作家都是充满思想与智慧又充满丰盈的艺术想象力的作家。

1996年8月

花开花落几春秋

——近年文坛风景一瞥

进入20世纪90年代，随着原有的相当板滞的社会生活空间的日益拓展，人们精神需求和娱乐方式的日益多元化，文学的“轰动效应”正在逐渐失去。那种80年代曾经出现过的一部文学作品因为充当了整个社会心理和情绪的“代言人”，而风靡一时、天下争阅的文学盛况仿佛已经成为一个遥远的神话。在市场经济大行其道的今天，文学已由昔日受人尊敬的名门望族一变而为自食其力的平民布衣。表面上看来，90年代的文坛景象似乎颇为冷落、萧条，但实际上，文学的深层和内部正在经历前所未有的变化。在特定的时代文化背景之下，新的文学现象，新的作家和作品依然层出不穷。如果读者留心，我们就会发现，90年代前期以来的文坛风景虽然不及80年代那样变化多端、炫异争奇，但它并没有消失掉文学本身应该拥有的那一份色彩与声响。

小说作为一种能够对生活进行广阔描写和深度容纳的文体，仍然是90年代发展最快、最受欢迎的文学门类。长篇小说自1993年的“陕军东征”之后，这几年一直以令人惊叹的高速度行进。1993年，全国出版长篇小说四百二十部；到了1996年，国内一年出版的长篇小说居然达到七百部。令人担忧的倒是，迄今为止出版的90年代的几千部长篇小说当中，能称得上是精品的实在是寥若晨星。除了陈忠实的《白鹿原》、唐浩明的《曾国藩》、余华的《活着》等少数几部堪称杰作之外，其他的长篇小说大多显得思想浅薄、艺术平庸。由于商业运作和读者阅读期待的居高不下，估计长篇小说的“泡沫现象”还会持续相当一段时间。与长篇的火爆相比，前几年的中、短篇小说创作精品不多，显得颇为冷寂。从1996年开始，以河北的“三驾马车”（谈歌、何申、关仁山）为代表，“现实主义冲击波”登场亮相，从而掀起中、短篇小说重新干预生活，关注社会整体生活趋向和老百姓现实命运的创作潮流。谈歌的《大厂》（《人民文学》1996年第1期）、何申的《穷人》（《当代》1996年第4期）、刘醒龙的《分享艰难》（《上海文学》1996年第1期）、彭瑞高的《本乡有案》（《上海文学》1996年第8期）、李唯的《中华民谣》（《朔方》1996年第11期）等小说，或描写国营大中型企业摆脱现实困境的异常艰难，或同情乡镇干部的艰辛不易，或触及官场的腐败，或暴露普通民众的见利忘义，都在一定程度上回答了时代所提出的重大课题，因而一经发表，便赢得大量读者。1997年以来，热情关注现实，力图描摹时代面影的中、短篇小说依然走俏。田东照的《跑官》（《山西文学》1997年第2期）、潘军的《假面小孩》（《山花》1997年第2期）、王石的《雁过无痕》（《当代》1997年第1期）、张欣的《你没有理由不疯》（《上海文学》1997年第6期）、池莉的《来来往往》（《十月》1997年第4期）等作品，都从不同侧面反映出当今中国人的生存境况以及心灵激荡。除了热心关注现实的一派作家之外，近年文坛另有一批疏离现实的小说家，他们或透视自己的内心世界，或执着于小说形式的把玩和艺术上的精雕细刻，这些作家的创作同样有着独特价值和审美意义。它使我们的文学告别了某种单调与贫乏，从而显示了整个文坛的应有活力。

“散文热”是近年文坛的又一个热门话题。继前几年各地出版社大规模重印现代著名散文家的作品集和编选种种名目相似的散文选集之后，这几年文坛的原创散文方兴未艾。具体表现为当代作家散文集的不断推出以及报纸副刊、周末版上随笔体散文的连篇累牍。这种散文创作态势一方面说明了近年散文创作的确正处于热闹当中；另一方面，“全民皆是散文家”，“随笔如草”的创作局面，又不能不使人隐约想起“人人皆诗人”的浮夸年代，从而产生现实的忧虑。散文境界的缺乏高远，思想的苍白无力，热衷于描写“我的猫”“我的狗”“我的拖鞋”“我的口红”等一地鸡毛式的琐碎和平庸，正在成为腐蚀散文健康发展的恶性肿瘤。如何使散文不仅书写个人悲欢，也关注时代变化和更大多数人的利益，既儿女情长，又风云气多，这实在是摆在散文创作者面前的亟待解决的思想艺术课题。

近年诗歌和戏剧的创作状况似乎乏善可陈。诗歌的创作队伍不能说不庞大，但读诗者却是日渐减少，原因是现在的诗歌已不再给我们带来思想的力量。像“卑鄙是卑鄙者的通行证／高尚是高尚者的墓志铭”这样震撼人心的诗句，在诗人心态普遍浮躁的今天，已经不可能被写出。其实，诗人们应该明白，只有思想渊深博大，具有殉道精神的人才可能创作出受人喜爱、被人反复吟唱的诗歌。近年国内诗歌缺乏的不是技巧，而是思想的穿透力。戏剧的创作和演出是近年文坛最为尴尬的事情。在电影电视以及卡拉OK的联合挤压下，包括话剧在内的各个剧种全面萧条，许多城市年轻人已经不知道什么叫作话剧。观看戏剧演出更多时候成为老人们的节日，成为他们回想往事的最佳时刻。

总体来说，近年文坛的创作显得比较平稳，波澜不惊。在中国社会的全面转型时期，这种文学的发展态势也许是颇为正常的。当中国文学再度走向辉煌的时候，我们会发现这一时期的沉淀和积聚是多么地富有意义。

1997年11月

中国文学的深秋颜色

世纪末的中国文学正在出现某种可称萧条的迹象，一如深秋天气中令人伤心的苍凉景色。白日放歌与青春作伴的文学时代显然已经遥远如前尘往事，现在倒是时常也有歌唱，不过那是浅斟低唱，是一位会飞媚眼、颇谙风情、懂得化妆术和面具效应的小女子唱“泪眼问花花不语”，或者“杨柳岸、晓风残月”。

回首中国新时期文学，我们也曾有过壮怀激烈的年代。启蒙激情、反思意识、社会责任感和使命感、理想情怀等等，曾经是被整个创作界备加珍视的精神资源和文学信仰。然而，时间只过去了十来年，如今文坛中的许多人已经可以用不屑的口气来谈论这些庄严的话题了。世纪末文坛的真实情况是，文学的游戏快艇早就登陆，正义的激情和信念仿佛被遗弃在退潮海滩上的鱼，它们只在梦境中才能回归大海。许多写作者的孱弱身躯已经难以承受时代生活的重压，或者说他们根本不愿意去背负“生命之重”。他们谈论最多的话题是：轻松。于是，慵懒的、轻飘飘的文学到处游荡；自怜自爱的“私语文学”层出不穷；闺房文学、“橘黄色”文学以及疑神疑鬼的文学也开始且歌且舞，迤逦而来。在一种天下太平的气氛中，写作家们乐得放松和轻松。由于轻松和放松，就只能看见天空中飘浮的五彩祥云，听到来自舞榭歌台上的江南丝竹。甚至，有一些写作家还颇有些宋代人酒足饭饱之后的闲适和逍遥：“一杯独饮愁何有，孤榻无人膝自摇。”

在如此丰富复杂、生机勃勃而又忧患丛生的时代，文学的正义之声竟然显得那样的微弱，实在是一件奇怪的事情。文学远离时代生活，不再对社会人间有所承诺，不再敢对社会不公和邪恶充满义愤（一些作品居然混淆道德是非，要求大家一块儿去“分享艰难”），这一切都表明，90年代作家的人格正在萎缩，思想正在迷失，“丹田之气”正在逐渐涣散。

也许，中国作家果然是太聪明了，因为聪明，所以便不敢正视，不愿承担；因为聪明，所以常常看不见苍生，只看得见金钱庙里赵公元帅的泥胎。前些年，有人针对当代中国文学的积贫积弱现象提出看法，认为缺乏大气磅礴之作的根本原因是中国作家“太聪明”了。这一批评引发了一场不大不小的争论，最终还是不了了之。现在，笔者旧话重提，是要确证“聪明说”是入木三分之见。试看当今文坛，到底有多少作家是在把文学当作一项神圣的庄严的事业来追求？又有几个作家愿意以宗教徒般的精神和信念来献身于文学？更多的文学写家们大概更愿意当聪明人，做“票友”。既然文学已经不可能给自己带来体面和荣耀，那就玩玩而已。由于聪明人的轻浮之举随处可见，文学的神圣感便渐渐被消解，对社会、历史、人生苦难的关注和忧患也就烟消云散。因此，中国文学的再度辉煌，需要的是一群不计利害成败的“傻子”的突然出现。这些“傻子”充满悲天悯人的正义情怀，对国家、民族和整个人类命运深怀关切之心，并且，他们把追寻人间的完美理想当作生命的第一要义。

1999年12月

亲近鲁迅

——为纪念鲁迅诞辰120周年而作

作为20世纪中国最伟大的思想家和文学家，鲁迅的价值并没有被每一个中国人所理解。形成这种尴尬局面的原因很复杂，除了特殊历史时期政治的因素影响之外，在对鲁迅的宣传上，刻意强调鲁迅的某一方面而弱化另一方面，甚至不提鲁迅思想和性格的丰富性和复杂性，如此，鲁迅的形象某些时候便被塑造为“神”，他远离了人间的烟火，成为一个不可亲近的存在。一个本来是血肉丰满的伟大人物，忽然遭遇到有意无意的曲解，被弄得神秘起来。于是，普通的人们自然敬而远之。而我要说的是，鲁迅的为人一点也不古怪和神秘，他的思想一点也不高深莫测。中国人若想理解中国，享受深刻的思想之美和文字之美，走近鲁迅便是值得选择的心路历程之一。

人们都知道鲁迅深刻，但是鲁迅的深刻之处到底体现在哪些方面，许多人却茫然。二十多年前，当我作为一名初中生，初次接触到鲁迅时，读到的更多是他老人家的论战文字，《“丧家的”“资本家的乏走狗”》之类。那时，似懂非懂，更多的是不懂。以后，又读了鲁迅的许多文章，知道鲁迅是拿笔的战士，是敢于直面惨淡的人生和正视淋漓的鲜血的勇士。直到进入大学课堂，在一些著名学者的引导之下，我才逐渐地真正理解了鲁迅，理解了这个20世纪中国最忧郁的灵魂。现在，如果让我回答鲁迅思想的深刻性到底在哪里，我要说，除了与黑暗势力进行不妥协的斗争，始终追求光明前景的理想精神之外，鲁迅最深刻之处便是对民族精神创伤的深切感知和犀利解剖，简单说，就是对民族劣根性的毫不留情的批判。倘若说在此之前，由于某些因素的干扰，我们对这一问题还存在着模糊认识，那么，在中国社会经历了百年沧桑和风雨之后，今天的人们亲近鲁迅，首先是因为这位伟大的思想家是20世纪最清醒的中国人。他在几十年前提出的“改造国民性”的思想和文学命题，至今依然不失它原有的光辉。

众所周知，鲁迅是一个伟大的爱国主义者。与别人相异的是，鲁迅对祖国和民族的爱是以一种“恨铁不成钢”的面目出现的。他固然歌颂中国人美好善良的一面，他称赞历史上那些埋头苦干的人、拼命硬干的人、为民请命的人、舍身求法的人，是“中国的脊梁”（《中国人失掉自信力了吗》）。然而，鲁迅终生为之痛心疾首的却是中国人精神素质当中的消极面和劣根性。他痛感中国人固有的价值观念已经距离日益进步的世界潮流越来越远，世界一日新似一日，而许多中国人却仍然认为中国是世界的“中心”，抱着僵死的传统不放；他从少年时代就目睹了人间的许多不幸，感受了人情的冷漠，所以他呼吁人与人之间要互相拆除隔膜的厚壁，代之以关爱；他从读史当中和现实社会里发现，“瞒和骗”是流行于中国社会的一种传染性病菌，所以他大声疾呼：“世界日日改变，我们的作家取下假面，真诚地，深入地，大胆地看取人生并且写出他的血和肉来的时候早到了；早就应该有一片崭新的文场，早就应该有几个凶猛的闯将！”（《论睁了眼看》）《阿Q正传》应该说是鲁迅批判国民劣根性的代表之作。在这部名垂青史的小说作品中，鲁迅以“哀其不幸，怒其不争”的忧愤之情，塑造了阿Q这一不朽的形象。在阿Q的身上，集中了中国人精神上的许多负面因素和久治不愈的病症。比如自高自大，自欺欺人，保守僵化，麻木愚昧，卑怯苟活，风云动荡之时见风使舵、善于投机等等。阿Q形象一出，从此中国人便有了一面耻辱的“镜子”。让人心情复杂的是，阿Q不总是活在小说当中，倘若你怀着一颗忧患之心观察我们的生活空间，你会发现，那个脑袋上扣着一顶毡帽、脑后拖着一条小辫子的家伙就时常在我们的身边出没、游荡，继续上演着人生的悲剧和喜剧。这更加证明了鲁迅的伟大和不朽。

鲁迅是战士，是一个时常拿着“匕首”和“投枪”准备和旧世界决战的人。林语堂在鲁迅逝世之后写过《悼鲁迅》一文，文中说：“鲁迅与其称为文人，无如号为战士。战士者何？顶盔披甲，持矛把盾交锋为乐。……德国诗人海涅语人云：‘我死时，棺中放一剑，勿放笔。’是足以语鲁迅。”林语堂与鲁迅是同一时代的人，并且曾经与鲁迅并肩战斗过，他对鲁迅的评价可称客观公允。然而，鲁迅的“战士”身份却并不能遮蔽他作为有血有肉的普通人的一面。鲁迅少年时代失去父亲，早早就体会过人间的艰辛和人情的冷暖，所以他一直深爱他的母亲，是一个典型的孝子。甚至，他的最初的不幸婚姻也与不愿违背母命有关。鲁迅中年得子周海婴，十分疼爱。他是一个喜欢整洁的人，可是顽皮的小海婴常常弄乱了他的书桌，鲁迅不以为意，还要笑呵呵地告诉客人：海婴这个“小捣乱”！现代著名女作家萧红在《回忆鲁迅先生》一文中讲到这样一件事，说有一次，她和萧军去鲁迅家做客。见鲁迅正坐在椅子上休息，就问先生自己今天的衣着颜色如何。鲁迅说，搭配上不如前些天穿的衣服和谐。萧红大吃一惊，说先生怎么对色彩还有研究。鲁迅说他对美术是非常爱好的。应该说，鲁迅是一个具有普通人的正常情感和心理的凡人，正是这一点使他与我们是如此地贴近。但是，鲁迅又是一个超脱于大众的思想先驱者，他的人生阅历和文化积累不知比我们要深厚多少倍。他比我们想得深刻，看得深远，并且他能够用如椽之笔将他的思索和发现精确无误地表达出来。这当然来自于他的异秉，更来源于他对中华民族的一腔柔情以及对美好明天的无尽向往。

2001年9月

金色的金庸

在20世纪中国文学史上，金庸是一个巨大而奇特的存在。如此评价这位小说大家，原因有二：

其一，迄今为止，还没有哪一位中国现代小说家的作品，能像“金大侠”的著作这样，拥有如此广泛而庞大的读者群。可以毫不夸张地说，金庸是20世纪华人世界中，最受欢迎的现代作家。

金庸自1955年涉足武侠小说创作，到1972年“挂剑”而去，十七年间一共创作中、长篇小说十五部（包括《飞孤外传》《雪山飞孤》《连城诀》《天龙八部》《射雕英雄传》《白马啸西风》《鹿鼎记》《笑傲江湖》《书剑恩仇录》《神雕侠侣》《侠客行》《倚天屠龙记》《碧血剑》《鸳鸯刀》《越女剑》），总字数达一千一百一十万字。他曾经将其中的十四部小说，每一部取书名的第一个字，结成一副对联：“飞雪连天射白鹿，笑书神侠倚碧鸳。”他的小说一经写出，无论是最初的报纸连载，还是日后出版单行本，无一例外受到一代又一代读者由衷的喜爱，其引发的轰动效应往往成为读书界一大景观。金庸迷们读起书来，常常弄得不思茶饭，瞌睡全无。在中国内地、香港和台湾地区，甚至在海外华人聚居之处，只要你自称是“金迷”，就会找到同志和朋友。据不完全统计，三十六册一套的《金庸作品集》，到20世纪90年代中期为止，正式印行的已超过四千万套。另据粗略估算，光是中国内地、香港和台湾这三大市场，历年来金庸小说的销售量，连同非法盗印的在内，累计已达一亿册。而由金庸作品改编的影视作品一拍再拍，仍然有难以估算的观众痴迷其中。最近几年，以金庸作品中的人物为主要角色的游戏光盘《金庸群侠传》等，又在大规模进入青少年的娱乐生活领域。如果说北宋时曾经有“凡有井水饮处，即能歌柳词”的说法，那么，如今面对金庸小说以及附生品的风行于世，我们也可以不加夸张地说“凡有华人在处，必有读金庸者”。

金庸的小说不仅在华人世界大行其道，在受中国文化深刻影响的东南亚地区，也被点赞叫好。20世纪60年代后期，金庸最出色的小说《笑傲江湖》在香港《明报》连载之时，越南西贡的中文报、越文报和法文报有二十一家同时连载。南越国会开会辩论之时，常有议员指责对方是“岳不群”（伪君子），或“左冷禅”（善搞阴谋诡计者），可见《笑傲江湖》在异国也同样的深入人心。

其二，说金庸是“奇特”的文学存在，是因为这样一位名动“江湖”的小说大师却长时期得不到文学界的公正评价。尽管上至政界巨头，下到引车卖浆者流，都喜欢金庸，但这位“武功盖世”者的文学成就和地位却迟迟得不到承认。然而，到了20世纪90年代，情况却发生了变化。

五四新文学运动之后，武侠小说同言情的“鸳鸯蝴蝶派”小说一样，一直被进步的文学界认为是传播封建思想和落后观念的载体，新派作家对之颇多无情批判。新中国成立以后，国内文学界受五四文学鄙视武侠小说思想传统的影响，在相当长的历史时期之内，也一直对以金庸为代表的港、台新派武侠小说创作置若罔闻。改革开放后，情况虽略有好转，但公开认可新派武侠小说的文学成就和创作地位，依然是一件冒险的事情。进入20世纪90年代，随着市场经济体制的全面建立，国内学人的文化观念和文学观念进一步拓展和解放，这才有了对金庸创作成就的科学全面的评价。1994年，一向以出版文化精品而著称的北京三联书店正式出版全套《金庸作品集》，从而为国内学界全方位肯定金庸的文学成就拉开序幕。这年10月下旬，鉴于金庸先生在法学（包括香港基本法起草工作）、新闻事业、小说创作等方面的成就和贡献，北京大学授予他名誉教授称号，北京大学中文系主任严家炎教授在这一仪式上做了题为《一场静悄悄的文学革命》的演讲，对金庸巨大的文学成就给予充分肯定。未料话音刚落，一位杂文家就在年末的《南方周末》上撰文，对北大授予金庸名誉教授一事大加伐挞。[1]

1997年，北师大中文系教授王一川主编的《二十世纪小说大师文库》，选出九位小说大师：鲁迅、沈从文、巴金、金庸、郁达夫、老舍、王蒙、张爱玲、贾平凹。金庸不仅名列大师行列，而且排名第四。论及20世纪中国小说，舍茅盾而推崇金庸，自然在文学界引起轩然大波，但无论是扬金庸者，还是贬金庸者，双方都无法说服对方，争论远远没有结束。

1999年末，又一位文坛不甘寂寞的“玩主”王朔忽然挺枪杀出，他在《中国青年报》（1999年11月1日）上撰文，从诸多方面对金庸小说进行批评，称金庸小说情节荒诞，人物怪

[1] 鄢烈山. 拒绝金庸 [N]. 南方周末，1994-12-02.

异，逻辑混乱，是充满了市民趣味的港台文化“四大俗”之一（另三大俗是：“四大天王”、成龙电影、琼瑶电视剧）。1999年11月4日，金庸应上海《文汇报》记者之邀，答问道：王朔的批评是这么多年以来，他所遭遇的最严厉的批评，但他会以佛家教导的“八风不动”自律。自出道以来，他的小说已经受到上天的厚待，因此，纵有“求全之毁”，也不会不开心。王朔没有称他为“四大毒”等等已属客气。王朔和金庸的文章一出，在文坛又掀起一阵不大不小的波澜，大众传媒和网络上的争论相当激烈。比较来说，文坛和网络上对王朔打着“无知者无畏”的旗号，而进行情绪化批评的做法，持保留意见者居多。

虽然有杂文家的冷嘲热讽，有文坛“玩主”的笑骂，但海峡两岸暨香港、澳门地区的文学界人士已经达成共识：金庸是整个20世纪中国文学界创作成就最为突出的小说家之一，是20世纪不可多得的对现代汉语具有巨大创造性贡献的作家。

金庸的小说风靡华人世界，“魔力”何在？笔者愿意在此略道几条理由：

第一，金庸小说以中国人喜闻乐见的民族审美艺术方式，塑造了一大批气冲霄汉的正义之侠，这些侠客满足了中国人对本民族英雄的崇拜和向往之情。在这些大侠身上，人们看到的是任重道远、以天下为己任的使命感；是杀身成仁、死而后已的责任担当；是富贵不能淫、贫贱不能移、威武不能屈的气节。诸种大气磅礴的精神境界对辗转于俗世的现代人来说，几乎成了“神话”。读者虽不能至，而心向往之。这是金庸作品给予我们的梦想和憧憬。

第二，金庸小说以巨大而密集的中国传统文化的知识和信息，承担了传播博大精深的中华古老文化的重任，它使读者在欣赏艺术的同时，轻松学得各种各样的文化知识。举凡儒墨典籍、佛经道藏、诗词曲赋、琴棋书画、医卜星相、易理玄机、历史地理、风土民情、酒茶饮食、花鸟虫鱼、天文术数、黑帮暗语等等，都能在金庸小说中领略到。无怪乎许多久居海外的华侨，为了让出生于当地的儿女不忘故土，要常常拿金庸小说来做“诱饵”，使子女们能通过引人入胜的武侠小说来学习古老悠久的中国文化。

第三，金庸小说具有令人惊叹的想象力和创造力。无论神奇的武功、江湖各色人物的虚构（包括人物绰号的设计），还是山川的描摹、不可知境界的营造，金庸的想象超拔卓绝，仿佛天马行空。金庸尤其对长篇小说有着惊人的驾驭能力，篇幅越长，越能显示他的本领。他的小说线索纷繁，悬念迭出，波谲云诡，神秘莫测，往往在看似山穷水尽之处，忽然间便峰回路转，柳暗花明，别生一个新境界。读金庸小说，在惊奇当中可享受灵魂的愉快“冒险”。

第四，金庸小说具有巨大的社会生活的包容力和涵盖面。他的小说虽说描写的是虚构的江湖世界，但作者对人情物理的深刻体察和书写却远远超出一般作家的思想水平。他对世俗人生的理解，对人的存在的探究，对人间诸多复杂情感形态的把握，都显示出了不可多得的敏锐洞察力。

第五，金庸的作品融文学的娱乐与深沉的思索于一体，他的小说并不仅仅是供人消遣的，实际上金庸的所有重要作品都有着对社会和人世的深深忧患。他以武侠世界隐喻现实人生，以江湖恩怨透视复杂人性。金庸是一个非常具有政治责任感的报人，他曾经为《明报》写过两万多篇社论，这样一个敏感于政治的人不可能只是泛泛地虚构江湖故事。他的《笑傲江湖》《鹿鼎记》等小说，有着对国内“文革”的明显批判。正是政论家的见识、史学家的学养以及小说家的想象力造就了金庸的辉煌。

金庸在小说创作上所取得的突出成就，对20世纪的中国文学有着不可低估的启示性意义：

首先，金庸小说将文学的干预人生功能和娱乐功能统一了起来，使作品产生了异常丰富的色彩和意义，从而瓦解和打击了以往僵化的文学观念。同时，金庸的成功也使我们对武侠小说这种曾经被新文学所唾弃的小说形式，产生了新的研究兴趣，并可能对发展我们的文学提供新的借鉴。其次，金庸小说继承了中国文学史上的浪漫主义文学传统，创造了许多艺术的神奇境界，使一直显得过于单调的中国当代小说创作在写实世界之外，又多了一份想象中的异样情调和氛围。这无疑会对主情的作家产生积极影响。最后，金庸借用武侠这一作品类型，通过对本土小说传统的继承和创造性转化，出人意表地创造出了一种文化学术品位很高的小说新境界，实现了真正的雅俗共赏。这种文学实践对正在苦于寻找读者的国内严肃文学界具有重要的启示意义。也许，对五四新文学以来一直寻求雅俗合流的中国文学界而言，金庸的创作道路是一条值得肯定和珍视的道路。

2000年4月

书生心痛有谁知

——读韦君宜的《思痛录》

韦君宜的《思痛录》（北京十月文艺出版社1998年版）是一本不足十三万字的薄薄的小书。在如今出书追求“厚”和“大”的时风之下，这种小开本的个人回忆录放在书店里，委实是不太起眼。然而，这本薄薄的小书却因为思想和情感的真诚、因为坦率到惊人而成为1998年度整个大陆读书界最值得珍视的精神成果之一。

韦君宜是一位老革命，也是一位老知识分子。1934年秋天她考入清华大学哲学系读书时，还只是一个十七岁的少女。然而，日寇的入侵，时局的动荡却使偌大的华北放不下一张安静的书桌。1935年12月她投身于著名的“一二·九”运动，成为学生运动的领袖人物。以后，她到了延安，从事过各种各样的革命工作。新中国成立后，她一直在文艺界任职，直到1986年从人民文学出版社社长的任上离休。像所有的20世纪30年代就参加革命的知识分子一样，韦君宜半个多世纪以来一直生活在中国社会变动的大漩涡当中。作为这段历史的亲历者和见证者，已进入生命晚年的韦君宜觉得有必要站在时代的制高点上为过往的历史“把脉”，她愿意把一些别人不愿讲、不想讲的“痛史”说出来。她真诚地认为：“要知道这些，是这一代及下一代读者求知的需要；要想一想这些，是这个国家的主人（人民）今后生存下去的需要。”怀着这种真诚严肃的历史感和社会责任感，韦君宜在书中通过自己的亲身经历着重讲述和声讨了中国革命史上的“左”的思潮和“左”的做法给国家和人民所带来的极大危害。

《思痛录》的第一章叫作“抢救失足者”。说的是1942年到1943年间的延安“整风运动”。其中涉及一个所谓的“绥德师范学校特务窝”案，这个案件本来属于子虚乌有，但在当时居然“抓特务”抓红了眼，连六岁的小学生也被怀疑有可能是特务！事实上，就在上下到处捕风捉影的时候也不是没有清醒者，蒋南翔（解放后曾任清华大学校长、教育部部长）就曾上书中央，反对所谓“抢救”，但是，蒋南翔却受到了批判。让我们感到心绪复杂的是作者在书中真实记录的与丈夫杨述所说的一段“私房话”：“现在只在边区里边这样干，我们这些人还能忍受，能谅解。以后如果得到了整个中国，再这么干，可千万不行了，成亿的老百姓不会答应的。”很不幸，二十多年后，韦君宜和她的丈夫杨述（时任高教部部长）还是没有逃脱“文革”浩劫，杨述甚至被一个秉性残忍的“造反派”打断了肋骨。

对于1957年文艺界“反右”风涛的如实记录以及深刻反思是《思痛录》中最有力度的篇章之一。韦君宜的过人之处在于，她除了真实描写文艺界内部“人和人互相用嘴咬以维持生存”的惨烈景象之外，还沉痛地总结了反“右”所带来的精神恶果：“而社会风气和干部作风呢？从这时候起唯唯诺诺、明哲保身、落井下石、损人利己等等极坏的作风开始风行。有这些坏作风的人，不但不受批斗，甚至还受表扬、受重用。骨鲠敢言之士全成了右派，这怎么能不发生后来的‘文化大革命’？”作者的结论是，反“右”实在是“文革”的预演，它为“文革”的全面毁灭文化埋下深深的祸根。

我们这个民族是一个视“面子”为生命的民族，不留“情面”则是我们的文化禁忌之一。我们的文化构成中似乎缺乏一种叫作心灵忏悔的精神传统。当一个老人接近生命终点的时候，他自己（或者别人）总希望在相关的回忆文字中打扮一下自己的形象，修饰一下个人的“脸面”。忏悔和讲出真相是一件让人难堪和扫兴的事情。然而，我们也有另外一句话叫作：“人之将死，其言也善。”这善的最高境界就是真，真的肺腑，真的言语。韦君宜大概属于那种不善于打扮自己的人。在《思痛录》中，她记叙了个人的不幸，同时也以一个知识者的良知和道义感忏悔了自己在新中国成立后历次政治运动当中的不光彩的表演。在第七章“一个普通人的启示”中，韦君宜就直截了当地承认自己也曾是一个悲剧的“制造者”。她描述自己1957年底奉命去向下级李兴华宣布李被划为右派时的情景时说：“我不敢看他的脸，宣布时两眼只是看着他的脚，看见他穿着一双黄皮鞋和深灰色尼龙丝袜。这双鞋和袜子长期留在我的记忆里。”显而易见，平淡的描写中有着太多的灵魂撕扯。它与那种当年“整”过人，而今却推诿于时局，添恶于他人的做法显然不可以以道里计。

《思痛录》中的不少篇章是韦君宜偏瘫之后辗转于病榻之上，凭着顽强的毅力写下的“生命的大书”。书稿于90年代初完成后，又辗转多年而于1998年终于面世。当样书问世时，躺在医院里的韦君宜已无法用语言清晰地表达她的激动之情。这本书从1998年5月出版到9月重印，短短四个月内竟然重印四次。也许，这是善良的读者们对于这位无私无畏的老人的最美好的祝愿。

1998年12月

温情荡漾的叙事

——迟子建小说《清水洗尘》[1] 赏读

文坛时常会出现这样一类作品：它们不太涉及社会与时代的洪波巨浪，也不刻意描摹风云激荡时刻的传奇人生，更不会血脉偾张地去宣扬个人的“绝对隐私”，病态地展示躯体的欲望。相比较而言，这类作品更喜欢以一种舒缓的笔调充满温情地去描写大千世界之中的凡俗人生，于普通人的生活情状的真实描绘中，透露作者对于“生活美”的感悟。人类生活在这些作品所构筑的艺术天地之中，是一条永远流淌着温暖的情意绵绵的河流，这河貌似平淡，也不张扬喧哗，但却内里丰润，沉淀极多，其中所漾动的人性美的力量足以让每一个读者感动和回味不已。如果我们仔细读来，就会发现，迟子建的短篇小说《清水洗尘》便是这类作品的一个颇为典型的代表。

《清水洗尘》所涉及的生活内容并不出乎我们的意料。年关时节，腊月二十七这一天，是礼镇人“放水”（洗澡）的特殊日子，每一家人都必须庄严对待，不得敷衍、马虎。显然，“放水”在礼镇人的心目中，既是通常的洗浴，更是一种年节背景下的文化“仪式”，意义确实非比寻常。小说的故事便在

[1] 迟子建. 清水洗尘 [J]. 青年文学，1998（8）. 获得第二届鲁迅文学奖。

这样的人情风俗背景下展开了。应该说，从小说表现的内容来看，实在谈不上“新”和“奇”，读者甚至会满腹狐疑：这样的生活小事件难道也能敷演成篇？然而，事实是，“放水”之事不仅写成了，而且写得饱满丰盈，趣味多多。使人读后，不能不回味良久。我想，小说动人的艺术力量主要来自于这样两个方面：

首先，是因为小说中的人物形象刻画得异常出色。读者通过感受小说中人物的音容笑貌，可窥见人情事理的诸般奥秘，从而获得审美的愉悦。客观地说，小说中天灶一家人，从老奶奶到妹妹天云，着墨都不是很多。然而，作者写来却并不局促，“螺蛳壳里做道场”，靠“精”和“细”以及最具表现力的生活细节和人物对话来使人物性格丰满起来，正所谓“人有其性情”“人有其声口”（金圣叹语）。比如小说中老奶奶形象的描绘，就充分体现了作者高超的艺术手段。奶奶已经七老八十了，按规矩奶奶是家中第一个洗澡的人。奶奶洗完澡后，要求天灶就着奶奶的洗澡水凑合着也洗一下。小男孩天灶自然不乐意，就把奶奶的洗澡水倒了。结果，这一举动竟惹动了老奶奶的伤心。奶奶便哭诉，说是自己当姑娘时是全村最干净的一个，她若是下到河里洗澡，连鱼们都躲得远远的，因为鱼没有她白净！在妈妈的劝慰吹捧之下，奶奶一时心情好转，甚至吹嘘自己的洗澡水可以用来养牡丹花！小说中描写奶奶的地方也就两三处，但不多的描写已经将一个“老小孩”的形象活脱脱写出。另外，小说中母亲的形象和天灶的形象也刻画得相当成功。

其次，不能不说到小说叙事视角的巧妙选择。正是采用天灶这一儿童视角叙事，才使得小说呈现出一种十分纯净的艺术基调。这一问题可从两个层次来论证：第一，儿童视角本身就是一种非常单纯明朗的叙事视角，在小男孩天灶的眼里，生活里的一切都应该是简单明了的，因此，小说的叙事线索非常集中和单纯，人物言行和场景描写也格外简洁。虽然由于蛇寡妇的出现，小说主线索有中断的危险，但因为父亲的离去带动了母亲的情思，因此小说的主线索还是牢牢地行进在原先的轨道上。第二，在小说中天灶并非只是一个无生命的视角。大家应该注意到，由于小说对于天灶童年心理的优美细腻的展示，天灶的形象不仅呼之欲出，而且，正是他的眼光和心理，带来了小说浓浓的生活情意和不可多得的美丽童趣。而这一点恰恰表明，童年视角的选择给小说镀上了异样的艺术光辉。

2000年12月

《朔方》的未来与希望

——1993—1994年度《朔方》青年作家小说漫评

1993年到1994年中国文坛所发生的急剧变化是显而易见的。尽管有1993年下半年所谓的“陕军东征”所带来的文坛的短暂喧闹与欢欣，但自20世纪80年代中后期以来出现的文学与读者日益疏离的局面并未从根本上得到改观。不仅如此，社会转型时期的文学“消肿”运动也导致文学创作队伍的震荡与分化，许多文学创作家在社会急速旋转的时刻正变得“六神无主”。处于经济、文化不发达地区的宁夏文学创作队伍似乎也在经受前所未有的分化与重组。一些熟悉的作家面孔渐渐淡化了，一些曾经颇有冲击力的作家的创作步履在新的文学形势下变得迟疑与滞重。令人欣喜的是，在中国当代文学的沉寂和转折时期，在西北黄土高原的这一隅，我们依然可以看到一些将生命血肉与智慧奉献于创作的文学“殉道者”，在这支文学的“殉道者”队伍当中，青年作家的身影是如此矫健不凡，令人心动。那么，为这些在寂寞中奋然前行的宁夏青年作家呐喊、喝彩加油，总结其创作上的利弊得失，应该是评论界义不容辞的责任。

综观从1993年到1994年发表于《朔方》上的青年小说家的小说，给人最突出的印象就是表现乡土生活的农村题材小说占有压倒性比例。这一小说创作现象的出现自有其可以理解的原因。在中国现代文学发展史上，乡土生活一直成为小说家们情有独钟的表现内容和描写对象。中国现代小说的开山祖师鲁迅从一开始就以其卓越的小说创作，将乡土文学的创作推向高峰。无论《阿Q正传》，还是《祝福》《风波》，都在富于地域特色的风情展示中刻写人物命运，表现深厚的社会、文化、历史内涵。鲁迅之后，乡土文学创作大家代不乏人。新时期文学以来，创作焦点集中于乡土地域和农民命运，并由此取得创作佳绩的小说健将也大有人在。宁夏作家张贤亮的《绿化树》《河的子孙》等小说以其黄土高原般的厚重与沉实而成为新时期小说中不可多得的精品佳作。可以这样说，乡土小说已成为中国现当代小说创作的一个传统题材领域，是一个容易而且能够创作出小说精品的表现内容空间。对于初入文坛的青年创作者，这一题材领域无疑具有巨大的审美诱惑力。促使乡土小说相对发达、兴旺的另一个直接原因是，宁夏的青年作家大多数来自农村。虽然不少人现在已身居城市，但其精神血脉却是与曾经哺育过他们的乡土社会紧紧联系在一起的。童年和少年时代居住过的穷乡僻壤，在那一方水土之上曾经有过的艰辛和磨难，已经很难从他们的记忆深处被抹去。相反，一旦从事创作，童年和少年时代的切身经历以及生存环境所导致的“乡村情结”会顽强而坚定地进入其创作视界，促使作家们以各种艺术手段来表现乡土社会的风土人情、乡村人物的生死歌哭。

石舒清是近年创作成绩颇为突出的青年小说家。从1993年到1994年，石舒清总共在《朔方》上发表了七篇小说（包括小小说），其中三篇是表现乡土生活的。《赶山》描写宁夏南部山区的农民一次集体“抓发菜”的经历，于苍茫寥廓的西北山地的雄浑背景下，展现底层人民不畏艰辛与磨难的求生意志和生命强力。其中也穿插了回族青年男女的情与爱，有缤纷的诗意，也有灵魂的审判。短篇小说《招魂》属于技巧圆熟之作。它讲述了瞽目的柳述增阿訇一生辛酸而悠长的命运故事。在庄重、肃穆而颇显神秘的叙述当中凸显柳述增人格力量的俊美与强劲，道德操守的崇高与圣洁，意在以过去年代故事中的正义与高洁来批判当今世风的浮华、贪婪。作品所歌颂的是一种“富贵不能淫，贫贱不能移，威武不能屈”的人格操守，这种人格精神不仅属于柳述增，也应该属于整个中华民族，属于全人类。小小说《碎舅母的运气》于精巧的构思当中展现农村一对老夫妻的慈父慈母之心，结尾韵味深长，启人深思。

李方近年的小说创作步伐稳健而扎实。两年间，他在《朔方》上共发表四篇小说，都以乡土人生作为透视焦点。《谋杀》和《叮咚作响廊檐水》两篇写旧时代乡土社会的仇杀故事。前者描写了一个双重谋杀的故事。其中充满波谲云诡的情节发展，显现“螳螂捕蝉，黄雀在后”的人世玄机。后一篇小说则讲述陈发奎、陈发旺兄弟图财害命又终于神秘地死于非命的故事。两篇小说都接触到了人的贪婪和欲望，在带有传奇色彩的故事叙述中洞察人性的黑暗与荒蛮。两篇小说相比较，《谋杀》一篇故事设计得更合理，更得其自然，人物刻画也显现功力。而《叮咚作响廊檐水》虽在气氛的营造上、西北边鄙之地荒凉色调的状绘上显示不凡，但陈氏兄弟的突然死亡便显得有点离奇，有意为之的痕迹太过明显。李方的另外两篇小说《如今举杯祝愿》和《故园云天》，一写“文革”时期的乡村生活，一写当前农村生活。相对而言，《如今举杯祝愿》更厚重，更耐咀嚼。“文革”乡村故事似乎是一个被写烂了的题材，然而，这篇小说所叙述的故事却依然令我们触目惊心。它使我们又一次不无吃惊地看到，“文革”时期，在中国西北的某个偏僻山村，一些品质败坏的邪恶之人是如何盗用“革命”的名义对善良而软弱的农民进行肉体和心灵摧残的。大队支书李占江因为一个孩子偷吃了地里的豆角而将一堆羊粪蛋统统塞进孩子的屁眼；而生产队队长赵德发在押送因为偷了一口袋公家粮食而即将被判刑的本队社员李福前往县监狱途中，为了让李福饱一饱口福，费尽心机与屈辱，终于偷得一个油饼，让李福伴着泪水吃了。人性的残忍与高贵，以一种血色真气的本色面目呈现在我们面前，提醒着我们，千万不要忘记过去，千万不能让极左时期的悲剧重演。

莫叹是近年来宁夏比较活跃的一位作家。他的乡土小说显现了不同于他人的创作特色。《结婚》虽是一篇小小说，但于老题目中显示新意，见出构思的精巧与人物性格刻画的生动传神。《两人一条船》以一对患难夫妻的打鱼生涯映照乡村人性的冷暖以及古老道德对于金钱诱惑的强有力抵抗。比较而言，《人生风景》一篇则显得过于平直，缺乏更深长的艺术回味。过于戏剧化的人生故事与似曾相识的男女主人公都使阅读效果要逊色于作者的其他小说。

季栋梁同样以描写农村生活见长。1993年，他在《朔方》上发表《婚事·荒妹》，以写实的笔墨描写山村青年一代的生活。《婚事》一篇写当今现实条件下，落后山村中依然存在着相当强大的封建传统观念，而这些观念又是如何绞杀青年人的美好情感的。《婚事》结尾处有出人意料之笔。《荒妹》一篇将人间的一切苦难与不幸都聚集在荒妹身上，似乎人为的痕迹过重了一点。1994年，季栋梁发表小说《我叫杂种》。这篇作品给人以耳目一新之感。小说叙事上历史与现实相互交织，情绪基调上少了前期作品的温婉而多了冷峻，将对社会历史的深层思索寓于人物命运的描写当中，可以将这篇作品看作是作者向创作的更高层次挺进的一个信号。

火会亮的两篇小说《今年的端午》和《挂匾》也是写当前农村生活的。前一篇写了两个主人公老蔫和老棒，视点稍嫌分散。《挂匾》一篇则写得集中，技巧上更成熟一些。两篇小说都是写改革开放年代里的农村生活景观。但切入点不大，丝毫不剑拔弩张，在平实的叙述当中表现农民的欢乐与失落、喜悦与伤感。

左侧统的小说《六月的一天》描写淳朴善良而又虔诚的农民马有录一天的经历。既叙述了马有录的勤劳，如何为了生存而持续不断地劳作，又描述了这样一个善良虔诚农民的意外死亡。由于小说遣词造句缺乏节奏感，因而给读者带来颇难松弛的阅读的紧张感。另外对马有录思绪描写得过于沉重与密集，似乎也超出了一个老实木讷的普通农民的思维能力。这些，都在一定程度上影响了作品的审美效果。

描写和表现城市生活的小说在近年的宁夏青年作家的创作中可说是凤毛麟角。中国社会农耕文化的过于强大与地处不发达地区的客观现实，都使青年小说家们将描写城市生活视为畏途。因此，青年小说家陈继明发表于1994年的两篇以表现改革开放背景下城市人生活与命运的小说《邪恶一次》和《东西》便显得弥足珍贵。这两篇小说似乎可以称之为“暴露小说”。他们共同展示了社会转型时期由于价值观念的紊乱所带来的人的道德感的丧失以及人的非理性的膨胀。两篇小说的主人公的意识深处都弥漫着颓废和渴望堕落与邪恶的可怕情绪。关于这一点，我们其实在此前的陈继明描写乡土生活的小说《二百五四十一》中的主人公四十一身上就可以窥到端倪了。我们所要提出的疑问是，王勇（《邪恶一次》的主人公）们渴望邪恶与堕落的深层动因是什么？难道仅仅因为“要什么没有什么”，便要不惜以极端方式来对抗社会，以泄心头之愤？陈继明发表于1994年的这两篇小说，坦率地讲，还写得不那么得心应手。从人物形象的刻画到故事情境的设置给人的感觉是颇有些生涩和隔膜。这也是他转变艺术风格以后所必然经历的创作痛苦与磨难。我们期待着陈继明新的艺术宁馨儿的早日诞生。

比较起来，马宇桢的城市小说则写得灵动得多。《玉米街的小林》可以说是1994年《朔方》上发表的最具现代感的城市小说。那种都市里的乡村气息仿佛不大能闻得到了，挥洒自如的叙事与玲珑精湛的艺术描绘都吸引着读者要身不由己地走入作者笔下的那个“玉米街”。《玉米街的小林》其实揭示的是一个尖端课题：社会转折时期的东西方文化观念以及新旧文化观念的剧烈冲突。据此，我们认为这篇小说是1994年《朔方》上发表的精彩小说之一。马宇桢有相当敏锐的艺术感觉和良好的叙事能力，遗憾的是他写作的小说太少。从1993年到1994年，他在《朔方》上只发表了一篇小说（散文倒发表了好几篇）。这个数目对于一个颇具潜力的青年作家来说，委实太少了。

从1993年到1994年发表于《朔方》上的青年作家的小说中，有一些作品从题材上看似乎是难以归入以上两大类的，但这些小说却写得独具特色。不论及这些小说，确实会使人有遗珠之憾。莫叹的小说《死亡谷》是篇韵味独特的作品。山险林恶的阴森氛围，死亡谷道上的夺命仇杀，都使这篇年代背景模糊的小说透露着某种神秘与惊险的传奇魅力。小说的语言也有值得玩味之处，比如以下一段文字："日头高了，山影淡起来，山影被渐高的日头吃短了。山里依然还是寂寂寞寞。一只鸟，两只鸟，三只五只鸟，鸣得大山更幽。"就写得韵味醇厚，颇得古典诗歌的意境之妙。只是，在莫叹其他小说中如此流畅而意味深长的句子并不多见。刘建芳是近年来崭露头角的青年女作家。从1993年到1994年，她在《朔方》上共发表了两篇小说《人间趣事》和《墨绿色的蛇皮大衣》，数量不算多，质量却令人刮目相看。刘建芳的小说很难有确定的题材归属。她的两篇小说表面上看都写了故事，有完整的情节。但细细追究一下，却发现问题不那么简单。小说打动我们的并不是两个多少有点戏剧化的故事，而是弥漫于作品之中的一种特殊的情绪和色调。刘建芳的这两篇作品具有颇为浓厚的先锋派色彩：象征与暗示的巧妙运用（《墨绿色的蛇皮大衣》运用得更成熟一些），特殊的故事氛围的营造，对于色彩的格外敏感，语言的陌生化效果，等等。所有这些，都为小说蒙上了一层复杂多变的色调，使小说呈现出主题的不确定性。尤其是她的小说中出现了一些具有现代派味道的句子，比如："他坐在饭桌旁，看到另一个张县长轻盈地躺在又厚又大的黑色棉被上。""王老头怔怔地站着，眼看着那根冰棍像一朵云飘向遥远的女人的肚子的尽头。”（《人间趣事》）等等。这不仅表明了作者在语言上的刻意求新，也使刘建芳的创作在青年小说家们普遍注重写实的气氛下，具有了某种反单调性和超前性。

说到1993年到1994年的《朔方》上的讽刺小说，石舒清的《超越》和《斯文》似乎可以被论及。两篇小说均描写了偏僻小城学校中的凡人琐事，在天下本无事、庸人自扰之的日常悲剧中显现教育界的灰色生活，笔路近似于现代小说名家叶圣陶。石舒清另有一篇小说《逝水》，以回忆的笔触描写童年时代的一段往事，在对往日生活的追怀当中试图探索生命的奥秘。这类题材的作品在近两年发表于《朔方》上的青年作家的小说中似乎不是很多见，因而也值得一提。

在对1993年到1994年部分青年作家的小说进行了散点透视之后，我们有必要站在一个更高的角度就一些创作中的共同性问题来加以探讨。

看过几十篇青年作家创作的小说，第一个感觉是题材过于集中和单调。青年作家们叙述乡土人生的作品过多、过于集中了，而其他社会生活领域的景观却很难进入作家们的审美视域。产生题材过于集中和单调的原因应该说是多方面的，我们一时很难苛求青年作家们去描写自己不熟悉、不热爱的生活领域，但多几种笔调，在描写相同题材时采用不同笔墨却是完全可以做得到的。写什么是作家选择的自由，然而怎样写却大有讲究。我们发现，乡土农村题材是这两年青年小说家们描写的重点，但真正能够对宁夏老一代作家的同类题材作品有超越，写出属于这个时代的“创意”的作品实属罕见。除极少数作品外，多数作品写得稚嫩、枯瘦，缺乏动人心魄的力量。而且即使在少数佼佼者的作品中，也还存在着艺术水平不均衡的现象。普遍的情况是，许多青年作家在描写古老的乡土人生以及过于久远的农村生活时，笔力劲健，笔调从容，显得游刃有余；而一旦接触到现实农村时，则显得拘谨、迟疑、笔力黏涩，似乎有点心神不定。这与他们写当前生活时缺乏应有沉淀有关，也与思想缺乏敏感和穿透力有关。问题的关键依然是一个老生常谈的话题：如何沉淀人生、思索人生。对于大多数青年小说家来说，经历的丰厚与充盈似乎自不待言，难的是如何将丰富的经历化作思想的磨刀石，在有力的碰撞中，让思索变得锐利无比，使创作的风帆涨满力量的雄风。需要去读智者的书，用心灵去拥抱真诚的思想，学会用自己的眼睛去认识多彩人生、缤纷世相，大胆而真实地写出它的血肉来。高晓声说："光有生活没有思想的作家依然是瞎子。"此言不谬。我们期待在青年小说家的作品中看到思想的美。第二，近年青年小说家的创作艺术上还很难说是做到了精益求精，小说样式单调，具有鲜明风格的作品也还不多。阅读作品会发现，青年小说家们的小说普遍具有写实特色，但真正写出人生血肉的作品却很少，有创新和具有深刻的人性分析的作品比较鲜见。因此，如何提高写实的深度与力度仍然是一个困扰我们的问题。可以断言，不存在现实主义过时的问题；相反，转型时期纷纭复杂的社会现实，波谲云诡的人生故事，都为现实主义的大发展提供了千载难逢的机会。问题的焦点在于，我们有没有勇气与力量像鲁迅先生那样，去直面惨淡的人生、正视淋漓的鲜血？造成写实深度不够的原因除了思想缺乏砥砺之外，似乎也与小说家们创作时的心理状态有关。大家普遍写得"紧张"，"弦绷得太紧”，难以有一种“潇洒送日月”的放松感。因此，小说便写得戏剧化，没有超脱的东西，难以体现一种从容不迫的风致。关于这一点，我们可以从阿城的小说中得到些启发。《棋王》的迷人正在于它描写了人生而又超脱了人世。新时期文学已经行进了十几年，新时期小说总的来说是越写越丰富，越写越意味深长。写实与写意，各抱地势，各有精品。反观近年来宁夏青年作家的小说，在写法上能具有多副笔墨的不多，而散文化小说，得古典文言小说神髓的笔记体小说，心理分析小说，表现人与自然主题小说，寓言体小说，等等，则几乎是空白。这其实涉及一个开拓艺术新思维的问题。为此我们必须分析与研究新时期以来我国优秀小说家的成功经验，以得到启发和借鉴。以此为起点，对于中国现代一流小说家的学习与借鉴，对于中国古典文学的汲取与浸润，对于世界各国优秀小说家们，包括20世纪文学巨匠们的效法与追慕，都应该成为青年小说家们走入更高的文学殿堂之前的准备功课。

这是怎样的一个时代啊！社会在变革，思想在交锋，激情在奔涌，智慧在喷发！有庄严的奋斗与工作，有沉沦的人生与欲望。高贵与卑劣，真诚与伪饰，善良与邪恶……当代的中国有那么多人生风景，宁夏的青年作家们，攥紧你手中的那支笔，加油干哪！

1994年12月

沉潜与积聚

——1995年度《朔方》中短篇小说漫评

期望一篇小说能够创造阅读“奇迹”，令所有读者都血脉偾张的年代正一点一滴地被岁月和现实所风化。我们不能不承认，创作和阅读正越来越成为少数人的事业。很显然，文学已经失去了它曾经尽可能拥有过的体面和荣光，在社会政治、经济、文化的转型时期，文学由昔日的“豪门望族”一变而为自食其力的“市井布衣”。然而，文学本身“身份”的变换却并非意味着可以随意放弃文学对于人类灵魂的审视与拷问，对于理想、正义、善良、崇高等等永恒价值的永无休止的呼唤与追求。于是，我们看到，依然有那么多痴心未改的文学“殉道者”在默默而有力地奉献着他们对于历史与现实的感悟，对于自然、社会、人生的精微而深刻的体察。在诸多的文学体裁中，小说一直以其对于生活的深度容纳和开阔飞腾的虚构想象能力而备受写作者、阅读者青睐。1995年，整个大陆的小说创作呈现一种平稳而多头并进的态势。较之喧哗与骚动的1993年和旗号翻新的1994年，1995年的小说创作界似乎显得颇为落寞。但不发宣言、不喊口号的1995年却是小说创作坚实挺进的一年。名家们继续着此前的写作追求，并力图超越已有模式，重铸辉煌；新涌现的作家则往往出手不凡，一鸣惊人。小说创作在调整与提高中默默前行。以1995年的国内小说创作状况作为一个基本的背景与参照，本文将对1995年度发表于《朔方》的小说做一粗略的扫描与评析。

1995年《朔方》杂志上发表的中短篇小说以及小小说共计四十九篇。这些小说给人的总体感觉是有特色、有追求，颇出现了一些好作品。但充沛着相当的思想力量，有着独特而精湛的审美品格，能够震撼人心的作品依然缺乏。其实具备大思想、大智慧作品的缺乏已是一个普遍性的创作现象，并非《朔方》所独有。就乡土题材的小说而言，这一年的创作佼佼者当属火会亮。这位从1993年到1994年间就已崛起的青年作家1995年创作的两篇反映乡土生活的作品《堡子》（第1期）、《唢呐声声》（第4期）与他此前的同类题材小说相比，显示了长足的进步。《堡子》这篇小说以一个饱经沧桑忧患的老人韩木木的视角，展现了我国西北偏僻农村近半个世纪以来的社会、人世变迁，在对历史的深沉反思和对现实的叩问当中显示了作家的思索与忧患。相比较而言，《唢呐声声》则写得更加成熟和酣畅。这篇带有浓重的自传色彩的小说极似一篇“新体验小说”。小说以为死去四十年的伯父迁坟一事作为情节线索，通过父子两代人性格的刻画与价值观念的冲突、矛盾，揭示了处于社会转型时期乡村社会的真实生存状态和农民的心灵图景：老一代农民依然恪守着传统，在深厚强烈的道德感与良知的引领下艰辛而执着地生活着；而新的一代人却在新与旧的文化夹缝中要么像“我”一样心灵无所归依，要么像三弟那样，将古老而美好的传统价值观念丢弃殆尽，从而变得异常自私、冷酷。这篇小说提出和关注的问题其实带有普遍性，它使处于民族历史和文化的转型与过渡年代的我们将不得不扪心自问：我的精神价值之根将扎向何处？我所寻找的“精神家园”又在哪里？这篇小说艺术上也颇具特色。作者将严肃的小说思想主题包孕在一个非常好读并且多少有点神秘的故事当中，再加上地方文化风情的精细描绘与情感的深度投入，更使得小说能给人一种极大的审美满足。李方素以摹写乡土社会而见长，本年度发表于《朔方》上的小说《八月里来秋风凉》（第1期），是篇颇见深度的描写当前农村现实生活的作品。李方以前写农村现实生活的作品总给人开掘不深的感觉，这篇小说却不能不让人刮目相看。乍一看，这篇小说似乎又是一个老而又老的始乱终弃的悲剧故事。但细细读来，却发现小说男女主人公的婚姻背后却有着更为深广的社会与人性内涵。这里所描写的已不再是女方家如何地向男方家索要彩礼从而导致有情人难成眷属的悲剧，而是男方在占有了女方之后，迫使女方在各种情势的包围逼迫下不得不携带着三亩地的陪嫁来做新娘的故事。婚姻的背后刻写的是现阶段一些地方农村中宗族势力的强大以及某些想发家的农民对于财富的攫取与贪婪之心。莫叹始终是一位有着独特的美学追求的小说家，本年度发表的一组短小说《红线线缠成个红疙瘩》（第3期）显示了不同凡响之处。这组小说一共四篇，每篇千字上下，篇幅虽短小但写来构思精巧，韵味醇厚，结尾处每每有画龙点睛之笔。从艺术上讲，这类短小说似乎更能将莫叹的人生感悟与对于小说情致、韵味的独特追求完满而充分地表现出来。刘建芳以前一直以小说的“实验性”和“先锋性”而引人注目。1995年，她却意外地向读者奉献了一篇农村题材的小说《牛村长执政》（第8期）。与她以前的颇具现代派意味的小说相比，这篇小说显示出相当纯熟的写实功力。小说以朴实而略带调侃的笔调写活了一个古道热肠的农村基层干部形象——牛村长。在对农村琐屑而纷扰的生活原色的状绘当中，揭示了当前农村生活中所存在的亟待解决的矛盾和问题，显示了小说“干预生活”的力量。此外，孙苏的《金村故事》（第1期）状写淘金人发家之后的异常自私、了无人性，丁跃的《摩陀凹》（第3期）描写某些农民为了摆脱贫困而急功近利，不惜降低人格、国格以迎合洋人，冯积岐的《干旱的九月》（第6期）揭示农村社会中隐藏的不易被觉察的躁动心理与破坏心态等等，也都是值得品味之作。它们共同构成了现实条件下中国农村乡土社会的不同面影。

婚恋小说是1995年度《朔方》推出的题材相对集中的一个门类。爱情和婚姻从来就是透视人生、审视灵魂的一个绝妙窗口。古往今来，有多少文学大师借助爱情与婚姻小说讴歌了人间的至情至美，也鞭挞了社会的罪恶与人性的沉沦。细读《朔方》本年度的婚恋小说，虽然不曾让人生出欣喜若狂的感觉，但是我们依然有理由来评点一些好作品。李方是说故事的能手，《晓琳之舞》（第2期）讲述了一个因为婚外恋而导致的行凶杀人的故事。事实上，这篇小说并不大肆渲染情杀的惨烈与刺激，它只是借助于苏晓琳这个弱女子的命运书写向社会发问：为什么一个长得漂亮的女子就应该只是被动地接受生活中权势的迫压与蹂躏？为什么一个弱女子就没有选择生活道路的权利？显然，在透视生活的显微镜下，作者已观察到了婚姻问题中的异常社会病菌。韩银梅的《板楼》是写一个青春少女的初恋情怀的，这类故事似乎也不大会给人以新鲜感。但是《板楼》却写得精致而予人以绵长的回味。它以一种悠长而深湛的笔触叙述姑姑无爱、枯寂的一生，“我”的情思纷扰的初恋以及多才多艺的强的毁灭。作者试图在往事的回忆与追寻中探索生命与生存的奥秘所在。死亡成为这篇小说经常出现的一个意象，由于这一意象与一个初恋少女的纷扰情绪纠结在一起，便使得这篇小说显现出多重含义而耐人寻味。于伟中的小说《两次分手》（第3期）也涉及初恋情怀。比《板楼》更进一步的是，它写了生活的延续与发展。当初恋的情人时隔多年以后再次聚首该当如何？小说告诉我们，人生活在现实中，就不得不接受现实的制约而放弃心灵的愿望。“此情可待成追忆，只是当时已惘然。”我们可以把李商隐的诗看作是所有这类初恋故事的最好注解。另外，刘秀凡的《走出阴影》（第4期）、奋梅的《独语寡妇》（第4期）、年末的《等待》（第5期）、朱卉的《旅途客栈》（第8期）或以写实见长，或以心灵呈现的委婉、细腻而见出抒情色彩，都显示了对于生活的独特感受与思索。

题材的多样性永远是小说创作繁荣的标志之一。1995年，在《朔方》推出的中短篇小说中，我们还可以读到许多篇表现不同的人生领域的生活与情感、艺术水准也属上乘的佳作。石舒清一直是近年宁夏青年小说家中的健将，本年度他发表《暗杀》（第3期）、《残片童年》（第10期）两篇小说。《暗杀》以童年视角铺叙牛儿的意外落井身亡，牛儿妈的痛极而疯，在对死亡的展示中苦苦思索人生命运的乖张和难测。《残片童年》是一组结构颇为随意的散文化小说，依然采用作者惯常使用的第一人称叙事和童年视角。这组小说全部写回忆（这使我们不禁想到当代小说名家汪曾祺的名言：小说就是回忆），以童年时期的七个感受最深的人生断片连缀成篇，不仅细致描写了这个家族命运的坎坷和人与命运的抗争，同时也在往事的回忆中透视和解剖心灵的污垢与斑点。石舒清1995年度的小说继续营造着《逝水》（第4期）所开拓的内容和艺术空间，对于生命的执着追问似乎正成为石舒清越来越重要的创作主题，而《招魂》《赶山》式的客观叙事体小说却没有在今年的《朔方》上出现，也许这并非偶然。对石舒清来说，开拓艺术新思维，构筑新的成熟的艺术时空的任务正迫在眉睫。以灵动之笔写城市生活的马宇桢1995年在《朔方》推出两部“城市小说”：《季节深处》（第3期）和《大声哭泣》（第10期）。前者写“下海”的杨胖子如何在公司倒闭，亲情决绝之时失去一向的豪爽乐观而坠楼身亡。后者则讲述年轻有为的政坛“新星”杨雄因为不堪忍受某机关为争夺权力而展开的“厮杀”终于弃世而去的故事。两篇小说的故事背景均为当前的城市，主人公的命运也是何其相似乃尔，杨胖子和杨雄仿佛始终被死亡的欲望所缠绕。这使我们想到了曾经风行一时的“先锋小说”。“先锋小说”的一些基本元素我们似乎都可以在这两篇小说中找到：死亡、性，对于人世的绝望、厌倦和疏离感，梦游一般的情思，一切都染上了阴郁的色调。比较而言，刘建芳的《黑道领袖》（第3期）则对自己以往的创作有所突破。这篇小说妙在作品结尾，一个被父母怨恨的下巴上长着一个难看的肉球的孩子居然阴差阳错地被本地黑道大人物龙二青眼有加，并执意收为义子，以待来日培养为“黑道领袖”！生活的悲喜剧在这里同时发生了。这篇小说无疑开启了认识改革开放背景下复杂多元的社会生活的一个窗口，增加了我们探究人世奥秘的一份兴趣。论及题材的多样化，我们将无法漠视两位老作家创作的佳作。一是常程的《笑啖红楼》（第4期），二是马知遥的《起飞》（第10期）。《笑啖红楼》一篇以“红学”家张教授的一桌“红楼宴”铺叙故事，写得妙趣横生，书卷气十足，堪称本年度《朔方》小说的精品。它的意义不仅在于题材的独特性（知识分子题材），更在于叙事人语言以及小说人物语言的老道周详，雅气扑鼻。《起飞》一篇描写“我”出差在京，一天后将乘飞机返家，结果在二十多个小时内，自己竟无所适从，举措乖张。小说于平淡真切的家长里短的叙述中，透露了一个正直的知识分子的善良心态和知足常乐的率真情怀，并在对知识者心态的解剖中见出历史的沧桑、时代的巨变。此外，叶林的描写红军长征途中一位红军军官多灾多难的人生命运的《红军河》（第5期）、张玉秋的表现当今社会人情冷暖的《易位》（第6期）、杨文国的书写中学生生活的《校园拾趣》（第9期）和牛维佳的《教室默然》（第11期）以及青原的讲述“文革”故事的《不是为了纪念》（第2期）等小说，切入的生活领域虽各不相同，但也各臻其妙。尤其是叶林的《红军河》，在对革命战争历史的审视和对人性的独到摹写中可见出作者悲天悯人的情怀，加上叙事技巧和语言的圆熟、故事的耐读，使得该小说成为1995年度《朔方》发表的最为出色的小说之一。

综观1995年度《朔方》推出的中短篇小说，我们的心情是喜忧参半。喜的是一些青年作家的创作已经显示出令人振奋的潜力与后劲；忧的是许多作家的小说创作开掘不深，审美品格一时还难上新的台阶——既缺乏思想的力度与智慧，又难以达到艺术上的高远境界。好几位曾经被看好的青年小说家，其创作正处于徘徊、犹疑状态。我们想要说明的是，他们对生活的揭示，对于人性的洞察，对于世界图景的想象已不再令读者惊奇了。他们以往的小说已构筑了相当完整的艺术王国，而他们的新作却并未真正扩大这个王国的版图，这些新作只能是制造而非别出心裁的创造。一个不能不再次触及的话题是，这种混沌未明的，难以有大突破的小说创作局面还要持续多久？在张贤亮、张武、戈悟觉、李唯们走向全国之后，宁夏新时期以来的第三代作家将要花费多少时日才能坚定而成熟地进入全国广大读者的视野？也许，暂时的沉默和低迷只是小说创作的应有现象，在一种沉潜的状态之中或许正积聚着爆破性的热力与能量。于是我们有理由期待，以发表宁夏作家作品为主的《朔方》文学杂志在1996年将会给我们一份意料之外的惊喜。

1996年1月

横看成岭侧成峰

——1996年度《朔方》小说漫评

写作小说似乎正在变成一桩吃力不讨好的事情。这不仅表现为写作者把握现实、超越生活的难度越来越大，而且还因为每一位小说作者都将面对已有的和正在生产的无数个内容很可能是大同小异的创作文本。比如写乡土文学，你果真就能保证你的创作水准有可能超越或接近此一领域之中那些顶尖高手们的经典或准经典之作？或者，你是否有能力凭借勇气和足够的智慧，为读者打开一扇从未打开过的新颖别致的神奇窗户？类似的诸多问题无疑正成为一种巨大的心理障碍折磨着小说的创作者们。在纷纭变幻的复杂现实和过去文本所形成的夹缝之中，写作小说仿佛已是一种“勇敢者的游戏”。它需要雄心和魄力，更需要机智与耐心。好在人类社会一直在不断延续，古老的生、死、情、爱等等话题也是常讲常新。作为人类的又一代人，我们固然可以毫无愧色地继承上一代人所遗留的精神财富，并站在前辈们的肩膀上放眼太空、俯瞰大地，然而作为每一个生命的主体，我们却无可选择地必须重复我们的祖先曾经拥有过的生命与情感历程。一切都似乎要从头开始，甚至包括可怕的错误和悲剧。我们并不能因为祖先的反复告诫和庄严遗训而变得格外聪明和睿智。既然每一代人都必然要上演相似的人生故事，吟唱同样的喜怒哀乐，那么，这一时代的小说家们便没有理由妄自菲薄、自我懊恼。“太阳每天都是新的”，这句话正可以成为鼓动小说家们向生活深处挺进和探险的强劲号角。缘乎此，我们有理由对1996年度发表于《朔方》的若干小说精品予以点评。

陈继明是1996年度《朔方》推出的“明星”人物。这位默默耕耘的写作者在辛勤劳作多年之后，终于迎来了小说创作的一个颇为辉煌的时刻。他发表于《朔方》第2期的短篇小说《月光下的几十个白瓶子》因逼视现实的勇气和思考生活的特殊深度而备受评论界注目。这篇小说的深刻之处在于，作者敏锐而准确地捕捉到了当下纷扰社会情势下的一种带有普遍性的消极心理——“烦着呢”，并揭示出这种具有弥漫性特征的社会心理对转型时期社会正常生活所可能产生的巨大干扰和破坏。《月光下的几十个白瓶子》的成功不仅得力于它的主题的敏锐和深刻，同时也得力于作者在小说氛围的营造，故事的设置与推演，小说节奏的把握等方面的不凡造诣。尤其是小说对于人物潜意识和非理性的把握与叙写，对于特殊情境下人物微妙心理的条分缕析，探幽烛微，都使小说直接蒙上了幽深的心理分析色彩，阅读后颇给人惊心动魄的感觉。《中国文学》（1996年第2期）、《中华文学选刊》（1996年第3期）、《小说月报》（1996年第4期）等多家文学选刊将这篇小说予以转载，表明这篇小说在国内文学界已经具有了某种程度的冲击力。这篇小说的成功，直接标志着陈继明开始于1994年的小说创作转型已走上了正轨。在经历了转型初期的生涩与拘谨之后，陈继明对城市小说的操作正变得异常自信和得心应手。另一方面，陈继明这篇小说取得成功的启示性意义还在于，在国内创作界将小说取材中心由乡土社会转移到城市生活的文学实践中，宁夏作家并不存在先天不足的问题。虽然相对于发达的珠江三角洲和长江三角洲的若干城市，宁夏的许多城市尚未充分发育，依然属于“都市里的村庄”，但交通的日益便利与信息的日益现代化，正极大地改变着内地城市的固有面貌，“文化北伐”（广东文化的向北推移）所带来的市场经济观念和激情似乎正浓墨重彩地涂抹着我们每一个人的日常生活。在整个中国大陆走向工业化、城市化的历史进程中，在对市场经济的感受与理解上，宁夏作家与全国其他省区的作家可以说是站在同一起跑线上。我们所欠缺的仍然是对生活的深度投入和参与的热情、创作的勇气和高瞻远瞩的目光。我想，在历史提供的又一个难得的契机面前，宁夏作家应该毫无惧色地迎上去。

小说健将李唯的“重现江湖”应该说是1996年度《朔方》给予我们的又一个惊喜。这位20世纪80年代末便以《五号油田在山里》《远方来的青海客》等小说名动文坛的小说家在沉寂多年之后终于在1996年又为读者奉献了一份厚礼。他的最新中篇《中华民谣》（第11期）堪称力作。可以说，这部中篇小说不仅是1996年度《朔方》发表的最为出色的小说之一，也可能是这一年当中整个大陆小说界颇为难得的优秀中篇。《中华民谣》的成功，当然与作者创作视点的下沉，艺术上追求故事的平俗与好看有关，但小说更动人心魄的力量则来自于这一个好看的故事背后所蕴藏的对于社会与人生的深刻思索。似乎很难用一句话概括清楚这篇小说的主题意蕴。从现实层面看，小说写的是市场经济背景下“官与民”的关系。可是往深处想，它似乎又涉及民主政治的亟待建立，“国民性”的改造，受利益杠杆驱动的群众的盲动与专制等问题。主人公老徐——一个为人正直的“好官”的沉重忧思并非杞人忧天，一个热闹而好看的故事背后升腾的是对于国家与民族的忧患情思，小说的警世和醒世作用已是不言而喻。李唯似乎属于那种厚积而薄发的体验型作家。他的小说创作谈不上是多产，但往往“不鸣则已，一鸣惊人”，每一篇小说的创作都颇令人刮目相看，真有点“语不惊人死不休”的劲头。人生阅历的丰富和思索的深沉使他的作品厚重而具有穿透力。也许，对于李唯来说，在经过多年的思想和艺术的沉淀与积累之后，他的又一个创作高潮正不可阻遏地汹涌而来。《中华民谣》的成功无疑使我们已经听到了大潮汐到来之前的雷动之声。

变革时期的城市生活色彩斑斓，过渡年代特有的浮躁与焦灼给城市人的情感生活注入活力的同时，也带来痛苦和忧伤。孙琪的小说《北方无恋人》（第9期）讲述的是一个感伤的情感故事。主人公云裳在经历了一次婚变之后，来到了遥远的南方，应聘在一家大酒店做餐厅部经理。然而，南方的激情与浪漫并不能减轻云裳对生她养她的北方的刻骨相思。想念北方几乎成为云裳工作之余的精神支柱，但是梦境中的北方也只能是一片梦影，当云裳最终告别情感深藏的北方时，她又重新成为天边一朵无法驻足的闲云。《北方无恋人》属于那种南方式的言情小说，风格偏于阴柔、细腻、哀怨、感伤。在读惯了北方式的粗粝、拙朴、豪放、阔大之后，这样的小说往往给予我们水似的柔情。与《北方无恋人》题旨比较接近的另一篇小说是夏景的《人祸》（第12期）。这篇小说写得虽然没有《北方无恋人》那样柔情似水，但男女主人公那份刻骨铭心的真情爱恋却使我们感动不已。这是一个有关城市白领青年男女的爱情故事。在拥有了巨额财富后，男人女人仍然爱得那样纯洁、专注。这在我们这个感情已经金钱化的时代确实令人惊讶。与以上两篇纯情小说形成比照的另一篇小说是樵夫的《拒绝》（第4期）。这篇小说同样涉及当前都市的情感生活。然而它所提出的问题却是：当你为了生存而被迫将圣洁的感情置于金钱的奴役之下，你将如何？回答是：怎一个心痛了得！由此看来，在金钱腐蚀一切的风尚之下，纯真的感情之花正经受前所未有的雨打风吹。正所谓："落花流水春去也，天上人间！"

在我们花费了相当多的篇幅谈论了以当下城市生活为透视焦点的若干作品之后，我们将提及另一篇以旧时代市井生活为表现内容带有明显的地域文化色彩的小说《郎家巷子》（第1期）。这是近年来《朔方》所发表的唯一描写古城银川闾巷生活的作品，题材上具有开拓性。作者王维堡显然对旧时代的银川市井生活颇为熟悉，在他的小说中，地域风情描写与时代风云变幻的书写相互映衬，相得益彰。我们可以把这篇小说看作是有关古城银川的风俗画小说的一个不错的先声。我们也期待着会有更多的宁夏作家能将激情注入银川古老的历史，让西北古城的历史与诗情、风俗与人生更大规模地鲜活地展现在读者面前。

与表现城市生活的小说相对集中而又质量看好相比，1996年度《朔方》发表的乡土题材小说便多少显得落寞和缺乏应有的反响。这在近几年的《朔方》杂志上是比较少有的现象。说这一年《朔方》的乡土小说呈现滑坡现象，基于以下两点理由：其一，在本年度《朔方》所发表的五十多篇小说中（包括不多的微型小说），乡土小说只占十多篇，比之前几年，数量上明显减少。其二，本年度《朔方》所刊载的乡土题材小说总体质量不高。除了极个别篇目，大多数作品不仅内容上乏善可陈，缺乏对新的时代条件下乡土生活和农民心灵的独特发现和深入挖掘，艺术上也常常落入前人的窠臼而不能自拔，使读者难做高远之想。显然，曾经异常活跃的乡土小说家们遇到了某种困扰和麻烦。这种困扰和麻烦不仅来自于其思想的迟钝与无力，也来自于其创作心态的亟待调整以及艺术整合能力的亟待提高。如何尽快走出封闭的思想和艺术环境，对许多乡土作家尤其是年轻的乡土作家来说，已是迫在眉睫的任务。

指出本年度《朔方》乡土小说的缺陷与不足，并不妨碍我们对个别精品的发现与激赏。火会亮1996年的创作数量不多，但《名声》（第4期）却显得分量很足。这篇小说的价值在于写活了一个乡村老读书人的形象——杨七贤。这个性格古板，信念单纯执着的乡村“秀才”形象启发了我们许多思索。20世纪80年代中期，陕西作家贾平凹在其中篇小说力作《腊月·正月》中塑造了一个中国村社传统的维护者韩玄子的形象。作为本地德高望重的教书先生，韩玄子为了与新兴的油坊商人王才抗衡，不惜投入全副身心，以维护自己曾经拥有的体面与荣光。韩玄子的悲剧在于，当强大的商品经济大潮以排山倒海之势猛烈冲击他所恪守的传统价值观念与行为规范时，他却异常固执地做着毫无希望的抵抗。于是，这个韩玄子便被称为历史和时代的“弃客”。初读《名声》，会发现杨七贤与韩玄子在精神性格上似有相似之处，然而细读之后，却发现事情远非那么简单。《名声》所提供的新的发现是，杨七贤父子两代人所拥有的是明显不同的价值心态，而价值的坚守与混乱将会导致多么不同的人生图景。市场经济在中国已风行十余年，中国社会在取得巨大进步的同时也付出惨痛的代价。代价之一便是人们金钱欲望的极度膨胀与价值观念和道德观念的严重错乱。应该看到，我们是在一个法治思想严重匮乏，国民素质相当低下的农业大国中进行着市场经济的操作。当我们欢呼市场经济这只巨手为中国带来新的时代面貌时，我们也不能不触目惊心地发现，在冠冕堂皇的招牌下，许多人正迅速蜕变为利益的爬行动物。在这样的背景之下，杨七贤矢志不移地坚守读书人传统，并不惜以自伤来警醒迷失方向的下一代人，其人格的饱满与丰赡，确实动人心魄。与持重、大气、守望读书人传统的杨七贤相对比，杨裕民、王小明们则已完全堕落为鼠目寸光的利益的行尸走肉。《名声》向我们每一个人发问：在欲海横流的时刻，你应该守望什么？陈继明的《母亲二题》（第8期）也是应该被提及的上乘之作。其中的《招魂》一篇，于深情的讲述之中，塑造了一个乡村母亲的感人形象。这个一直到死都将一块招魂砖带在身边以寄托对亡子的思念之情的中国母亲身上所放射的母性的光芒，完全可以与日月同辉。她使日渐浅陋和寡情的我们异常清晰而深刻地懂得了什么叫作“情深似海”。其他的乡土小说，如张武的《小朱姨妈》（第7期）涉及乡镇干部的腐败，冯积岐的《革命年代里的排练和演出》（第7期）描写“文革”时期乡村青年的情感波澜，虽切入生活的视点各不相同，但也可以使人窥见人世间的许多真面目。

《朔方》1996年刊发的小说，其面目的改观不仅表现为切合潮流的城市小说的骤然增多，也体现为小说表现内容的多姿多彩。而后一点，无疑是衡量创作是否充满生机与活力的尺度之一。在题材多样化的论题之下，我们首先要论及的是葛林的中篇小说《红军爷》（第6期）。从小说表现内容上看，这篇作品可称之为“反腐败小说”。小说主要讲述老红军魏得胜的传奇经历，而重点却落在魏得胜在新的时代条件下如何为民请命，与腐败分子进行艰苦斗争的描写上。小说题旨显豁，故事曲折、丰富，与当今大众的阅读心理和渴望对现实政治的干预热情十分契合。尤其是魏得胜这个惩恶扬善、主持正义的当代“侠士”形象的塑造，更令读者有得见“包青天”之感。因此，《红军爷》成为1996年度《朔方》的优秀小说，并被《小说选刊》（1996年第9期）选载，便是顺理成章的事情。

孙方友的《陈州笔记》（第5期）是1996年度《朔方》发表的具有独特韵味的一组笔记体小说。这组小说凡三篇：《伊文成》《接喜神》《墓谜》。其中《伊文成》和《墓谜》两篇尤其写得精粹耐读。两篇小说题材上均得益于一个“奇”字，伊文成是“奇人”，墓谜则为“奇事”。伊文成才气横溢，却命运多舛，终至疯癫，读后使人扼腕而叹；《墓谜》所描写的某朝刑部尚书南清泉为了保全母亲坟墓，而极尽阴险狡诈之能事，读来实是骇人听闻。陈州为历史名城，人杰地灵，故事多多。孙方友随意撷取一二，便成精品。作者阅人知世的能力与高超的艺术手法不能不使人叹服。发表于同一时期《朔方》的叶林所作中篇小说《生命之旅》是一部风格粗犷的西部小说。在浩瀚的大漠深处，一个痴情女子历经磨难，千里寻夫。故事本身就含有某种神秘、蛮荒意味。女主人公赵月桐在完成寻夫壮举的同时也温柔地造就了另一个几乎被人间世界彻底抛弃的男人方了知。因此，《生命之旅》还可以被解读为一位女神创造世界、拯救人类的神话故事。

1996年度，宁夏几位老作家的小说创作也颇为引人注目。吴江的《浪子路路》（第8期）是篇纪实性、亲历性很强的新体验小说。它的主人公是一名神出鬼没的江洋巨骗，其变化多端几可乱真的骗术令人瞠目结舌。读这篇小说，我们常常产生“历险”的感觉，我们会时时惊诧于自己想象力的贫乏与迟钝。这篇作品为我们打开了一扇看待纷扰现实的新奇窗户，其认识价值颇可玩味。马知遥的《虎皮鹦鹉》（第12期）是篇写家务事的小说。一对虎皮鹦鹉的爱恋与失败的生育对应着作家马前卒为儿孙当“牛马”的经历。作品在父子两代人的价值观念与行为冲突中描摹了当今世态人情，于认真持守中含有一丝无法言说的无奈。吴淮生的《参观自己的新居》（第8期）写一病入膏肓的老教师栾田进终于拥有了自己的新居，于是在亲人的搀扶下百感交集地在新房盘桓多时。半个月后，栾田进撒手人寰。这篇小说的题材虽非新颖，却写得沉痛哀婉、感同身受。小说之中亦不乏对不公平现实的指斥，可见一位老作家的忧患之心。

人间社会，气象万千；纷纭世事，倏忽变幻。小说家看待生活，或着眼于时代的洪波巨浪，或只是“一粒沙中看世界，半瓣花上说人情”。取材的大小，并不能决定作品质量的高下。关键在于作家对生活的感悟与理解是否独特、深刻。季栋梁的小说《楼顶的女孩》（第7期）以儿童的天真烂漫反衬成人世界的空虚与猥琐，角度小却寓意深，不失为书写“杯水风波”的优秀之作。高平的《梦见众神》（第2期）是篇简短的拟神话。小说借天上众神仙的满腹牢骚、满腔幽怨，讽刺和批判人间世界的功利主义、实用主义。小说篇幅虽小，却独出机杼，颇能给人以艺术的回味。

在文章的最后，我们将论及一位文学新人的作品——张鹏的《青春祭坛》（第4期）。这篇小说以一个高校自费生的口吻，颇为大胆地嘲讽了目前学校管理中的种种弊端，实在是非年轻人不能道出。小说写得才气横溢，于顾影自怜中时见青春的大胆与机敏。这使我们不能不想到十多年前中国文坛风行一时的那篇小说：刘索拉的《你别无选择》。相信，《青春祭坛》的作者会在新的一年中有更为出彩的表现。

1996年，对于《朔方》文学杂志来说，是光彩焕发的一年。其刊发的高质量小说，正引发越来越多的议论和评说。也许，这仅仅是高潮到来之前的一个小小序幕，更激动人心的奉献将会发生在不久的将来。那就让我们充满深情，耐心等待吧。

1996年12月

困境与突围

——漫说宁夏青年作家的创作

当1998年不可抗拒地来到时，作为一个始终热情地关注着宁夏青年作家创作的研究者，我内心的焦虑、犹疑、期待等诸种情绪如此复杂地纠缠在一起。焦虑源自对本区青年作家总体创作情势的某种忧患；犹疑显然来自评论者自身“说什么”与“怎么说”的踌躇心态；而期待则指示着一种精神向度，它源于对美好明天的渴望。于是，在焦虑和期待的牵引下，便有了以下的“漫说”。

很显然，在从事了多年的写作并小有成绩之后，宁夏青年作家们的创作正处于一个至关重要的转折时期。一方面，已经形成多年的固有的创作思维模式正在成为一种羁绊，它妨碍和限制着作家们向更深更广的生活和艺术领域挺进；而另一方面，崭新的鼓舞人心的创作局面却迟迟未能出现。作家们仿佛能够隐约望见远处那个充满诱惑的美丽迷人的所在，然而一时又难以接近。这样的情形实在有点像恋爱中的痴情男子，急切盼望与心上人相会却因了种种外界因素的制约和干扰而难遂心愿，“所谓伊人，在水一方。”

我们不否认本区的个别青年作家已经具有了全国知名度。石舒清的作品和马宇祯作品分别在1994和1996年度入选中国作协中华文学基金会主持的“21世纪文学之星丛书”以及陈继明的小说《月光下的几十个白瓶子》荣获《中华文学选刊》首届作品奖，这些创作成就都表明90年代以来的宁夏青年作家的创作并非乏善可陈。但是我们更应看到，与全国的先进文学水平相比，从总体上说来，宁夏青年作家的创作水准仍然处于一种难称满意的状态。这种令人不满意的创作状态突出表现为作家们思想观念的陈旧和艺术思维模式的故步自封。

思想的陈旧是指我们许多青年作家缺乏对现实和历史的深度透视和认真思索。首先，有为数不少的青年作家对当下的中国社会有隔膜感，缺乏热情拥抱的勇气。我们许多作家对当前正在高速行进的现实生活常常感到头晕目眩，难以适应，并由此产生困惑和失落的情绪。在这种心理情势支配下，他们当然触摸不到时代脉搏的剧烈跳动，深层透视更是一句空话。诚然，与处于改革开放前沿阵地的发达省份相比，本区许多地区的面貌改观似乎并不惊人，然而，我们同样应该看到，尽管生活的发展与进步因为诸多条件的制约而相对缓慢，但我们所生存其中的社会空间毕竟已经发生了深刻的精神转换。曾经被视作梦幻的，如今已突变为现实；曾经被抗拒和畏惧的，现在正被热烈拥抱着。金钱欲望像一只看不见的手正拨弄着芸芸众生的生死忧患，财富的积聚与骤然减少已将富人与穷人的真实概念重新推到我们眼前。事实上，只要我们打开一个正常人所拥有的全部感觉器官，我们就会发现生活的巨大变迁。这是一个堪称洪波涌起的大时代。在这样一个大时代当中，人生命运的起伏波动，社会风景的变幻莫测，富人的一掷千金，穷汉的拼死劳作，庄严的工作与肮脏的兽行，凡此种种，都足以打动任何一个创作者。如果我们还秉承着杜甫“穷年忧黎元，叹息肠内热”的文学情怀的话，我们当然应该高举文学正义的大旗，讴歌人间的真善美，批判世间的假恶丑。遗憾的是，在如此令人眼花缭乱的大时代，我们却很难在大多数青年作家们的作品中看到深刻而惊人的发现，感受时代的深沉律动。在为数不多的有关城市生活的小说中，我们只看到了一些灯红酒绿和浮光掠影，城市的真实面貌似乎总是若隐若现，锁在雾中。城市下层民众的命运巨变和心灵守望，他们的失意、奋斗、挣扎，我们的创作始终触摸不到，而这一阶层的生存命运实在关系着整个国家和民族的未来命运。在为数众多的农村题材的小说中，情形更令读者失望。新鲜的生活、新鲜的故事、新鲜的情调千唤万唤不出来，老生活、老人物、老套子却层出不穷。从思想之美来说，这些作品不能给我们带来冲击力、震撼力。在对当下生活的写实性描摹中，它们也不能提供独特和新鲜的发现，不能道人之所未道。读者常常被许多似曾相识的故事和人物，熟悉的山冈和河流所迷惑，他们本来希望去做一次想象中的完美的精神之旅，然而，却总是沮丧地发现：“风景旧曾谙。”读者有时甚至被这些小说搞糊涂了，他们在一刹那好像迅速蜕变成为一个深夜归家的醉汉，这名醉汉站在一排模样相似的房子面前总是固执地认为邻居家就是自己家。事实已经再清楚不过地表明，“熟悉的地方没有风景”。如果乡土小说家们再不在小说内容上求新求变，那么，他们无疑将会失去更多的读者。

其次，青年作家们普遍对历史，尤其是对一百年来中华民族为“强国强种”的神圣目标而牺牲和奋斗的历史，对前辈们的血泪与智慧，经验与教训，缺乏一种秉承文学良知的属于知识者的独特而理性的思想总结。如果说这种回顾和思想总结在以往还缺乏那么一种合适的精神气候和难以抢占时代的制高点的话，那么在世纪末的今天，这种理性总结和反思就不仅显得重要，而且极为迫切。因为它直接指向和昭示着中国的未来。当然，我们并不能苛求每一位作家都变成一个思想家，但我们必须明白，一个优秀的作家起码应该是一个具有思想活力的人。如果我们对并不久远的过去都相当隔膜，缺乏探究的兴趣和勇气，那么读者如何能指望在作家的作品当中感受丰沛充盈的思想力量呢？其实，现实已经为我们提供了异常丰富的社会图景，而以鲁迅为代表的先驱者们也早就贡献了深邃的思想材料。我们不应该忘记，在这样一个文化悠久、深厚的国度，历史和现实常常是一母所生。历史的循环和惊人相似并不只是小说家的编造和随意之谈，也许，人们所看到的确乎如此。我们需要做到的是，从自身所占有的独特的生活材料出发，积极探寻生活何以如此的深层原因，并把它与整个民族的历史与精神性格联系起来。这样，我们每个创作主体都将会拥有一片真正属于自己的天空；我们也将避免这样一种尴尬，那就是我们总是在别人已经拥有了某种新的思想观点的时刻望洋兴叹，却往往忽视了一个浅显的道理——其实我们也可以做一个“招财进宝”人。你无所发现，是因为你思想懒惰。你没有打开本应该属于你的触摸现实的器官，而是过于相信别人的身体器官，以为“借用”一下就可以了。而实际上，当你轻巧随意地借用别人的身体器官帮助自己思考时，你不仅成了懒汉，更有可能变成思想的奴隶。

思想观念的陈旧直接带来艺术思维的迟钝和落伍。考察一下这几年本区青年作家的创作，我们的感觉是创新者、甘当艺术的“叛逆者”少，而墨守成规、故步自封者多。艺术观念的陈旧首先体现为作家们在创作中普遍重体验而轻想象、重写实而轻虚构。许多青年作家私下抱怨，说自己一旦在城市里生活得太久了，就会灵感枯竭、思绪渺茫，简直写不出东西了。反而自己每回一趟家乡，就又能写出东西了。我们不知道这样的创作情形在青年作家队伍中到底占有多大的比例，据说颇有数量。我们只是从上述的说法中听出了一些弦外之音。这种弦外之音的含义其实就是当代文学十七年中颇为流行的一种说法，即所谓工农兵的生活才算是“生活”，而别的社会实践和个人情感就不是“生活”。事实上，这样的艺术观念早就显现了它的狭隘和偏执。且不说在上面那种说法大行其道的时刻就有理论家勇敢地提出“处处有生活”的命题，就是当年将上述说法奉为艺术圭臬的作家也在新的时代条件下修正了艺术航向，将创作视野放得更为阔大。时至今日，如果许多来自乡村的作家在潜意识当中依然把城市视作“异类”，把城市生活看作是“非生活”，看作是与自己格格不入的疏离物，而不是去征服它、驾驭它，并充满激情和信心地去描写它，那么，创作的美好明天将绝对是一个梦想。再往深处剖析，我们发现青年作家们的抱怨其实源自本民族的传统思维习惯和定式。我们这个民族有一个最为重要思维特点，那就是“实践理性”，我们总是信奉“眼见为实”的思想原则，而鄙视和蔑视过多的玄想和超验的说法。孔夫子当年就说：“未知生，焉知死？”生尚且没有探讨清楚，哪有闲心去关注什么死！这种只看重目前而不承认自己所不熟悉事物的思维特点对从事艺术创作显然是有害的，它限制了作家飞腾的想象能力和虚构能力，从而造成中国文学的过于求实和缺乏浪漫与神奇的缺陷。新时期以来，在20世纪西方文学的影响和刺激之下，国内许多青年作家解放思想，更新观念，打破只有写亲身经历才可能动人的传统创作思维模式，充分借助于想象和虚构，结果艺术的生产力大大解放，从而使作品的数量急剧增多，艺术质量更上层楼。这样的成功者确乎不少。莫言、苏童、余华、叶兆言，包括“新写实”的健将方方和池莉，他们之所以创作力长久不衰，奥妙就在于将想象与虚构视作囊中之物，任意取用。与国内的一流作家们相比，宁夏青年作家并不缺乏生活，更不缺乏苦难，我们所欠缺的恰恰是超越生活、超脱苦难的意志与情怀，是点铁成金、撒豆成兵的艺术想象力和虚构力。当我们有朝一日忽然发现自己不仅会写父老乡亲的故事，更可以弄假成真地写别处人群的故事，那么等待多年的创作高潮期将不请自到，一如干旱的大地盼到甘霖。

本区青年作家艺术观念和思维的落后还表现在艺术上缺乏创新的勇气以及对各自所运用的创作文体的简单把握。以小说这一最会花样翻新的文体为例，多年以来，我们所看到的本地青年作家的小说几乎都是写实类，而且故事的展开方式和艺术节奏也大同小异。我们并不说写实性作品不好，在人类发展史上，古老的艺术方式并不能简单地被判定是落伍。文学的发展固然是历时性的，但在对其价值的判断上和满足人类的审美需求上，它们又往往是共时的。也就是说，创作中无论采用什么样的艺术方式描摹生活，只要思想深邃，艺术描写精湛，它们都有可能征服读者。问题的关键在于，写实的作品当中能否加入一点写意？能否搞出一点幽默？能否有那么一点象征和变形？能否实中带虚？鲁迅式的写实和老舍式的写实不那么一样，巴金的写实和茅盾的写实也有区别。我们完全可以多弄出几副笔墨，而不必只是一副面孔、一种腔调。与此相联系的是，诸多作家在小说叙事方式上相当不讲究，一些非常好的题材由于挖掘不深或者因为叙事方式的草率而被令人惋惜地浪费了。作家们应该清醒地意识到，采用第一人称叙事和采用第三人称叙事，其艺术效果是不一样的。第三人称叙事更适合于对社会景观的广阔描写，而第一人称叙事似乎更有利于郁达夫式的“自我写真”和深度心理分析。另外，小说中时空的切割和转换也颇有讲究，意境的幽深和神秘感的小小张扬也不应该被看作是无可无不可的闲笔。在艺术的世界中，一茎瘦草、一缕微风都应该是有情韵的、意味深长的。

在指出了宁夏青年作家们面临的创作困境之后，我们将不能不回答如何摆脱困境实现突围的问题。对这一问题的回答似乎充满了某种冒险的意味，因为每一个创作个体的创作情形都有可能具有相当的差异性，希望笔者所提供的见解只具启发意义。

当我们浮游在生活之河而成为鱼的时候，我们是否应该想象一下自己能够变成天上的飞鸟的那一天。就像《庄子·逍遥游》当中的那条浮游于北海的鲲而一变成为扶摇而上九万里的大鹏鸟。对于宁夏众多的青年作家来说，我们更多时候是生活之河里的鱼，虽然鱼儿饮水，冷暖自知，但毕竟不能冲上高空，背负青天，鸟瞰人间。要想鸟瞰人间，必须进行精神超越。精神的超越来源于对生活的透彻了解、怀疑与追问。我热爱生我养我的土地，但我同样痛恨这片土地上的愚昧和麻木。我深知父老乡亲们的艰辛与不易，但我“哀其不幸，怒其不争”。同情与怜悯并不能代替理性的怀疑和批判。一旦我们跳出了狭小的生活空间，飞翔于理性精神的高空时，我们也许将拥有博大的情怀和更为充沛的思想力量，这种情怀和思想力量不仅能使我们穿透复杂的现实人生，也能使我们毫不畏惧地穿越历史的重重苦难。

我们生存的世界是如此的无边无际，个体生命又是如此的短暂、局促。人类常常为自己在造化面前的无力和孱弱而黯然神伤。“生年不满百，常怀千岁忧。”然而，有一种方式却可以延长我们的生命，扩展我们的能力，培养我们的智慧，这种神奇的方式就是读书。培根认为读书可以变化气质，疗救精神缺陷。然而我们必须明白读好书，读充满智慧的书，我们才有可能获得智慧，从而疗治精神的痼疾。现在看来，我们在很长时期里所受的教育是带有明显缺陷的教育。当我们应该被灌输智慧的时候，我们却被教育着去遵守刻板的教条；当围绕我们的世界变化得如此绚丽多彩时，我们却被告知只有我们这片土地上的一切才是最为辉煌的。于是在一段漫长的时间之内，我们因“读书”而变得耳不聪、目不明。我们试图寻求智慧却往往找到的是一些反智慧和迷信，我们想要寻求解放却总是被套上思想的枷锁。当21世纪逼近的时刻，当时代为我们提供了纷繁的社会实践和足够的思想材料，当中国从来没有像今天这样充满生机和活力、挑战与机会时，我们应该从人类的知识武库中去寻找真正精良的武器，装备自己。如果我们从读书中确实得到智慧，如果我们又确实养成了博大超越的精神、悲天悯人的情怀，那么，宁夏青年作家的突围之日将为期不远。

新的转机和闪闪的星斗，
正在缀满没有遮拦的天空。
那是五千年的象形文字，
那是未来人们凝视的眼睛。

1998年1月

塞上代有才人出

——新时期宁夏回族作家点评

在祖国大西北广袤的土地上，宁夏的地理版图显得并不那么辽阔。然而，地域的狭小并非意味着文学空间的逼仄与狭窄，在这片土地上，同样积淀着五千年的悠久文明和历史的沧桑，世世代代上演着古老的人生故事与时代的风云之剧。那种属于大西北的粗犷豪放、敢爱敢恨、轻生死重然诺的精神血性也同样在这片神奇而浪漫的土地上生根、发芽、开花。在这个历史上战乱频仍、多灾多难的黄土高原的一角，文学一直以它特有的方式显示着人类的伟大尊严和永不褪色的信念，吟唱着生命的欢歌与悲响。当历史进入社会主义革命和建设的新时期，在改革开放的文化大背景下，宁夏的各族作家迎来了文学创作的真正活跃期和繁盛期。而在宁夏新时期作家队伍的行进中，回族作家们的步伐又是那样的矫健和意气风发。当着宁夏回族自治区即将迎来成立40周年喜庆节日之际，就让我们来检阅一下宁夏回族作家们在新时期的文学征程中曾经和正在踏出的每一个坚实的脚印。

在新时期宁夏回族作家的创作实践中，小说创作领域可以说是成就最为突出并结出丰硕成果的一块文学园地。这不仅表现为小说家们创作数量的相对集中和庞大，更表现为独具风格的作家的不断涌现以及作品思想和艺术水准的堪称完美。

我们首先应该提及的是小说家马知遥。这位自小生长于荆楚之地的回族作家，自二十七岁大学毕业分配到宁夏工作之后，在漫长而坎坷的岁月当中，已经把自己的生命和血肉与宁夏这块古老的土地亲密无间地融合在一起。在马知遥的小说中，那种流动于南方文学中的纤巧、灵秀、宛转、柔媚似乎难以发现，相反，西北的强悍、蛮野、桀骜不驯与坚韧不拔却得到了前所未有的张扬和痛快淋漓的书写。就精神气质而言，这位小说家已经完全属于黄土高原。他的灵魂深处充溢着一种对于天宽地阔的西北高原的自觉与爱恋。大漠风尘、黄河涛声、沉睡了千万年的无绿的石头山、粗犷苍凉的大西北灵魂之歌——花儿，只有在这些人事风华当中，马知遥才找到了艺术感觉，才激发了文学的创造活力，才得到灵魂的自由和解放。于是，在他的小说当中，我们读到了一种融人世沧桑于苍茫大漠的壮美诗情。

马知遥是一位极具社会责任感和忧患感的作家。他的小说创作的焦点始终对准回族人民的历史生活和现实发展，力图通过对回族人民特殊的人生命运和心灵的表现与反思，写出该民族圣洁、善良的情怀，追求美好生活的不变信念以及倔强的生命意志。在马知遥的小说世界中，“善良”是一个反复被书写的精神母题。无论是红柳滩上那个孔武有力以收养孤儿为乐事的纳自刚（《四月的河滩》），还是一生痴恋、无怨无悔最终却殉情而死的车把式“他”（《搭伙》），无论是三奶奶与张侉子的异族之恋（《三七》），还是随着时代的进步而终于人性复苏的“老烈”纳万成的故事（《老烈》），在马知遥的笔下，善良是这样一种高贵圣洁的人间情怀，它跨越了不同的宗教信仰，超脱了人世的苦难和不幸，从而把“真”的大写的人和“美”的理想与生活还给了人间。在对民族特殊的人生命运和心路历程的展示这一点上，马知遥的小说不仅注意高扬民族性格的优秀之处，同时，他又能超越狭隘的局限，站在时代的制高点上，对民族精神性格的消极面和落后面进行解剖和批判。《三七》中的村队干部马占奎无视乡规民约， 在大办丧事中聚敛不义之财；《静静的月亮山》中那个曾经以一曲震撼人心的《上去高山望平川》的花儿而技惊四座的“花儿王”马拉西，在回到月亮山之后，便又重归懒散与无所作为，晒日头，捉虱子，胡谝传，甚至津津有味地议论天上的飞机是“公”还是“母”！当马知遥冷峻地写下这一切的时候，他的内心深处翻涌的是那样一种忧愤之情。自然，我们更能从作家的创作中感受一种气度、一种开阔的胸襟和生命的无私无畏。

在对宁夏回族充满地域风情和特殊情调的生活与命运的展示与描写上，马治中是一位功力不凡的“画手”。他创作于20世纪80年代的多篇小说，颇得四五十年代以赵树理的《小二黑结婚》为代表的“山药蛋派”小说的神韵。无论是以马六十老汉下方的传奇经历来展现社会历史变迁，还是写新时代父子两代人在生活的价值观念、行为方式上的矛盾冲突，马治中写人状物，谈古说今，描摹风情，无不得心应手、胸有成竹。长期而深入的基层生活使他对宁夏回族社会生活中的方方面面烂熟于心，也使他对回族精神性格当中幽默气质的发现和描写准确传神。马治中小说的总体艺术风格是诙谐、幽默、风趣，但他的小说当中也有一些写得比较深沉、凝重的作品。《山林之子》以一出爱情悲剧批判了民族旧习俗对于人类纯洁美好情感的粗暴扼杀。马治中的小说语言颇得宁夏本地方言土语的滋养，这使他的小说作品呈现着一种民间的新鲜情调和淳朴气息。

查舜是新时期宁夏回族作家中颇为善于驾驭多种文艺体裁的创作者，堪称“多面手”。这位作家以儿童文学而初登文坛，以小说而赢得喝彩，继而又在散文创作、电视剧创作、歌词写作等方面有所建树，这种全方位的创作态势在宁夏回族作家中实不多见。在多种文学体裁的创作中，小说创作领域应该说是查舜收获最为丰厚的一块园地。他的中篇小说《月照梨花湾》（曾获全国第二届少数民族文学评奖优秀中篇奖），以颇为抒情的笔调描写了一对回族青年男女纯洁美好的爱情故事。在一个中国式的“先结婚后恋爱”的故事当中，将平凡人生中的缤纷诗意书写得格外动人。查舜似乎是新时期宁夏回族作家中最具南方艺术气质的一位作家。他在《月照梨花湾》这部中篇小说中所表现出来的创作风格和艺术追求使他与本地区其他回族小说家明显地区别开来。尤其是小说女主人公纳素娟这一回族青年妇女形象的塑造，堪称作家独特的发现与创造。这个集柔情与刚强于一身的妇女形象向读者展示了回族生活中的一道美丽风景，同时它也显示着《红楼梦》《荷花淀》等中国小说对作家的影响之深，以及民族文化传统在作家的审美心理中的深厚积淀。到了写作《绿管演奏会》《花手村的人们》等小说时，查舜在艺术上的求新求变的意图已经化为更为大胆的实际操作。他的这一艺术探险似乎未引起应有的注意，但毫无疑问对更年轻的创作者们具有启示意义。

石舒清是一位将新时期宁夏民族文学的“地理版图”从银川平原拓展到“苦瘠甲天下”的西海固地区的年轻作家。在由吹不尽的黄沙和连绵起伏的黄土丘陵构成主色调的贫瘠、荒凉的地域，石舒清诉说着古老苍凉的人生故事，揭示着当地人民艰难生存的奥秘。在他的笔下，那种存在于民族精神深处的正义、宽厚、倔强、坚韧等高贵品性宛如灿烂的云霞绚丽地飘动于黄土高原的一片湛蓝天空，从而使中国的西海固突然间变得异常博大和丰富。与他的摹写当下现实类小说的过于紧张和拘谨相比，石舒清更善于述说和吟唱黄土中国的往事歌谣。他的那些古朴得有点神秘的故事，有着宁静悠远的韵味。颇令我们惊讶的是，石舒清小说中强烈击打读者心灵的形象，是那些从历史和岁月深处走来的人物。瞽目的柳阿訇（《招魂》），红颜薄命的姨奶奶（《逝水》），他们的生命虽然充满苦痛、压抑、灾变、困扰，但他们却活得那样纯粹、高贵，人格饱满而丰赡。相形之下，“我”和“我”的同伴却活得那样孱弱和毫无光彩。在石舒清的小说世界中，不肖子孙与坚强的祖、父辈构成尖锐对比，这也许指示着一种精神向度，现实的某种缺失只好到想象中的“历史”中去寻找。真能找寻得到吗？石舒清去年以来的创作对于现实乡土中国的描写和对农民命运的思索似乎更为到位，这些小说显然暗示着一种新的更为合理的寻找方式。

与石舒清年纪相仿，并且几乎是同时登上20世纪90年代文坛的小说家马宇桢，其创作风貌不仅与马知遥等上一代作家大异其趣，即使是和同龄人石舒清相比，马宇桢的小说创作也表现出相当特殊的艺术格调。马宇桢是新时期宁夏回族作家中

"城市情结"最为浓厚创作者。就取材而言，他的小说的大多数背景已不是古老的乡村，而是人事风景频繁转换的城市社会。在喧哗与骚动的城市中，马宇桢不停地讲述着校园里美丽而危险的青春故事与少年情怀。同时，他也紧紧追踪走出校园之后的幼稚青年的心灵失落和说不尽的忧伤。成人社会的遍布机巧以及由幼稚变得成熟所付出的惨痛代价成为他小说的聚焦点。选择的艰难与困惑从来没有像今天这样令心灵无所依托，生存的焦虑和小说的忧郁感由此而生。马宇桢还是一位小说形式感极强的作家。对于20世纪西方现代主义文学的有益借鉴，使他的小说涂抹上了颇为闪烁迷离的色彩。从小说主题的复调性到对人物性格与命运的悲剧性渲染；从讲述故事的非传统方式到小说语言的陌生化处理，马宇桢的小说充分体现了80年代中期以后中国小说试图与世界文学合流的某种努力。

除了以上作家之外，还应该被提及的优秀回族小说家有马忠骥、金万忠、古原、马兰生、蓝茂林、左侧统等，他们与上述作家一起，以辛勤的创作共同造就了宁夏新时期回族文学的繁荣与发展。

考察新时期宁夏回族文学的发展进程，我们会发现诗歌创作所取得的成就仅次于小说。在这一创作领域，同样荟萃了一批相当出色的创作者。

马乐群是一位生活经历十分丰富而独特的诗人。多变的人生命运赋予他开阔的胸襟和壮美的诗情。他的诗或表达热爱祖国的情思，或讴歌回族人民特殊的精神境界与独特的传统文化积淀，无论是长篇还是短章，无不写得情意真挚。马乐群在20世纪80年代早期创作有一组反映工厂生活的诗歌作品，较为出色的有《我和朝霞一起走进车间》《二月，在我的工厂》，这组“工厂诗”洋溢着时代的激情，传达着向生活进军的执着信念，从中我们可以明显感受到80年代初期中国社会乐观向上、积极进取的时代情绪。马乐群的咏物诗写得颇具特色。其中的《枸杞》《贺兰山中·岩石上的树》等诗，托物言志，化哲理为情思，显示出诗人剪裁生活的高超技巧。

军人出身的诗人马忠骥将歌唱大西北视为自己的“诗魂”。在他的代表作《石之歌》《高原上的沉思》《黄土高原放歌》等诗作中，作者以神奇浪漫之笔讴歌大西北的辽阔、雄奇，西北人不屈的精神与追求美好生活的倔强意志。他的这些诗写得意境阔大，诗风强悍，颇有美国诗人惠特曼的狂野之风。

何克俭是一位写作中民族意识颇为自觉和鲜明的诗人。就诗歌内容而言，他的诗可分为两类：一类是吟唱民族的悲壮历史以及旺盛的生命力的，比如《西海固的群山》《远征驼群的后裔》等；另一类则为抒发回族作为中华民族大家庭中重要一员的自豪感以及描写回族人民的现实生活，比如《卖切糕的老人》等。相对而言，第一类诗歌更能显示出诗人的创作特色：深沉、凝重之中放射明朗。

马钰是新时期宁夏回族诗人中风格“善变”的艺术探险者。他的早期诗歌《沙枣树的群雕》等作品取材于塞上景物或普通的生活场面，写得格调明朗，清灵秀逸。1986年下半年，诗人自费考察中华民族的“母亲河”——黄河，由此诗风大变，走向雄浑、浪漫、阔大一派。同时变化的还有诗的句式和语言运用。复沓的长句逐渐成为诗歌的主要句式，词汇的尖新冷峭与意象的幽深共同构成一种动荡不安的阅读情境。可以明显看出作者对西方现代主义诗歌的学习和借鉴。

与上述几位诗人在年龄和文化背景上有差异，被称为“年轻的塞上诗群”的几位诗人是新时期宁夏回族文学发展进程中不可忽视的力量。他们当中，以沙新、贾羽、杨云才影响最大。

沙新是一位善于发现和歌颂生活之美的诗人。无论是讴歌流动于我们生活之中的体现着人与人之间的友爱之情的融融春意（《我从未失明》），还是描写风铃声飘荡的塞上古城的静谧之夜（《凤凰城夜曲》），诗人从新时代的生活行进中捕捉诗意，塑造完美，透露出浪漫的80年代昂扬乐观的时代精神和理想主义情怀。沙新的代表作《祖国，请为他们记功》（曾获第二届全国少数民族文学评奖诗歌二等奖）是一首政治抒情诗。在这首诗中，作者融政治热情与艺术激情于一身，气势宏大，思索深入，鲜明地表现出诗人以文学干预生活，为改革鼓与呼的社会责任感。

贾羽是一位生活经历并不复杂的书斋里的诗人，然而，他创作的诗歌诗风却一扫书斋的宁静与安详，呈现出粗犷、豪迈的艺术气度。“有着野男人性格”（《北方》）的北方和天苍苍野茫茫的大草原是诗人最喜欢歌唱的对象；古朴的边城与萦绕于中国北部的爱情是诗人诗情喷发之所在。“把太阳填到锅底/把月亮煮进锅内/把草原切碎拌上五色花/把牧驼曲咯吱吱咀嚼出星星的香味”（《大草原·草地晚餐》），如此神奇浪漫之句显示了作者超拔的想象力和令人称道的艺术才华。

杨云才诗风与贾羽有相近之处，比较而言，杨云才在艺术表现上更为狂放。他是一位痴恋大西北的“歌手”。在他的诗集《西部和她正年轻》中，大西北是闪烁其中的最为美丽迷人的风景。作者举意：“因此，我活着/就要做托举西北的一只手掌/我死了/身躯也要长出青草，长出羽毛/加阔绿洲/编织西北起飞的翅膀”。杨云才的诗大多写得气势豪迈，挥洒自如，散发着大西北的血性与狂野。但他的一些从生活的片段当中撷取诗意的带有叙事性的诗，诸如《老教授》《牛仔裤啊》等，却表现得机智风趣，颇为动人，显示出作者在粗犷诗风之外，别有美学追求。

在诗人点评的最后，我们将论及二位文人花儿诗的写作者杨少青和王世兴。花儿本是一种流传于陕、甘、宁、青地区为回族人民深深喜爱的民歌形式，它是底层劳动者的寂寞悲伤之歌。由文人专门创作花儿诗，在回族文学史上较为罕见。杨少青以对底层生活的熟稔，创造性地运用这一民歌形式来表现丰富复杂的现代生活，从而拓展了花儿诗的表现空间和领地，使文人花儿成为回族文学百花园中又一株奇葩。他的花儿叙事诗《阿依舍》更是将花儿的艺术表现力发挥得淋漓尽致，可称为新时期宁夏回族诗歌创作中的精品。

除了杨少青之外，诗人王世兴也是文人花儿诗的写作高手。他创作于1980年的小叙事诗《莲花滩》因鲜明的地方和民族特色而荣获第一届全国少数民族文学创作奖。

与喧闹的小说和诗歌创作局面相比较，新时期宁夏回族作家的散文创作显得颇为落寞。尽管如此，我们依然有理由对一些甘于寂寞的散文作家予以点评。

于秀兰是一位非常勤奋的散文作家。她除了创作有少量小说外，其主要的创作精力集中于散文写作。就内容而言，于秀兰的散文着重表现作者对于生活的感悟与思索。人间的亲情、梦中的乡土、女性的命运、情感的潮汐、生活的阴晴不定以及跋涉其中的艰难常常化作作者心灵的私语。于秀兰的散文创作女性特色相当显著，其坦诚、细腻、情真意切的风格颇能给人“一片冰心在玉壶”的清明澄澈之感。就艺术追求来看，于秀兰散文走的是现代名家冰心“美文”的轻灵、秀雅一路，她的一些散文篇章很有古典诗词的意境之美。如何将思想的丰富和博大自觉熔铸于散文创作的艺术追求当中，似乎是作者亟待解决的重要艺术课题。

女作家丁朝君才兼散文创作和文学评论。她的散文创作有风云气，也不乏儿女情。其《女人系列》散文，或展示人间百态，或思考女人命运，浓情与深思相得而益彰。这组系列散文中的某些篇章在描摹世情方面有小说之妙。丁朝君的“关于男人”的散文（《女人眼中的男人》《话说男人》），由一女性角度观察和描写男人，痛快淋漓，时有妙语，不失为真情流露之作。而抒写真情真意确乎是好散文的应有之义。

从年龄和人生经历来看，马青当属于“知青作家”。曾经经历过的知青生活是如此深刻而有力地影响着这一代作家的创作。独特的精神资源使他们多回忆、多思索，马青也不例外。马青散文最感人的篇章是那些怀人和忆往事之作。她的《永远的镜子》《公社的故事》等作品，叙事老到，情感深沉，实属散文佳构。

在散文创作方面，还应值得注意的是两位男性散文家查舜和左侧统。这两位作家所创作的散文，多思辨色彩，风格偏于凝重，可视作是新时期宁夏散文创作的另一种艺术风景。

在这篇文章的最后，我们将论及新时期的宁夏回族文学评论家。坦率地说，文学评论是这一时期的文学发展的薄弱环节，但在相对寂寞的文化环境中，依然有一些默默前行者。杨继国无疑是新时期宁夏回族评论家中成就最为突出的一位。他的研究范围主要集中于民族文学和宁夏新时期文学。在对民族文学研究对象和范畴的确定上，以及对新时期宁夏回族作家、作品的发现和肯定上，杨继国做出了开拓性贡献，可谓功不可没。近年来，杨继国又将研究范围扩展到整个民族文化，力图探究中华优秀传统文化和心理是如何影响回族作家的创作的，其研究的视野呈现开阔和深入之势。

另外，何克俭、丁朝君、贾羽、哈若蕙等人在创作诗歌、散文之余也同时侧身于文学批评界，并取得了引人注目的成绩。在文学评论这块冷清的园地里，他们是默默的“护花人”。

新时期的宁夏回族作家们显然取得了堪称辉煌的创作成就，在回族文学的天空中他们创造了新的云霓与星辰。然而，昨夜的星光也许终究要黯淡，对于他们来说，重新开辟文学的新时空将显得尤其重要。当着21世纪已初露曙光的时刻，就让我们充满深情地等待，等待他们放飞希望和梦想。

1998年5月

秋色醉人果满枝

——《民族文学·庆祝宁夏回族自治区成立40周年专号》读后

由中国作家协会民族文学杂志社、宁夏回族自治区党委宣传部、宁夏文联和宁夏作家协会共同组织并隆重推出的《民族文学·庆祝宁夏回族自治区成立40周年专号》带着油墨的芬芳呈现在读者面前。当我们翻阅这一期凝聚着宁夏少数民族作家的创作心血，闪烁着迷人的艺术光彩的献礼刊物时，我们无疑会被深深打动。这种感动来源于刊物中这许多作品所展示的生活的魅力，更来源于金秋时节阅读佳作，领悟智慧和诗意的审美愉悦。

该专号荟萃了宁夏二十几位少数民族作家创作的多种体裁的文学作品。其中，小说作品占了一半多的篇幅。这一方面说明由于小说所拥有的艺术空间相对开阔，能够负载和容纳的社会历史内涵比较深广，它依然是最受作家垂青的创作品种；另一方面，这一创作现象也同时表明宁夏的少数民族作家们确实在小说的创作上底气颇足。

老作家马知遥的小说《开斋节》是一篇带有民族风情的农村题材小说。这篇小说以下台干部沙麻子的一段失意生活作为情节主线，以沙麻子的心灵世界作为透视焦点，真实地反映了数十年间我国西北农村的生活变迁和农民的精神变化。像马知遥此前创作的众多作品一样，这篇小说仍然充满着一腔忧患。强烈的社会责任感促使作家情不自禁要为新的时代条件下的干部作风问题深深忧虑。小说以动人的艺术力量表明，艰苦奋斗、廉洁奉公的品德和作风永远是一个真正的共产党人的英雄本色。

石舒清的《乡土一隅》，由三个小短篇组成。它们同样描写的是乡土中国的人生风景。这三个小短篇共同的特点是讲述的都是小人物的故事。既然是小人物的命运浮沉，便免不了生活的艰辛、劳作，伤心与沉重。然而，黄土山乡底层人物的故事由石舒清讲来，却总是翻涌着撼人心魄的艺术力量。《长歌当哭》和《老勉》采用童年视角叙事。在这一审美视角之下，生活的朴拙、神秘，世事的混茫难解，艺术地构成了某种引人入胜的阅读情境，它显然鼓动着读者探索人间生死忧患的热情和兴趣。《乡村浪漫》也是一段“奇妙”故事的叙述：一位大胆而勇敢的姑娘冲破世俗和偏见的包围，跑来要做回族青年尔玛的媳妇，尔玛却在村中人的交头接耳和神色暧昧当中彻底败退。终于，勇敢的姑娘逃出了村子，竟不知所向。《乡土一隅》所提供的三个写实性故事在叙事上异常老到。与石舒清以往的小说相比，这一组小说已经没有了他创作于20世纪90年代前期小说的那种“青春的感伤”和急不可耐的倾诉；相反，一种“却道天凉好个秋”的智者心境鲜明地跃动于小说的字里行间。语言的节制与修辞的精美使得石舒清的《乡土一隅》有力地显示出了短篇小说的蓬勃生机。石舒清的这一组小说以及前不久发表的《清水里的刀子》似乎在向人们发出着某种值得注意的信号：他的小说创作的新的艺术转机正在有条不紊地展开。

作家感受和理解生活的审美方式千差万别，小说切入现实的角度也各不相同。查舜的小说《客居故乡》采用的是一种区别于上述两位小说家的“知识者叙事”方式，这使得这篇小说进入生活的方式颇有些独特。在这篇小说中，主人公何老师既是小说中不可缺少的人物，更是一种小说的内在视角。实际上，《客居故乡》中所展示的生活的寂静与沉滞、乡村的愚昧和麻木，都是由何老师的眼睛反映出来的。与此相对应的是，何老师在乡村人的眼里也显然已经成为某种文化的“异类”。从故乡的土地上走出而终于被先进的城市文明所征服，这样的一位老人却再也回不了“家”了，它甚至被故乡的人们视作“外乡人”！很明显，查舜的故事里有非比寻常的意味。我们似乎可以把它看作是一个寓言和象征。它提醒读者，乡土社会的文化威权依然强大深固，在一段时期内，中国社会的现代化进程毫无疑问将任重而道远。与小说的思索有关，查舜在小说语言风格上也颇为讲究。读者可以发现这篇小说的某些议论带有较为浓厚的思辨色彩，而一些叙述和描写又不无机智的评说和冷静的谛视。这些都增添了作品的艺术魅力。

古原的《摆碎九和高拉拉》和了一容的《命途》是两篇西部风味十足的小说。《摆碎九与高拉拉》描写了厚重的黄土地上农民思想的觉醒，可以看作是时代大潮推动之下穷乡僻壤的某种鼓舞人心的新变化。相比较而言，《命途》这篇小说写得更为摇曳和诗意葱茏。这是一篇写实和写意结合得相当完美的作品。表面上看，它叙述的是一个寻常故事。然而，由于作家的精心处理，背景的虚化和氛围的着意营造，便使得作品在艺术上突然间变得超脱和空灵。神秘的旅途，受疾病击打和折磨的身躯，难以预测的人心，生死未卜的前程，一切都像是一个人生寓言。《命途》的故事讲述简单明了，却在简洁中蕴藏着不凡意味。

满族作家那守第的小说《丁三老史和驴文化》是一篇文体独特的小说。首先，它选材独特，“驴文化”是表现重点，这似乎有点闻所未闻。其次，艺术风格独特，写来风趣、幽默，妙语连珠，间或对时事有尖锐讽刺。驴是北方最常见、最不被重视的牲畜之一。在民间，它往往暗含着某种贬义。然而，那氏的这篇小说却执意要为驴做翻案文章。于是，作者借助学者老史之口，旁征博引，纵论古今，大谈驴的种种好处。结果是，小说读完了，黄胄先生《毛驴图》中那头可爱的小毛驴也就深入人心了。《丁三老史和驴文化》显然是一篇带有书卷气的小说。值得称道的是，作者能够把老史文人的雅致与丁三乡野的蛮朴恰到好处地结合起来，并利用两位主人公之间的知识差异和语言的错位造成比较强烈的喜剧效果。不登大雅之堂的驴文化在文学的天地里被充分审美化了，从而使小说放射着迷人的光彩。

王庆创作的《聚散离合》是这期刊物中唯一一篇城市题材的作品。小说描写的是“编辑部的故事”。在小说所构筑的生存空间中，人生的欢歌与悲吟几乎都围绕着个人价值的能否实现。报社显而易见是一个小社会，时代风云的变幻，生活行进中的一些困扰，个人的种种不如意，这一切无不显现处于转型时期的中国社会的诸多情状。与上述的乡土小说相对比，王庆的这篇小说所展开的城市风景仿佛更为复杂和遍布机巧，有许多令人玩味之处。

散文由于它的可操作性和情感流露的真率，始终是作家乐于写作、读者喜欢阅读的文学品种。《民族文学·庆祝宁夏回族自治区成立40周年专号》刊载有宁夏五位少数民族作家的作品，虽然篇幅上不算十分厚重，但也各臻其妙。马青的《宁夏感觉》是一篇宁夏山水的颂歌。读完此文，会使人产生一日走遍宁夏美妙山川的强烈冲动。于秀兰的《家乡圆梦》属于叙事体的散文。作者以个人的生活经历映现时代的发展与宁夏社会的历史变迁，字里行间洋溢着对于宁夏这块古老土地的由衷热爱之情。马星的《体味成熟》抒发的是一位文学的后来人对于文学前辈的敬仰和感怀。因为在那些卓有成就的文学大家的身上，作者深切体会了睿智、豁达、人格的力量和生命的光辉。在众多文学前辈那里，成熟是一种宠辱不惊的大家气度，是一种永不停留、永远追求的人生境界。那守范的《青春记忆》是一位宁夏建设者的回忆往事之作。四十年前矿井里的生活是那样的艰苦和充满危险。但青春理想情怀如火，埋头苦干精神似灯。在一种令人感动的真诚中，作品凸显了那个年代的明朗、单纯、执着和奋发。同样是书写青春命运，青年作家马宇桢的散文《浮出海面》却给人以深沉凝重的艺术感觉。这是一篇带有思辨色彩的散文。在琐屑、喧闹、变幻莫测的生活现象之后，马宇桢一直在寻找精神的超脱和灵魂的解放。“浮出海面”是一种心灵之梦，更是一种也许要付出一生代价的难以停止的理想追求。从深刻的意义上来说，“做一个旅人”，在苍茫的大地上漂流，似乎是精神漫游者的完美归宿。

《民族文学·庆祝宁夏回族自治区成立40周年专号》登载

了宁夏四位诗人的作品，它们的艺术面貌各异。贾羽的《月亮花环》浪漫、温馨，有爱情诗的甜蜜和忧伤。梦西的《西部，拥有开花的太阳》风格清新喜人，《牵牛花》一篇充满童真、童趣，《黄泥小屋》则在怀念往事中表达某种现实的忧思。马春林的《故乡》是一曲献给家乡的浪漫之歌。诗风豪迈、大气。而老诗人马乐群的组诗《深入宁夏》则在沉郁当中放射激情，在对宁夏历史和现实的歌吟之中显现着生活在这片土地上的人民不屈不挠的生命意志。

《民族文学·庆祝宁夏回族自治区成立40周年专号》同时刊载了宁夏三位少数民族评论家的评论作品。三篇评论或着眼于宁夏少数民族文学发展状况的宏观描述，或着意于作家作品的细部分析，见解独特，识见超拔，显示着近年宁夏文学评论的新进展。

由国家级文学刊物为宁夏作家开辟专号，发表作品，这在宁夏创作史上尚属首次。宁夏少数民族作家已经以其出色的创作征服了读者，相信在以后的岁月里，宁夏作家们将会有更为精彩的新奉献。

1998年9月

巨大的翅膀与可能的高度

——宁夏第五次文学艺术作品评奖获奖小说简评

酝酿和实际运作多时的宁夏回族自治区第五次文学艺术作品评奖活动终于圆满结束，相信所有关注宁夏文艺事业的人都会对此次评奖感到由衷的喜悦和欣慰。这一次文艺作品评奖活动距上一次评奖颁奖，时日相对漫长，达十四年之久，积聚的作品很多，质量也相对较高。在迎接新中国成立50周年、宁夏解放50周年，即将跨入新世纪的时刻，举行这样的文艺评奖颁奖活动，意义确乎非比寻常。显然，它是一个阶段的结束，更是一个崭新时期的开始。文学作品评奖是此次评奖的重头戏，在文学评奖中，又以小说作品获奖篇目最多。它表明，在宁夏近十几年来的文学创作中，小说创作始终是具有优势的创作领域。本文将以本次文艺评奖的获奖小说作为基本评论对象，对宁夏近十几年的小说创作情势做一粗略的考察与分析。

我们看到，近十几年来，在宁夏的小说创作界，对乡土中国农民生活的深情注视与精心刻画，一直是一个重要的文学创作现象。这当然与继承五四新文学以来鲁迅等经典作家所开创的乡土小说的审美传统有关，但更重要的原因，我想是与作家们所生活其中的20世纪80年代以来的中国社会的现实行进密切相关，与作家们热情地关注国家和人民命运的创作激情相关。

我们都知道，近代以来，中国社会的核心问题实际上一直集中于广大的乡村，中国农民的物质和精神解放，是20世纪中国最大的社会问题，也是无可回避的文学艺术问题。进入文学新时期以后，农村也当然地成为文学艺术的聚焦点，关注农民命运的小说迭有佳作。我区作家张贤亮创作的《河的子孙》等小说已成为整个大陆新时期农村题材小说中不可多得的珍品。对乡土中国的爱恋是许多小说家梦魂萦绕的一个创作“情结”。从这次获奖小说的题材内容看，表现农村生活的小说占获奖篇目的一半以上。在获得一等奖的五部作品中，有四部是反映乡土人生的。获奖小说具有相当规模地集中于一个题材领域，表明了在某一个历史时刻，作家们的创作兴趣点确实是不谋而合。同时，它也清楚地表明在中国社会迈向现代化进程中，农村问题依然是我们所面临的重要现实课题之一。起码在不发达的省区如宁夏者，农民的命运浮沉与心灵动荡不可等闲视之。有趣的还有，在获奖的小说作家中，五十岁上下的作家相比较而言，似乎更热衷于描写乡村。而出生于60年代、70年代的作家，在这一题材领地仿佛有逐渐淡出的迹象。这当然与不同年代作家们各自的人生经历和文学审美积淀有关。这种个人经历和审美趣味的不同甚至导致在面对同样的描写对象——乡土中国时，小说作品的“味道”也颇不相同。将获得一等奖的四部农村小说与季栋梁的获奖作品《觉得有人推了我一把》做一对比，我们发现，无论是人物的塑造、叙事策略的运用、作品气氛的营造等等，人们都能感觉到两代作家在艺术上的明显差异。如果说在张武、南台、马知遥、查舜等人的作品之中，精细的写实中透露的是对乡土生活的眷恋、痴情、宽容以及那么一种难以言说的复杂心绪，那么在《觉得有人推了我一把》这篇小说中，沉重的现实描绘和人生的荒诞感却无法使读者对乡村产生出热爱之情与敬重之意。因为在年轻作家的审美视镜中，生活似乎满目严峻和无奈。也许，在资深的老作家的艺术观念中，荒诞感是一个比较陌生的概念，而在季栋梁这一代以及更为年轻的作家心目中，人生的荒诞感则是比较寻常的艺术视角。指出这一艺术差异，是想说明作家们对于生活的艺术理解永远充满着纷扰和歧义，而这一点恰恰构成了文学艺术风光无限的繁华胜境。

有关城市生活的描写和城市人心灵的刻画，应该说并非宁夏小说家的擅长。宁夏地处大西北内陆的客观情势，远离经济和文化中心地带的现实存在以及农耕文化的异常博大、深厚，这些因素都使得本区小说家把刻写城市人的生存状态视为畏途。坦率而言，对于宁夏许多创作家来说，乡土中国似乎更具有审美的亲近感。但是，我们也应该看到，农耕文化的强大并不意味着生活在这一地域的所有人都无法领受吹自“城市的风”。在整个中国汹涌澎湃的工业化、城市化浪潮中，年轻的心灵更容易感受时代的铿锵鼓点。在本次小说获奖作品中，表现城市人生活的小说作品数量虽然不多，但在思想和艺术方面却各具特色。陈继明的《月光下的几十个白瓶子》是一等奖中唯一一篇城市题材的小说。这篇小说于1996年2月由《朔方》推出后，就受到国内文坛的诸多好评，许多小说选刊予以选载。客观地说，《月光下的几十个白瓶子》对转型时期纷扰现实生活中人们的普遍心态，以及社会心理失衡状态下人性中潜在的犯罪欲念的饶有趣味的表现，在90年代的国内短篇小说创作中颇具尖端性。它的成功表明，地处偏远的宁夏作家同样可以创作出毫不逊色于大都市作家的城市小说。另外，马宇桢的《玉米街的小林》对都市青春浪子心灵的细腻勾画，吴善珍《粉红漆》对城市文艺工作者生活的深情讲述，陈勇《靳老头的丧事》对城市机关人情世态的描摹等等，共同构成了文学当中的“城市建筑群落”，显现着宁夏小说家向新的题材领域的有力进取。

本次获奖小说比较充分地体现了近十几年来宁夏小说创作中题材的多样化和表现内容的丰富性。除去上述的乡土小说和城市小说，我们也可以在众多获奖作品中领略到其他社会生活领域的旖旎风光。老作家路展的童话小说《猫三彩》写得天真烂漫，一片童情童趣，可见赤子之心。李银泮的长篇儿童文学故事《夏日险遇》叙述一乡村少年的遇险自救经历，具有惊险意味，颇能切合喜爱传奇、幻想历险的现代少年人的口味。李德明的《青山作证》描写发生在贺兰山中的军人的悲壮故事，读来给人以震撼；郭兴的《诡道》借官场风云故事，写红尘中人性善恶，为我们揭开人世波诡云谲之一角。唯一的历史题材小说《丝绸之路上的神秘国王》，述说千年以前的故事，古老的人事背后，显然寄托着现代人的兴亡之叹。值得一提的还有一位年轻人张鹏创作的小说《青春祭坛》。这篇小说以高校生活作为描写内容，题材上有独特性。艺术处理上，小说也显现了青春的机敏与大胆，透露着可羡慕的朝气与才气。

如果仅仅从题材角度来划分，本次获奖小说中的许多作品似乎无法归类，但从思想艺术上讲，这些小说堪称精品。漠月的《白狐》说的是戈壁荒野之事，但很难称之为乡土小说。由于“白狐”这一神奇意象的存在，这篇小说便在瞬间获得了形而上的审美意味。老作家郑正的小说《狼道》构思奇特非凡，描写准确传神，以“狼界”生存景观而透视世间人情冷暖，可谓别出心裁。固原地区的年轻作者了一容所创作的作品《命途》同样是一篇题材特殊却写得诗意盎然的小说。从某种程度上说，《命途》更像是一则“人在旅途”的象征性寓言。

在进行了基本的小说题材分类之后，我想我们可以从艺术表现方式这一层面来分析一下众多获奖作品。总的来看，现实主义是作家们普遍遵循的创作原则。具体表现为写实性作品占有绝对多数。如果仔细分析，现实主义这一创作方法在不同作家那里色彩也呈现着许多变幻。张武的写实中多幽默风趣气质；南台的《一朝县令》则细密绵长，厚实紧凑；陈继明的小说多现代心理现实主义的影子；而几位固原地区的写农村题材的小说作家则颇得俄国现实主义精神的影响。从艺术变革和创新的角度而言，年轻的作家似乎更愿意得风气之先，而且，年龄越小，艺术试验的胆子越大。在60年代出生的作家群的创作中，对西方现代主义的借鉴还只是艺术思维变更的一个方面，而在70年代出生的创作者那里，现代主义却早已熟门熟路地进入他们的创作情境当中。这表明，随着中国社会的现代化进程加快，文学的感知方式正在发生历史性转变。

检视本次获奖小说，另一个值得提及的艺术新气象是，愈是晚近，小说家们的文体意识愈是自觉和强烈。也许，艺术创作在许多时候，“怎么写”比“写什么”更具有挑战意义和革命性。虽然，我们并不认为艺术手法和技巧的花样翻新就一定能给作家们的创作带来所期待的创作成果，但对于宁夏众多小说家而言，换一种视角看人生，大多时候带来的是喜悦。尤其对于60年代和70年代出生的年轻小说家来说，事实上正是敢于“倒着看”生活之海，才有了创作的实质性进展。诚然，变更艺术感受方式也具有相当的冒险性，可以接受的意见是如果你的文体风格是稳定的，你的小说“腔调”是独特的，那么你就可以坚定地走下去。对所有的小说家来说，写实和写意，老实的写法或者“不老实”的写法都可以抵达文学的最高处。

宁夏的地域面积称不上辽阔，宁夏的社会经济文化水平在外人看来是异常落后的。然而，地理位置的偏远和社会总体发展进程的相对缓慢却并不能说明这一地域的文学水平同样处于不发达状态。公正地说，宁夏这一地域是一座文学的“富矿”，这里的文学精神资源，其可采可用率并不比外省区逊色。五千年文明的积淀，多种文化的相互融合与创造性激发，1958年自治区成立之后，五湖四海的人的大批拥入，这一切都历史性地构筑着宁夏文学的丰富博大的生命底色。事实上，依托于丰富的文学资源，在整个80年代宁夏已经出现了像张贤亮、张武、戈悟觉这样的能够走向全国的大作家。90年代，三位年轻小说家接连入选“21世纪文学之星丛书”的事实也同样表明，小省区完全可以出文学的“大人物”。我们说宁夏的诸多小说家已完全拥有了一双用以拍击长空的巨大翅膀，但是，这对翅膀拍击的速度还没有达到最佳频率，翅膀扇动的技巧也有待改进。由于上述原因，我们本来期待的文学高度迟迟未能达到，我们总是看到一只只拥有着巨翅的大鸟在做着超低空飞行。可以坦白地说，我们的总体创作优势尚未充分体现。我们许多创作家的思想方式和艺术思维方式还处于新旧交替当中。

宁夏的几代作家不缺乏生活，更不缺乏苦难的记忆。在这片古老神奇的土地上，一切人生的活剧都无一例外地上演过。喜悦与悲情混合一体的艰难时世一刻也未曾从我们的心目中悄然滑过。我们缺乏的是一双穿透生活迷雾的锐利眼睛，我们缺乏的是一种超越苦难、俯瞰人生的智者情怀。具体地说，我们的生活经历和苦难记忆还没有以足够的心智化为一种香喷喷的、提神的文学佳酿；我们对生命的喜剧与悲剧还没有真正激发起心灵深处的感动和创作活力，而这活力恰恰代表了现实与生命本身的既使人惊恐又给人启迪的生气勃勃的力量。显而易见的是，上述创作的良好局面的获得又确实不是一日之功，它需要沉潜，更需要逆向思维。

两千多年前，天才的庄子在他的美妙文章《逍遥游》中神奇地想象出一个“其翼若垂天之云”的巨鸟鲲鹏，这只鲲鹏甫一展翅，便可冲上九万里的高空。在本文结束的时候，我愿意把宁夏的小说创作家们想象成这只鲲鹏，既是激励，也是希望。

1999年9月

乱花渐欲迷人眼

——简论20世纪90年代以来宁夏的文学创作

进入20世纪90年代，尤其是90年代中期以后，在几代作家的共同努力和奋斗下，宁夏的文学创作呈现出蓬勃发展的局面和急剧上升的势头。时至今日，宁夏的文学创作新面貌，已经成为宁夏精神文明建设的标志性产品，成为对外宣传宁夏的巨幅“名片”。近十年来，宁夏文学的重要成就主要表现在以下几个方面：

第一，长篇小说的创作进入相对繁荣的时期，许多中、老年作家相继推出品位不俗的长篇小说。

1992年下半年，作为文坛健将的张贤亮发表《烦恼就是智慧》（后改名《我的菩提树》）之后，宁夏的长篇小说创作便进入一个小高潮期。南台的《一朝县令》，张武的《涡漩》《罗马饭店》，马知遥的《亚瑟爷和他的家族》，高耀山的《风尘岁月》《激荡岁月》，郭兴的《诡道》，王维堡的《郎家巷子》，王漫西的《租借生命》，查舜的《青春绝版》，高嵩的《马嵬驿》等长篇作品相继出版。短短七八年时间，在宁夏文坛有十数部长篇小说出版，这在80年代是不可想象的事情。虽然，从总体上说，宁夏长篇小说的创作质量与全国顶尖水平尚有一些距离，迄今为止，我们还没有获得茅盾文学奖的长篇小说，但《我的菩提树》《一朝县令》《涡漩》《亚瑟爷和他的家族》《青春绝版》《马嵬驿》等长篇小说，已经相当强烈地显示出宁夏长篇小说创作家们的深厚思想艺术功力。倘若假以时日，我们也许将收获惊喜。

第二，经过多年的努力和培养，宁夏文坛的青年作家群终于在世纪之交的时刻崛起。就创作的良好态势而言，在西北五省区当中，宁夏青年小说家的创作水平可以夺魁。

如果说，80年代的宁夏文坛是以张贤亮为首的中老年作家在做“弄潮儿”、当“红旗手”，那时的青年作家们尚是“幼木”，那么，现在我们已经可以自豪地宣称：当年的“幼木”已长成令人观之不足的茂密森林。自石舒清的小说集《苦土》于1994年入选中华文学基金会主持评选的“21世纪文学之星丛书”以后，宁夏青年作家的创作开始吸引居于都市文化中心的知名评论家们关注的目光。而宁夏本地的青年作家也确实没有使外界失望。1996年，马宇祯的小说集《季节深处》再度入选“21世纪文学之星丛书”；1998年，陈继明以小说集《寂静与芬芳》第三次入选“21世纪文学之星丛书”。实际上，此前陈继明创作于1996年的短篇小说《月光下的几十个白瓶子》已经在文学界大受好评，并荣获首届中华文学选刊奖。石舒清等人的作品先后进入“21世纪文学之星丛书”之列，表明宁夏青年小说家的创作已经具有了走向全国的实力。因此，无论对三位小说家本人，还是对其他宁夏青年作家而言，这一并非偶然的“文学事件”都有着不可低估的激励效应。果然，此后宁夏青年作家的创作呈现出某种“井喷”状态，优秀作家和作品喷涌而出。2000年6月，中国作家协会、《人民文学》编辑部、《小说选刊》编辑部与宁夏回族自治区党委宣传部、宁夏文联、《朔方》编辑部等单位在北京联合召开陈继明、石舒清、金瓯三位作家的作品讨论会，正式向外界推出“宁夏三棵树”。现在，“三棵树”已经在全国叫响。花山文艺出版社今年4月出版这三位小说家的作品集，对外宣称“西北三棵树”丛书，首印五千册。这在文学书普遍卖不动的情况下，确实是一个小小的奇迹。除了“三棵树”，宁夏文坛还有一大批成材之“树”，像季栋梁、葛林、漠月、郭文斌、张学东等，他们的作品近几年都被中国作协主办的《小说选刊》和百花文艺出版社主办的销量很大的《小说月报》选载过。据统计，1998年至今，光是《小说选刊》杂志，就已经选载了宁夏青年作家的十九篇小说作品。不长的时间之内，有这么多宁夏青年作家的作品被国家级文学选刊频繁选登，这在新时期以来的宁夏文学史上是罕见的。从2000年底到2001年初，受著名青年作家、《雨花》编辑毕飞宇的委托，笔者帮助他在宁夏青年作家中征集了八篇小说，最终这些稿件被江苏作协主办的《雨花》杂志全部采用，于2001年第3期推出“宁夏青年作家作品联展”。其中，漠月的小说《湖道》立即被推荐到《小说选刊》，于第6期登载。2001年9月中旬，石舒清创作于1998年的《清水里的刀子》获中国作家协会主持评选的鲁迅文学奖，这是继张贤亮的短篇小说《灵与肉》荣获1980年全国优秀短篇小说奖，时隔二十年之后，又一位宁夏作家获全国短篇小说大奖，意义非比寻常。石舒清的小说获奖，清楚地表明宁夏青年作家的小说创作已经登上了中国一流文学的竞技场。我们现在关心的话题是，在宁夏文坛，谁是下一个鲁迅文学奖或者茅盾文学奖的有力竞争者？

第三，在散文、报告文学和诗歌创作领域，90年代以来宁夏作家的创作也呈现出颇为强劲的势头。

首先，我们应该提及张贤亮创作于1998年的反映长江洞庭湖流域抗洪事迹的作品《挽狂澜》。这部报告文学篇幅不是很长，但在同类题材作品中是写得较有深度的一篇。作品当中所闪现的睿智，远远超出国内许多作家的思想水平，就是歌颂，也歌颂得入情入理。张贤亮创作于90年代中期的长篇政论性散文《小说中国》同样是一部发人深省的书。如果说80年代的张贤亮是以一个出色的小说家而被人称道，那么，《小说中国》的出版，则告诉我们张贤亮还是一个相当出色的政论散文家。这是他人生的忧患使然，也是他永远年轻的思索使然。

在宁夏文坛，余光慧多年以来一直从事着报告文学的创作。1995年她创作的反映西部女童失学问题的长篇报告文学《创造平等》在《中国作家》第5期发表之后，引发了相当强烈的社会反响；去年，余光慧重拾尖锐话题，以长篇报告文学《跟踪何阳案件》再次震动文坛。这部以追踪调查和反思“点子大王”（所谓“点遍中国”）何阳诈骗案为主要内容的作品，于《中国作家》2000年第11期发表后，在全国引起较大反响。我们可以把这部作品看作是国内文坛反思90年代“中国问题”的文学力作之一。

在散文创作领域，90年代以来的宁夏散文作家也创作出了不少文学精品。冯剑华的散文作品数量不是很多，但诸如《遥远的泸沽湖》《鹊雀为邻》这样的作品确乎出类拔萃。女作家马青创作的长篇纪实文学《插队的故事》发表后也博得好评。

另外，宁夏文坛的一些老作家近十年来同样创作了许多散文佳作。吴淮生、马东震、王庆同、张光全、刘和芳等人虽都已过花甲之年，但诗心仍在，弦歌不辍。其中，散文家王庆同于去年和今年发表在《黄河文学》杂志上的两部长篇回忆录《边外九年》和《青山六年》，可称为近年来宁夏长篇回忆性散文的重要收获。这两部作品以个人命运浮沉映现时代风云变幻，感情朴实、真挚，味道温和、醇厚，赏读之下，不能不使人有“赋到沧桑句便工”之叹。值得一提的还有，陈继明和季栋梁等以小说创作见长的作家，散文创作也时见精品。一个作家能以多副笔墨示人，这自然是宁夏文坛的幸事。

20世纪90年代以来的中国被称为“杂文时代”。多忧的现实锻造成了杂文这一文体。因此，论及宁夏近十年来的散文创作，不能不谈到宁夏的杂文创作。事实上，在宁夏文坛，一直埋伏着一批杂文高手。90年代以来，牛撇捺、暮远、邢魁学、寒于水等杂文家，一直进行着持续创作，其中有些杂文家的产量还相当惊人。可以说，杂文创作的兴盛，应该被视为宁夏文坛不可多得的文学景观，它表明宁夏文学的百花园正生长着一种别致的花木。

近十年来的宁夏诗歌创作领域，优秀诗人代不乏人。其中，宁夏青年诗人的创作成就在西北地区是名列前茅的。杨梓、杨森君、导夫、贾羽、梦也、冯雄、单永珍、周彦虎、杨建虎等，许多人在《诗刊》等全国性诗歌刊物上发表过作品，作为首批出版的“金骆驼”丛书之一的杨梓创作的长诗《西夏》，可以被认为是本时期宁夏诗歌创作的硕果。

90年代以来的宁夏文学取得了引人注目的成就，原因何在？笔者愿意在此略道几条理由：

第一，我们有一支出色的创作队伍，这支作家队伍经过二十余年的磨炼，现在正处于思想和艺术的成熟阶段。而且由于张贤亮那一代作家以及60后作家的成功，无形中带动了更年轻的70后作家的成长。像金瓯、张鹏、平原、张学东、了一容、穹宇等，可以说是在60后作家创作风气的直接影响之下成长起来的。这也是文学的一个规律，精神气候一旦形成，就有可能成为一种传统而影响后来者的精神生长。

第二，宁夏文学创作的大环境非常好。具体来说，由于自治区党委宣传部的大力扶持，宁夏文联、宁夏作协和《朔方》编辑部扎实而有效的工作，宁夏的文学创作一直成为宁夏舆论关注的焦点之一，宁夏作家的地位相对比较高。搞创作的人在社会上有地位，这保证了宁夏作家能够在一种受激励、被尊重的精神环境中从事创作。而据我所知，别的省的青年作家就不一定有这样的创作环境。

第三，宁夏作家尤其是青年作家队伍非常团结，青年作家互相切磋技艺的气氛很浓。这保证了大家都能在平等和谐的气氛中进行公平竞争、共同提高。比如，石舒清在开始《清水里的刀子》的最初构思时，他曾将自己的一些念头告诉了陈继明，陈继明拍案叫好，鼓励他写出来，结果石舒清写出了一部杰作。

第四，宁夏文坛这几年的评论工作抓得不错，为宁夏作家的创作起了鼓劲和呐喊的作用。这方面的工作，《朔方》和作协主办的《宁夏文艺家》报做得非常好，宁夏作家的最新创作总是能及时地得到反馈和有深度的评论。对许多默默前行的青年作家来说，一声热情的鼓励，也许能够成为引发其创作潜能“爆炸”或喷发的导火索。

近十年来宁夏文学取得了相当突出的业绩，这样的文学业绩促使我们不得不思考一个理论话题，那就是，宁夏文学创作的优势何在？我以为，有这样几条：

第一，深厚的本土资源是宁夏文学取得成功的题材优势所在，多种文化传统影响下的人民生活是我们书写不尽的源泉。发生在宁夏这片土地上的人们的生活，其复杂程度和生命的强度一点也不输于全国其他省市。千百年来，在共同生活和奋斗之中，各少数民族文化与中华文化相互交流并且和谐地融为一体，这本身就是一个迷人的文化境界，值得写一辈子。至于宁夏平原的移民文化、西北边地的特殊地域风情，都是大可挖掘的创作领域。实际上，宁夏这片神奇的土地，创作对它的触及还只是一小块，更广大的艺术疆土等待文学之犁去开发。

第二，我们的作家创作心态平和，比较老实，不浮躁，也不轻率地提倡反叛和颠覆。这是保证宁夏作家在全国鹤立鸡群的奥秘之一。把文学永远当作是心灵的事业，把文学永远视作没有终点的跋涉，这应该是优秀作家和一般作家的区别。

第三，经过二十余年的努力，良好的文化生态环境已经形成，作家创作的社会物质和精神环境都处于颇佳状态，这应该是未来宁夏文学取得更大突破的关键所在。

在本文的最后，笔者将论及宁夏文学创作今后应该注意的几个问题，这是批评的职责使然。

虽然宁夏总体创作情形看好，但具体到每一个作家，情况会有差异。如何始终保持旺盛和持续的创作力，成为必须考虑的创作话题。如果出现创作的低潮，如何能调整好自己的状态，便显得尤其重要。另外，宁夏作家的创作格局和境界还不能完全称之为高远，这是共同面临的艺术难题。我觉得应该充分注意和强化西部特色，创作视野再阔大一些。关于这一点，青年作家们可把新疆的刘亮程和陕西的红柯作为参考。再者，宁夏的长篇小说能在国家级大奖中获奖的作品尚未出现，中篇小说创作与全国水平相比，相对薄弱（数量少，质量不高），这些都是亟待解决的创作美学课题。最后，宁夏创作界的读书风气还不能说是已经到了令人满意的地步，艺术的粗疏和创作的匆忙一直是困扰创作界的艺术难点，如何尽快解决？我想，对中外经典文学的学习和揣摩有待进一步加强，并应该成为长期的艺术任务。

2001年10—11月

偏远地区的文学力量

宁夏是位于中国西北部的一个欠发达省区，无论历史上还是今天，它的经济和文化的总体发展水平都不能与沿海地区以及中国其他发达地区相提并论。然而，社会经济和文化发展水平的落后却并不意味着宁夏的一切都是乏善可陈和无足轻重的。在宁夏这片古老而神奇的土地上，千百年来，同样上演着精彩绝伦的人生的喜剧和悲剧。在这里，生活的复杂程度以及生命与感情的强度，一点都不输于中国或者世界上其他任何地方。显然，对于文学创作的审美价值而言，巴黎的生活、上海的生活与宁夏的生活并没有意义大小的区别。换言之，就出现文学杰作的概率而言，上述三个地域的机会应该说是均等的。文学创作不比体育比赛，它更多地依赖于人的心灵的丰富程度以及情感的深度与浓度，而与体格是否健壮、经济是否发达关涉不大。正是在这样的认识和推论的前提之下，我们才可以自豪地宣称，近年来宁夏的文学创作所取得的成绩是相当出色的。在短篇小说创作领域，由于石舒清、陈继明、金瓯等青年作家们的优异表现，宁夏的小说创作成就应该说已经达到了全国一流水准。如果我们有心构建当今大陆小说的创作版图，却忽视宁夏青年作家群崛起的事实，这样的文学版图无疑是残缺不全的。事实上，以石舒清、陈继明、金瓯为代表的宁夏青年小说家已经和正在以自己卓越的文学实绩，冲击着世纪之交的中国文坛。他们的文学表现，显现着偏远省区的独特而动人的言说方式，同时，也显示着不容置疑的西部文学的强悍力量。

作为大陆最负盛名的文学选刊——《小说选刊》，自1995年复刊迄今，已经从宁夏文联主办的《朔方》文学月刊、银川市文联主办的《黄河文学》双月刊、固原地区文联主办的《六盘山》文学双月刊以及全国其他省市的文学杂志上选载了宁夏青年作家所创作的十九篇小说作品。其中，刚刚获得第二届鲁迅文学奖的石舒清的短篇小说《清水里的刀子》就曾经被《小说选刊》（1998年第8期）选载过，并荣获1998年度的小说选刊奖。除石舒清外，宁夏青年作家陈继明、漠月、葛林、金瓯、季栋梁、郭文斌、了一容、张学东一共八位作家的小说作品，近几年都曾登上过《小说选刊》。我没有对全国其他省区青年作家的作品近年入选《小说选刊》的比率做过统计，也许上述的文学业绩对于一个文学大省而言，并不值得格外夸耀。然而，对只有五百三十万人口的边远小省区宁夏来说，其意义确实非比寻常。要知道，与沿海地区和发达省区的作家相比，宁夏许多青年作家的生活和创作条件并不优越。不仅谈不上优越，甚至有几分清苦。比如石舒清，近十年间一直生活在宁夏南部的西海固地区。那是一个风沙弥漫、十年九旱的严重缺水地区，人称“苦瘠甲天下”。然而，就是在这样一个条件极端艰苦的地域，石舒清潜心创作，十年一剑，写出了包括《清水里的刀子》《节日》《小青驴》《旱年》等一批优秀之作。而其他几位作家，陈继明、季栋梁、郭文斌、漠月、了一容，也都来自宁夏的西海固地区和其他贫困地区，有过多年的乡村底层生活经验。他们当中的一些人如今已经进入城市，而另外一些人依然生活在那片贫穷而荒瘠的土地上。无论是否进入城市，其灵魂深处的乡土情结始终难以割舍。很明显，对石舒清等人而言，是苦难成就了他们的文学，是西北高原的黄沙厚土给了他们创作的灵感，是宁夏人民力图摆脱贫困和苦难，为追求美好生活而奋斗的精神和信念给予他们创作的激情和责任感。我想，如果我们把宁夏青年作家的小说创作置于近年来全国文学创作的背景上来思考和认识，我们也许会获取许多有益的创作经验和文学借鉴。

进入20世纪90年代，中国社会的整体面貌发生了巨大的改观。伴随着社会主义市场经济体制的逐渐确立，中国人的精神追求、价值选择和行为方式都发生了引人注目的变化。似乎没有哪一个年代，能像大陆的90年代这样，充满着如此繁复的精神的矛盾、冲突、困扰和激变。在这个年代里，所有中国人都感受到了生活的传奇性变化和心灵的巨大震撼。短短十年间，中国社会的原有社会格局出现了前所未有的松动，经济的分化和社会的分层成为不争的事实。与此相关的另一个现实是，中国社会的精神流向也出现了明显的多头并进的趋势，统一的价值寻求已不复存在，多元化的人生选择成为这一年代普遍的精神寻求现象。与此同时，包括作家在内的知识者队伍也出现了此前未有的灵魂震荡，一直被认为是用同一个“声音”说话的知识分子队伍突然发生了严重分化。具体到文学创作界，大家可以发现，近十年来，作家队伍是思想震荡和分化得最厉害的一支知识者队伍，许多此前“误入”这个行当的人，在新的社会情势下忽然陷入了一种进退失据的尴尬境地。于是，在读者逐渐流失、创作家又精神不振的文学情境中，90年代的中国文学渐渐陷入低谷。虽然，在这十年当中，文坛上花样翻新的口号喊了一个又一个，各种“主义”的旗帜换了一面又一面，所谓“城头变幻大王旗”。某些时候，批评界甚至不惜以作家年龄的大小来论英雄、排座次，以显示文学确实在前进。但是，倘若我们平心静气地考察一番近十年来的中国文学创作实绩，我们只能得出一个结论，那就是文学收成的歉收。也许，还不仅仅是“歉收”的问题。如果把话说得更干脆和尖锐一点，可以认为，近十年来的国内文学，许多时候实际上是处于“失魂落魄”的状态。失掉了文学神圣的使命感和社会责任感，丢掉了民族生活和民族文化的深度和广度。正是在这样的时代和文学背景之下，在世纪之交的中国文坛，地处西北偏远地区的宁夏青年作家群却异军突起，其创作呈现出蓬勃发展和异常兴旺的景象。我想，解剖一下这一文学现象的兴起原因，探讨其创作的利弊得失，对未来中国文学的健康发展显然是非常有意义的一件事情。

宁夏文学在中国当代文学史上占有一席之地，始于新时期。20世纪80年代，张贤亮以其历经苦难之后的慷慨悲情征服了大江南北。直到今天，我们依然可以闻到“绿化树”马缨花的浓郁芬芳，听到“就是钢刀把我头砍断，血身子还陪着你呢”的如火歌谣。进入90年代，伴随着市场经济大潮的惊涛拍岸，文学由中心位置走向边缘状态，宁夏的文学创作也在一段时间内走入了徘徊和沉寂的境地。然而，对宁夏文学界来说，徘徊歧路的时间并不漫长，西北人朴实的生活信念和坚忍不拔的生命意志在世情纷扰的时刻给了宁夏青年作家们坚守文学阵地的勇气和力量。经过五六年的奋斗，他们终于凭借自己的实力，登上了中国文学的创作“高地”。究其成功原因，我想不外乎这样几个方面。

第一，是因为宁夏青年作家从事创作的态度是极其严肃和认真的。甚至可以说，他们是完全抱着一种神圣而虔诚的心情来从事创作的。在他们的心目中，“文学”是一个圣洁的字眼，文学天然地具有社会责任感和人生使命感，容不得半点怀疑和亵渎。他们将自己的生命融入文学，把自己的心血和智慧奉献给文学，他们愿意成为文学的“殉道者”，而不去关心文学能够给予个人什么样的回报。以石舒清为例，90年代初从宁夏固原师范专科学校毕业后，他一直在南部山区的海原县乡下当英语教师。一方面教书，另一方面从事着业余创作。十年间，小说创作并没有给他带来多么大的实质性的利益，反倒带来身体的疾病。然而，石舒清不后悔、不抱怨，更不放弃。他的稿子都是手写的，他写出来，又一遍遍地修改、誊写。有时，编辑催稿催得急，他的做着乡村小学教师的父亲也会在灯下帮助他誊清稿件。仔细想来，石舒清就像一个黄土地上的老农夫，以农人的倔强和执着，日复一日年复一年地埋头耕耘，勤苦劳作。他只知道一分汗水一分收获的道理，而从不指望对土地薄情却能拥有喜人的收获。因为经受着中国最贫穷地域的生活，因为文学成为困苦生命艰难时世当中的心灵寄托，成为照亮生存暗影的一盏理想的灯火，所以在宁夏青年作家的作品当中，文学便显现出它的本应该厚重和深沉的底色。它关注底层人民的生活和命运，抒发心怀天下的知识者的忧患心声，弘扬人类圣洁而美好的精神与信念。当是时，文学的社会责任感和人生使命感便自然生发，决不做作。因此，倘若读者想在宁夏青年小说家的作品当中寻求甜腻腻软绵绵的文学和“躯体的欲望”，就只能是缘木求鱼，失望而归。

第二，宁夏青年作家一直把创作的根深深扎在自己所钟爱的土地之中，从本土生活深厚而丰富的地层中汲取无尽的养分。因此，从题材选择的角度而言，宁夏青年小说家的创作具有强烈的本土化特色，而正是这一创作特色打动和征服了大量的读者。众所周知，90年代以来，全球化浪潮一浪高过一浪。在全球经济和技术一体化的实践当中，域外的文化和文学正以强劲姿态闯入中国创作界。我们已经听到和看到，许多年轻的作家公开倡言，自己是尽可能少地读中国书，而只对西方文学感兴趣。于是，在一种似是而非的文学世界主义观念的影响下，许多创作者将中国文学的“民族特性”和“文化身份”悬置起来，而在作品中铺张了各种令人眼花缭乱的准西方化的“欲望叙事”和个人隐私。在此时刻，种种对于本土生活的刻意关注和热情书写竟被认为是创作的低能，而所谓的“文学国际化”却成为被喝彩的对象。在文坛风景变幻莫测之际，宁夏青年作家却不为时风所动，他们坚定而沉着地在所生存的土地上打一口文学的“深井”，寻求和发现着“苦瘠甲天下”的地域之上所生长着的那样一种倔强、自尊和超脱情怀。在他们的笔下，贫瘠的地域和苦焦的人民不仅仅拥有苦难，比之于生活在幸福当中的人们，他们拥有更为强大的精神力量和价值情怀。他们的灵魂也许是孤独的，但并不脆弱；他们的声音也许是单调的，但强劲而宏大。在遥远的西部，在地老天荒之所在，他们屈服于命运但同时又执着于跋涉。毫无疑问，有关土地的故事在90年代再一次被石舒清们用强悍之笔书写出来。

然而，与新时期以来的诸多乡土作品相异的是，土地在宁夏青年作家的小说当中是一个被反复寄予了深情的“父母之邦”，是充满了灵性和神性的生存空间。它不再是与城市文明相对立的异在，也不再是城市生活失意者的虚幻的“梦中乡土”。土地就是土地，哪怕荒凉如废墟，贫瘠如大漠，西部的农民也会全身心地热爱自己的土地，热爱自己的生活。于是，我们看到了那位老得像一截榆树根的姑太太，如何以一种感恩的心情咀嚼着苦菜团子（石舒清《小青驴》）；于是，我们感受了马子善老人与一头即将被宰的老牛之间的难以诉说的一腔柔情（石舒清《清水里的刀子》）。由此，我们发现，石舒清们对土地有着别人难以理解的眷恋和深情。与一些过于沉湎于个人记忆与话语狂欢却缺乏应有的精神价值关怀和社会关注的写作者相比，宁夏青年作家将小说写作放在了中国具体的历史语境与话语场中，他们生长在正在摆脱苦难趋向新生的土地，他们就如实描写苦难当中的挣扎，走向新生途中的困惑，而决不只是无关痛痒地发一通感慨，流几滴清泪。他们的写作已经成为一种与时代的要求相称的价值承担，因而可以肯定地说，宁夏青年作家的创作因为获得了一种卓越的面对现实、处理现实的能力和品格而在当下的文坛独树一帜。

第三，宁夏青年作家取得成功的又一个艺术经验是，在长期的小说创作实践当中，在文学榜样的学习和艺术道路的认定和选择上，他们从不盲目跟风，也不轻率地声言反叛和颠覆，而是坚守文学阅读和创作所必需的宁静和沉思品质，虔诚地老老实实地啃中外文学大师的经典之作，细心而扎实地揣摩学习，以汲取最完美深厚的文学营养，丰富和开拓自己的艺术思维和心灵，从而写出佳作。20世纪80年代中、后期以后，“先锋派”文学曾经兴盛一时。客观地说，先锋派作家要求小说有自己独立的声音和审美个性的文学观念，对冲击日益僵化的某种当代小说规范显然有着不容低估的意义。然而，当先锋派所创造的形式主义艺术经验，只是作为一种文学招贴而很难与90年代复杂的“中国经验”相连接，更无法回答和解决时代所提出的现实课题时，先锋派文学事实上已经在中国文坛处于式微的命运。不幸的是，90年代后起的更年轻的一代作家不仅没有从先锋派身上吸取应有的经验和教训，反而本末倒置地认为中国文学“西化”得还不够。于是，一时间，中国文坛充斥着恶意“毁典”的冲动，许多写作者对已有的经典文学传统采取虚无主义的态度，他们当中有的人甚至对汉语的文学功能和表意功能，对由漫长的中国古代诗歌实践所培养的汉语的音乐性和节奏感这一最显著的汉语美质尚未认识清楚，就口口声声要颠覆和反叛，其无知和狂妄为二十年来的中国文坛所仅见。宁夏青年作家身在文坛之中，奇谈怪论也听了不少，但不为各种招摇时髦的口号和貌似新潮的时风所惑。他们的小说虽多方取法、转益多师，骨子里的情调却是东方的、中国的。他们能够融会中外小说的种种成功的艺术经验，为其笔下的西部人生服务。因此，他们的小说，根是深扎在黄土地上的，其艺术的滋养却可能来自本土，也来自异域。由于他们共同的坚守，在所谓“后现代”文艺思潮甚嚣尘上、文学创作随意性、琐碎化、粗鄙化倾向泛滥成灾的时候，宁夏青年作家所创作的那些闪耀着中国艺术光辉和民族精神的作品，便有了一种无法替代的价值和地位。

在本文的最后，笔者将不能不提及90年代以来宁夏的文学创作大环境。显而易见，在宁夏青年作家由宁夏走向全国的文学征程中，宁夏的社会各界都倾注了心血和汗水。尤其值得一提的是，宁夏回族自治区党委宣传部、宁夏文联和宁夏作协等单位，90年代以来，做了大量的具体工作，为青年作家的成长创造了良好的文学环境；而宁夏本地三家著名的文学刊物《朔方》《黄河文学》《六盘山》杂志，在宁夏青年作家的成长史上更发挥了别人无法替代的作用。正是《朔方》《黄河文学》《六盘山》杂志社的编辑们，以无私的奉献精神扶持和培养了"宁夏三棵树"等优秀青年作家。他们仿佛深情的花匠，年复一年毫无怨言地侍弄着宁夏文学百花园中的每一株破土而出的幼苗，直到它们长成一树繁花。

2001年11月

附：

1995—2001年《小说选刊》选载宁夏青年小说家作品

陈继明

《在毛乌素沙漠南缘》，原载《朔方》1999年第9期，《小说选刊》1999年第11期

《比飞翔更轻》，原载《创作》2000年第5期，《小说选刊》2001年第2期

《举举妈的葬礼》，原载《十月》2001年第5期，《小说选刊》2001年第11期

石舒清

《清水里的刀子》，原载《人民文学》1998年第5期，《小说选刊》1998年第8期

《节日》，原载《时代文学》1999年第2期，《小说选刊》1999年第9期

《小青驴》，原载《青年文学》2000年第2期，《小说选刊》2000年第5期

《旱年》，原载《民族文学》2000年第4期，《小说选刊》2000年第11期

《红花绿叶》，原载《朔方》2001年第3期，《小说选刊》2001年第5期

漠月

《白狐》，原载《朔方》1998年第8期，《小说选刊》1998年第11期

《湖道》，原载《雨花》2001年第3期，《小说选刊》2001年第5期

《锁阳》，原载《朔方》2001年第5–6期，《小说选刊》2001年第8期

葛林

《红军爷》，原载《朔方》1996年第6期，《小说选刊》1996年第9期

《欢乐人生》，原载《黄河文学》1999年第5期，《小说选刊》1999年第11期

季栋梁

《西海固离我们其实很近》，原载《朔方》2001年第5–6期，《小说选刊》2001年第8期

金瓯

《刀锋与伤口》，原载《朔方》1999年第5期，《小说选刊》1999年第8期

郭文斌

《开花的牙》，原载《六盘山》2000年第1期，《小说选刊》2000年第5期

了一容

《历途命感》，原载《上海文学》2000年第3期，《小说选刊》2000年第5期

张学东

《看窗外的羊群》，原载《朔方》2000年第12期，《小说选刊》2001年第2期

《获奖照片》，原载《中国作家》2001年第10期，《小说选刊》2001年第12期

在理想与现实之间

——从女主人公形象的塑造看戈悟觉对作品主题的开掘

如果说生活是一支美丽动人的歌，那么，戈悟觉就是这支美丽之歌的歌手。

他歌唱美好的爱情，他歌唱纯洁的友谊；他以独特的审美目光去注视和发现生活，他以充满激情的笔去描绘现实社会和人生。生活在作者面前是五彩缤纷的云霓，是八月十五的朗月。于是，当生活坦然地走进作者的审美意识的辐射圈内时，它们便被诗化和升华了，像朝霞般灿烂，像皎洁的明月般光华夺目。

戈悟觉是热爱生活的。他爱得那样真挚，那样充满浓情蜜意。他以诗意的目光去观察和寻找生活中美好的事物，同时，经过一番精心的构思和描绘，便将诗化了的生活奉献于读者面前。戈悟觉似乎不太愿意将生活中丑的一面昭示给读者，即使是描写悲苦淋漓的现实，作者也往往注入理想的色彩，注入美的强光，使悲苦中常有欢唱，哀痛中伴有欣慰。报告文学《唱一支她和她的歌》，如果作者从另一个角度写，也许这只能是一支凄楚哀痛的生活之歌。然而，作者的审美目光是独特的。知识者亢彩屏和汤宜庄几十年间所遭受的悲苦磨难，在作者笔下被推成了远景，而其倾注激情的则是在那样一个非常年代里，一对患难夫妻身上所发出的圣洁而美丽的强光。这是一种人性美的伟大闪光，是一种已经超出一般意义上的真善美的强光。因为有了它，生命之树才能常绿，生活才艰难而曲折地前进着。

艺术家进入生活呈现生活的艺术面貌应该是独特的。唯有独特，他才能青春永驻；唯有独特，他才能赢得广大读者。戈悟觉的艺术感觉是独特的。他的独特之处，表现在他始终能以诗意的目光去感受和捕捉生活；始终能以蓬勃而常新的激情去寻找美、讴歌美。基于这样的追寻美的创作特点，作者便自然而然地在作品主人公身上，投射了强烈的理想光辉，构造出美丽的光环。是的，生活是美丽的。我们的生活中，有如许多繁花胜景，有如许多和风细雨。然而，我要说，这并不等于生活的全部。当理想植根于现实并从坚实的现实的土地上升腾，这理想便丰满和富有生命力，而当理想在复杂而严峻的现实面前显出某种羞涩和迟疑时，能不能这样说：生活有时便会被简单化了。

生活从来都不是单一色的。光有赤、橙、黄、绿、青、蓝、紫七色。生活的色彩则远比这七色要复杂得多、丰富得多。天地万物，世事纷纭，这里有欢笑、快乐，也有悲吟、哀苦；有艳阳高照，也有大雨滂沱。生活在真与假、善与恶、美与丑的相互消长中前进，而理想则是生活之船的灯塔。没有理想之光照耀的生活，是黯淡无光的。但是不能不承认，理想和现实之间毕竟存在着距离。这种距离虽然有时可以缩小至零，但多数情形之下，它们之间却存在着矛盾，有着相当的距离。如果反映到创作中，当作者没能很好地把握和解决这一矛盾时，要么，生活被处理得简单化了；要么，生活便被丑化。

让我们来分析一下戈悟觉的中篇小说集《她和她的女友》中的几个女主人公吧。通过这几个女主人公形象的分析，我们可以发现作者在塑造人物形象和反映生活上的成败得失。

戈悟觉对自己笔下的女主人公是十分钟爱的，这不仅表现在作者对她们外貌的由衷赞美上，同时，作者也用更大的笔力，刻意追求和揭示这些人物的内在的精神气质的美。女作家刘洁敏感、多情、真诚、善良；茅菁是个小学美术教师，温柔沉静，富于正义感；就连纺织厂的女工叶苹青，也被描写为一个具有现代气质的知识型的青年工人，她不仅喜爱读书，喜爱运动，而且还带着点不同凡响的艺术特质——在海滨疗养时，中午时节，叶苹青不愿午睡，常常在浓绿的大树下读小说、读诗，倾听空气颤动的嗡嗡的声息。可以看出作者力图将自己笔下的女主人公外在的美与内在的精神气质的美和谐地统一起来，使得人物性格更显丰满厚实而具有较高的审美价值。但是，当生活一视同仁地将作者笔下的女主人公置入一个相当复杂的现实环境中，使得这些美的实体受到亵渎时，作者为了避免这美的被损害，便自觉不自觉地弱化美的反面——丑，将之降到不起眼的地位，以此来强化美、突出美。不过，事实上，丑虽然被压抑了，但同时美也被不自觉地削弱了。这就是说，当作者的审美理想面对相当复杂的生活时，由于对美的钟爱和痴迷，作者无力（或者说不愿意）将丑淋漓尽致地暴露，因而也就造成了美的单薄和瘦弱，进而导致作品中所反映生活和环境的贫困和窘迫，限制和缩小了人物思想性格得以展示的天地。这样，自然也就直接影响了作品主题向更深层意义的开拓和突进。因此，作品的思想内容便少了深沉和凝重，而多了轻盈和淡薄，如不警觉，甚至还会造成作品缺乏广度和深度的问题。

作者的这种对美的过分推崇以及忽视和弱化丑的艺术追求，导致创作中对复杂生活的简单化处理。在《她和她的女友》这一中篇小说中，这一弱点表现得比较突出。让我们试分析一下。

《她和她的女友》写的是四个一同进厂的青年女工的故事。其中，叶苹青是描写的重点，整个作品的故事情节也是围绕她当选劳模之后的一系列遭遇所构成的。这是一个平凡得人们早已习以为常的故事，叶苹青以自己出色的工作和贡献获得省劳动模范的光荣称号，这本来完全可以是兴高采烈而又令人欢欣鼓舞的事情。然而，叶苹青却无端受到无耻的人身攻击——工厂党委书记收到一封匿名信，说叶苹青刚做过人工流产。叶苹青遂招致周围人的冷嘲热讽、猜忌和不理解。她的恋爱、婚姻受到各种善意的和恶意的关心和猜测，就连她的身材，这完全属于造化的恩赐，也居然会受到非议。这样的故事，对于社会上的普通人们来说，是太平凡了，太平淡无奇了，但是作为一个敏锐的、善于思考和发现的作家，却没有看到，在这一平凡而又平淡的故事背后，蕴藏着异常丰富的现实的和历史的思想内容。

我们的民族有着举世罕见的漫长的封建社会史。在这几千年的漫长历史岁月里，我们的祖先创造了永远值得后世为之骄傲的灿烂的古代文化，同时，几千年的自给自足的小农经济生活方式所造成的小生产者的狭隘、自私和保守思想又对未来的社会生活有着深远的影响。因此，我们的生活里出现了这样的奇特现象：我们一方面在召唤人才、培养人才，另一方面却又自觉不自觉地损害人才、毁灭人才。那种来自长期的封建思想统治的影响和流毒，种种无中生有、令人望而生畏的猜忌和陷害，有的是权谋者的蓄意制造，而更多的却可能是来自现实生活中那些具有极端自私自利、妒贤嫉能的狭隘心理和欲望的人们的攻击和笑骂。在封建社会里，封建统治者为了强化统治，一方面，对敢于卓然而立的有识之士大加屠戮；另一方面，又将自己的统治意识结合社会的习惯势力，结合严重的小农意识，安于现状、不求进取的心理等等，渗入社会普通人们的头脑中，并使之合理化、合法化。于是在长期的被束缚和被禁锢的状态中，社会中的大多数人们逐渐形成了怯懦、平庸和不敢追求独创性的习性。而这种习性的严重后果则是扼杀奋进有为的人才，造就大批的平庸之士，进而阻碍社会的发展、人类的进步。这种对于杰出人才的嫉妒和仇视，这种自己甘于平庸，并且怨恨别人进步和超群的习性，作为我们民族的一种劣根性，被长期地保留下来了。因而，也就成为我们社会飞速发展的严重阻力。我们认为，从这样的思想观点出发，去思考、认识、分析、解释像叶苹青这样劳动优秀、品行高尚的劳模为什么会受到那么多责难和非议，才能真正揭示这一奇特现象的深刻的历史原因。

这还仅仅是事物的一个方面，如果说甘于平庸，仇视别人出类拔萃这一民族的劣根性是作为我们认识今天社会上诸如“劳模不香”之类奇特现象的远因的话，那么，十年动乱则是造成今天这种种奇特现象的直接近因。

《她和她的女友》，写的是20世纪80年代一个棉纺厂劳模的遭遇。我们曾经遭受过的政治和生活灾难在社会的这一角投下的阴影并不比别的地方少。十年动乱使早已被新中国所唾弃的种种腐朽习俗又死灰复燃，有的甚至得以强化。长达十几年之久的“不学无术”成为合理合法现象悄悄地而又毫不奇怪地助长了“干多干少一个样”的错误思想的发展和蔓延。这也就造成了叶苹青的悲剧，使得她不仅不被周围众多人们所理解，反而得像犯罪似的逃避众人，甚至逃避来访的记者。

复杂的生活本身促人思考。作为一个具有比较大的思想容量的中篇小说应该从生活本身出发，在作品中能够比较深切地揭示和反映生活所提出的问题，对复杂的社会现实做深层意义上的开掘。遗憾的是，《她和她的女友》在对作品主题深意的开掘上是不够力度的。作品着力描写的叶苹青无疑是作者钟爱的主人公，她有着外在的美（作品不止一次地描写赞赏过她的充满青春活力的外在美），同时也有着不同寻常的内在的气质美。具有这样的性格力量的人居然因为是劳模而不被理解和招致忌恨，作者揭示了这一矛盾，但造成这一矛盾现象的历史的和现实的原因是什么，作品没有做进一步的挖掘。虽然作者通过记者白莽感觉到了劳模受到孤立是“整个社会风气的问题”，认识到“要使国家、民族永远蓬勃向上，不扶正祛邪不行”，但只是浅尝辄止，一笔带过。因此，当我们通阅全篇，我们就会发现，作品所展示的似乎就只是一个劳模的不幸史，而最后由于未婚记者白莽的加入，劳模叶苹青也终于在爱情上有了归宿，从而形成一个近似于大团圆的结局。是的，有情人终成眷属，心灵的撞击也终于生出美丽的火花。然而，在这种花好月圆式的结局中，作者的审美理想固然实现了，但生活却被简单化了，作品的思想意义也就流于一般化。

可以明显看出，《她和她的女友》这一中篇小说是以报告文学《笑声》为直接素材的。我们当然不能苛求作者在一个急就的两千多字的印象记里反映出多么深沉的生活内涵。但作为小说，作为一个可以通过生活内涵的挖掘和人物性格的塑造，从而在人物形象上寄寓深意并能使整部作品容纳相当大的思想内涵的中篇小说，作者未能有力地通过人物性格的发展史来对所描写的生活做进一步的深层意义的开掘，这就不能不说是一大缺憾了。

由于对美的偏爱而只注重于酿造生活的诗情画意，最终导致作品对生活矛盾的简单回避的创作弱点，也使得中篇小说《女作家》的故事结局未能免俗。本来这部小说是可以在作品的主题思想上再开掘下去的，作者在谈到这篇作品时说："《女作家》中的女作家，那是我熟悉的几个女作者的合成，我深知她们在写作中的甘苦，了解作为一个想要有所作为的女性，特别是从事文学活动的女性所承受的家庭和社会舆论的压力。"显然，作者已经意识到了这篇描写一个女作家为了要有所作为而不得不顶住各方面的压力，牺牲普通人的幸福的作品，并非只是一个好强女性的不幸和奋斗的罗列史，作者力图去挖掘这一不幸和奋斗史背后的深层意义。同样令人遗憾的是，由于结局的简单化处理，作品的主题深意被削弱了。

刘洁与章大川是在患难之中结为夫妻的。在刘洁对章大川的爱情中，感恩和报答的成分占有主导地位。也就是说，当他们结合时，在感情上并未达到心心相印的境地；而当命运之神将刘洁再次引向她所痴迷的文学事业时，这种当初的未能在感情上心心相印就自然而然地导致章大川对自己妻子的不信任和不理解。章大川和刘洁的感情上出现裂痕，弥合这种裂痕需要待以时日，需要双方在相当长的时期里自我反省，意识到彼此思想和修养上的差异，最后取得谅解和重新信任。但是，《女作家》在处理这一相当复杂的生活和感情矛盾时却走上一条未能免俗的老路：由于省委书记居高临下式的接见，章大川便在诚惶诚恐中毫无思考余地地与刘洁和好如初，搬进新居，并且体面地接受人们的祝贺。出于同样原因，刘洁的第一部一直被编辑部诸人争执不下的中篇小说《岸边》也得以发表了。这样，一个本来显得比较复杂的矛盾，因为有了省委书记的垂青便异常轻松地解决了。生活终于赢得阳光，赢得理想，不过，这却不是生活的沃土上生长起来的含着新露的理想之花。

上面，我们在比较严格的意义上探讨了戈悟觉在中篇小说的创作中出现的一个比较普遍的矛盾，即当作者的审美理想面对复杂而严酷的现实生活时，作者应该以什么样的态度来认识和反映生活，从而使作品的主题思想能向更深层次开拓和突进。我们指出作者创作中的这一矛盾，完全是出于对作者作品的尊重和理解。也许这种理解目前还只是浅薄的，甚至还会有曲解的成分，但我们真心期望，一个正在逐渐地形成自己独特的艺术风格的作家，能在不断的进取中获得新的世界和人们。

1985年5月

普通人心灵美的追求者

——戈悟觉作品讨论会侧记

六月初的银川，正是绿树成荫、沙枣花飘香的时节。来自宁夏各地的三十多位文艺理论工作者和文学评论工作者齐聚宁夏宾馆，参加宁夏文联文艺理论研究室和中国作协宁夏分会联合召开的戈悟觉作品讨论会。会议共收到论文近二十篇。戈悟觉先生自始至终参与了讨论会。

与会同仁在友好而坦诚的气氛中，围绕戈悟觉已发表的四部作品集（短篇小说集《夏天的经历》《记者和她的故事》，中篇小说集《她和她的女友》，报告文学集《金色的小鹿》），展开了热烈的讨论。

与会同仁一致认为，短篇小说是戈悟觉创作中最富有成绩的部分。《宁夏教育》编辑部杨淀勋认为，《夏天的经历》从总的倾向看，具有欢快的基调。作品所反映的生活面相当广。如果把《夏天的经历》所含的十二篇作品作为一个整体，这一整体是以暖色为基调的，它给人的感觉是热烈的。在小说的构思上，《夏天的经历》不以故事情节的曲折见长，有些作品表现了明显的散文化倾向：结构相对来说比较松散，时、空转换急剧，随意漫流，常用抒情的笔调或直接或间接地宣泄主观情绪。宁夏大学唐骥认为，《夏天的经历》这部小说的题材比较多样化。在这多样化的题材中，作者主要的笔墨落在了小人物身上。作者以深深的挚爱歌颂这些小人物心灵的真善美，着意写出他们在平凡的工作和日常生活中自然流露出来的高尚情操，写出这些小人物的自我牺牲精神。因为这样，就使这些小人物平淡无奇的故事具有了震撼人心的力量，具有了净化人们心灵的作用。青铜峡一中张广平认为，普通人堂堂正正地走进文学的殿堂，曾经是文学的一个革命。在当代文学史上，普通人也曾“不普通”地出现在文学中，它导致了文学的虚伪，导致了文学和生活的背离。当我们的文学随着政治上拨乱反正，重新“复兴”的时候，生活中的大层次一一展开，各具风采的普通人也又一次出现作家的笔下。因此，把普通人从“防冷涂蜡”的面具下解放出来，作为真正意义上的普通人来写，去折射生活中百姓群体的欢歌笑语、悲苦忧愁，是一次人的本质（也可谓人性）在文学上的恢复。戈悟觉的作品反映的正是这生活的大层次，它使我们看到了那些在普通的生活中，踏着坚实的生活步履的普通人，他们的事业、青春，他们的奋斗、理想以及由这一切所表现出他们的灵魂的搏动和演变。

大家公认，《夏天的经历》是戈悟觉短篇小说中写得最为出色的一篇。石嘴山体育学校刘贻清认为，这篇小说是1981年我国短篇小说的一个收获。梅青这一形象是作家的一个发现，是作者对生活美的一种独具慧眼的发现。西北第二民族学院吴尊文指出，《夏天的经历》故事跌宕有致，别开生面。在情节的处理上，采取开弓不放箭的写法，最后弓满箭张，一箭中的，既有意外的喜悦，也有一种美的悬念。唐骥认为梅青是

《夏天的经历》这本小说集中塑造得最成功的人物。作品用“我”离婚的妻子以及另一女性杨娜做反衬，为我们塑造了一个圣洁纯真的年轻女性，为文坛奉献了一颗没有被物欲亵渎的“水晶心”。

与会同仁对短篇小说《遥远》表现出极大兴趣。西北第二民族学院冯童认为，小说所展示的是一种生活的荒谬与颠倒。在作品所描写的“灵谷宾馆”这一小小的社会世态中，隐藏着生活本身的荒谬与盲目，那就是关于人的价值的颠倒。这种价值颠倒的要义是——把人的价值和他的工资、级别、官职，包括职业等，天经地义地混为一谈。其荒谬尤在于，推而广之，把这种“混为一谈”变成待人接物的等级标准或根据。这就难免不使生活生出喜剧性的悲剧或悲剧性的喜剧。这样的荒谬与颠倒之于小说主人公蔡淑女，就使这个在三十年的教学生涯中，创造了辉煌的“三千吨”价值的平凡而伟大的女性在灵谷宾馆的接待室里被当作一个可有可无的小人物，充其量也不过是“主人眼里一个登门告贷的穷亲戚”。作者以他笔下的人物为中介，展示出灵谷宾馆中的人心世态后面隐藏着的深刻的社会内容和现实内容。就是在这种具有特定的深刻社会意义与现实意义的生活叙述中，结结实实地把握着女主人公蔡淑女的带有悲剧性的命运及其这命运背后所暗藏的人生和人性内容。宁夏文联吴淮生认为，作品的客观意义与作者的主观意图会产生差异性。《遥远》所包蕴的内涵很丰富，具有层次性，需要读者认真去体会。刘贻清认为，《遥远》具有一种意境的美。吴尊文认为，《遥远》并非写了一个社会问题，而是写了作家自己的人生感受。

在论及戈悟觉中篇小说的时候，长城机床铸造厂刘兴钢认为，戈悟觉的中篇小说思想容量不够。作者由于对美的过分追求而妨碍了作品思想向更深层次的开掘。宁夏大学郎伟认为，迄今为止的戈悟觉的创作中，尤其是中篇小说的创作正透露着一种内在的矛盾，即作者的审美理想与复杂的现实生活之间的矛盾。这一矛盾反映到创作中，当作者的审美理想面对相当复杂的严酷的生活时，由于对美的钟爱和痴迷，作者无力（或者说不愿意）将丑淋漓尽致地暴露，因而也就造成了美的单薄和瘦弱，进而导致作品中所反映生活和环境的贫穷和窘迫，限制和缩小了人物思想性格得以展示的天地。这样，自然也就直接影响了作品主题向更深层意义的开拓和突进。宁夏大学陈学兰认为，戈悟觉的中篇小说展示复杂生活的同时展示了生活的美。戈悟觉的中篇小说写出了各色人等，虽然没有正面描写矛盾冲突，但依然展示了生活的复杂性。《女作家》中的杨永年这一人物写得比较成功，有一定的认识价值。戈悟觉中篇小说中的几个女主人公显然谈不上是开拓型的人才，她们的美主要体现于人物自身的气质上。宁夏社会科学院王枝忠认为，戈悟觉中篇小说的主旋律是歌颂，是对新的世界、新的生活的礼赞。作者始终紧盯今天，展望明天，创作与时代合拍。戈悟觉的创作要深化，关键是将理想与现实的关系处理好。出席会议的同仁比较一致地认为，戈悟觉的中篇小说在故事结构的处理上有简单化的倾向，相对短篇来说，中篇还显得不够精练、厚重。

在论及戈悟觉报告文学时，宁夏大学田美琳认为，戈悟觉的报告文学属于“西部文学”的范畴，戈悟觉通过报告文学塑造了开拓大西北的英雄群像。陈学兰认为，报告文学《金色的小鹿》总的来说是一曲奋求者之歌。作品中的主人公虽是极平凡的普通人，但同时又是不懈的奋求者。他们执着的追求所展示出的高尚的人生境界，向人们昭示了什么是人生的价值和真谛。宁夏电大哈若蕙认为，戈悟觉的报告文学很好地做到了新闻性和文学性的统一。作者借鉴传记文学和小说的长处，在细节刻画、语言叙述、情节构思上都能出新，从而增强了报告文学的艺术感染力。银川师范专科学校段闻礼认为，报告文学应该触及生活中尖锐的矛盾冲突，报告文学作家应该具有足够的勇气和良知，作家要敢于和善于去发现社会主义新人，这样的新人也许政治上一时还不被承认，但作为一个具有敏锐洞察力的作家却应该慧眼独具，善于寻找和发现。《朔方》编辑部潘自强认为，相对小说来说，报告文学更难写一点，作者所承受的压力也更大一些，但作家必须拿出勇气，以正义和良心去面对现实。与会同仁希望戈悟觉在今后的创作中能继续运用报告文学这一体裁，去触及生活中的重大矛盾冲突，通过自己的审美理想，向人们揭示生活前进的方向，回答时代最迫切的问题，从而推动时代前进。

在讨论到戈悟觉作品的艺术风格时，与会同仁一致认为，戈悟觉的创作风格总的倾向是单纯、明快、充满生活的诗情画意。西北第二民族学院吴尊文认为，戈悟觉改变了写小说的观念，对旧的小说观念有突破。在创作作品时，戈悟觉能时时想到读者，使作家、作品、读者三位一体。从中可以看出，作者的创作指导思想中有接受美学的成分。吴尊文认为，戈悟觉的许多作品不仅构思独特，而且有的作品构思直到小说完成了还未完成。宁夏大学李镜如认为，戈悟觉在创作手法上尝试着融入了某些意识流和心理现实主义的技巧，这种借鉴和尝试使得作品在向人物内心世界的开掘方面取得了一定成就。

针对戈悟觉今后的创作道路应该怎样走的问题，与会同仁提出许多宝贵而中肯的意见。宁夏大学阎承尧指出，戈悟觉具有向学者化作家转变的条件。他最新发表的《今天、昨天，还有明天》是个终点，也是个起点，它显示出作者已经开始向生活的更深层次突进。作者现在需要的是最后冲刺。李镜如认为，作者今后的创作应该在作品的深度、厚度、力度上有所突破。如何突破？李镜如提出三点希望：第一，不要对生活太逼近。作者要与生活拉开一定距离，要高屋建瓴。第二，以矛盾对立统一规律为武器，去观察认识生活，不仅善于发现真善美，也要揭露假恶丑。第三，要塑造典型人物形象，没有典型人物，作品是站不住脚的。西北第二民族学院杨瑞雪认为，社会在发展，创作也应有所发展。风格是一个作家走向成熟的标志，但并不是一个僵化的框框，它的边缘应该是软体的，可以允许有新的东西充实进来。郎伟认为，风格应该是一个开放的系统，作家应该有吸取他人之长以发展自己的勇气和胆识。戈悟觉今后的创作应该在作品的思想魅力上多下功夫，使作品更富有社会时代感和历史纵深感。与会同仁认为，戈悟觉是个有前途的作家，假以时日，戈悟觉是能够于文学事业取得重要成就的。

对一个作家的全部作品，进行集中而系统的讨论，在近年来的宁夏文学界还是第一次。讨论会共进行了三天。戈悟觉本人也常常在讨论会上插话，就他的某个作品的创作思想、创作动机以及创作过程的思想活动同与会者坦诚地交换意见。这次会议开得相当成功，无论对戈悟觉本人，还是宁夏的文学创作事业，都是一个令人欣慰的收获。

1985年6月

负重的文学：承诺与忧患

——序余光慧作品集《创造平等》[1]

在中国新时期文学充满激情和创造性的发展进程中，报告文学创作因其强大的思想和艺术感染力而引发的满城争说、天下争阅的文学的社会性轰动局面至今让人难以忘怀。在“浪漫的80年代”，报告文学这一文学门类以其对现实的深切关注、对时代的热烈拥抱、对国家前途和人民命运的认真思索而赢得了社会各界的广泛赞誉。徐迟的《哥德巴赫猜想》、黄宗英的《大雁情》、张敏等人的《神圣忧思录》、赵瑜的《强国梦》等一大批杰出的报告文学作品，曾经是深深地激动了一个希望摆脱精神的昏迷和愚昧从而早日走向美好明天的民族的心灵。由报告文学创作以及新时期其他文学门类共同构成的新时期的文学精神：启蒙激情、反思意识、社会责任感和使命感，理想情怀等等，已经成为中国文学难以忘却的历史记忆和值得珍视的精神资源。进入20世纪90年代，中国社会的现实面貌发生了巨大的改观，生活的日益丰富多彩以及价值追求的多元化实际上为文学提供了更大的发展空间和更为酣畅淋漓的书写环境。然而，一些文学创作家们在复杂的社会生活面前却渐渐失去关

[1] 余光慧. 创造平等［M］. 北京：作家出版社，1999.

注现实、为祖国和人民命运鼓与呼的创作勇气和力量。相当数量的文学作品正在变得无所承受，它不再对现实庄严承诺，不再对社会正义和理想大胆呼唤。轻飘飘的、“私语”的文学似乎正在一定范围内形成某种气候。但是，我们也应该看到，任何时候深刻和厚重的文学都不可能从文坛彻底地销声匿迹。热爱正义和关注世道人心永远是一些善良而正直的作家此生无怨无悔的创作追求。在由众多的文学“负重者”组成的创作队伍中，我们发现了一个来自中国西部的女作家的身影——宁夏报告文学作家余光慧。这位生活于西部，痴情眷恋于西部的作家，以她的《创造平等》等一系列沉甸甸的作品，为我们展开了西部的多色人生：它的苍凉、沉重、觉醒、奋斗，它的艰难困厄以及永不停止的理想追求。

《创造平等》是余光慧的第二部作品集，共收录其报告文学和散文作品三十篇。在这部作品集中，原载于《中国作家》1995年第5期的《创造平等》在当初发表之时，就已经赢得了众多的称赞与喝彩。这是一部标志着余光慧创作取得重大进展的思想厚重、艺术描写堪称精湛的报告文学作品。《创造平等》反映的是中国西部众多贫困和落后地区女童失学的社会问题，并由这一具体的教育问题而生发出对于妇女争取解放与平等问题的深沉思索，对于中国以及世界上同样处于欠发达状态的国家未来命运的迫切追问。不难看出，以这样的视角来描写中国的西部，描写中国妇女的现实命运，取材上无疑显示出了独特性。更使我们感受深刻的是，某种在女性作家的创作中颇为难得的大视野和深度理性思维，成为这部报告文学的精神的支撑点，并直接导致了作品向思想和艺术大境界的卓有成效的挺进。

中国的西部，由于自然地理环境相对恶劣和封闭，由于历史的原因，近代以来经济和文化始终处于不发达和落后状态。在新的形势下，西部的封闭和落后状态实际上已经成为妨碍中国社会高速行进的严重制约因素。西部的发展缓慢而沉重，原因可能是多方面的，但对教育的忽视，尤其是对民族未来的另一半——女童教育的缺乏重视，显然是一个重要的原因所在。诚如作者在作品中引用一位阿尔及利亚教育家所言：教育一个男孩子只是培养了一个人，而教育一个女孩，则关系到未来一个家庭，教育一代女孩，那就要影响到整个民族未来的素质了。应当说，《创造平等》所提出的问题带有全局性和尖锐性，作者所揭示的西部女童接受教育的历史和现状以及女童们的缺乏教育的母亲、姐姐们的命运也不乏严峻，但作品也令人鼓舞地写出了整个中国社会，甚至是异国他乡的充满良知和爱意的人们对于中国西部女童教育的热情关注和“正义的投入”。于是，辛勤劳作在穷乡僻壤的山村教师们、不知疲倦地奔波于黄土高原的教育研究工作者们、北京大学的女教授们、身在万里之遥却心向中国西部的异国的众多善良人士，便共同构成了一道困苦生活之中的春意盎然的美丽风景。这道风景放射着作品希望的亮色，也带给读者心灵的抚慰和审美的愉悦。

《春蕾》和《中国在行动》是两部多集同名纪实性电视专题片的解说词。从作品题旨来看，它们可以称作《创造平等》的姊妹篇。《春蕾》以宁夏救助失学女童的“春蕾”计划的全面而有效的实施作为表现内容，真实地反映了宁夏南部“苦瘠甲天下”的西海固等地的农民的生活境况，女童教育的长期被忽视以及宁夏社会各界为救助失学女童而进行的艰辛努力。由于立意的深刻和表现的真切，《春蕾》作为四集电视专题片在宁夏电视台和中央电视台多次播出，并赢得相当强烈的社会反响。相比较而言，《中国在行动》表现生活的视角更为开阔一些，中国西部更为辽远的区域：广西、四川、贵州、云南、陕西、甘肃、青海等省区的女童教育事业全都进入作品所反映的视野，这就使得作品具有了某种社会学和文献价值。

生活和成长于西部的余光慧显然有着一种“西部情结”。不仅西部女童的命运使她魂牵梦萦，西部贫困地区的人民如何将自力更生和争取国家支援有机地结合起来，从而摆脱贫困，早日走向富裕、文明的现代生活也是这位报告文学作家所热切关注的现实话题。《追寻持续》是一篇现实性和针对性很强的报告文学，它探讨的是“扶贫”资金怎样才能合理而有效地使用，以便真正造福于百姓的问题。事实上，关于扶贫资金的使用这类话题似乎已经逸出了文学所注视的范围，它更像是一个社会学和行政学话题。然而，强烈的社会责任感却促使作家拿起了本该“吟咏性情”的文学之笔。越俎代庖也罢，“犯规”操作也罢，文学如果仅仅是浅吟低唱、顾影自怜，而置民族命运、人民幸福而不顾，那么，这样的文学将是没有血性的、苍白的，它们终究会失去广大的读者。

改革年代的风云变幻、潮起潮落，中国人民在这一年代里的奋斗、思索、追求、创造的不平凡的经历，一直是近二十年来报告文学最为关注的透视焦点。这种关注毫无疑问渗透着中国作家感时忧国、以天下为己任的道德情愫。在《创造平等》这部作品集中，有两篇涉及西部改革故事的作品值得读者注意。它们分别是《话剧的脚步》和《火浴》。《话剧的脚步》讲述的是20世纪80年代中期以后直到90年代初陷入困境的宁夏话剧团如何组建“大篷车”剧团，将话剧由城市推向农村因而绝处逢生的故事。这是一篇启人深思而又诗意纷呈的作品。在国内的话剧创作和演出普遍陷于低谷的时候，一个在全国毫不起眼的小小话剧团却开始了一场意味深长的艺术变革并最终取得成功，这一事件本身就带有文学的传奇性。而作者写来更是激情洋溢、浓墨重彩，时时闪烁着生活和艺术的动人光辉。难怪作品最初发表时，上海的《文学报》要用一个整版来登载它。《火浴》是一部描写西北地区的乡镇企业由白手起家到艰难守成的业绩的纪实性作品。在地理环境封闭，社会观念和意识普遍滞后的现实条件下，宁夏中卫县镇罗乡的农民们硬是凭着一股闯劲和科学严谨的思维，将一个乡镇企业——中卫铁合金厂，办得红红火火、蒸蒸日上。哪怕在同类企业纷纷陷入绝境之时，它也依然“稳坐钓鱼船”。作品为我们描绘了改革年代黄土地上农民们的坚韧不拔的生活意志以及美好的理想追求，更难能可贵的是，作者敏锐地发现了存在于农民先进分子意识深处的完全属于现代社会的科学理性精神，而这种科学求真、一丝不苟的理性精神，恰恰是黄土高原的农民们走向更为辉煌的未来的必要保证。从这个意义上说，《火浴》就具有了不同凡响的思想和艺术价值。

在《创造平等》这部作品集中，描写改革岁月“时代之子”的人物传记体报告文学占有相当的比例。与前述的采用宏观视角，全景描述的“问题报告文学”作品不同，这一类以写人为主的报告文学风格上更注重于文学的“情”与“味”。如果说，《创造平等》等作品散发的是风云气，是大江东去的豪迈，那么，这一类报告文学作品则显现着抒情气质，是品味生活时的委婉、细腻韵致。在描写人物的作品中，《千万里，我追寻着你》是一篇颇能感染人的佳作。作品主要叙述享誉国内外的西夏史研究专家李范文进入六十岁之后的一段研究经历——考察西夏亡国以后其遗民的踪迹所向。通过主人公这一人生片段的书写，作者将一个献身科学事业，视冷僻的西夏学研究为生命的可亲可敬的学者形象栩栩如生地塑造了出来。从艺术上说，这也是篇融历史、诗情、思想性于一体的报告文学作品。李范文追寻西夏遗民足迹的历程，是其学者性格和精神风采凸显其中的过程，同时它也是一位学者以及读者从华夏古老悠久、纷争交融的历史中深刻领会一部中华文明史（实际上就是一部民族和文化的融合与创造史）的精神旅程。

也许与自己身处的工作环境和所从事的职业有关，余光慧笔下的“焦点人物”以知识分子居多。上述的西夏学研究者李范文自不必说，《墨痕》中的著名书法家柴建方，《是诗人，更是战士》中的文坛老兵朱红兵，《文坛铺路人》中的老编辑路福增，《生命是什么》中的农科专家赵承炳，甚至资历尚浅的青年工程师谢宏等，都成为作者浓墨重彩的描绘对象。不难看出，在这些知识分子的代表人物身上，有着共同的理想、信念、追求、向往，但作者却着眼于同中有异，写来面貌各不相同。李范文的“倔”，柴建方的“痴”，朱红兵的敦厚朴实，路福增的童心未泯，赵承炳的执拗，谢宏的少年老成，主人公们性情的差异构成了作品思想和艺术意蕴的多姿多彩，也透露出余光慧看待人生的一份智慧。

这部作品集中还收有少量的篇幅相对短小的叙事和抒情体散文，其中不乏上乘之作。《那年去看万花山》是一篇诗情与画意结合得相当完美的“美文”，有轻灵之妙。《美丽，让人不能忘记》交织着青春的美丽和人生的些许感伤。《永远的理想主义》是一个过来人对于生活的感悟。在诸多的感悟当中，最为重要的一点便是作者对于理想的坚守和珍重。《“红色公牛”的暴怒》是一篇为人类生存环境的逐渐恶化而情不自禁地大声呼吁的忧世之文。

由于报告文学与新闻的特殊联系以及它的非虚构性特点，使得这种文体的艺术美学特征难以固定，而作家创作的个性风格也往往不易彰显。尽管如此，我们仍然可以从余光慧的诸多作品中梳理出属于这位女作家的独特的艺术追求。首先，拥抱时代、干预生活的创作激情熔铸成为一种直面人生、忧患现实的艺术勇气和写作姿态。这种艺术勇气和写作姿态使她的作品总是与人民的命运和祖国前进的步伐息息相关。很明显，这种紧贴大地和人民的创作激情来源于中国古代“穷年忧黎元，叹息肠内热”的文学传统，更来源于作家对亲身经历过的十年艰辛的知青生涯的深刻体悟。对于社会底层人民的深切同情是十年知青生涯给予她的丰厚馈赠，并且已经成为不可锈损的心灵印记。其次，作品在表现、概括和熔铸生活时，常常表现出一种相当阔大高远的艺术气度，从而形成一种审美上的阳刚之美。我们可以把这种艺术追求归之于感受时代的浪漫情怀以及个人成长过程当中理想主义传统和精神的深厚积淀。最后，在描写生活、刻画人物、细节运用上，作者的艺术表现是真实、细腻的；在具体的艺术手法的选择上，作者又不乏创新意识。

比如，在余光慧的众多作品中，尤其是人物传记体的报告文学中，电影蒙太奇手法的巧妙运用，使得生活剪裁、艺术呈现更富有诗意和活力。

余光慧在报告文学和散文创作园地已辛勤耕耘了十几年，并取得了相当突出的成就。时代的风云激荡和大西北的神奇辽阔给予她创作的激情，曾经经历过的中国社会的底层生活赋予她一双智慧而锐利的眼睛。显然，这位站在高原上的歌者将要一如既往地歌唱下去，我们期待她的更为嘹亮和动人的声音。

1998年10月

黄河岸边的哀婉青春

——序查舜长篇小说《青春绝版》[1]

当我们读到查舜新近创作的长篇小说《青春绝版》的时候，人类社会的又一个新千年已经开始。放眼我们生活的周围，一种巨大的“城市喧哗”之声正在不可抑制地奔腾翻卷而来。从生活的表象上看，中国社会正在急速进入所谓“城市时代”。钢筋混凝土的森林和无所不抵达的电波，正大面积地覆盖着地球上人口最多的国家。在一些沿海发达城市，据说消费和享乐主义正变得日益时髦，灯红酒绿的城市欲望迅速进入创作家的视野，有关土地的故事和诗情早已成为明日黄花。不可否认，在经历了几乎一个世纪的困惑和挣扎之后，中国社会终于坚定不移地向现代性的城市工业文明迈出了坚实的第一步，我们强大深固的文化构成中终于增添了一些新的质素。这无疑是值得欣喜和激动的事情。然而，因为某些地区城市化浪潮的汹涌澎湃，进而断言广袤、深邃的乡土中国已经不再具有创作的诱惑力和审美价值，这样的创作判断显然是站不住脚的。我想，只要稍微静下心观察一番，就会发现，我们实际上依然生活在一个乡村人口占绝对多数的农业国家，中国的现实情形还

[1] 查舜. 青春绝版 [M]. 上海：上海文艺出版社，2001.

是“农村包围城市”。在这个乡土血缘十分深厚的国度，乡土中国特有的文化传统、人文精神、想象力、乡土情怀和审美理想等等共同构成了一种独特的“乡土文本”，它自身所具有的宏大、深重、稳定的“叙述”，现代以来一直规约和限制着作家们的文学叙事。更不要说，在幅员如此辽阔的国度，东部与中、西部地区，在社会经济、文化发展等方面，一直存在着因历史差异等因素所导致的现实行进的不协调。在偏远的西北，临近世纪末，仍然有相当数量的人们在为基本的生存而苦斗。这样的现实存在，显然是乡土文学得以存在和生长的最大理由。从文学的角度而言，乡土中国从古代到现代，千百年来一直是激发中国作家创作想象力的所在。中国作家与乡土社会千丝万缕的精神联系和心理上天然的亲近，乡村在审美上所可能提供的心灵庇护和“梦中家园”功能，都提示着乡土文学在新的世纪不可能一下子就销声匿迹。相反，在一段时期之内，乡土文学依然是一个可资开采和挖掘的文学富矿，是一个积聚和蕴藏着巨大创作能量的文化符码。基于上述理由，当我们阅读到查舜的长篇新作《青春绝版》时，我们依然能从作品所讲述的乡土故事当中，感受到前所未有的心灵激荡和审美愉悦。

一

《青春绝版》叙述的是民国年间西北乡村的人事沧桑。从小说的叙事容量来看，这部作品称不上是宏大叙事。自1993年《白鹿原》一出，长篇小说的宏大叙事仿佛一时间成为时尚。这显然给一些写长篇的作家带来创作压力。然而，这种压力也促使许多作家产生寻找新路的念头。事实上，谁也没有说过长篇小说只能有一种写法。查舜的《青春绝版》走的就是一条可称别致的新路。这部近四十万字的长篇小说所跨越的时间长度只在短短的几年之间，小说故事所涉及的贯穿性人物也屈指可数，然而，就是这样一部貌似“单纯”的作品，却给予我们巨大的阅读快感，常常让读者不忍释卷。我想，究其原因，首先是因为小说的故事具有相当大的吸引力。

作为叙事体的长篇小说，充满悬念张力的故事应该是它最为基本的艺术要素之一。小说来源于原始人篝火旁的夜晚讲述，从一开始就注定了故事是小说不可分离的部分。我们很难想象，原始人在与自然搏斗了一个白天之后，毫不奇特的生活叙述能引起他们的格外兴趣。只有神奇的讲述（当中可能不乏虚构和幻想），才可能使他们因为恐惧而颤抖或者因为同伴对自然事物的出色征服而欢呼。事实上，在小说漫长的发展过程中，可听性和可读性一直是它重要的文体特点。中国古代的白话小说直接来源于市民云集的说书场，就再好不过地证明了小说与大众的亲和力。简言之，小说是一种因为拥有好故事而吸引读者从而最具大众性的文体。它对广泛的生活情景和人生事象的写实性叙述，它对人性本身的刻意关注，它的扩展我们的人生经验和带读者进入令人惊奇的世界的艺术功能，都使小说成为一种易于与我们沟通的最受欢迎的文学样式。现代学者梁实秋在一篇题名为《现代小说》的文章中说：“一般民众之所以要读小说，是因为要读故事……故事是需要的，尤其是在小说里，故事是唯一的骨干，没有故事便没有小说。”

《青春绝版》为我们讲述了一个感伤的人生故事，这个感伤的故事不仅好读，而且颇耐人寻味。虽然就这部小说的情节线索而言，并不显得繁多庞杂，然而，就在书中那些看似单纯的叙述和描写中，人生命运的复杂难测，人性深处的善恶搏斗，却如此清晰地进入读者的视野，逼迫着我们对生活本身和人的复杂性进行深入的思索。小说叙述的是半个多世纪以前西北黄河岸边的一户农家的生活命运。主人公是一对刚刚结婚的青年乐文村和林淑虹。小说以一个极富戏剧性的开头引入故事，并渐次展开20世纪40年代西北边地的乡村生活和兵营景观。在写实的背后，升腾的是作者对于苍茫世事的玄思默想。乐文村与林淑虹的新婚之夜，两位新人肌肤未曾相亲，保长吴玉成便领人抓丁来了。尽管一家人苦苦哀求，乐文村还是被连夜绑进了军营。从此，乐文村与林淑虹咫尺天涯，中间虽然也曾短暂相聚，但毕竟天各一方，欢娱之日极少，愁恨之日苦多。而因为时事的剧变，乐文村最终死于战场。于是，一场苦苦相思、一段梦魂萦绕的青春岁月便猝然中止。留给读者的是无尽的沉痛和人生如梦的感伤。应该说，《青春绝版》将关注的焦点对准了小说中人物的生活命运。对人生命运的精心描绘和书写是这部小说最用力因此也最为动人的篇章，而人物命运的升降浮沉又极大地增强了小说的故事性。小说的叙事线索有两条：一条是乐文村与扎木苏在军营的生活，另一条则是林淑虹与公公婆婆在月亮湖畔的乡村生活。两条线索齐头并进，彼此缠绕交织，但分明又保持着相对的独立性。这就使得军营和乡村的各自生活景观判然有别，绝不混淆。而军营的肃杀和西北乡村的宁静便在对比中突出地显现了出来。相比较而言，军营生活的精心描摹是这部小说最抓人的部分。在军营这一堪称特殊的人生舞台上，作者展开了种种人间的悲欢离合故事。这些故事与军营外的世界颇多纠缠，而又充分显现出军人气质和军营特色。读者们可以看到，在环境相对封闭和气氛相当肃杀的军营，实际上仍然有着如火的激情。乐文村对林淑虹的刻骨思念，乐文村的战友们为苦难当中的乐文村补办婚礼等故事，都形象而生动地表现着军人们的人间情怀。但是，在不幸与死亡的阴影笼罩之下，军营里的激情和喜悦也只能是昙花一现。更多的时候，我们在这个封闭的天地之中，看到的是人世间的许多阴暗、冷酷和丑恶。在这里，贪赃枉法是公开的秘密。海耀来连长可以轻而易举地走私鸦片、收受贿赂、买卖壮丁，并且拿巧取豪夺来的不义之财去买通有关人物，以便做更大的官。在这里，因为要隐瞒罪恶，所以草菅人命便司空见惯。孙灵娃和荀铎至死不知道自己到底命丧何人之手。而小说中三位正直的军人乐文村、扎木苏、李启先的最终死于非命，则清楚地表明了这支正在逐渐腐烂的旧式军队难以摆脱的历史宿命。乐文村等三人不过是这部已经坠落山崖的破车上的殉葬品而已。

通常说来，杰出的故事性小说往往与出色的人物形象的刻画关系紧密。某些时候，叙事性文学正是因为有了动人的人物形象的刻画，才变得熠熠生辉起来。我们应该承认，小说是写人的艺术。把人摆放到中心的位置，费大力气刻画血肉丰满、内涵深厚的人物形象，是一个小说家的中心任务，也是考验艺术家才情的重要时刻。一句话，由人物体现的人性洞察力与世情知解力，应该被看作小说家最重要的艺术禀赋。《青春绝版》这部小说的另一个动人之处，恰恰在于它写活了人物。我们甚至可以说，如果没有人物性格的鲜明刻画和人物心理的深度挖掘，《青春绝版》这部小说有可能会失去它大半的艺术生命力。读这部小说，能够给读者留下深刻印象的人物很多，最令人难忘的是乐文村、扎木苏、李启先和林淑虹四个主人公，甚至那个反派人物海耀来，以及良心发现的保长吴玉成，也刻画得相当有深度，显示了作者对于人性善恶的高度关注和深入索解的兴趣。我们看到，查舜在塑造人物的时候，既注意把握和展示人物的心理、性格结构中的矛盾、复杂的方面，又不是静态地去写，而是在符合生活逻辑的前提下，在曲折、起伏的情节中，充分揭示人物身上潜在的各个层面。在查舜笔下，你很少看到以某种抽象概念为依据而塑造的性格单一的人物形象。作者更像是一个潜入人生命运之河的探险家，在色彩斑斓的人性河床，他不时可以发现一些平时深潜的隐秘的底色。由于深潜，所以在这位创作家的眼里，绝对的好人和绝对的恶人是不存在的。更多的人物都是在善与恶的交替之中，在慈悲与邪恶的对立之中，在人间的生老病苦灵魂动荡当中，完成着自己复杂而丰富的人生。造化弄人。在命运和现实巨轮的碾压下，人仿佛一团稀软的泥土，很难保持一种固定的形状。而人性的高贵和丑陋，又往往因环境等外在因素的制约，常常发生意想不到的变化。

如果就心理分析的深度而言，我以为《青春绝版》中对排长李启先和保长吴玉成的灵魂解剖最为出色。当作为保长的吴玉成和作为地方旧军队的排长李启先，在小说中初次与读者见面时，坦率地说，我们有些许的失望。在一对有情人的新婚之夜率领一帮打手去抓壮丁和毫不留情地毒打文弱书生乐文村，都使我们对这两个人物产生憎恶之情。同时，我们也会自然联想到已经见到过的“反动保长”和“反动军官”的惯有形象。

这样的形象早已由我们的早期阅读和国产影视片所提供，以至于我们的审美意识中对此明显地具有了抗拒心理。然而，出乎读者意料的是，随着小说故事的全面展开，尤其是对两个人物内心世界的深入挖掘，我们终于开始喜欢上这两个人物。显然，他们以性格的复杂与丰富给了我们以心灵的极大震动，他们最后意外死亡，留给我们的是深深的叹息。至此，我们读到了作者的悲悯：你很难简单地说哪一个人物是纯粹的良善之辈或是十足的邪恶之人。每一个人物身上都有着一些耐人寻味的东西，都有着如此行事的充足理由。当人性当中的光明与黑暗、高贵与卑劣、善良与罪恶如此不分你我地彼此纠缠在一起的时候，你只能发出唏嘘和感叹。于是，一种对于人的尊重和怜悯，一种对于人的命运的同情和感伤便从作品当中自然生发出来，它长久地盘旋、弥漫在读者的心头，驱之不散。

二

《青春绝版》的艺术情调，从总体上说是感伤的。男女主人公聚少离多的新婚生活，两处相思的哀婉情怀，直至乐文村最后死于黎明前的黑暗时刻，这一切都使小说蒙上了一层颇为低回的感伤色彩。但是，作为一部近四十万字的长篇小说，它在艺术上不可能只呈现一种色调。长篇小说所应该涉及的相对广阔的生活面，小说结构上的相对复杂，小说对人生命运的静观默察和对人性的锐利透视，以及长篇小说对地方风物和特殊民俗风情的描绘，上述的一切，都提醒着创作者：一部长篇小说的思想和艺术容量应该是巨大而复杂的。阅读《青春绝版》这部长篇小说，我们发现，虽然“史诗”风格不是它所追求的艺术目标，但是长篇小说本身所具有的文体特征还是使《青春绝版》这部小说呈现出了丰盈多样的姿态和色彩。

首先，从艺术描写的笔调来看，《青春绝版》实际上交织着两个“声部”，回荡着两种旋律。这两种“声部”和旋律分别对应着男女主人公的不同生活和命运。第一种旋律是属于乐文村和整个男性世界的，它急促、紧张、沉重，不时有暴戾之气、杀伐之声。这一种旋律与整个兵营的男性气质相对应。小说中的第二种旋律则是属于女主人公林淑虹的。这一种旋律舒缓、温和、灵动，充满了似水的柔情。由于作者在创作时有意采用不同的艺术旋律叙述故事、描摹人生，所以我们阅读小说时的艺术感觉也是不一样的。可以发现，作者在描写林淑虹的生活和情感波动时，文笔是细腻、温柔的，那种得之于月亮湖的“水”汽，如轻烟薄雾一般，笼罩着黄河岸边的西北乡村。在这里，小儿女的娇羞之态、天真之情被充分写出，流溢着人生的诸多情味。这类文字仿佛童谣，即使世界早已浑浊不堪，它所呈现的天真美丽依然动人。与此相对而言，当我们阅读到涉及军营生活的章节时，会惊异于作者的用笔何以会突然间变得沉重和紧张。显然，军营对温和恬静的乡村来说是一种“异在”。这个以男性为主的社会存在，毫无疑问代表着强权和某种难以控制的力量。与宁静、温馨、和谐的乡村生活和女性心灵世界相比，军营总是潜伏着许多狰狞和躁动。所以，尽管有乐文村的伙伴们为他补办婚礼的热闹喜庆情节在军营附近的河西湾村发生，也依然难掩悲凉之气从流经河套平原的黄河深处升腾而来。小说从“欲言又止”一章起，叙事猛然间变得急促，故事的演进宛若奔马。人生的谜底一层一层地揭开，主人公的悲剧命运已经箭在弦上，不可阻遏。这时，诗情的描画已逐渐隐退，对于命运的严峻思考和书写庄严地出现。很明显，查舜是想把这部长篇小说写得尽可能多姿多彩、摇曳生辉，他毕竟已经是一位征战文坛多年的“老将”了。事实上，多年来的艺术积累和曾经有过的多种文体的创作，锻造了他的艺术知解力和成熟的语言驾驭能力，因此，当我们看到兼有“两副笔墨”，并且轻松自如地将它们统摄在同一个艺术天地时的查舜，我们并不感到惊讶。

一般说来，涉及乡土生活的叙事文学（尤其是长篇叙事作品）总是与特定地域的风土人情的描写有着天然的亲近关系。这是现代以来中国乡土小说的艺术传统，也是许多作品获得独特优美的民族风格和产生强烈的艺术感染力的奥秘之一。就《青春绝版》而言，我们可以说，这部长篇有着相当独特而成熟的西北边地的风俗画的出色描绘。这种对于特殊地域风俗旨趣的追求，构成了小说又一重别致色彩。大家看到，小说故事发生的具体生活环境是黄河流贯其中的宁夏平原。这个处于西北腹地的高原上的绿洲，历史上一直是农耕民族和草原游牧民族长期碰撞交流之所在。近代以后，更是中华民族多种文化相互交流、碰撞，融合的地方。在《青春绝版》当中，通过作家极富艺术魅力的描写，西北边地的乡村风情、绿洲风光、沙海驼铃、沙枣花开，莫不以生动鲜活的形象和声响丰富着读者的视听感受。至于漂流于大河之中的颇为惊险的羊皮筏子，塞上乡村流行的“瘸腿斗鸡”游戏，甚至包括含有性启蒙意味的花样离奇的“闹新房”等等特殊风物人情，以及在小说中创造性地使用加工过的充满浓郁地方风味的陕甘方言，更是以令西北地区以外的读者感到陌生和新鲜的姿容进入他们的审美视野。应该承认，风俗画描写已经成为《青春绝版》这部长篇小说艺术整体的一个有机组成部分。它不仅提供了有关西北地域文化、民族风情的多色画面，更重要的是，它与小说人物活动的背景和天地结合一体，成为人物生活命运的潜在依据和某种支配力量。如果说人是一种文化动物，首先是因为它生活在一种特殊的地域文化当中，这种文化可能决定着他的人生价值观和行为选择，并最终决定着他的命运。

从艺术继承的角度来看，我们可以明显感觉到《青春绝版》的“中国气息”。一方面，我们发现这部长篇小说对于中国古典小说的民族传统有着继承关系。无论是故事的婉转多致，还是人物形象的对比性设置（比如同是军人的乐文村和扎木苏就显然有性格对比的意味），都可以视为对中国古代长篇白话小说艺术经验的有效借鉴。另一方面，作者显然对民间艺术方式相当熟悉，对阅读者的心理期待相当重视。因此，这部小说明显在可读性方面下了功夫。体现在小说中，便是重视小说故事的传奇性色彩和不断制造悬念。仿佛书场之中艺人的说书，查舜在故事的紧要关头，总是宕开一笔，按下不表。情节却急速转入另一个天地。这种“横云断岭”的写法，民间说唱艺术最为拿手，查舜把它应用到自己的创作中却毫不费力。可以看出民族民间艺术对他的滋养。再一个值得读者注意的方面是，小说中扎木苏这一人物形象的塑造，也明显地具有民间传奇的色彩。这一类侠肝义胆的英雄形象，一直是民间文学和古典文学（比如《水浒传》）中最为大众熟知和爱戴的人物形象。扎木苏身上所体现的侠骨柔情和正义精神，他的超越狭隘的民族意识的人道情怀，既是民间的向往，也是小说读者的至爱。对于生活于人情逐渐淡薄的城市社会的读者来说，扎木苏的精神境界，我们虽不能至，然心向往之。

强调《青春绝版》这部长篇小说的“中国气息”，并不意味着否认作者在创作中的艺术多元化追求。实际上，明眼人都可以看出，《青春绝版》的艺术色调并不单纯。在比较浓重的中国底色之外，小说也颇为成功地采用了西方文学的一些艺术手段，以丰富作品的艺术表现力。最明显的例子便是，小说当中大量人物复杂心理的分析性描写，鲜明地带有异域文学的色彩。另外，象征手法的运用，小说写意性的自觉追求，故事神秘气氛的制造（月亮湖的神秘之声到底来自何方，似乎一直是一个巨大的悬念），都可视作作家力图打造文学精品的艰苦而卓有成效的努力。因了它们，小说的色彩便愈发绚丽起来。

查舜的文学创作生涯已有二十多年，《青春绝版》是他经过一段时间的创作总结和文学新探索之后，而精心结撰的作品，标志着他的文学创作已经迈上了一个新的台阶。他从西北边地的宁夏平原走出，他的灵魂、思想、情感、意识，由这片土地给予。他对这片土地的思索与开掘，也是揭开一层又是一层，呈现逐渐深化的态势。仔细想来，查舜仿佛一个不知疲倦的西部灵魂地层的探险家和考古者。他年复一年地开荒深耕，把血汗全部洒在了西北的土地上，当然，他也在这片神奇浪漫的土地上获取了动人的果实。《青春绝版》就是这动人的果实之一，笔者希望它能给读者们带来难以忘怀的阅读享受。

2001年3月

青春之河，为谁奔流？

——升玄长篇小说《徒步穿梭》序言[1]

青春岁月，是每一个生命个体最难以忘怀的有着太多的人生情韵的一段时光。在这一段失去了就永不再来的岁月当中，生命宛若一轮朝阳，一树桃花，一朵早霞，一声云雀。在青春气息弥漫的岁月里，心灵的一切都是敞开的，呈现诗意的放射情状：感情、意念、憧憬、向往，统统向缤纷喧闹的世界打开。谁也不知道，究竟是哪一件事物、哪一个异性最先闯入无所不想拥抱的心灵。谁也不知道，究竟是哪一件事物、哪一个人在无意之间伤害了那颗年轻而敏感异常的心。青春的时光是值得永久怀念和留恋的。不管青春以后的岁月怎样的悲凉萧瑟，也不管青春以后的命运怎样地风沙扑面、坎坷蹭蹬，然而，当我们回望青春时光，所有的人都会对那一段人生岁月依恋不已。不是因为那一段青葱的岁月我们收获了多少人生甜美的果实，实在是因为那样的感觉、意绪，甚至嗅到的田野里的芬芳，校园里树叶的气味，异性的体香，都是完全新鲜的和异常撩人心绪的。如果把青春岁月比作不舍昼夜奔流不已的河水，那么，这一条河是鲜活的、喧哗的，渴望抚摸河岸边的一

[1] 升玄. 徒步穿梭 [M]. 银川：宁夏人民出版社，2002.

切事物的。青春的时光是如此刻骨铭心，对于一个经历过青春岁月的“过来人”而言，重返青春的冲动常常不期而至，我们时常被怀旧的情感所笼罩。然而，身边长大了的孩子却用那双明澈的眼睛清楚地告诉他的父辈：你们已经不再年轻。于是，我们借助于文字这只神奇之手，奋力打开记忆的闸门。此时，时光重新复活，青春之河带着曾经拥有的全部的声音和色彩奔涌翻卷而来。

我们可以把升玄的长篇小说《徒步穿梭》看作是对青春岁月的又一次深情造访。明白这一点，读者也许将掌握解读这部作品的一把“金钥匙”。我们看到，尽管这部作品的篇幅不算短小，但人物和事件却并不十分复杂。实际上，读者完全有理由把它视为小说主人公胡玄的青春期“备忘录”。在这部小说中，故事的推演和人物的塑造都围绕着青春岁月的感伤而迷茫的特殊生活情境与思绪展开。举凡20世纪80年代大学校园的喧哗与骚动，一个来自偏远山乡的农村青年初入城市时的紧张、焦虑与不适，身不由己地卷入单位是非之争时的惶惧与无奈，都因了青春期的背景存在而显得格外动人。理由似乎不难理解，生活的神秘之门刚刚打开，扑面而来的一切都带着新鲜的色泽与情调。天地、人物、情感，完全显现着原初的不加刻意修饰的面目。自然，这新鲜当中不时透露着青春期的天籁，生命的一次又一次隐秘冲动和羞涩的欲望。一切梦幻的花朵都在人生这个忘情季节的和风中开放，又在布满星星的黑夜里低回、缠绵。

与许多长篇小说相异的是，《徒步穿梭》的叙事文体相当特别。从某种意义上说，我更愿意把它视作一种自我抒情式的

“青春体”小说。这种“青春体”小说不外乎这样几个文体特点：首先，它是一种基于个人经验与记忆而写作的小说，是心灵回顾和往事的“重现”。虽不能断定小说的本事与作者的生活经历完全吻合，但小说素材十之八九来源于创作者独特的人生经历和体验，却是不争的事实。因此，这一类小说显然属于现代小说名家郁达夫提倡的所谓“自叙传”体式。其次，“青春体”的小说一般都具有非常强大的抒情因素。这显然与青春期的心灵悸动和急于向世界“打开”与倾诉的愿望有关。对于一个生活在青春期的人来说，取之不竭的恰恰是罕见的灵性和激情。这时，心灵还未曾受过巨大伤害，世俗的风尘还未曾压身，包围着那一段年轻时光的是以欢欣为主的心海潮音。当然，感情的放纵奔流，抒情因素的过于强大，对小说的叙事显然形成了一定程度的干扰和制约。有时，过于高涨的青春的热情会使作品当中的人与事显得格外飘忽不定，甚至一下子变成叙事天空中“断线的风筝”。这也使得读者阅读作品时常常不明所以，犹如坐在游乐园中急速翻转的“过山车”上，诸多人与事刚一谋面便忽然被抛到了身后，有的还消失了踪迹。再次，由于“青春体”作品主要以展示青春期的心灵世界为焦点，因此，许多时候这样的小说便呈现叙事和抒情的“内向性”特征和耽于沉思的艺术面貌。它的叙事视角一般掌握在小说主人公的手中，主人公既是小说的中心人物，也是故事的讲述人。主人公与叙事者的重合，使得主人公的情绪和心理很大程度上影响到作品的情调和风格。因此，“自言自语”和“自说自话”成为“青春体”小说共同的艺术特征。读者们不妨把这类“青春体”小说看作是一种青春期“内心的独舞”。

我们知道，作者升玄是一名20世纪80年代的大学生，在他的心灵深处，“浪漫的80年代”是如此清晰而深刻地打下了难以磨灭的印记。他的小说当中充满了完全属于20世纪80年代的激情和向往、声息与色彩。当然，小说毕竟是文学创作，时代的声音和曾经的生活经验对于写作者而言，只是构思和创作的事实种子，日后种子如何发芽、开花、结果，那就要看创作者心灵的丰富投射了。也就是说，一样的“种子”有可能开放异样的花，结出异样的果。事实上，读《徒步穿梭》，我看重的不是这部小说讲述了一个多么完美动人的故事，显然，这不是作品的所长。明白地说，小说打动我的是它的优美而感伤的抒情气质。应该说，这一因素恰恰是小说的“卖点”。我是一个与作者年龄相仿的20世纪80年代的“老”大学生。当我初次读到这部长篇小说的时候，一种重返青春的甜蜜和伤感竟那样强烈地袭上心头。也许作者所描写的具体的生活场景和生活经历与包括我在内的许多人的生活命运并不完全一致，但是，由偏远之地进入大都市时的惊惶，与来自大都市同学相处时的自惭形秽，对心仪已久的异性的无可措手，简言之，所有青春期的紧张、焦灼、忧伤、甜蜜，想说爱你不容易的迟疑和“此情可待成追忆”的怅惘，通过作品的描述，都异常鲜活地奔涌而来，仿佛时光倒流。我知道，青春已经一去不复返。然而，在升玄的笔下，青春正在被回忆的嘹亮号声唤醒，它重新神奇地聚集在我们面前，带着青春期的纯净底色和永恒的情韵与风味，鲜嫩欲滴地呈现！于是，我们发现，青春是一种可以预约的力量，是一坛陈年的老酒。当岁月如一江春水般流去，当生活不再是曾经憧憬的浪漫青春的颜色，我们却可以在回忆当中感受青春的蓬勃生机和纯洁优美的力量。这种生机和力量，虽然来自已逝的遥远岁月的深处，然而，由于它以“心露”制成，所以它会使人陶醉，会使人在漫长的人生跋涉中，因了曾经的激情和梦幻而勇往直前。

2002年1月

依旧动人的乡土故事

——读查舜中篇小说《风流云散》[1]

五四新文学运动以来，乡土中国一直是创作家们情有独钟的审美所在，乡土小说成为近七八十年来中国文坛最为重要并且佳作迭出的文学创作品种之一。之所以形成这样的创作情势，原因无非两条：首先，从事乡土小说创作的作家，十之八九是来自中国乡村，他们与曾经生活过的农村社会有着千丝万缕的精神联系和天然的亲近感。即使走入了大都市，许多人也无法忘却那一方梦中的家园。因此，怀乡的歌唱在相当漫长的文学时期内总是此起彼伏、不绝如缕。其次，从某种程度上说，乡土社会几乎包容了现代中国所有的社会历史内涵：阶级纷争、文化嬗变、心灵动荡、人性奥秘，种种人生场景莫不在这片土地上真实而异常生动地展开过、上演过。写活了20世纪的乡土社会，也就深刻地写出了20世纪的中国图景。创作家们云集于这一题材领域，实际上是想由乡土中国走向更广大开阔的文学世界。可以毫不夸张地说，乡土中国绝对是一座文学的富矿，对这座文学富矿的开采和挖掘就是在今天也还只是刚刚开了个头。那种以为乡土中国的文化秘密已经被彻底破解，当

[1] 查舜. 风流云散[J]. 当代，1999（3）.

今文学创作的透视焦点已完全转移到城市的说法，应该说是不够准确的。我们承认，进入20世纪90年代的文学创作，确实出现了城市文学的大规模崛起，也确实出现了许许多多刻写城市人心灵的好作品。但是，创作者和评论家们千万不能忘记，我们依然是发展中国家。尽管工业化浪潮正在一浪高过一浪地在这片古老而神奇的土地上奔涌翻腾，然而，幅员的异常辽阔，东部与中西部地区社会经济、文化发展的历史差异和现实行进步伐的不协调，这些显而易见的客观存在都在提醒我们：乡土中国依然是无法忽视的巨大真实。古老的乡村故事，诸如科学文明的现代价值观念总是不得其门而入，男女的婚恋一如既往地不自由，农民的精神深处旧痛未去、又添新创伤等等，实际上每天都在发生和流传。事实表明，一厢情愿地认为中国社会已经大面积地城市化了，农村不再需要文学的聚焦和深切关注，这种创作思维是肤浅的错误的。我的意见是，起码在很长一段历史时期内，乡土中国都是极具挑战性的文学话题。许多人认为农村生活已经接近于写尽，已没有什么“花头”可言，那是因为只看到了中国社会的表层。如果我们想要真正地理解中国，理解这个灵魂正在由孱弱攀升为强健的民族，透视乡村的文学审美之旅，实际上并不轻松。

正是由于有了上述分析，我们才可能把查舜近期创作的中篇小说《风流云散》看作是一篇颇有思想艺术价值的作品。

《风流云散》所讲述的故事显然是一个老故事。两情相悦的男女主人公大块和秀花本来可以有情人终成眷属，演出一段人生的喜剧。然而，热情似火的大块却在无意中窥破了秀花的一个不太美好的生活小节。于是，一桩好姻缘便由于大块的抽身而逃最终风流云散。更令人震撼的是，秀花因为大块的逃逸而自杀身亡。

《风流云散》式的乡村悲剧事件是一个众多读者耳熟能详的惯常生活故事。人生处处有磨难，爱情与婚姻中的磨难相比较而言似乎更为强烈和惊心动魄。因为在恋爱和婚姻期间，人类会把生命和情感的力量全部聚集于一处，有时生死都可以置之于度外。说爱情和婚姻生活最能体现人生的强度，是文学艺术最具有审美价值的题材之一，应该是站得住脚的。问题的关键在于，写烂了的老题材是否能够见出新意？“老树”可否开出“新花”？检视《风流云散》这篇小说，我们发现，作者对社会生活的艺术思索是独特的。

许多描写爱情和婚姻的作品（包括一些公认的文学经典）告诉我们，男女主人公对爱情的追求绝对是纯洁和高尚的，是充满牺牲精神的。“山无陵，江水为竭，冬雷震震，夏雨雪，天地合，乃敢与君绝！”（《汉乐府·上邪》）式的炽热表白不仅是心声，也可化为悲壮的行动。破坏美好爱情和幸福婚姻的罪魁祸首毫无疑问来自于社会偏见和封建式家长。我们不否认，这种描写生活、解释生活的艺术思维方式有其合理性。可是，任何描写和反映生活的方式也只能是人类认识和理解人生的一种方式。人类生活，尤其是感情生活的复杂性常常向我们发问：破坏美好爱情和幸福婚姻的力量除了外在的社会因素，还会不会来源于婚恋当事者的内心世界？如果“内心的力量”同样可以摧毁美好的人生，那么是否意味着人类的内心世界尚不是人们想象的那样美妙？《风流云散》恰恰回答的就是如此尖锐的问题。小说通过男主人公心灵苦痛和磨难的细腻、传神的描写，富有说服力地告诉读者：有时，我们本该美好幸福的生活正是毁于我们内心世界的狭隘和偏执，是我们的“心狱”毁了我们的一生。而当我们终于明白这一切的时候，生命的如歌岁月已经悄无声息地远遁。

我们可以把《风流云散》称之为心理现实主义小说。这篇作品对男女主人公的心理刻画是具有一定深度的，特别是对大块的略带病态的心理过程的描写，多少透露出一点艺术变更的新气息。近年来，查舜的小说作品似乎更乐于采用“知识者叙事”视角。就是说，他总是以一个乡村生活的审视者、评判者的叙事态度来描写生活、刻画人物。如果说查舜的成名作《月照梨花湾》，从叙事姿态上还有着过于明显的自传色彩和主观感情投入，那么，去年的《客居故乡》（《民族文学》1998年第9期）以及这篇《风流云散》则表现出了相当程度的精神内敛和克制。这种“知识者叙事”方式给作者的创作带来的最直接的新变化是，作品叙述和描写渐渐地由激情化为冷静，由“当局者迷”化为“旁观者清”。随之而来的另一个艺术变化是，小说语言开始由单纯、明快而变得凝重、沉潜，注意言外之意、思辨色彩。这种对语言的刻意追求甚至影响到对人物心理的深度刻画。在《风流云散》这篇小说中，对男主人公大块的心理解剖和描摹，就使人联想起19世纪一些欧洲小说。

由颇得中国古典美学传统之妙的《月照梨花湾》，再到去年和今年的若干小说创作，查舜的创作正呈现出鲜明的阶段性特征。总的感觉是，在查舜的小说创作进程中，主观性、抒情性气质正逐渐被冷静的思辨的风格所代替。如果说，查舜的成名作《月照梨花湾》给予我们的是生活之美，是诗情和画意，是20世纪80年代的浪漫情怀，那么，《风流云散》等小说则早已揭开了生活严峻的面纱。也许，当全部的生活真实不可避免地裸露和惊人地呈现时，浪漫的情怀就只能是一种美好的记忆。我们当然明白，任何时候，严峻的书写方式都源于严峻的生活。因为文学的声音总是反射着时代，是从时代的巨大声响中精心截取的。

1999年9月

风正一帆悬

——略说陈继明和他的小说创作

陈继明的名字正在被越来越多的人所认识和熟悉。前几年，在宁夏文学圈内，提起陈继明，人们会说那是个有点名气的写小说的人，但仅此而已。到了今年，陈继明一鸣惊人。仿佛在一夜之间，陈继明冷不丁地让全国搞文学的人知道了他的存在。他发表于本年度《朔方》第2期的短篇小说《月光下的几十个白瓶子》一经刊载，便赢得喝彩，很快被《中国文学》（1996年第2期）、《中华文学选刊》（1996年第3期）、《小说月报》（1996年第4期）等美誉度很高且拥有大量读者的文学选刊相继转载。中国作家协会创研部主任、资深评论家雷达更是在一篇评论近期小说创作现象的文章中不惜篇幅，郑重向全国读者推荐《月光下的几十个白瓶子》。雷达将陈继明的这篇小说称之为“一个罕见的好短篇”，“堪称是研究当前社会心理，或者说研究最近期的‘集体无意识’的佳作”。[1] 显而易见，雷达的这篇文章向我们表明了这样一个事实：宁夏的小说创作在沉寂和徘徊多年之后，终于又出现了可以走向全国的作家与作品。从这个意义上说，陈继明的成功无疑是整个宁

[1] 雷达.不回避姿态与文化体验：近期小说述评［J］.中华文学选刊，1996（4）.

夏文学界可喜可贺的一件幸事。

陈继明1984年毕业于宁夏大学中文系。毕业分配时，他主动要求，去了宁夏南部山区的泾源县，在一所中学里一干就是五年。也许，对许多人来说，大学毕业分配去了宁南山区，将意味着积极进取的人生态度和事业的丧失。陈继明则不然，他当“孩子王”，读书，写作，投稿，接受退稿，再投稿。1988年1月，他终于在《朔方》文学杂志上发表了他的小说处女作《那边》。他的第二个作品——短篇小说《一个少女和一束桃花》发表于1990年3月，不久，便被《小说月刊》转载（1990年第6期）。再以后，陈继明调到了银川，每年以一到两篇的速度发表着小说，虽然作品的质量稳步提高，但也只是在宁夏文学圈内被人议论和叫好。进入1993年，陈继明在经受了一次商潮的猛烈冲击后（他差点成了一个公司的经理），忽然顿悟：与其下海，不如攀登。于是，他变得异乎寻常地勤奋起来，每天凌晨三四点钟便起床写作。他觉得有一种巨大的责任感在支撑着自己。1994年以后，陈继明以每年写作三至四部中、短篇小说的速度进入创作的一个小高潮期。从那时至今，陈继明已经写作并发表了十四五个中、短篇小说，其作品，不仅刊载于西北地区的文学杂志（《朔方》《飞天》《延河》等），还被远在广东、广西的《作品》《漓江》所接纳。很显然，陈继明正以自己旺盛而强劲的创作实力引来各地文学杂志的编辑和评论家的青睐。

迄今为止，陈继明已创作和发表了中、短篇小说二十余篇。就其作品的题材来看，大致可分为三类。第一类是写乡土生活的，当代文学研究领域通常也会称之为“农村题材”。陈继明自小生长于西北农村，贫瘠荒凉的黄土高原哺育了他的身体也塑造了他的灵魂。对于这片土地的深深依恋，对于生活于这片土地上的父老乡亲的难以割舍的柔情，这些都给予陈继明以创造的冲动和灵感，促使他力图写出他们灵魂的坚忍与强悍。在陈继明创作的乡土小说中，以1991年发表的短篇小说《村子》（《朔方》1991年第3期）和1995年发表的短篇小说《骨头》（《作品》1995年第5期）最为出色。《村子》叙写一个小山村的一次送葬过程。于人物心理的精雕细刻和葬礼前后的气氛渲染中见出生命的起伏波动，闪烁无常。《骨头》一篇则讲述了一个家族的“历史故事”。给人们留下深刻印象的并不是爷爷、奶奶和伯父的凶险死亡，深深打动我们的是当年仇杀事件中的唯一幸存者“我父亲”。这个一生当中不停地向儿女们诉说家族痛史，不是为了激励复仇的勇气，而是为了消弭冤冤相报的累世屠杀的倔强老人，他的身上所体现的涵纳一切的气度和胸怀，确实给予读者以强烈的冲击和震撼。笔者始终认为，《骨头》是陈继明到目前为止写得最好的小说之一，它在艺术上的精致与优美已经达到一个新的高度和境界。

1994年以后，陈继明将创作重心转移到对当下城市生活的描写和对城市人心灵的刻画上，这便构成了他创作题材的第二大类：“城市小说”。1994年4月，陈继明在《朔方》文学杂志上推出中篇小说《邪恶一次》和短篇小说《东西》。前者写了一个城市里的绑架凶杀案，后者则讲述一个男子近乎无耻地抛弃妻子的故事。两篇小说的表现内容颇为惊世骇俗，旨在揭示社会转型时期某些人价值观念和行为方式的颠倒与错乱，可称之为“暴露小说”。这两篇小说引起了一定的社会反响，在宁夏文学圈内也引发了一些争论。坦率地说，陈继明的这两篇小说还写得不那么得心应手，带有风格转变时期不可避免的生涩与紧张。标志着陈继明的“城市小说”走向成熟的作品是作者今年发表的两篇小说《月光下的几十个白瓶子》和《街上的人》（《延河》1996年第8期）。《街上的人》讲述一个生性敏感脆弱、不谙世事的青年知识分子俞铁如何在病态现实中屡遭重创，最终被逼疯的故事。小说在冷静的叙述中，满含着对于真诚与善良这些仿佛已经远离了我们生活的人类美好情感的热切期待，它向我们发问：在邪恶面前，我们是否已经变成了一只蜗牛？在《月光下的几十个白瓶子》中，作者以深刻的洞察力敏锐准确地捕捉到了当前社会生活中一种带有普遍性的消极心理（小说当中称之为“集体无意识”）——“烦着呢”，并揭示出这种消极心理所潜藏的巨大危险性和可能带来的社会灾难。小说一经刊载，便以逼视现实的勇气和思索生活的特殊深度而备受好评。

陈继明小说表现内容的第三类可称之为“惯常的人生故事”。作者在创作这一类题材的作品时，写作心态似乎比较放松，不那么剑拔弩张，这便使得他的这一类作品艺术上颇给人以回味之处。《一个少女和一束桃花》讲述少女菲菲因为一次意外事故失去双手，几乎失去生存的勇气，而后又在一种信念的激励下顽强活下来的故事。这篇作品虽是陈继明创作的第二篇小说，但小说在人物心理的刻画、语言表达及小说内在意蕴的追求上都显得不同寻常，这大概与作者写小说之前的写诗经历有关。《列车》（《朔方》1992年第2期）叙述一个伤感的初恋故事。诗意缤纷的少年情怀与突然死亡的人生悲剧缠绕在一起，读罢令人心绪难平，欲说还休。同一年发表的短篇《椅子》（《朔方》1992年第9期）是一篇耐人寻味的作品。它讲述了一件凡人小事：某中学教导处的老干事老慕如何在一种特殊的情境下异常执着地希望当上教导处的主任，人物内心世界的波浪翻涌最终导致行为的乖张与失措。小说结尾处更是出人意料，颇有欧·亨利小说的风味。这篇小说显示了陈继明对于人情世态的精微审察，我们甚至能够觉察到作者写作小说时颇为超然的“狡黠一笑”。另一个值得一提的作品是《母亲二题》（《朔方》1996年第8期）之一的《招魂》一篇。这篇小说所着力塑造的那个乡村母亲的形象令人感动不已。这位一直到死都将一块招魂砖带在身边以寄托对亡子的思念之情的中国母亲身上所放射的母性的光芒，可以完全与日月同辉。她使日渐寡情的现代人异常清晰而深刻地懂得了什么叫作“情深似海”。

陈继明为我们编织了多彩的人生故事。在他所构筑的艺术王国中，我们会不无惊奇地发现诸多堪称独特的人生风景和人性奥秘。同时，我们也将发现，对于人的内心世界的格外关注和刻意表现似乎是陈继明小说的写作兴趣所在。这种专注于向人的心灵深度挺进使陈继明的小说直接蒙上了“心理分析”的色彩。虽然我们难以将陈继明的所有小说都归之于心理分析的名下，但他的几乎所有重要作品都涂染有心理分析特色却是真的。陈继明初写小说时，直接体验型小说偏多；近年，他的文学观念及艺术思维有所调整和拓展，虚构型作品数量明显增多。陈继明这两年小说创作数量稳步提高，一方面当然得益于他的勤奋；另一方面，艺术虚构能力的突然被唤醒，则为他的创作安上了另一只翅膀。在如此纷纭变幻、大气磅礴的时代，在人生如此繁复、人情如此绚烂的年代，陈继明的小说创作仿佛只是刚刚开了一个头。我们衷心希望这位朴实而有为的年轻作家能够继续开辟新的人生和文学航道，从而在更广阔的水域劈波斩浪，一显身手。

正所谓："潮平两岸阔，风正一帆悬。"

1996年11月

人生困境的发现者

——陈继明小说阅读札记[1]

读《邪恶一次》和《东西》

如果我们坦然承认，在我们的内心深处还多少留存一点知识者的理性与责任感，那么，我们将无法只是“醉眼蒙眬”地去看取人生。那个叫作“良知”的东西，如此强劲地在七尺之躯内部奔突冲动、沸腾喧哗。我们不能不静下心来，仔细谛听来自灵魂的嘈杂然而坚定的声音。于是，良知本能化为创作。自然，创作的面貌会因人而异。一类作品会是激情喷涌，以塑造和讴歌真、善、美为己任；另一类作品则可能深沉冷峻，以直面惨淡的人生、正视淋漓的鲜血为旨归。据此，我们可以将陈继明的近作称为“冷峻的写实”的那一类作品。

我们的时代是这样的混乱而又充满生机，芜杂而又绚丽多彩。当十分强大的过去年代正逐渐成为中国社会的一种远景，走向历史深处的时候，当多元的价值观念和意识正逐渐被认可、接纳的时候，中国现实社会的文化震荡显然是可以想见的。曾经飘扬于我们天空中的崇高、正义、信仰之旗正经受前

[1] 本文所论小说作品均见于“西北三棵树”丛书之一的陈继明小说集《比飞翔更轻》，花山文艺出版社2001年版。小说《邪恶一次》后来改名为《温柔的绑架》。

所未有的雨打风吹；金钱和欲望在一些公开场合被兴高采烈地谈论着、垂涎着；一些可以称之为邪恶和贪婪的东西正在悄悄地腐蚀我们的社会生活，吞噬某些人的灵魂。显而易见，我们的生活不再是过度抑制下的死水一潭，戏剧化和传奇色彩也不再是文人骚客们的凭空想象。面对如此纷纭变幻、变动不居的社会现实，小说家们不可能也完全不必要闭上眼睛。对此，生活的辩证法从来就告诉我们：必须面对。

陈继明的短篇小说《邪恶一次》和《东西》所构筑的小说世界也许称得上是有点触目惊心。对于那些习惯于在小说中追寻真、善、美的读者，小说可能多少有点“出格”了。绑架、杀人的故事以及无情地抛弃妻子的行为总是让人不舒服、不愉快。然而，我们却不能不追问，当生活中恰好上演了罪恶与邪恶，因为心灵脆弱或因为善良而视而不见、指鹿为马，是不是也是一种犯罪与病态呢？多年以来，我们在一种浪漫的诗性理想的鼓动支配下，对人本身做了过于乐观的估计与评价。于是，当人的欲望成为海涛，猛烈地拍打与冲击并非牢不可破的道德与法律的堤岸时，我们更多的时候是惊慌失措，怨天尤人。《邪恶一次》和《东西》的作者不去怨天尤人，不去自造虚幻，他甚至有点残酷地去揭破真相，逼视人性之中的蛮荒与黑暗，打碎有关人本身的种种虚假的“神话”。其旨归，无非鲁迅先生几十年前所言：揭出病苦，引起疗救的注意。于是，我们有理由将陈继明的小说新作看作是一次艺术的突进与探险。

1994年11月

读《月光下的几十个白瓶子》

我们的生活正呈现着一种前所未有的精神图景。变化着的社会结构和各异的人生追求，多元的价值观念与纷扰的社会心理情势，共同构成了这一过渡年代繁杂斑驳、异常丰赡的社会现实景观。对于这一历史时期的中国人来说，情绪的纷扰和心灵的困惑来源于瞬息万变的现实与固有的思维定式之间的巨大落差和张力。每一个鲜活的生命个体都感受到了社会转型时期心理的不适应，困惑感、焦虑感由此而生。问题的关键还在于，这种由困惑和焦虑等因素所催动的心理能量既可以导向上下求索、积极进取的人生态度，也极有可能导致及时行乐、放浪形骸的颓废思潮以及引发惊心动魄的社会灾难。及时发现世纪之交中国社会的这一种心理“病灶”，揭示浮躁、焦灼当中的非理性、破坏性因素，实在是当今小说透视现实，切入人生的不可多得的审美视角之一。陈继明的小说《月光下的几十个白瓶子》，以深刻的洞察力敏锐而准确地捕捉到了当下纷扰社会情势下的一种带有普遍性的社会消极心理——“烦着呢”，并揭示出了这种异常的社会心理所蕴藏的巨大危险性。在文学极需要全身心地拥抱急剧变化着的现实，不断回答时代思想困惑和挑战的今天，陈继明的这篇小说因逼视现实的勇气和思考生活的颇具深度而显得弥足珍贵。

《月光下的几十个白瓶子》讲述了这样一个故事：年轻的心理学教师杨树对新近出现的摆放在学校传达室窗台上的几十个空牛奶瓶产生了一种恐慌，他极担心牛奶瓶中会被什么不法之徒投了毒。不久，杨树因为一件失意的事情而对校长生出报复之心，竟然鬼使神差地在校长的空牛奶瓶中投放了剧毒农药。旁观者、惶恐者最终变成了犯罪者、实施者。这种奇妙的人生角色的转换似乎深藏着并非偶然、简单的社会背景因素和难以名状的心理动机。小说作者以清晰缜密的思路，层层铺叙，将一个准凶杀案叙说得一波三折，扣人心弦。然而，我们发现，这仅仅是作品的一个表层。作品的打动人心之处，不仅来自于一个颇为耐看的故事，更来自于它的对于当下某种带有弥漫性特征的社会心理的惊人发现：“烦着呢”现象和这种现象背后所可能潜藏的对于社会正常生活的干扰力和破坏力。小说通过主人公杨树之口表述道：“你再瞧瞧我们周围的人，是不是都烦着呢？好像都闷着一肚子怨气，好像都上过当受过骗，好像都是我们这个时代的弃儿……烦着呢，这是一种值得研究和应该引起广泛重视的集体无意识。”毫无疑问，我们的社会正经历着前所未有的艰难变革，这一变革充满生机与希望，也布满风险。在社会的政治、经济、文化等方面发生全方位的转型和变化的时刻，由于社会利益的重新分配，也由于现实生活中的某种紊乱和倒错，以致相当一部分人心理的天平处于失衡和倾覆状态。另一方面，整个社会的公平机制和制衡系统尚未达到令人满意的程度，消极社会心理的宣泄缺乏有效的途径和正确的引导。在这种情况下，由焦虑、抑郁、烦躁等因素所共同构成的社会心理能量一旦趋于饱和，便很有可能引发全社会的麻烦与灾难。陈继明的小说敏感地意识到了当前社会心理中这一隐藏的“热点”，条分缕析，层层揭秘，将一个颇为有为的年轻心理学教师由社会的良民一变而为凶险的预谋杀人犯的心理过程表现得异常深刻而具有说服力，其探幽烛微，颇具深心的笔力令人叹为观止。这篇小说的成功，不仅得力于它的主题的尖锐性，也得力于作者在小说氛围的营造、情节的设置和故事的推演、小说节奏的掌握等方面的不凡功力。尤其是小说对人物潜意识和非理性的把握与叙写，对于特殊情境下人物犯罪心理的揭示与刻画，都达到了相当高的艺术水准。它使我们有理由相信，《月光下的几十个白瓶子》是1996年小说创作界不可多得的优秀短篇之一。

陈继明的小说创作开始于20世纪80年代中后期，此后一段时期内，他主要以乡土小说为人所熟知。进入20世纪90年代后，他的小说取材和叙事风格为之一变。最近两三年来，其小说主要描写城市生活，而尤以发现和揭示转型时期城市人生中浮躁和抑郁心态所导致的非理性行为见长，呈现出相当鲜明的心理分析色彩。1996年以来，陈继明的小说频繁出现于全国各地的文学杂志上，其勤奋和质量颇高的创作正得到越来越多的评论家的注意和认可，《月光下的几十个白瓶子》被著名评论家雷达先生称之为近期小说中“罕见的好短篇”。很明显，陈继明正在以强劲的创作实力由西北边鄙之地走向全国。在沉寂和等待了许多年后，陈继明和宁夏其他年轻的作家们正显现出一份信心与执着。也许，他们会在不久的将来给予我们一个意料之外的惊喜。

1997年10月

读《青铜》和《城市的雪》

陈继明属于那种“脚踩两只船”的创作家。一方面，他现在居住和工作在城市，是城市这艘大船上的乘客和探险家。他坐在这船靠窗的地方，饶有兴致地观看欲望的彩球如何从水面上升腾，并随风飘舞；有时，他也会兴趣盎然地竖直了耳朵，谛听来自灯火楼台处的笙歌弦响以及帘幕后面的海誓山盟与窃窃私语。另一方面，早年的乡村生活经历在他的心灵深处打下了异常深刻的精神烙印，自觉不自觉地，在灵魂之河中，他常常会撑起一支长篙，向西北黄土之海的浩渺处漫溯。这种精神的两重漂流，成为陈继明小说创作内容的支撑点。与一些作家相异的是，陈继明并没有在城市和乡村之间构筑剑拔弩张的对峙关系，这样的处理在他看来显然简单化了一点。陈继明往往有意无意地忽视城市与乡村的某种差异，他更多关注的是，无论是城市摩登人也好，还是乡野村夫也好，人们同样不可避免地面临着人生的诸多困境，比如精神的焦渴与灵魂的沉沦。在这样一种视角之下，城市和乡村就被模糊了人为的分野，而成为人类精神标本的共同陈列馆。

像陈继明的一些引起反响的小说一样，《城市的雪》依然是一篇刻写心灵的作品：一位城市生活的失意者有一天忽然觉悟到，自己的生命之中已经没有多少可爱之处，为了反抗生活的庸常质地，他决心逃出家庭，以对婚姻的反叛来打碎生活的幻象，从而使灵魂得救。显而易见，陈继明在这里又一次发现并揭示了人生的某种困境，某种精神被“悬搁”的尴尬。是的，我们的生活并不总是被美妙诗意所包围，我们要日复一日地不那么诗意地面对种种纷扰而乏味的人与事。平庸、烦琐的生活使心灵之原的荒草日渐茂盛，而梦想和激情之花却逐日衰败。这样的情形实在可怕。更令我们悲哀的是，世俗生活所具有的惊人的腐蚀力通常都如同一群莫辨其形的幽灵，它们是那样秘而不宣地侵入我们的白日与梦境，它使许多人仿佛在一梦之后就滑入说不清、道不明的昏昧状态。曾经有过的理想、憧憬、清新的感觉和指点江山的豪气，这时已经沦为庸常的奴隶；得过且过、万事不关心的麻木心态正指示着青春和热情的坠入冰谷。可以想见，《城市的雪》中的主人公王刚就是这样一个被生活的平庸所击倒的人。为了使自己心灵的“疼痛感”得以恢复，他决心要有一个“了断”，于是他选择了并非恰当的家庭“沉船”。多少让人感到欣慰的是，王刚的离婚念头仅仅是愤激时的理智失控。雪的丰润和女儿的多情也终于浇灌了王刚焦渴干旱的灵魂。小说的结局是，生活之河依然不舍昼夜地流动着、翻涌着，我们没有理由因为一时的厌倦而自我沉沦。灵魂得救的方式是，让我们聆听生活的钟声，并伴随着这清幽的钟声起舞。

我们说陈继明是生活的发现者，是因为在这篇小说中，他敏锐地发现了庸常生活中的倦怠、慵懒，精神的悬浮以及由此而产生的破坏欲望。如果说，陈继明此前的小说作品《月光下的几十个白瓶子》惊人地揭示出了“烦着呢”的消极社会心理，那么，《城市的雪》则同样尖锐地指出了生活中的厌倦心态。这种人生的厌倦感和无法诗意生活的抱怨同样具有难以预测的力量。从这一意义上说，可把《城市的雪》视作《月光下的几十个白瓶子》的姊妹篇。

与《城市的雪》的题旨较为显豁相比，《青铜》这篇作品便多少有那么一点闪烁迷离。我们已经不大好理直气壮地称之为乡土小说，尽管故事讲述的背景确乎在乡村。事实上，乡村在这里只是一个载体，是艺术的“容器”。《青铜》所关注的仍然是精神的尴尬和困境，是人生的寂寞与芬芳。《青铜》的真正主人公并非从城市归来身染沉疴并惨烈死去的招儿，而是大槐树庄的小学教师李福来。这位其貌不扬、在村里没有多少发言权的“孩子王”的身上凝聚的是一种北方的刚硬、坚忍，是不向命运低头的勇气和永不言败的高贵精神。在那样一种贫瘠荒凉、焦渴干旱的地域，李福来不抱怨、不逃遁，生命伴随苦难而舞，青春追逐理想和信念而飞翔。寂寞是强大的，不曾被雨水浸泡的土地上的灵魂肯定干渴。然而，寂寞的黄土地上有时也生长芬芳，这芬芳虽然那样飘忽、短暂，仿佛昙花一现，但它照样情深似海！正是这深情使李福来这北方汉子的躯体被滚烫地铸入了将来一定会发出巨响的“青铜”。

我们当然也不能不注意到生活于大槐树庄的其他诸色人等，比如独眼铁匠、村长、能嗅出钱的“异味”的聪明人以及那么多只闻其窃窃私语之声而不睹其面目的村人。招儿的回村，使他们的心绪突然间变得异常复杂，并陷入尴尬：他们不知道对身份可疑的招儿怎样对待才好。当招儿自知不久于人世，于是有了把血泪钱拿出来，用以翻新村子的校舍这样的举动时，他们又一次地接住了一个烫手的“山芋”，尴尬之情状不言而喻。与招儿的决绝、李福来的刚硬相比，村人们精神深处的苍白和软弱，是非标准的混乱和颠倒更具有悲剧性。自然，这又是一种精神的困境与缺陷的展示。这种展示的意旨，好像还是一句老而又老的话，是要“画出沉默的国人的魂灵”来。

如果我们细读陈继明今年发表的若干叙事性小说，我们会发现他在小说操作上的某种不易觉察的艺术变化。具体表现为，主观性描述和分析性（包括他擅长的心理分析）成分减少而小说人物自身的行动和语言增多。这一艺术特点在《青铜》一篇中尤其明显。他似乎想要把好多东西遮蔽和囚禁起来，他善意地认为，读者的睿智不容怀疑。坦率地说，这种海明威式的艺术方式可能会带有冒险性，因为海明威当年曾经被误以为是“麻木无情”。当然，笔者由衷地希望陈继明小说的读者们在陈氏貌似冰冷的语言的外表之下，能看到炽热的火山熔岩，这岩浆奔涌不定，并可能引发冲天大火。

1999年2月

读《在毛乌素沙漠南缘》

陈继明曾经有过半年的时间，在宁夏盐池县的某一个乡村从事“支教”活动。这应该被视作《在毛乌素沙漠南缘》这个短篇新作的素材来源。由于小说中故事展开的具体环境是一个名叫“马儿庄”的地方，而盐池县又的确真实存在着这样一个马儿庄，所以，阅读这篇小说就会很自然地产生一些疑问：所有的故事和人物，真耶？假耶？或者确乎如《红楼梦》所言，“假作真时真亦假”？总之，因为担了“小说”的名头，作品中生活真实与艺术虚构二者之间的关系一下子竟变得模糊不清、扑朔迷离。按照“小说是虚构”的理论来衡量，陈继明的这篇小说似乎不合规范，可是，谁又说过小说只能有一种写法呢？或者，有意地“混淆视听”正是作者的一种叙事策略，甚至，一种引诱读者进入小说规定情境的叙事圈套？简言之，如此地讲究小说的“亲历性”并非作者随意为之。

《在毛乌素沙漠南缘》的叙事并不复杂，但在可称简洁的叙述中却有着极为丰富的蕴含。作品涉及人类与大自然的关系，人类自身内部之间的精神和情感疏离，人类在面临灾难时的渺小、无能为力，以及被迫承受苦难之后的麻木和习以为常。读者们应该注意，上述内涵的揭示，又无不与作品所展开描写的人物生存的具体环境密切相关。是马儿庄这个写实的具体存在（从某种意义上说，它又何尝不是一个极具象征寓意的写意性存在呢？），为人类的所作所为、生死荣辱，提供了堪称绝妙的典型环境和象征性背景。马儿庄的北部是巨大的毛乌素沙漠。这一巨大沙漠的存在，有如天空中的一片沉滞不去的乌云，生命的阳光被遮蔽，马儿庄人的生活和命运便笼罩在“这片乌云”的浓重阴影之下。事实上，由于人类的肆意开垦，我们的许多家园已经沦为缺少生命的荒地，流沙此时正毫不留情地逐渐掩埋着孤苦无依的马儿庄。连那个迈着鸭步的本地矮个儿男人都说：“再过三两年，可能就没马儿庄这个地方了。”为了强调大风沙摧毁一切的力量，作品细致描摹了一场疯狂沙暴，这场沙暴夺去了许多人的生命，其中包括“我”喜欢的一个一年级小学生。意味深长的还有，当“我”从沙暴的死亡威胁中奋力冲出，惊魂甫定，给远方的亲人打电话以报平安，并试图探问亲人对一百多公里外的沙暴有何特殊反应时，电话那端的妻子却毫不经意地轻轻巧巧把这一话题化解了。于是，一种对人类命运和生存困境的忧伤之情无法阻挡地从作品中流露出来。我们仿佛能够听到作者的叹息之声：人们总是在冠冕堂皇的理由之下，制造着灾难（比如对地球家园的过度掠夺导致土地沙漠化），而当灾难当真降临，我们又总是那样的脆弱，毫无抵抗之力。

当然，为人类生存境遇和命运叹息，并不意味着视人类前景为一片黑暗。小说中治沙英雄牛作孚这一人物的出现并非偶然。而且，小说在叙事上，一开始有意把牛作孚的故事处理得欲说还休，欲擒故纵，似乎是颇有深意的。当马儿庄的人们在肆虐的沙暴面前无力地坐以待毙，或者只对男女情事充满兴趣时，一个七十岁的老人却在愚公移山式地与风沙搏斗。于是，我们从老人和那个灵秀的珍珍身上，看到了人类的尊严和永不褪色的信念。

1999年12月

苦土上的岁月与人生

——石舒清小说创作论[1]

宁夏的西海固地区作为一个通常的地理学名词，有着太多的令人感伤的内容。这个曾经创造过辉煌业绩、有过灿烂文化的历史悠久的地域，近代以来，在天灾人祸的反复包围和袭扰下，已经变得满目疮痍。由于贫穷、荒瘠、苦焦、孤寂，西海固似乎常常被世人遗忘。它像一个居住在深山谷里寂寞的老人，带着曾经的苦难和忧患，长久地默默注视着高天上的万千流云，满腹心事，不知向何人诉说。局外人很难知晓，在它那颗表面渊默而内里波翻浪涌的瀚海一样的心灵世界深处，到底积聚了多少渴望和力量——那片贫瘠而敏感的土地上几乎一百年的热情和想象。也许，以艺术的方式自由地"诉说"是这片土地至为迫切的心理愿望，这片饱经沧桑的土地从来不缺乏传奇故事，更不缺乏激情和梦想，它唯一欠缺的只是深情的讲述和诉说。由于它的长期沉默，这片土地之外的世界似乎难以听到它的独特的声音。人们只能凭借臆想和猜测，用感觉去触摸这片看似荒凉神秘的地域。毋庸讳言，西海固在很漫长的一个

[1] 本文所论石舒清小说，主要见于他的两本小说集《苦土》（"21世纪文学之星丛书"），百花文艺出版社1994年版；《暗处的力量》，花山文艺出版社2001年版。

时期之内被种种传说和臆测所包围和深深误解，这当然源于某种傲慢与偏见，更源于它的本应该气势充沛、丰厚嘹亮的嗓音不被世人所知。而我们都知道，西海固完全有能力让它以外的世界听到它的声音，这片神奇的土地上毕竟年深月久地回荡着响遏行云的灵魂之歌——花儿。应该说，让外界认识和知晓西海固的方式可能是多样的，但文学代言人的出现，其意义和价值常常难以估量。古老神秘的西海固在不算短暂的一段历史时期，缺乏一个可以走出那片土地的神圣的行吟“歌手”，这个“歌手”应该以自己区别于他者的声音和旋律，向整个世界宣告和挑战。“歌手”的出现，将在某种程度上结束西海固被人遗忘和随意想象的尴尬局面；“歌手”的出现将使西海固的异常博大和丰富以前所未有的清晰面目，呈现于世界的眼前。令人欣慰的是，在寻觅和奋斗多年之后，从西海固的大山的褶皱里终于走出了一位深情荡漾的“歌手”——石舒清。石舒清以他的弥漫着生命的元气和强力的文学，诉说着西海固的苦难、沉重、内心的长久隐痛和渴望摆脱孤独，融入时代的不懈追求。是否可以这样说，石舒清以他的文学世界，唤起了世界对这片焦渴土地的关注和深入索解的兴趣。石舒清也以他的文学世界，营造了西部文学中的一处别开生面的迷人风景。

一

石舒清的文学世界，来源于他生于斯、长于斯的西海固的土地，来源于一直与他相依相伴的父老乡亲，也来源于弥漫于这片土地上的特殊的精神世界和情怀。一句话，他的十余年的文学创作无一例外地来源于他的“本土经验”，来源于他对西海固生活和命运的静观默察，是西海固的表层荒凉而内里丰厚的黄土地，给他提供了难以枯竭的创作资源和令人激动的文学想象。也因此，这片土地上的无言的大山、干涸的河道、废墟一般的村庄、苦焦的人民，无一不在他的小说世界中如实映现，它们指示着这一特殊地域生活和命运的古老、沉滞、苍凉和坚忍，同时，它们也相当深刻地表现着民族心灵深处的历史积淀和纯美追求。

石舒清的文学世界是苦涩的。这种苦涩的情调，直接对应于石舒清所亲身感受到的这片土地上现实人生的多灾多难。众所周知，西海固是一个“苦瘠甲天下”的所在，生存环境的严酷和惨烈，人民命运的艰难困苦，往往难以催生过于浪漫的文学歌唱。石舒清出生于贫苦的农家，童年和少年时期又是在共和国政治动荡、混乱，经济极其萧条的年代里度过的。与西部其他乡村相比，西海固在20世纪的六七十年代的生活，更显得异常艰辛和备受煎熬。石舒清在他的散文《童年纪事》中说：“我是一个农民的儿子，整个童年在荒凉和饥饿中度过，从生下到十一二岁，不曾吃过花生、西红柿，甚至很大了还光着屁股，没裤子穿。”因为没裤子穿，石舒清在七岁那年，玩耍时被村子里的一只恶意的老猫咬了屁股。也就在这一天，母亲将自己的一件花颜色衬衣改做成一条“童裤”。七岁的石舒清第一次穿上这条裤子，竟然禁不住得意，月光下在小村子里游玩了好长时间。是的，石舒清是多少带着一点甜蜜的伤感来回忆这桩往事的。然而，它不也真切地记录着那个年代西北乡村生活的极端贫困和窘迫吗？从一己的人生经验和特殊的精神情怀出发，石舒清早早地便打开了同情与关注底层生活的心灵之窗。当他长大成人，接受了知识和智慧的哺育，成为一个来自于苦难乡村的知识分子时，诉说的愿望如此强大和迫切。他几乎是本能地用整个心灵去回忆和感知曾经有过的苦难和沉重。这一刻，西海固的神秘面纱被一支充满灵性的文学之笔揭开了，惊人的真实裸露出来，使我们对于一个民族的命运与灵魂第一次这样接近地发现和感知。

阅读石舒清的作品，20世纪六七十年代的西北偏远山乡的历史生活，鲜明地跃动在我们眼前。在这片贫瘠苦焦的土地上，当年也曾上演过争相背诵毛主席语录、“批林批孔”等等政治活剧，并因此培养出像马如龙和三舅爷这样的“运动专家”（《苦土》）；因为缺粮，几个乡村少年迹近儿戏地在庄稼地偷豆子，几乎酿成两个村子的血腥仇杀，虽然最终集体性械斗得以避免，十二岁的舍巴还是被自己的父亲用石块击倒，终致伤重而亡（《牺牲》）；一个已经生下十五个娃娃的小个子女人，仅仅因为年节时燎牛头，不小心燎坏了一块，便被婆婆和丈夫无情毒打，而这个女人却在想要为其伸张正义的工作组面前死活不承认挨了打（《牛头》）。石舒清冷峻而清醒地书写着已成往事的乡村故事，内里却涌动着难以掩抑的忧伤。石舒清有一组采用童年视角叙事的小说，包括《暗杀》《残片童年》《伊哈的母亲》《乡土一隅》等，题旨与上述几篇作品颇为接近。在这些作品中，20世纪六七十年代的西北农村的困苦生活虽然不是表现的重点，但农村的破败、荒凉，缺衣少食以及极左思潮对农民命运的肆意干扰，依然清晰可辨。当我们看到仅仅因为还不起生产队的八九十元钱，家中院子里两棵已经生长了百年的老榆树（荒年，这两棵树上所生长的榆钱是村人的救命之物），竟被队长指挥人无情砍倒时（《两棵树》），当读到始终生活在被侮辱、被损害境地的牛儿掉进那个此前已经吞噬了许多人生命的废井，并使伤心欲绝的牛儿妈从此疯掉时（《暗杀》），读者心里充满的只能是悲愤。我们承认，关于20世纪六七十年代中国农民所经受的生存苦难，已不是新鲜的话题。早在20世纪80年代，这一类故事便被反复诉说。石舒清的意义在于，他以一个来自山野民间的底层作家的身份，如实记录了他所生活其中的底层农民在极左思潮泛滥的年代里，遭受的物质生活的磨难和心灵的压抑。而这些描写和叙述，揭示的是“左”的思潮的无孔不入。当“左”的思想以一种眩人耳目的面孔出现于一个物质贫困、精神闭塞的环境时，它同样可能对那里的人们带来无穷灾难。

事实上，特殊地域农民精神苦难的描画和刻写始终是石舒清看取生活、解剖民族灵魂的焦点所在。对于像石舒清这样的生长于苦难和忧患之中的作家来说，鲁迅的思想和精神几乎是天然地流淌在他的创作血液当中。这种对于鲁迅精神的由衷亲近和继承，使石舒清对正在行进着的中国西北地区的乡土生活有着不同于他人的认识和理解。当这种认识和理解化为作者笔下的独特的艺术世界时，石舒清的小说便具有了相当的思想锐气和穿透力。

我们发现，就创作数量而言，石舒清描写现实农村生活的小说相当多。尤其是20世纪90年代中期以来，他的一些重要作品几乎反映的都是正在发生和演变着的黄土山乡的现实社会人生。与一些作家相异的是，这些作品不仅描写新的社会情势下偏远山乡的农民物质生活发生的可喜变化，更启人深思的是，石舒清在飞速旋转的时代生活的大背景之下，富有力度地描写了民族心灵深处的某些“病灶”。种种精神弱点的集中展示，说明着在我们这样一个幅员辽阔、经济发展水平极不均衡的国度，精神生长和存在方式同样有着极大的差异。与此同时，它也提醒着我们，鲁迅等五四文学的先驱者所开创的文学启蒙事业远远没有完成。

《选举》是石舒清近年创作的最具思想穿透力的写实小说。它描写的是一个在地图上极难找到的鸡肠子河村的选举风波。三个发了点财的村子里的“有头脸”的人，觉得自己应该在政治舞台上一展身手了，于是策划于密室，点火于基层，以一种“揭竿而起”的蛮勇方式，集合村人把村长“巴掌脸”选掉了。然而，这是一场非法选举。他们“揭竿而起”的代价是或逃逸，或被抓了进去，最终以闹剧收场。表面上看，这是一个涉及乡村民主意识觉醒的题材，而实际上，小说深刻地写道，无论是“巴掌脸”为保住权力的奋力抗争，还是刘有财、李志生、李志龙合谋扳倒欺人太甚的“巴掌脸”，出发点却惊人地相似，那就是他们都懂得：权力就是压迫，有了权力就可以拥有一切。三个“有头脸”的人之所以要搞掉“巴掌脸”，是因为此人不知道“利益均沾”的权力游戏规则，而刘志财们却早已迫不及待地想要坐到利益的餐桌上去分享盛宴，因为他们已经认为自己是村子上具有话语权的人物了。《选举》使我们自然联想到阿Q，那个时刻幻想革命成功之后“喜欢谁就是谁，想要什么就有什么”的流浪者的阴魂至今不散，“改造民族灵魂”的社会和思想实践确实任重而道远。

人格的孱弱、卑微，精神的贫困、病态，似乎并不只是个别的现象。当政治的狂热逐渐消退，对金钱的疯狂追逐与及时消费享乐人生的精神病毒，一夜之间也在这个民族的一些人身上突然发作。石舒清在一系列小说作品中，对金钱腐蚀人性这一现实现象进行富有力度的批判。《深埋树下》通过父子两代人价值观念的尖锐冲突，愤怒谴责了尤素夫的见利忘义、游戏人生的思想和行为。《贺禧》以村人对暴发户牛蛋态度的微妙变化，写出金钱力量与传统道德观念的正面冲突。小说的最终的结局是，村里人由对牛蛋的妒忌、羡慕，到最后蒙昧了良知去趋奉那用金钱包装了的败坏与邪恶。在其他一些小说，诸如《节日》《留守》《招魂》等作品中，石舒清几乎是不自觉地描写了金钱对于乡村新一代人心灵的戕害，而这新一代的年轻人恰恰成长于现代教育远远没有普及的乡村。也许，这个民族中的老一代人尚有传统的信仰可以支撑自己的精神大厦，使个人面对强大的世俗欲望的洪波巨浪时，还不至于乱了方寸。而对成长于动乱年代的乡村新一代人来说，由于远离知识和信仰，相当漫长的一个历史时期的普遍精神贫困病症在他们身上不仅没有减轻，反而旧伤未去，又添新痛。如此沉重、严峻的乡村现实的描写，表明石舒清是清醒的五四现实主义精神的绝佳传人，石舒清不留情面地“揭出病苦”，其旨归自然是“为了疗救的注意”。

一个无法回避的文学话题是，在石舒清近年创作的诸多深切关注现实的小说中，农村基层干部的腐败现象是颇为重要的一个表达内容。《选举》中的“巴掌脸”利用手中小小的一点权力，便肆意侵吞国家拨给贫困山村的救济财物；《搭皮》中的那个柳姓村长，借给村中“特困户”麻旦一家要救助之名，居然把要来的粮食让弟弟去喂了牲口。至于《群众演员》中那个玩弄村民于股掌之间的村长，粗暴进入木匠马八斤的正常生活，还以为给马八斤一家人带来了多大的恩典的刘乡长、刘村长（《恩典》）等等，都如实映现着西北边鄙之地的现实风云，展示着当前农村生活的艰难性和复杂性。或许，上述作品想要告诉读者的是，农村基层干部灵魂世界的改造，应是当务之急。

二

在石舒清所构筑的文学天地之中，实际上存在着隐隐相对的两个世界。一个世界是写实性的、纷扰不宁的世俗世界。这个世界充满着现实的苦难、人生的困境和欲望的挣扎。而另一个世界则是写意的、和谐宁静的精神境界。这个世界里弥漫着圣洁纯粹的信念、善良美好的人性和坚忍超脱的情怀。这是一个令人感动的、诗意缤纷的世界，人居于这个世界当中，此生虽陷于苦难却可以自由欢喜地仰望灿烂星空，此身虽渺小如沧海之一粟却与无穷的天地宇宙共生存。很多时候，石舒清借助于他笔下的两个彼此对立的世界，书写着他对沧桑人世的感悟，对生与死的不停追问。可以看出，石舒清笔下的这个写意性精神世界，是融人生、审美、精神信仰于一体的艺术世界。这个世界是他灵魂的家园，是他超越苦难的现实人生，进行思想和艺术提升的策源地。

似乎很难说清楚石舒清心灵深处两个世界的彼此搏斗究竟始于何时，是与生俱来的宿缘慧根，还是在现实和人生的磨难中突然降临？我们只是知道，这个自小病弱、敏感、内向的作家，在登上文坛不久，便在作品中坦露了自己的灵魂。1993

年，二十四岁的石舒清在《逝水》的开篇中说："不知始于何时，青年的我竟漠然于谋求生计，却无缘无故地、徒劳地冥想生命与死亡一类。越想越糊涂。越糊涂越绝望。绝望成了一道厚实而不可逾越的障蔽，使我几至窒息。我时常含泪回顾自己走过的这二十余年，竟是那样那样的无聊，那样那样的遥远而漫长。"《逝水》是一篇回忆性的自传色彩很浓的小说，如果不算臆测，我想起码在1993年，石舒清就已经开始了自觉地自我灵魂审问。不难看出，他对此岸世界的某种虚幻和厌倦感已初露端倪。只是，我们也应该看到，这种人生的虚幻感鲜明地带有青春期的心理特征，那是一个多激情、好玄想、心灵动荡不安并且不惧怕生命死亡的人生多事之秋。因此，青春期的思绪显然带着某种不确定性和夸张色彩。此后，在小说中如此直白地对生命和死亡进行探究的文字逐渐减少。石舒清把灵魂告白的任务，交给了他的散文创作。而在小说之中，石舒清将两个世界的纠缠、冲突和彼此对比，艺术地引入作品的深层，它们成为整个作品艺术世界的内在背景和参照物。伴随着年龄的增长和创作风格的趋于成熟，石舒清逐步告别了青春期的过度感伤，而开始锋芒内敛，真气内涵。他显然知道，在小说中，丰富的耐人寻味的故事和人物，力透纸背的刻画和描写，比滔滔不绝的说教更具有征服人心的力量。

石舒清对现实人生的叩问，对生命终极价值的追寻，鲜明地体现在他对老人系列形象的精心刻画上。在他的许多小说中，他总是不自觉地将秉性善良、宽厚，具有强大坚忍的生命力量的老人与懵懂无知的少年放在同一个现实世界中来进行艺术对比。通常的结局是，在少年那双浑茫天真的眼睛里，爷爷和奶奶一辈人活得那样的纯粹、高贵、人格饱满而丰赡。他们朴素的生命和多灾多难的人生之间并没有形成无边浩荡的悲怆之海，相反，以欢喜之情看待人生的平静心态、超脱人世苦难的执着信念，使他们面对任何社会灾难和人生命运的惊涛骇浪时都能镇定自若、神态安详。那个红颜薄命、进入生命老境时终日枯坐的姨奶奶，究竟是咀嚼着怎样一种生之况味才活到九十余岁（《逝水》）？那个同样老得像一段老榆树根的姑太太，吃着苦菜团子仿佛在吃点心。她的“吃”的哲学是，人要带着欢喜心去吃五谷杂粮，只要香香地吃，啥东西都会香起来（《小青驴》）。柳述增天生就是盲人，但他靠着爷爷临终前传授的“招魂”之术，硬是在黑暗中摸索过苦难的一生（《招魂》）。在小说《残片童年》中，爷爷从狱中回来的第二天，便领着父亲和叔叔进山去挖野菜。设若爷爷不回来，家里是会饿死人的。爷爷是家族的根。像得到根的滋润一样，“我们”这些枯干的枝叶，渐渐地泛出一些淡淡的新绿。石舒清总是不自觉地在小说中由衷地赞美着这个民族当中的老一代人，在这些老人的艺术形象之上，无疑寄托着作者对现实人生的某种思考。是否可以这样说，石舒清更愿意用想象去激活老人们的历史，在老一代人的命运书写中，人的生命被灿烂的阳光所照射，仿佛镀金一般；而老人们的子孙的所作所为，却只能让他们高贵无比的先人蒙羞。无论是父亲一辈人在极左年代里所呈现的生命之孱弱，还是“我”这一代人在欲望之海中的苦苦挣扎，生命本质的高贵华美、自由洒脱早已经无可避免地离之远去。作为石舒清笔下的极富魅力的想象性境界，作者对爷爷一代人的刚强、侠义、坚忍、向善之精神性格始终抱着“虽不能至，然心向往之”的创作心理，这造成了他小说中老人系列作品艺术情调上总体的温暖和清新，比之描写现实的作品，笔者以为石舒清这一类小说更具艺术上的独特之处，更值得珍视。

与在老人形象刻画上的深情灌注相映成趣的是，石舒清的作品之中经常出现一个颇耐人寻味的意象：“坟院”。这个十分民族化的、有着深厚的文化积淀的文学意象，实际上也透露着作者对人生以及人的生死问题的诸多思索。

在石舒清的小说之中，“坟院”常常成为作者乐意描写的一个艺术所在。那是一个神圣的洗涤人的灵魂、给人纯洁的思想和抵抗世俗力量的所在。石舒清最动人的小说《清水里的刀子》中，送走亡人的马子善老人，在最后走出坟院时，觉得这个地方才是自己的“家”，与喧嚷不休的尘世相比，坟院毕竟要宁静得多。显然，“坟院”这一意象在石舒清的艺术体系中，已经不仅仅是一个具象所在，毫无疑问，它已具有了象征和隐喻意义。它是人的肉体生命的终点，又是更为漫长的精神旅程的起点。石舒清在此展开和升华着人间的生与死、灵魂的幸福与不幸等等的形而上话题。

三

追踪和探索一下石舒清十几年来小说创作的艺术发展之路，是一件颇有意味的事情。石舒清的小说创作从20世纪80年代末起步，经过了差不多十年时间的艰苦磨砺，最终形成了自己比较成熟的艺术风格。明末清初文学批评大家金圣叹在总结《水浒传》成功的创作经验时认为，《水浒传》对于社会人生的深刻出色的描写，无疑是作者长时期观察复杂的社会生活、刻苦砥砺思想和艺术的结果，所谓“十年格物而一朝物格”。石舒清的艺术创作之路，也正是由“十年格物”和“一朝物格”两个创作阶段构成。正因为有了长期的艰苦的思想和艺术的不懈追求和反复磨炼，石舒清才有了对于小说创作艺术规律的独特而深刻的理解和把握，有了今日创作上的“一树繁花”。可以这样说，经过十多年的艰辛跋涉和攀登，石舒清在小说创作上，正在由艺术的必然王国向自由王国高速挺进。

石舒清以小说而登上文坛。他的早期作品，反映的生活领域虽然独特，但艺术风格和特点还不是非常鲜明。也就是说，那时的石舒清看取生活的眼光还不完全是极其个人化的，他在对社会历史的深微体察上，在对人本身的理解和认识上，在艺术表现、语言风格的独辟蹊径上，还没有建立起自己的优势地位。是否可以这样说，石舒清90年代初走上宁夏文坛，更多的靠的是他的小说题材的特殊性。毕竟，由生长于回族山乡的“本土作家”书写回族生活命运的作品，数量上还比较稀少。因了题材的特殊性，石舒清后来逐渐显现的完全个人化的艺术感知能力和文学想象能力还处于被他所描写的社会人生遮蔽和压抑状态，他那时的小说多少给人“思想大于形象”的感觉，虽有艺术的灵光偶现，却总是燃不起冲天大火。翻检石舒清早期作品集《苦土》，我们发现，集中的多篇小说，叙述和描写上似乎采用的是一种诗体的分行。然而，作者笔下的生活却是那样的沉重、滞涩、艰辛，是一种非常有密度的生活。诗体的语言形式和密度很大的生活，形成了一种无法融合的紧张局面。仿佛一只精致的空箱子，无法装进去身躯庞大的大象。或许，采用诗体式的语言形式叙述描写生活，作者的本意大概是想节省语言，意在言外，但是，由此带来的消极后果是，作为小说语言本身的丰富性和内在张力却被忽略了。于是，小说对社会和人性的穿透力量被不经意地减弱和损失了。比如，《招魂》是石舒清早期创作的一篇相当出色的小说，但今天看来小说的艺术描写还比较单调稚嫩，个性化因素相当弱小。

进入90年代中期，石舒清的创作视野逐渐拓展，思想和艺术的精进给他的小说作品带来了崭新的面貌。可以明显地看出，他已经可以用独特的“腔调”在艺术讲坛上发言。他调整了自己的艺术思维，挣脱了禁锢自己思想的绳索，驱散了遮蔽自己艺术个性的浮云，从而走入一个创作的丰收期。大概从1994年开始，石舒清开始对90年代初期的小说叙事方式进行改造。他的早期小说，叙事成分和抒情成分纠缠在一起，两方交杂，有时，为了说明自己的某些人生观点，作者甚至“赤膊上阵”，大发议论。结果，叙事被削弱，议论又被认为是吃力不讨好。1994年，石舒清在《朔方》和《飞天》上分别发表短篇小说《斯文》和《杨德宗》。这两篇作品，虽不是石舒清最出色的小说，但对作者寻求小说艺术转型和突变，意义重大。从这一年起，石舒清的小说艺术发展走上了两条彼此配合的道路：一方面，石舒清采用严格的写实手法，执着而真实地书写着西北乡村农民的生活命运和心灵苦难，抒情和议论成分在这类写实性作品中几乎销声匿迹，更多的时候，作者的思想感情是从小说故事和对人物命运的书写中自然流露出来的，这类作品的代表作是《选举》和《搭皮》等；另一方面，石舒清又发展了早期小说中的抒情成分，形成了一种带有散文化倾向的写意小说，这类小说有相对简单的故事情节，多采用童年视角叙事，主旨多为探讨人生命运的不可测度，力图索解人间生死荣枯的奥秘，明显地带有形而上色彩。其代表作有《暗杀》《残片童年》《伊哈的母亲》等。

从艺术风格来看，石舒清的写实类小说具有凝重和冷峻色彩，对农民命运的深切关注以及“哀其不幸，怒其不争”的复杂心态，使作品时露批判锋芒。这使我们认识到，柔弱的石舒清，其心灵深处其实时常怒刮着感情风暴，这种内心风暴带来了他创作的紧张感和焦虑感，尖锐的讽刺和批判由此而生。坦率而言，读石舒清的《选举》《搭皮》《牛头》等作品，有读鲁迅“鲁镇”小说的感觉。当鸡肠子河的村民们糊里糊涂地举起粪叉儿一般的胳膊和手时，我们内心涌动的只有悲凉。石舒清的写意类小说，总体风格为沉郁、多思、灵气内蕴。这一类作品多以儿童的眼睛看世界与人生，表现着作者本人对浑茫世事的浓厚探索兴趣。需要指出的是，1998年以来，石舒清的写意类小说发生了非常独特的艺术新变。在《乡土一隅》《开花的院子》《小青驴》等新近创作的小说中，童年视境中的生活大大被拓展了，一种单纯明朗的温和诗意弥漫其中。像牛儿那样的横死的故事不再出现，噩梦缠绕一般的情绪已经淡出，无论是那个不被乡村人理解的“情种”老勉，还是那个老而又老的小脚姑太太，给人的感觉已不是压抑和伤感，而多少有一些人生的温暖。

石舒清的另外两个小说名篇《清水里的刀子》和《节日》，其艺术变化与上述作品类似。《清水里的刀子》写马子善老人对生死的感悟，是一种超脱复杂人世的清静情怀；《节日》写一西北乡村回族青年妇女的现实心态，对丈夫的怨艾中有许多依恋和温情。概而言之，石舒清新近的小说创作正在摆脱其90年代前期的紧张和滞涩，而变得自由和洒脱。由于创作心态的放松，他的小说艺术水平开始跃上新台阶。具体表现在小说内涵突然间变得丰富和博大，他已经可以颇为自然地将对民族地区乡风乡情的描写，从容转化为对人的生存的领悟和发现。他的作品的艺术描写更为精湛和到位，叙述和描写已不再草率和随意。打一个不甚确切的比喻，石氏小说以前的某些场景和心理描写，只仿佛投石入水，可闻“扑通”之声，不见水花波纹。近几年不同了，我们不仅能闻其声，而且能清楚地看到湖面平静被打破之后，激起的浪花和那一圈又一圈细密的波纹。我们有时发现，石舒清的观察力陡然间有了惊人的提升，他的精确的观察就像昆虫吸附着枝叶和花瓣那样紧紧地贴着他所描写的对象。与描写的精湛到位相和谐，在语言的运用上，石舒清更加注意语言的张力，讲究和注意小说叙述描写语言的象征、暗示和耐人寻味，他将新鲜、新奇的比喻引入作品，自觉地创造性地把西北方言等引入作品的叙述和描写，从而产生了特殊的审美艺术效果。种种迹象表明，石舒清的小说创作已经进入一个艺术的成熟期，在宁夏甚至全国文坛，石舒清正在发出自己独特而响亮的声音。

纵观石舒清的小说创作历程，我们可以清晰地看到他所迈出的每一个坚实的艺术脚步。石舒清不是那种完全靠灵气写作的创作者，他在艺术追寻之路上踏出的每一步，都饱含着他的心血和汗水。在文学创作上，许多时候他更像是一个固执的老农夫，常常有不惜气力、累死为止的想法。他对创作的虔诚和敬畏之心，对写作的认真执着之心，在当今的文坛上，已成独特而稀有的风景。1997年，在他从事创作差不多十年的时候，他在一则创作谈中说：“写作逐渐成了一种艰难而又冒险的事情，如对绝壁的攀缘。每有一个新的构思就像面临一个新的绝壁……写下去似乎成了一条绝路……每一篇作品都似乎硬着头皮才能写成。最艰难因而也会最振奋，最难测因此常常会柳暗花明、好景迭出。而难度就在于对下一个好景的探索与发现。不硬了头皮干，恐怕会一事无成。”[1] 是的，人生和艺术永远不可穷尽。对于严肃的小说家来说，创作从来都是不停的心灵搏斗和对困难的克服。小说家的命运确实与田径场上的跳高运动员颇为相似，生命在一次又一次起跳，已经越过的高度，既是光荣又是致命的阻碍。好在，石舒清凭借自己“农人的固执”，坚决而勇敢地翻越了一座座峭壁。也许，抵达现在的文学山峰，还只是一个小小的胜利，艺术的无限风光永远存在于不倦的搏斗和难以停止的攀缘之中。

2000年7月

[1] 石舒清. 随笔两则 [J]. 朔方，1997（4）.

有味道的小说

——石舒清小说阅读札记

读《清水里的刀子》

《清水里的刀子》（《人民文学》1998年第5期发表，《小说选刊》1998年第8期选载）是一篇写得非常洁净的小说。所谓“洁净”，意思是说，小说在取材、立意、结构、语言运用等方面都做到了简洁干脆、不枝不蔓，仿佛一潭空明澄澈的秋水。然而，这水空明固然空明，却不是那种一眼便可看穿的浅水。它有深度，多色彩。去过川西北的神奇之地九寨沟的人们都知道，九寨沟的许多湖泊和深潭是极透明清澈的，人们甚至可以看到水中三四米深处的卵石。但是，这些由来自高山上的雪水而形成的明澈的湖泊与小潭却并不呆板、简单，在阳光之下，它们往往变幻着明暗与色彩，透露着某种难以言说的神秘诗意。打一个也许并不十分恰当的比喻，笔者以为石舒清的《清水里的刀子》就是一潭让人难以忘怀的九寨沟之“水”。

这篇小说的题旨似乎也并不复杂，但作者却把它处理得摇曳多姿，于是小说一下子就有了某种艺术的丰富和内在张力。简单说，《清水里的刀子》是一篇感悟生死的小说。感悟生死是个大题目，古今中外许多文学大家都做过这尖端题目。仁者见仁，智者见智，谁也无法说自己的探寻与攀登已抵达真理的顶峰。再说，人类在一代代生长、延续，有关人类的诸多话题又总是周而复始，常讲常新，“生与死”的话题毫无疑问带有永恒性。问题的关键依然是，面对人类的又一次生与死，你是否讲出了你的发现、你的惊讶，哪怕是那么微小的惊讶和发现。《清水里的刀子》以一个老人的心理视角感悟了生死之间的一线所牵和相依相伴。这不禁使我们想起了庄子的“齐生死”之论。给作品带来不凡气息和异彩的还有，在这篇小说中，一头充满灵性的牛竟然是如此高深莫测地勘破了生死奥秘。主人公马子善老人感叹自己在生死大限面前是这般的孱弱无力，读者诸君又何尝不是如此。

《清水里的刀子》叙事异常简洁，作品的焦点集中于马子善这位老人的心灵透视。而这心灵的波翻浪涌又非常强劲地形成了作品的张力，推动着小说故事的进展（虽然这故事是那样的简单明了）。可以看出，主人公纷扰的思绪，由亲人的无常所引发的对于生与死的不停追问构成了小说的情节主线。而构成作品缤纷诗意的，则是围绕着这一情节主线铺展开来的一种异常宁静、肃穆的宗教般的氛围。这种艺术气氛生动而丰富地弥漫于小说当中，它如同作品的生命之灯，常常使作品在许多时候被照射得晶莹璀璨，从而闪烁着迷人的审美的光辉。

迄今为止的石舒清的小说创作表明，他是一位极其善于描摹老人心态的高手。《清水里的刀子》中对马子善心理图景的深度刻写再次证明了这一点。这种超验的把握生活的艺术能力显然与石舒清的年龄颇不相称。唯一的答案可能是，石舒清似乎把小说创作当作了一种感悟生死的精神旅程。在这一特殊的精神旅程之中，生命的潮起潮落与云起云飞，狂舞酣歌与委顿枯败，都被一双平静而智慧的眼睛穿透。而这双慧眼也显然透露着作者对于人世的一种超脱情怀。小说作品内蕴的丰富和境界的高远便由此而来。坦率地说，并非所有的创作家都能拥有这双不寻常的眼睛。它的获得需要修炼，更需要完全来自心灵深处的丰沛激情和悲天悯人的博大心胸。

请允许我对《清水里的刀子》这篇小说的语言运用啰嗦几句。一个时期以来，在小说创作领域，有为数不少的作者对语言的运用相当随意，他们似乎已经不大理会汉语固有的美质，不知道有味道的艺术语言才是最撼动人心的语言；相反，语言的缺乏锤炼、缺乏优美，芜杂、苍白在一些作品中触目可见。这种文学语言的乏善可陈直接妨碍了近年小说中精美之作的产生。20世纪90年代的小说家中已经很少有人能在小说语言上与80年代的汪曾祺、阿城等作家比肩而立。石舒清大概已经意识到了这一点，所以他在近期小说创作中便在语言的铸炼上格外用力，并且取得了相当的成就。《清水里的刀子》也不例外。得益于对于人世的体察入微，这篇小说的艺术描写十分精湛，语言也细腻传神，多暗示，多情味，极富张力。请看以下两段描写：

送葬的人都走净了，院门外的浮土上印着很多的脚印，大家来时的脚印和去时的脚印重叠了，这样就使得许多脚印都失去了方向。人们走得多么快，只留下一些模模糊糊的脚印，但终有一天人们要把自己留在这里的。谁都不免把自己留在这里的。

他走进门里去了，但是他很快站住了，他看见一个硕大的牛头在院子里放着，牛头正向着他，他不知道牛的后半个身子哪里去了。他觉得这牛是在一个难以言说的地方藏着，而只是将头探了出来，一脸的平静与宽容，眼睛像波澜不兴的湖水那样睁着，嘴唇若不是夆在地上，一定还要静静地反刍的。他有些惊愕，他从来没有见过这么一张颜面如生的死者的脸。

两段描写都是通过老人马子善的视角而展开的。语言谈不上华丽，甚至还有些平淡。然而我们仔细读一下，会发现这两个场面的描写是苦心经营过的，实在不是随意为之。很显然，一位接近生命终点的老人对于沧桑人世的深刻感悟，对于一头高贵的“知生死”之牛的万千感慨与深情，事实上都浓缩在貌似平淡的话语之中了。它使我们又一次记起当代小说大家汪曾祺的一句名言，那就是：“写小说就是写语言。”

1998年12月

读《节日》[1]

一个可以清晰感觉到的文学现实是，有“味道”的好小说在创作界正变得日益稀少，它们的偶尔出现如同凤毛麟角。由于一些批评者和创作家片面地鼓吹对传统的所谓“反叛”和“解构”，文学界正无可避免地生产出许多清汤寡水的赝品。

[1] 石舒清. 节日 [J]. 时代文学，1999（2）；小说选刊，1999（9）.

我们常常是在很漫长的时间内，难以阅读到生气灌注、韵味悠长的作品。更多时候，我们看到的是只适合于“夜半无人私语时”的“悄悄话”文学，以及从西方现代派作家那里复制的痛苦、焦虑、恐惧和绝望。显而易见，一味地追赶时髦和莫辨艺术的真与伪，已经导致了创作界纯美诗意和文学高品位的逐渐流失。近些年的文学创作不仅疏离了大众也使文学界内部啧有烦言即是明证。事实表明，新的不一定就是好的。在对以往的文学传统未经仔细梳理和认真钻研的基础上，就轻易地放言反叛传统，视传统为敝屣，这样的观念和做法不说是狂妄和浅薄，起码也是一种非理智的举动。因此，回到传统（实际上是回到“常识”），回到文学之所以为文学的根本所在便成为一项十分紧迫的艺术任务。我们应该明白，古典小说尤其是19世纪欧洲小说所精心构筑的文学传统，并不是能被后学者轻易绕过和抛弃的。人道主义情怀，面对现实人间的批判勇气，叙述的魅力，刻画和描写的深刻、精湛，凡此种种，坦率而言，是每一位小说创作家应该永远追寻的文学高境界。文学作品不是哲学的高头讲章，不是押韵的文件，更不是“自我抚摸”和描写“内分泌”。文学是人类灵魂诗意而深情的表白，是社会历史的锐利穿透，是流动的、日常的、充满细节的生活的新鲜而有情有味地摄取和捕捉。所以，好小说永远应该只具备两个最基本标准：那就是思想、智慧的新发现和艺术刻画的深刻与精湛。简而言之就是说要有味道——思想和艺术的有滋有味。自然，二者兼美的小说总是相当罕见。因此，拥有智慧的思想或者在艺术上显现超人功力，二者居其一的作品都应该被视作好小说。基于上述理由，笔者以为石舒清的短篇近作《节日》可称得上是一篇值得欣赏和回味的好小说。

《节日》叙述的是西北黄土山乡的一个寻常的人生故事。一位人称环环媳妇的青年妇女牵着一头异常温顺、洁净的羊，在一个老人家的忌日里，要去墓园舍散，她最终遂了心愿。这样的生活事件实在称不上是什么大事件，表面上看似是波澜不惊。然而，作者写来却绝不平淡。由于叙事视角的特殊和心理描写的起伏多致，作品在简单的情节发展中陡然增添了许多丰富蕴含，从而使一个不甚显眼的日常生活故事酝酿出了动人心魄的艺术力量。

我们看到，这篇小说基本上是采用环环媳妇的视角来叙事的，小说情节的推移、生活环境的描写都是通过环环媳妇这个青年妇女的眼睛展开的。采用这一女性视角来叙事，给作品带来了明显的艺术新特征。

首先，小说风格上偏于阴柔纤美，艺术氛围的营造上是宁静、安详。读者能够处处感觉到一种不疾不徐的、舒缓有致的叙事情调。这种艺术情调显然与一个不常出门的、很是羞涩的青年妇女的心理感觉甚为合拍。

其次，女性视角使作品中的心理描写和艺术刻画呈现出一种难得的细腻与温和。小说的中心情节是环环媳妇前往陡峭的石头山上的墓园，去把一只羊舍散了。但实际上，行路难的过程却并没有多费笔墨。反复徘徊于中心情节左近的是环环媳妇的思绪，是她的心理的起伏、流动。环环媳妇对自己的婚姻状况并不十分满意。原因是她和环环的结合是一桩父母包办的婚姻。不仅如此，丈夫环环做了生意之后人就变坏了。烟和酒沾上了，还“越是不像话的话，环环越是要让这话算数”。环环媳妇尽管屡次劝说丈夫戒除恶习，赶紧回头。但环环却置若罔闻，依然我行我素。甚至于连媳妇上墓园这样的事情，他都要编谎阻挠。环环媳妇是觉得自己的男人变坏了，但是她除了劝说以外，确实毫无办法。作品非常细腻传神地写出了这个年轻女性在不如意生活面前的怨艾、失落、忧伤、无奈等诸种情绪。稍微能够安慰这颗柔弱心灵的，大概只有用自己亲手养大的羯羊去上墓园舍散了。细细读来，我们会发现环环媳妇对环环始终怀着一种爱恨交织的复杂心情。她的上墓园舍散又何尝不是在为环环“赎罪”，并衷心祈盼丈夫浪子回头呢？石舒清如实地写出了西北偏远山乡回族妇女的生存状态及微妙的心理，不粉饰，也不刻意渲染。由于是以女性视角看人生，我们甚至可以发现，作品对于金钱腐蚀人性这一世相的批判也是隐约而温和的。这样的描写显然更符合小说的此情此景，更具有令人信服的逻辑力量。

比之创作于20世纪90年代早期的小说，石舒清去年以来发表的作品似乎更注重艺术刻画和描写上的精益求精。我们有理由相信这是学习中外小说大师的结果。对经典的钻研和写作时的高要求，使他近期小说的细节提炼和场景描写都显现出难得的新气象，《节日》也不例外。比如以下这一段细节描写：

> 尕羯羊站在身边，它的柔软的毛使她的一半的身子很温暖。它低着头，嘴与流动的水面若即若离。铜铃儿大半浸在水里，中间的那个小钹在流水里一拂一拂，像是送水远去。环环媳妇发现尕羯羊低头并不是喝水，而是在看水。

如果我们知道上述的小河正是流经墓园山下的一条极为清洌的小河，读者们大概不会放过“羊看水”这一大有深意的神来之笔（我们已经知道了“清水里的刀子”这一神奇传说）。倘若我们更为细心一点，我们也会发现能够把铜铃中间的小钹在水中拂动的景象精细描绘下来的，肯定也不是艺术上的等闲之辈。它使我们明白，对于具备相当功力的作家来说，获得和提炼出一两个关键性细节，几乎等于赢得一次创作上的重要比赛。

另外一个不得不涉及的艺术话题是，关于小说中的比喻等修辞手法的运用。“比喻”是伴随我们每一个人成长的最原始、最熟悉的语言修辞手段之一。从有了基本的语言能力开始，我们似乎就在跟比喻打交道。但是，包括相当一批文学创作者在内，许多人却总是说不出，或者写不出新鲜而耐人寻味的比喻句。石舒清是一位重视语言锤炼的作家，对比喻句的精心选择和反复推敲是他语言运用的重要一环。他小说中的比喻句常常给人以新奇之感，但又绝对是贴切的，充分生活化的。例如：“水底的石子像洗净的青蛙那样入神地趴着。”把水底的石子比作青蛙，新鲜而有动感，大概还能使人联想到一些小石子身上已经布满斑驳的苔藓，因为苔藓的颜色与青蛙背部的颜色非常相近。再如，在苍茫空阔的大山里，墓园“像是一个古老的蜂箱，吸引着无数蜜蜂一样的人往它身边来”，将墓园比作蜂箱，上墓园的人则如同飞往蜂箱的蜜蜂。除却场景描写的准确、生动之外，似乎还暗含着来自世俗人间的人们正在寻找灵魂“家园”的深意，仿佛散落山水之间的蜜蜂正殊途同归，飞入蜂箱。

颇耐咀嚼的《节日》告诉我们，在文学创作上应该不存在某一种艺术创作方法是否过时的问题。写实和写意都可能臻于艺术的极致。重要的是，你是否真正提供了新的思想与智慧，或者是否在平淡似水的生活中发现了诗意的、美丽的人与事，并把这种诗意人事用新鲜而充满活力之笔精湛地描绘下来。

1999年5月

石舒清的意义

石舒清创作于1998年的短篇小说《清水里的刀子》终于获得了国家级文学大奖——第二届鲁迅文学奖。消息传来，宁夏文学界的朋友们莫不为此感到由衷地喜悦。如果我的记忆无误的话，自从张贤亮以短篇小说《灵与肉》和《肖尔布拉克》获得1980年和1983年全国优秀短篇小说奖之后，差不多二十年，宁夏作家再也没有在中国作家协会主办的全国优秀短篇小说获奖作品当中占据一席之地。当然，也有一些无法回避和抗拒的客观原因，中国作协1989年至1994年间，一直没有举办过国家级的文学评奖。这使得许多文学新人在自己创作的上升阶段失去了脱颖而出的宝贵机会，宁夏的许多青年作家自然也是无奈的损失者。好在，1995年国家级的文学评奖恢复之后，仅仅过了三年，石舒清就创作出了他迄今为止写得最好的小说《清水里的刀子》，并在日前以相当高的得票荣获鲁迅文学奖。石舒清的获奖，无论就他个人的创作而言，还是对整个宁夏的文学创作而言，都有着不可低估的价值和意义。

石舒清从事文学创作的年头已然不短。当写作小说《清水里的刀子》的时候，他已经在文学这方园地里辛勤耕作了十年。在日益喧嚣躁动的当代，在消费和享乐主义成为某些人的图腾，文学已经被许多人弃之如敝屣的年月，石舒清以一个乡村老农夫般的倔强和执着，默默耕耘，年复一年，终于在金秋时节有了动人的收获。我想，石舒清的成功，首先应该归功于他对文学的极端热爱，来源于他对文学事业难以割舍的那一番深情。

接触过石舒清的人都知道，他对文学事业怀有一份虔诚而神圣的宗教式情感。一旦进入文学阅读和写作的天地，他常常忘却自己，迷途而不知返。这几年，我和他接触的次数越多，越发感觉到他对文学的“病态式”痴迷。他仿佛总是活在自己的心灵所构造的迷人境界当中，那个世界是诗意的、唯美的。清风明月，彩霞满天，秋雨梧桐，花飞花谢。行到水穷之处，坐看云起之时。我以为，从内在的气质而言，石舒清是耽于幻想的，而这恰恰是一个好作家的原始起点。他和纷扰的现实总是保持着一种若即若离的关系。他不善于言辞，是因为坚硬的现实老要唐突地打扰他的梦境。一个始终在诗意的梦境里遨游的灵魂，怎么可能总是非常自如地应对猝然而至的现实呢？于是，他的眼睛里经常漾动着紧张和不安，那是梦境被破坏之后的自然反应。然而，他的紧张和不安，也帮助了他，使他时常看到自己的不足。似乎没有听到过石舒清志得意满地说话的时候，别人谈起他的优秀之作，他要么惶恐地咕哝几句，要么就是半天也说不出话来，让对方高昂的情绪一下子被砍去了头颅。一个多少有了点名气的青年小说家，多年以来一直保持着谦逊的品德，这在自吹自擂成为时尚的今天确实难能可贵。对一个孜孜不倦的写作者来说，它更是一种难得的境界。只有把文学视若生命的人，才会不在意文学能带来什么别样的东西，除了心灵的自由和解放。

痴迷和热爱文学仅仅是走向成功的一个方面。如何坚定而沉着地打一口文学的深井，从而显示出另一种艺术情调和风貌，显然是走向成功的关键之所在。简单说，一个想要在文坛鹤立鸡群的创作家，或迟或早都必须锻造完全属于自己的感觉世界表现世界的本领和方式。这种独特的艺术本领不仅能够使你拥有杰出的思想穿透力和艺术知解力，而且还应该有着别人不可追随和难以企及的艺术风采。

以石舒清为例，我们可以说，他的表现题材是独特的。十几年来，他的关注焦点始终集中于宁夏南部的西海固地区，他将这片土地上人民的艰难困苦以及艰难时世中的坚忍情怀如实地揭示了出来。于是，西海固无言的大山、干涸的河道、废墟一般的村庄、苦焦的人民，以一种前所未有的艺术方式呈现在世人面前。更为动人的是，石舒清发现了西海固土地上的那样一种倔强、自尊和超越情怀。这使得一直被贫穷、荒瘠所围困，为傲慢和偏见所深深误解的西海固地区，在文学的国土上争取到一份难得的尊严。当石舒清以他的《清水里的刀子》《清洁的日子》《节日》《小青驴》等作品，宣布西海固不仅仅是一个受到天灾人祸反复袭扰的伤痕累累的所在，那还是一个精神丰盈元气充沛的价值世界时，实际上石舒清已经成为一个难以替代的出色“歌手”。这个歌手唱出了别人无法吟唱的歌声，那是属于西海固的花儿，即使歌唱爱情，也辛酸得如泣如诉。我们见不到“月上柳梢头，人约黄昏后”的缠绵，“落花人独立，微雨燕双飞”的些许感伤，有的只是苦难中的执着和一份苍凉心性。正是这一份高天之下厚土之上的苍凉心性感动了西海固以外的人们，使得他们在世情纷乱心灵躁动之时感受了来自中国极贫困地区的那样一种清凉。

石舒清取得成功的又一个艺术经验是，在相当漫长的创作实践过程中，他从不追风逐流，也不轻言反叛，而是扎扎实实地读中外文学经典，细心而老实地揣摩学习，认真写作。90年代中期以后，在国内文坛，颇有一些年轻的作家，对已有的经典文学传统抱持虚无主义态度，有的人甚至连汉语文学的美质尚未认识清楚，就口口声声要颠覆和反叛，其无知和狂妄已到骇人听闻的地步。石舒清身在文坛之中，奇谈怪论也听了不少，但不为所动。他的小说虽多方取法、转益多师，骨子里的情调却是东方的、中国的。他能够融汇中外小说的种种成功的艺术经验，为他笔下的西海固人生服务。因此，他的小说，根是深扎在黄土地上的，其艺术的滋养却不仅来自本土，也来自异域。由于他的坚守，在所谓“后现代”文艺思潮甚嚣尘上、“私语文学”泛滥成灾的时刻，他的那些闪耀着中国艺术光辉和民族精神的作品，便有了一种无法替代的价值和地位。

石舒清的成功，对宁夏文坛具有启示性意义。第一，《清水里的刀子》的获奖，再次证明：经济与文学的发展确实存在着不均衡的关系。在经济水平相对落后的宁夏，其文学艺术创作可以率先在全国争得应有的地盘。所谓“小省区办大文艺”就是此意。它提醒宁夏的文学艺术家们，只要你开辟了完全属于自己的一方天地，锻造了独特而锐利的思想艺术兵器，你就完全有可能走向中国一流文艺的竞技场，展现你的武艺，让世人看到你的英雄本色。第二，宁夏青年作家的创作这几年呈现出非常强劲的上升势头。石舒清率先突围成功，无疑会对其他青年作家产生激励效应。实际上，陈继明写于1996年的《月光下的几十个白瓶子》已经具有了获全国奖的实力。如果陈继明艺术选择上再坚决一点，作品再打磨得精致一点，他应该是下一个给我们带来惊喜的人。除了上述两人，宁夏文坛还埋伏着相当数量的高手，有些人差一口气便可进入全新境界和“争霸”行列。显然，天道酬勤。辉煌的时刻总是与不懈的奋斗和刻苦砥砺有关。第三，石舒清的成功表明，宁夏的本土生活是一个具有诱惑力的所在。在宁夏这片幅员并不辽阔的土地上，生命的强度和生活的复杂程度一点也不输于世界上的任何地方。生活在宁夏的作家，没有理由抱怨自己无创作资源可挖。关键是，你手中开掘生活的斧头其锐利度如何。如果，你没有在寻常的历史故事和现实发展中有惊人发现，并以强有力的艺术手段呈现给读者，那说明你的思想和艺术修炼得还不够深沉博大。第四，诸如《清水里的刀子》等作品被当今文坛认可，表明小说情调和艺术感觉方式的民族化是当今文坛极为关注的一个艺术课题。在经过差不多二十年欧风美雨的吹拂之后，中国文坛已经产生一种自觉，那就是，在全球经济和技术一体化已成不可抗拒的潮流的情况下，坚守文学的族别身份是中国文学重新证明自己的重要手段。那种以为中国文学的传统精神资源已经失去原有魅力的说法，现在看来，显然是不严肃的。当今作家的任务，应该是在认真继承文学传统的前提下，结合当代生活和理念，对深厚的文学精神传统进行创造性转化，使老树开出新花。从这个角度而言，宁夏青年作家努力汲取传统文学的营养，从而寻找并构建艺术上独特的“言说方式”的任务实际上仍然繁重。可以肯定，吃透和积极消化传统文学资源的时候，便是我们腾飞的时刻。我想，当青年作家们能够自觉地认识到上述问题，我们无疑就拥有了他日笑傲江湖的最佳出发点。

2001年8月

写实的魅力

——读季栋梁小说三篇[1]

像许多生活和成长于中国西部的作家一样，已过而立之年的季栋梁也是由乡村而走入城市的。虽然严格说来，西部的城市在精神血脉上与不发达的乡村共着一个“胎盘”，存在着千丝万缕的联系，但毕竟在乡村与城市之间，还是有着某种可以触摸到的经济和文化差异性。尤其是在市场经济大行其道的20世纪90年代，这种精神差异就表现得更为明显和突出。笔者强调这一点是想说明，对许多属于季栋梁这个年龄段的西北作家来说，他们的人生经历和精神旅程无疑会深深地烙印在他们的作品之中，他们在乡土中国文化背景下所接受的价值和情感教育，他们在由乡村走向城市过程当中所付出的心灵磨难，这一切都不可能被轻易化解。年少时代辗转挣扎于乡野的亲身经历，使他们对黄土中国的底层生活烂熟于心，也使他们对乡村始终保持着温情、眷恋，以及某种难以消除的焦虑心绪。长大成人之后进入城市，并在城市感受现代气息的求学、工作经历，又常常使他们以一种“城市人”的眼光看待世事人生。这时，他们会发现他们显然陷入了一种情感和心理的矛盾之中。一方面，乡村此时似乎显得既熟悉又陌生，时代的变革之声总

[1] 本文所论季栋梁的三篇小说见《延河》文学月刊1999年第8期。

是在这里产生不了巨大反响，而乡村人的精神深处却是旧伤未去，又添新痛；另一方面，在改革的中心地带——城市，事情也并非想象的那么简单。“浪漫的80年代”已经远去。在更为讲究利益和商业“操作”的90年代，心灵跋涉的艰难与沉重可想而知。显然，季栋梁们正是带着这样的精神印记而从事写作的。这一精神印记使他们明显地区别于比他们更为年轻的创作者。他们不大可能只去写作“私语”的文学，他们也不大可能只是轻飘飘地去复制西方现代派的孤独和绝望。对这些出生于20世纪60年代，并且经历过80年代文学“洗礼”的大多数作家来说，社会责任感和忧患意识是如此丰厚地积淀于他们的心灵深处。这给他们的创作带来了负重感和直面现实的勇气，同时，也带来艺术上的某种冷峻色彩。

我们看到，在季栋梁最新创作的这三篇小说中，有着非常相似的取材倾向性，它们无一不是对存在于我们生活之中的某些值得深究的社会问题和精神现象的关注和揭示。并且，这种关注和揭示在《追寻英雄的妻子》和《你到底有多少钱》这两篇小说中达到了相当的深度。相比较而言，《追寻英雄的妻子》一篇更具有现实针对性和艺术感染力。从小说所叙述的故事来看，读者肯定不会感到陌生。一座城市的一位名叫金钟的警察在与八个穷凶极恶的歹徒搏斗时，不幸遇难。于是，金钟成为人人敬仰的英雄。地方政府和公安系统联合组织了大规模宣传英雄事迹的活动，英雄的妻子方其姝也在颂扬和宣传英雄的热潮中，被罩上了神圣的光环。小说对于现实问题的艺术呈现和尖锐追问在于，当英雄的在天之灵已经安息，英雄的妻子将会面对怎样的命运？我们发现，当生活中的一切都回归于平静和常态时，方其姝本该自由和自然的生活却从此布满阴云。因为是英雄的妻子，她便被整个社会一厢情愿地想象成为不食人间烟火的“神仙”。她被格外热情地予以关心，能够接触到她的人们有意无意地用不寻常的目光“监视”着她的一举一动，她被暗中阻止与别的男人再行婚恋。在这样的社会大气压之下，方其姝只好选择出奔，逃到一个陌生的城市当中去过曾经拥有过的正常人的生活。不难看出，这篇小说具有题材的尖端性。它非常敏锐地发现了我们社会生活中的一种极为普遍的精神心理现象，那就是在潜意识当中，许多普通人确实是希望英雄的妻子是应该为死去的英雄“守节”的。如果我们想到，所谓“守节”竟意味着一个鲜活的生命将在整个社会的全方位监视和干涉下，日复一日、年复一年地自我压抑、自我戕害，直到生命之花彻底萎谢枯败，我们就会明白这是一件多么不人道的事情。季栋梁把一个尖锐的社会问题如实地呈现在读者面前，它再次提醒着善良的人们，封建主义观念的阴魂有时实际上离我们并不那么遥远。

《你到底有多少钱》是一篇乡土小说，属于惯常的人生故事。乡村女子秋菊为了逃婚，从荒僻的家乡出走，在外面摸爬滚打。当她怀揣打工挣来的血汗钱回到村子时，村里人却制造了一个又一个谣言，连秋菊以前的恋人也躲避瘟疫一般地离开了她。在这里，季栋梁又一次触及乡土人生中的精神贫困问题。意味深长的还有，小说写出了返乡的秋菊实际上已经完全不可能再度融入她曾经那么熟悉的乡村生活。她在精神上已经被村长等人划归为“异类”。从她敢于抗婚的那一时刻起，她就被开除了“村籍”。因为秋菊破坏了乡村“游戏”的基本规则，其中最重要的一条就是，当拥有权势之家（比如村长家）向诸如秋菊这样的贫穷弱小之家求婚时，你只能顺水推舟，甚至应该感恩戴德。如果你敢于藐视这一生活伦理，你便成了所有人的敌人。讲规矩礼法的乡村对待“敌人”从来都是冷酷无情的。小说严峻地表明，乡土中国的精神改造过程当属艰巨且漫长。

《人在旅途》是一篇摹写生活中“杯水风波”的小说。婚姻生活中的“战争与和平”主题具有经久不衰的艺术魅力。这篇小说以人物对话推进故事的不断进展，并且在总体氛围上蕴含象征寓意，可见作者构思之妙和叙事的不同凡响。

如果读者们读过季栋梁的一些小说，会很自然地发现季栋梁是一个讲述故事的能手。对故事性的喜好与追求成为他小说创作中最为明显的美学特征。他总是喜欢通过引人入胜的故事的讲述来揭示人间的诸种奥秘，人生的变幻莫测，人性的善恶交织。社会生活中的许多矛盾困扰之处，季栋梁总会借助于精彩的故事不动声色地将它们显现出来。仿佛生活的底片，一经在他精美叙事的显影液中浸泡过，就鲜明地呈现出生活本身的真实面影。《追寻英雄的妻子》从故事的结构形态上看，多少还带有一些侦破小说的痕迹。它使读者从阅读小说的开始，就陷入悬念和疑问之中。而“我”寻找方其姝的过程，仿佛就是一个“破案”的过程。这样的叙事结构显然是作者有意为之。《你到底有多少钱》一篇，从小说题目的选择上就可以看出作者的艺术意图，那就是尽可能地利用一切手段吸引读者的阅读注意力。我们看到，在许多年轻作家对小说的故事性、小说的情节曲折性进行颠覆和反叛的时候，季栋梁不仅不为所动，反而更刻意地讲究讲好故事、设计好动人的情节。这样的艺术态度和勇气确实值得钦佩。我们应该知道，在艺术创作方法的选择上，根本不存在某一种艺术方法过时和落伍的问题。无论写实还是写意，运用任何一种艺术方法都有可能创作出经典作品。关键是，作家们的眼光是否对所接触的社会历史生活有足够的穿透力，作家们是否有思想的勇气和精神的智慧。或者，当思想一时还难以达到“一览众山小”的高超境界，这时候，作家们的艺术创作力和想象力是否饱满、丰赡，感受和描写生活的笔墨是否细腻传神、深刻有力，就成为决定作品成就高下的试金石。从这个意义上说，写实性的故事小说依然具有强大的艺术生命力。作家们需要注意的是，在惯常的人生故事之上，能够升华一些形而上的思想和智慧。高明的选择是，盘踞故事并超脱故事。这是季栋梁小说给我们的启示之一。

从季栋梁的这三篇小说中，我们也会发现作者在小说风格的追求上似乎更注意色彩的冷峻和叙事上的反讽。这种冷色调与作者对生活的严峻思索有关，也和季栋梁对20世纪西方文学的有益借鉴不无联系（我们可以在季栋梁的小说中看出一些福克纳作品的叙事情调）。从继承中国现代小说的文学传统这一角度看，我们发现他的写实风格好像更接近于五四时期的那些经典作家，而与20世纪40年代以后的许多短篇小说家有所区别。这表明，艺术的选择总是有着具体的文化背景作为巨大支撑。在一个思想相对解放和宽容的文化环境中，艺术家们风格的追求毫无疑问更具有个人色彩，而这种艺术上的多元化追求恰恰是中国文学走向更辉煌明天的有力保证。

1999年6月

别一种叙事方式

——读金瓯的三篇小说

读《前面的路》

应该承认，金瓯给了我们一个意料之外的惊喜。这位许多年前就已“上路”的年轻的创作者，在沉潜和探索数年之后，终于以出色的短篇小说《前面的路》（《人民文学》1999年第6期），使相当多的文学圈内之人对其刮目相看。

《前面的路》是一篇言说“寻求自由”话题的小说。尽管天和地束缚着你鲲鹏展翅的雄心壮志，尽管平庸的世俗生活日复一日地以一种漫不经心的随意姿态，腐蚀着你奔向旷野、追求自由的高贵意志，但是，两个年轻的主人公还是毅然决然地“上路”了，欣然体会“在路上”的自由旷达情怀。是的，上路的人因为无所凭依，所以难免狼狈。他们没有携带人们通常出门时习惯携带的古旧指南针，因此常常迷路，并且很耽误功夫地走回头路。有时，路上的情形实在凶险，老龙潭的那眼神秘之潭有可能使你大受诱惑，以致情不自禁地跳下去；走在秦岭的边上，忽然就赶上滔天的洪水了，洪水虽然颇为慈悲地给刘老五留下一条性命，可是它却把刘老五的头发几乎全部拔光。然而一切的已知和未知的凶险与危机都不可能扼杀年轻人对远方的渴望。在跋涉者的意念中，“前面的路”永远充满着言说不尽的奥秘和动人诱惑。

坦率而言，有关“自由”故事的文学言说不是一个十分新鲜的话题。在文学史上，许多关于人类诸多情形的话题都是老而又老。然而，话题虽古老，言说的方式却往往各不相同，于是，“说话”的方式就不仅仅是所谓文学技巧问题，通常的说法是，“说话”的方式关涉到创作主体对社会人生的看法，关涉到每一代人文学审美的特殊精神方式。

金瓯是出生于20世纪70年代的年轻作者。这一代创作者对人世、对生活的看法显然有别于他们的前辈——60后作家，更有别于知青作家群以及他们的父辈作家。与上述各代作家的重大区别是，金瓯这一代作家给人的感觉是，仿佛在我们的不经意当中，他们就将许多前几代作家视若生命甚至神明的文学理念轻易地割舍了。随后，在我们的错愕中，他们扮一个鬼脸，然后大笑而去。他们不再想让文学承担过多的非文学重负，他们担心那会把膀不大腰也不圆的文学压垮；他们也不太热衷于（有人干脆严词拒绝）在作品中追求社会和时代的宏大叙事，他们认为那不是他们所钟情的“文学”；“历史”叙述在这一代人的作品中全面退隐，像是一个被富贵人家丢弃在黑屋子里的已经停摆的古老挂钟。70后年轻作家们似乎更热心于诉说成长的烦恼和灵魂漂浮的痛苦。“自由”的言说当然也是他们喜欢书写的文学母题之一。我们虽然一时还无法确定70后作家最终会在文坛占据怎样的一席之地，但是我们应该肯定，像《前面的路》这样的作品肯定是独特的文学之声。那种精神的内敛，那种超越苦难的从容，那种骨子里的幽默，都不是勉强为之。《前面的路》实际上昭示着一种崭新的文学的叙事方式。

这种叙事精神不欣赏呼天抢地式的狂情四溢，不故作高深地谈玄说理，不小女人式地泪眼婆娑，而是“不愿被感动”地叙述故事，评说人生。这种异常冷静的叙事姿态清楚地表明，巨大的历史苦难精神正在这一代人的心目中悄然滑落，由于不再承担前辈们的“遗产”，他们便可以自由自在地浪迹天涯。

读《刀锋与伤口》

金瓯的《刀锋与伤口》（《朔方》1999年第5期）是一篇真实刻画少年人心灵的情调颇为感伤的小说。就小说内容而言，这篇作品实际上涉及一个人们熟视无睹的社会人生话题：男孩子是如何长大的？这个问题也许是老生常谈，但《刀锋与伤口》以其缤纷之色仍然让我们感动不已。

少年人的成长经历是一个许多作家已经写过，并且依然有生命力的文学话题。人生的尴尬处在于，尽管人类一代又一代地重复着相同的生命故事，然而新一代人并不一定会变得比前人聪明多少。真实的情况是，糊涂处继续糊涂，伤心处依然伤心。我们都知道少年人的心灵是多么脆弱、多么稚嫩，但是，社会又总是在漫不经心当中，无情地伤害着那么多稚嫩无瑕的心灵。我们都知道要主持正义和公道，却常常在许多时候，并不理直气壮地弘扬正义，而是麻木和冷漠地对待正义。《刀锋与伤口》以一个十二岁男孩子的眼睛，窥破了成人社会的种种虚伪和无情，其中流露着这个男孩子的“深深的失望”。坦率而言，这种失望之情也应该是作者金瓯的。

在小说当中，十二岁男孩的少年世界与父母、教师等共同组成的成人社会构成了一种相互对比和映照的关系。我不知道这是不是金瓯的一个“叙事策略”。在这隐约对立的两个世界中，美丽和正义仿佛只属于少年世界，而成人社会好像正变得“谜”一样分外“古怪”。要揭破这一奥秘，我想还是有必要简单叙述一下故事：十二岁的男孩是班长，一次放学带领着全班同学刚出校门，就遭初中生抢劫，“我”为了保护女同学苏红而负了重伤。结果，“我”在家躺了两个星期只有苏红前来看护安慰。伤好以后，“我”就在“打人”和“挨打”之间周旋，一点一滴地学习生存。或许，读者应该注意以下的一段文字：

> 月白如昼，斑驳的树影落在她脸上，那面容端庄而凝重，我真该好好看着这张脸，能看多久就看多久，因为这已是世间所剩无几的美丽之一。

文字显而易见是伤感的。一个十二岁的男孩子居然有如此苍老的心境，只能理解为曾经遭受过巨大的伤痛。当着一个十二岁的孩子因为“拔刀相助”而经历磨难之时，本来应该挺身保护孩子的大人们却奇怪地退隐了，面容变得模糊而可疑。这样的生活情形无疑会像一把利刃刺伤了正义善良之心，十二岁的男孩子在成人社会难觅真情援助，只好去痴恋少年伙伴苏红那张美丽动人的脸。应该说，关于苏红那张“美丽之脸”的描写是《刀锋与伤口》中最撼人心魄的艺术描写之一。

就今年以来的金瓯小说创作而论，可以看出这位年轻的创作者在小说语言上颇下功夫。经过几年的摸索和调整，金瓯小说的语言运用正越来越强烈地呈现个人风格，当然这种风格还不甚稳定。读者在其小说作品中，可以看到他想要追求一种洁净、硬朗的语言风格特点，力图在相当节制的叙述中传达更为深厚的语言内涵，在有所遮蔽中释放更多的能量。为此，他便信手拈来“陌生化”等语言手段，并且创造了一些佳句，比如：“我的头上戴了一顶只有稻草人才愿装备的草帽。”又比如：“身后翻飞着那个断了带子已经死去的花布书包，如同一个永远飞不起来的风筝兜满了风。”在这两个句子中，“稻草人装备的草帽”是一个脱俗而机智的说法；而“死去的花布书包”则对应着一个少年人在实施报复之后的绝望感、罪恶感，都可看作是苦心经营所致。

读《鸡蛋的眼泪》

《鸡蛋的眼泪》（《人民文学》2000年第4期）是一篇格调特殊的小说。说它“格调特殊”，基于两点理由：其一，我们很难用一句话来说清楚这部中篇小说的题旨所在。由于作者特殊的思想艺术追求，这篇作品的题旨颇有几分朦胧和晦涩。阅读时，你会为作品当中一些精彩的不乏机智的叙述和描写所打动，然而，当你通读全篇，试图理出一个清晰的思路时，却发现并非轻松之举。借用一句音乐上的说法，《鸡蛋的眼泪》是一部“无主题变奏”。其二，构成这部中篇小说的错综复杂之处的，恰恰是作品的叙述方式。我们甚至可以说，正是作品所采用的多重叙事视角，才使得小说蒙上了一层不易被我们通常的阅读经验所能穿透的迷离之色。是否可以这样说，在这部作品中，独特的叙述方式已经成为阻挡阅读者马队前进的“铁蒺藜”。很明显，阅读《鸡蛋的眼泪》这样的作品需要足够的耐心。我想，倘若读者能够拥有相当的耐心，《鸡蛋的眼泪》似乎并不让人畏惧，我们甚至可以在这个“拟童话”当中，读出世俗风景中的诸多被艺术“着色放大”之处，从而会心一笑。

解读《鸡蛋的眼泪》的关键，是弄清楚小说主人公嘀咕和蒋勇的“长不大”。这一点非常重要。嘀咕大概十七八岁，蒋勇二十来岁。根据通常的社会学经验，二十岁上下的孩子已经被称为“青年”，应该有比较成熟的心智，足以对复杂的人世进行有效的判断和回应。但是，小说中的嘀咕和蒋勇却是身心“两张皮”。老成的大公鸡认为，依它的见解，蒋勇的智力比一只蚂蚱强不了多少。而嘀咕，居然把三个鸡蛋捂在胸口，最终硬是捂出了小鸡！两个二十岁上下的青年，自始至终在用一双懵懂的眼睛看世界，这一看，便看出成人世界的许多令人发笑之处来。嘀咕在火车上逃票的经历，嘀咕在广州挂在摩天大楼上擦玻璃时的所思所想等等，貌似稚拙、懵懂，却写出了人间种种可笑情状。实际上，故意让主人公“长不大”，应该说是作者有意为之。我们在金瓯的许多小说中已经发现，金瓯是一个喜欢采用童年（少年）视角叙事的作者。也许，童年（少年）视角之下的世界，更带有原初的、不能涂饰伪装的本真状态，童年的思维虽然幼稚，但是它有趣、生动、鲜活，它重新打开了艺术地认识人间世界的一扇美丽窗户。将童年视角与被描写的充满复杂机巧的现实人生构成对比，这一叙事策略的背后显然藏匿着许多东西。然而，金瓯可能更喜欢意在言外。法国象征派的说法是，说出来就是破坏。

与嘀咕、蒋勇的“长不大”相对应，《鸡蛋的眼泪》中的几只鸡，大公鸡、母鸡黑黄等，却有着跟蒋勇妈妈一样成熟的智力，甚至有点老谋深算。与其说这是童话，不如说是反讽。读者应该注意到，在这篇小说中，大公鸡们的心智成熟发达得令人吃惊，它们不仅会察言观色，而且懂得调情技巧，甚至知道电视剧中小流氓韦小宝的“名言”：男人笑眯眯，不是好东西；女人面孔红，心里想老公。由于小说中家禽的人类化以及高智商化，就使得从人生早期就已亲近的曾经令我们心驰神往的那些古老童话顿失光彩，我们的对于童话的若干经验正在变得有几分可疑。最后，我们终于明白，《鸡蛋的眼泪》告诉我们的是一个真实的“成年人的童话”。这个“成年人的童话”已经完全变幻了原有的色彩和情调。

1999年8月—2000年4月

《涡漩》和《一朝县令》的得与失[1]

毫无疑问，长篇小说的写作是一件极其艰辛的精神劳动，是一种“灵魂的冒险与搏斗”。大多数时候，长篇小说的写作甚至需要创作主体整个生命和情感的全部投入。因此，作为一个充分意识到长篇小说写作艰难性的读者，我希望下面的看法是建立在对作家作品的深度理解基础之上的，是朋友与朋友之间的“闲话”。

据我看来，《涡漩》和《一朝县令》的突出思想艺术成就表现在以下三个方面：

首先，这两部作品强有力地显示出真诚无畏的现实主义精神。现实主义似乎是一个古老而常新的文学话题，但实际上近几十年来，现实主义在被加上种种限制语之后，已经变得面容模糊，真假难辨。现实主义到底指什么？我以为，现实主义不仅仅是一种创作方法，从更深刻的思想意识和精神信仰层面来说，它应该是指一种敢于介入社会复杂现实、敢于干预生活的创作勇气和无私无畏的人格力量，是一种讴歌人间正义、悲悯多难人生、批判世间邪恶的文学道义精神。进入20世纪90年代中期，国内文坛出现了“现实主义冲击波”这一突出的小说现象，然而从对现实的深度介入和刻画来看，“现实主义冲击

[1] 张武. 涡漩［M］. 北京：中国华侨出版社，1996；南台. 一朝县令［M］. 太原：北岳文艺出版社，1997.

波”的许多作品显示出某种刻意回避复杂社会现实的创作倾向，出现了文学道义感的消解和丧失。而宁夏作家创作的这两部长篇小说却接续了鲁迅所开创的五四文学的现实主义精神，敢于直面惨淡的人生，它们异常真实而有力地刻写出“文革”年代的政治风云和人间百态，在对灾难岁月的描摹当中，显示了90年代所应该具有的思想高度，其批判的锋芒为近年国内小说所仅见。由这两部长篇小说我们发现，“反思意识”和“忧患意识”仍然应该是这个年代优秀作家们必须具备的思想素质，它们是真正现实主义精神的重要表征。

其次，这两部作品的突出成就还表现在以丰富的人性视角取代了简单平面的所谓“道德评判”视角。人是文学最根本的聚焦点。优秀的长篇小说总是以异常丰富的人性内涵吸引着我们，引发着我们对于生活和人本身的深沉思索。这两部长篇避免了新时期早期“文革”题材的小说中普遍存在的公式化、概念化的情节构思模式和人物设置模式，虽然涉及政治生活的描写，但不再是所谓的“忠奸对立”，不再是简单的“好人”“坏人”之间因为个人品德的高尚与卑劣而展开道德的较量。两部小说所着意描写的是在一个动荡、混乱的年代里，权力对于正常人性的腐蚀，是失去权力的痛苦和争得权力的短暂陶醉，是利益原则驱动下的人本身的异化。《涡漩》当中的省委书记梁维刚和《一朝县令》中的县委代理书记曹兀龙两个人物形象已经很难用“好人”“坏人”的概念来认识与理解，在混乱反常的岁月里，在民主和法制的政治运行理念依然远离我们的时候，人本身尤其是掌握权力者应该是怎样的面目，实在是一句话难以说得清楚的。我们只是知道，人一旦不被约束和监督，他就有可能成为某种可怕的动物。

再次，两部小说对于人物命运的格外关注与描写也使得它们区别于国内出版的一般的所谓“政治小说”。《涡漩》和《一朝县令》故事发生的背景都是“文革”年代，这样的时代背景似乎非常容易使小说中的人物仅仅成为“政治的人”。值得称道的是，小说为我们所描画的不只是政治风云，更多的时候，读者所看到的是一些从生活土壤中生长出来的复杂的人，是人的命运的着意书写。无论是省城核心机关里的大小官员们在非常年代里的沉浮、荣辱，还是穷乡僻壤的“蚁民”们为一点可怜的生存权利而争斗，每一个人似乎都有着如此行事的合逻辑的充足理由。人的内心欲望的丰富表现，复杂情势下的人性与魔性的搏斗，这一切都使小说涂抹上了浓重的俗世色彩，它使我们有理由相信，涉及政治的小说完全可能成为一部动人心魄的人性演变的历史。就人物形象而言，高层领导干部梁维刚的形象，基层干部朱仕第、冯彦虎的形象，弱女子吕翠儿的形象，是能够给人留下深刻印象的文学形象。梁维刚在政治涡漩中的运筹帷幄、霸气十足；朱仕第的权谋与机变；冯彦虎的半人半魔；吕翠儿的天真与痴情；等等。所有的人都在为生存而殚精竭虑，苦斗挣扎，其性格刻画的深度颇能耐人寻味。

如果从长篇小说的整体效果和艺术上的完美程度来考虑，我们同样可以发现这两部作品存在着一些共同的弱点。首先，由于小说所涉及的时间长度不够（这和小说篇幅无关），因而导致了更为广阔的社会历史内容未能被小说容纳和涵盖，进而也直接妨碍了小说向大气磅礴的思想艺术境界的挺进。如果说《涡漩》因为叙事角度和文体的特殊，这一点还表现得不甚明朗，那么在《一朝县令》当中，这一艺术缺憾就相当明显了。很显然，在一部六十万字的长篇小说中，我们希望看到更为深广的文化历史内涵，更为永恒和耐人回味的人生话题，以及关于中国社会百年奋斗史的反思与叩问。然而，这一切都因为小说所展开背景的过于狭窄而无法进行。第二，饱满丰赡、堪称典型的人物形象仍未出现。虽然我们从这两部小说中能够举出若干给人留下很深印象的人物形象，但严格说来，能称作“典型人物”的阿Q式的文学形象并没有塑造出来。作为写实类的长篇小说，这确实是一个遗憾。典型人物形象的缺失，原因似乎有这么两点：一是对主要人物形象的性格内涵和心理内涵尚未进行深入挖掘，缺乏“拷问灵魂”式的透视；二是对人物形象所可能蕴藏的民族历史文化内涵缺乏深刻洞察。陈忠实的《白鹿原》之所以能在90年代的长篇小说创作中鹤立鸡群，它所塑造的白嘉轩等人物形象之所以饱满丰赡，奥妙就在于避免了上述弱点。《涡漩》和《一朝县令》两部长篇小说的第三个共同缺陷是艺术的超脱感不够。我们总体的感觉是小说写得过实过满，缺乏一种艺术的灵动之美和“有益的空白”。人物和事件的洪水常常淹没了更为高远阔大的想象空间，读者在紧张的阅读中始终难得放松。这表明小说在节奏感的掌握上还不是非常的得心应手。也许艺术的超脱感和内在节奏感已不仅仅是纯粹的艺术形式的问题，它们的获得更需要一种丰沛的“浩然之气”。那就让我们耐心地等待张武和南台两位先生新作的问世。

1997年11月

“寻找”的意义

——读漠月小说《白狐》

如果非要用一句简明扼要的话来概括《白狐》（《朔方》1998年第8期发表，《小说选刊》1998年第10期选载）的题旨，我们似乎可以把这一篇幅并不很长的作品看作是一篇有关“寻找”的小说。

《白狐》的故事非常简单明了。在辽阔西部的一处漠野中，牧羊人一家日出而作、日入而息，日子过得简单随意而又不乏温馨和谐。打破这宁静安详生活的是一只白色狐狸的惊人出现。更不可思议的是，这只百年不遇的白狐竟然被家中最不重要的人物——羊娃子看见了。羊娃子刚刚十岁，在家中尚未取得“话语权”。于是，他的激动和语无伦次的讲述在父母心目中便成为典型的痴人说梦和白日撞鬼。为此，羊娃子付出了代价：他被限制了行动的自由。谁知道羊娃子却是个“少年心事能拿云”的角色。为了证明自己的说法并非谎言，自己也不是什么“迷途”的羔羊。羊娃子开始了一场焦灼而颇费心机的寻找。“寻找白狐”在这一特定时刻是那样的神圣和庄严，它几乎成为这个少年人生命的全部意义。“寻找”的结局自然难得圆满，羊娃子甚至付出了更为惨重的代价。然而，这无悔的追踪却戏剧性地导致了少年人命运的巨大转机。这年秋天，为一只神秘出现的美丽白狐而分外忧伤的羊娃子终于坐进了距家百里之遥的小镇学校的课堂。而在此之前，羊娃子和父亲都曾想，羊娃子的少年时光以及未来的日子，都要系在一群羊的尾巴上了。

白狐的意象在这篇小说中至为重要，它显然是索解作品的关键。同时我们也发现，白狐又是作品的“文眼”，是一个结穴之处。从故事的发展和推进看，白狐的出现使小说情节陡起波澜，突然间具有了某种张力，艺术气氛也变得神秘。从写实性、故事性小说的内蕴和寓意来看，白狐这一美丽“精灵”的出现，一下子使小说的艺术潜能被唤醒、被提升。并且，它也在不经意当中打开了小说进入“形而上”境界的智性通道。在这一瞬间，白狐已不仅仅是一个真实的存在。事实上，它变得“空灵”起来，它成为梦想、期待、希冀、诱人的前景、美好的明天等等的象征物，它使可能会堕入平庸结局的小说一变而为神奇，仿佛一个即将走入成年的少女在一刹那便拥有了那么一种撩人的“风情”。

与白狐的意象联系在一起的是小说所采用的特殊叙事视角——童年视角。童年视角同样在这篇小说中担当着不可替代的作用，它保证了小说中一种新鲜情调的四处流溢。童年视角使小说中的诸多感受和描写充分艺术化、童话化了。小说中的一些场面描写和心理感受甚至拙朴到原始。比如把夕阳描写为“鸡蛋黄”，仿佛“伸出根指头轻轻捅一下，就会流淌出浓稠的汁子”；比如将羊的乳房看作是饱满红润的桃子，而娘的挤奶动作很像是在“摘桃子”。这些描写显现着儿童天真未凿的意识状态，充满童真、童趣。而在读者看来，这些描画又显然是新鲜的、审美的。也许，从本质上说，儿童的眼睛是艺术的眼睛。那些没有被污染和过滤的心灵常常会产生纯美的诗意，那些清泉般的生命感觉也常常会造成鲜嫩欲滴的诗情与画意。漠月似乎已窥破这一玄机，于是，童年视角使《白狐》放射出异彩。

与“童年的眼睛”构成冲突的是羊娃子父母生活其中的成人世界。在世俗的成人世界中，梦想似乎已不复存在。这个世界古老、刻板、有恒常的规则，也有多种禁忌。这个世界不允许奇思异想，不承认未经验之事物。当羊娃子报告说看见了一只白狐，他的父母本能的反应便是惊慌失措，仿佛大难临头。因为在这一世界的观念中，稀有的和少见的事物总是与不祥和灾难紧紧联系在一起。羊娃子的父母对未曾目睹的白狐天然地具有病态的敏感。好在，漠野深处终于蓬勃生长了希望和梦想，终于有了无悔的追踪和不倦的“寻找”。而这“寻找”最终也使羊娃子冲出了蛮野和蒙昧。此时，我们就把白狐视作羊娃子心灵深处的一道美丽闪光，一种摆脱蒙昧的强烈渴望。

1998年12月

让忧患的目光穿透现实

——长篇报告文学《跟踪何阳案件》读后

对于刚刚逝去的20世纪90年代中国社会历史的总结与反思，在大陆思想文化界正形成一定的精神氛围，成为一项庄严的工作。改革开放二十多年来，我们正是在不断的历史回顾和精神反思中，选择和校正着我们生活的航向。显然，船行大海，难免有雾气弥漫、方向莫辨的情形，但最终，我们又总是能够冲出浓雾的包围，绕过诸多暗礁，向早已确立的目标前进。必须承认，在总结和反思20世纪90年代“中国问题”的神圣工作中，文学创作工作者们担当着相当重要和不容回避的社会历史责任。遥想“浪漫的80年代”，文学界在总结历史经验、拨乱反正、开拓思想新路等方面，做出了多么出色的贡献！虽然，今日文学的神圣庄严品格正在被有意无意地损坏和玷污，被消费主义和享乐主义肆意包围的大众也正显现某种令人担忧的精神趣味。但是，我们也应该看到，无论生活怎样芜杂、色彩斑驳，无论精神界灵魂的“毒气”和“鬼气”怎样弥漫一时，这一切都无法阻断人类寻求理想和弘扬社会正义的炽热情怀。在当今小说逐渐失去思想的锋芒，散文和诗歌又在吟咏身内身外无边的风月之时，实际上，许多报告文学作家正在顽强地坚守和接续着20世纪80年代的文学批判精神和理想情怀，他们以自己卓有成效的创作，填补着当今文学界普遍置纷扰现实于不顾的可怕的精神空白。在近期国内发表的对90年代“中国问题”的精确描写和深入思索的报告文学作品中，余光慧的长篇报告文学作品《跟踪何阳案件》（《中国作家》2000年第11期），无疑具有不可替代的独特价值。

“点子大王”何阳，曾经是20世纪90年代中国国内的风云人物。1992年，借邓小平南方谈话的东风，这位此前一直默默无闻的工厂技术人员辞职下海，弄险商潮。何阳出没商海的经历不能算离奇，然而经京城新闻媒体的不实报道和大肆宣传，何阳似乎一夜之间成为声名远播的靠出卖“点子”发财致富的知识人的典型代表。随后，在多种媒体和全国各地各种良莠不齐的公关策划和咨询机构的共同“炒作”之下，不乏小聪明的何阳在短短几年之内，便有了“中国策划第一人”之誉。据何阳自己透露，十年间他的足迹几乎踏遍全中国，他甚至被一些享誉世界的国内知名大学聘为兼职教授。“由此成为中国历史上第一个讲遍中国和在大学做报告最多的人”（何阳致公安部领导的信）。

90年代中后期，何阳的知名度一路攀升，他到各地做咨询策划报告，不仅普通民众趋之若鹜，想要一睹“点子大王”的风采，即使是许多当地政府官员也一改平日的严肃和矜持，以结交何阳为人生幸事。然而，就是这个“点”遍中国的何阳，却在新千年来临之际，因涉嫌诈骗案被警方拘留。当年快速升空的一颗明星，眨眼之间急遽陨落，何阳的生活和命运仿佛变魔术一般。应该承认，何阳的人生命运带有某种传奇色彩，他的突然崛起又急剧颓败，显然传达着20世纪90年代中国社会许多不容忽视的经济和文化信息，解剖何阳这一个“麻雀”，正可以由此透视90年代中国社会的方方面面，其意义和价值不可低估。

从这一角度而言，《跟踪何阳案件》显然具有题材的尖端性。而作者也确实很下了一番功夫和力气，在对何阳涉嫌诈骗一案数月跟踪采访的基础上，渐次展开了与何阳案有牵连的当今社会的诸多情状。举凡执法机关的锐利侦查、金融部门的进退失据、传媒机构的又捧又“杀”、民营业主的“空手套白狼”，以及咨询策划业的真真假假、操作失范等等，都在作品中有深入细致的描画。难能可贵的是，虽然作品所涉及的内容与正在进行的案件侦查审讯工作有相当密切的关系，某些事实因案件尚未宣判而难以诉诸笔端，但我们依然可以通过作品文本所显露的“冰山”之一角，窥见海平面之下的庞大深厚之所在，从而引发深长的思索。比如，在把何阳由人间凡人“塑造”为呼风唤雨的“大仙”的过程中，新闻媒体到底起了怎样的作用。那种应风而起、为了某种宣传需要刻意夸大“人与事”的某一方面从而制造“典型”的新闻策划和传播方式，是否意味着对新闻报道的严肃性以及社会道德和公正原则的严重嘲弄？而仅仅因为何阳是所谓“名人”，名人的社会知名度可以作为无形资产，某省金融部门的首脑人物就可以不加任何科学论证，想当然地将上千万元的国家贷款随便划入何阳“铁哥们儿”的账下。政府重要部门的领导干部如此地不受约束、随心所欲，视国家巨额财产为儿戏的举动，到底说明了什么？它是否显示着某种惊人的失职和腐败？应该说，对名人的过分拔高和吹捧，造成了社会对这类公众人物的迷信和无端畏惧；而不假思索地崇拜与畏惧，又导致了名人的放纵和贪婪。90年代以来，由新闻媒体和不明事理的民众共同制造的各类明星不知有多少，但是最终这些民众“热爱”的明星们却往往以肆意妄为给社会和民众带来心灵的伤害。更可怕处还在于，当今“追星族”之中除了不谙世事的少男少女之外，还有一批诸如某省金融部门首脑这样的级别不低的干部。《跟踪何阳案件》显然对此忧心忡忡：国家财产和民众的命运倘若掌握在这样的人手中，我们的改革事业将会有累卵之势。

可以明显看出，《跟踪何阳案件》的思想容量已经超过和突破了具体的人物命运和事件因果。当我们将何阳涉嫌诈骗一案与20世纪90年代的“中国问题”联系起来时，在更为深广的社会政治、经济和文化背景之中，我们当然可以更清醒而深入地发现许多亟待解决的历史和现实课题。诸如在社会主义市场经济条件之下民主与法治的全新建设，整个社会健康的精神和道德氛围的小心培育，民众素质的亟待提高，处于社会关键岗位的领导人权力的有效监督、对民营企业主规范管理和有力制约等等。也许，《跟踪何阳案件》并没有开出解决问题的所有“药方”（对一个作家来说，这显然有点勉为其难），然而，读者却可以真切感觉到作家那颗忧国忧民之心的剧烈跳动。由于将自己最真实的思想愿望、最真实的勘查探索、最真实的体会感受熔为一炉，长篇报告文学《跟踪何阳案件》便具有了超越现实事件本身的理解与认知——这新鲜而意味深长的收获，来自喧腾不已的生活，也来自忧患的心灵。

阅读《跟踪何阳案件》的另一个感受是，作品在追踪何阳涉嫌诈骗一案时，并没有只见事、不见人。虽然报告文学的非虚构性特征，在某种程度上妨碍了作家们对人物性格的深度挖掘和对人物灵魂世界的大胆拷问，但由于生活故事和细节的精心提炼、选择以及对于人情、人性的刻意关注和表现，这部长篇报告文学作品当中仍然出现了几个令人难忘的人物。主人公何阳自不必说，有关他个人私生活的描写貌似“闲笔”，但对解剖此人的灵魂意义非比寻常，实在有“四两拨千斤”之妙。尤其是何阳被宁夏警方拘留之后，在与母亲通电话时的咆哮和诅咒，作家的描写可谓力透纸背。它使读者对所谓的“名人”们有了近距离的感知和触目惊心的透彻了解。作品中的其他人物，比如何阳的母亲罗咏秋，曾经与何阳称兄道弟而后又反目成仇的民营业主夏虹钢，甚至着墨不多的律师陈粹华、北京警察小杰子、某省金融部门的头号领导等人，作者写来也活灵活现，颇见深度。通常说来，报告文学作品并不以塑造人物性格为主要艺术目标，然而人物性格的颇具光彩，显然对提升报告文学的文学审美含量意义重大。说这部报告文学具有相当的文学感染力，大概与作家写活人物的文学功力密不可分。

余光慧是一位在报告文学园地长期辛勤耕耘的女作家。二十多年以来，她一直将创作的焦点对准中国社会的现实行进，力图在对时代风云的聚焦之中，触摸现实中国剧烈跳动的脉搏。从20世纪80年代推出的讴歌改革者的《强者的纪年》到90年代中期的《创造平等》（《中国作家》1995年第5期），一直到近期写作的《跟踪何阳案件》，余光慧的报告文学始终贯穿着一条红线，那就是以一种拥抱时代、干预生活的创作姿态，关注祖国和人民的命运，在对现实的书写之中，既展示生活的复杂真相，也高扬理想和社会正义。也许，有人会认为这样的文学观念和创作实践已经老而又老，但是我更愿意相信，对于复杂纷扰如今日的中国社会来说，文学的启蒙时代远远没有结束。

2000年12月

青春期的歌谣

——马青长篇纪实文学《插队的故事》[1] 读后

近二十年来，在国内思想界和文学界，始于“文化大革命”时期，并在20世纪70年代末以一种相当混乱和仓促的方式草草收场的知识青年上山下乡运动，是一个被反复诉说和阐释的“历史话题”。由于这场运动所波及的范围很广，1968年秋天以后，几乎所有的中国城市都开展了这项由共和国最高政治领袖所倡导的运动，而所有的城市家庭，不管愿意与否，都无一例外地卷入这一政治漩涡；更因为从新时期文学的发轫期开始，“知青文学”就始终在整个文学发展格局中占有重要的一席之地，许多经历过知青生活并在新的历史时期取得“话语权”的作家，以知识青年代言人的身份纷纷登场亮相，或高喊青春无悔、壮志未酬，或回望曾经艰难生活过的土地，泪水涟涟，柔肠百结。简言之，由于知青上山下乡运动是一场全国性运动，并借助知青作家们的表白和伴着血泪的诉说，这场运动以及运动中的主角——知识青年，就一直成为精神界和普通读者关注与谈论的热门话题。遥想20世纪80年代初期，作为知青作家的张承志、梁晓声、史铁生、孔捷生、叶辛等，在文

[1] 马青. 插队的故事［M］. 银川：宁夏人民出版社，1999.

坛是何等风光！在“伤痕”和“反思”文学风起云涌的时刻，他们创作的《在小河那边》《这是一片神奇的土地》《蹉跎岁月》等知青小说，以混合着青春记忆、历史苦难和悲喜莫名的情感的独特书写，不知打动和征服了多少读者的心。自阿城的小说《棋王》刊出，知青文学的创作情势为之一变。充满传奇色彩的知青小说逐渐淡出文坛，一种更为从容、平静的叙事风格悄然而坚定地进入创作界。20世纪80年代中期以后，随着社会局势和文坛兴趣的转换，知青文学由主潮变为支流，虽然声势不再十分浩大，但一脉细流始终不绝如缕。进入20世纪90年代，中国社会的经济和文化面貌日新月异，社会情势和社会心理变得异常复杂。在很短的一个时期内，曾经被提倡和高扬的理想主义和英雄主义情怀，曾经被视为比生命还要宝贵的价值和信念，仿佛一夜之间就被释放欲望、追名逐利的世俗主义的汪洋大海所包围。就在这样的时刻，知青作家们再度以强有力的姿态发言，张承志、梁晓声以笔为旗，要用一腔热血“抵抗投降”；更多的知青作家则在对现实的困惑和情感矛盾中，重新荡开回忆之舟，到往日艰难生活之河中去打捞曾经拥有过的激情与梦想，以寻找可以亲近的精神资源。正是这样的创作心态，又一次催生了近年来的许多知青作家的怀旧之作。在诸多回望知青历史的创作中，宁夏回族青年女作家马青最新创作的长篇纪实文学《插队的故事》，可称是一部特色鲜明的优秀之作。

城市知识青年上山下乡运动，是一场持续十年之久的搅动整个中国社会的政治运动。当我们仔细翻阅迄今为止的新时期以来的所有重要的知青文学作品（主要是叙事性作品），我们就会发现，知青文学从本质上说是一种弥漫着青春期气息的抒情之作。可以说，正是青春期的色彩带来了知青文学的强势和弱点。由于青春期情绪和思想的纷扰与矛盾，也由于众多“知青文学”作品是已经度过青春期的知青作家们在新的历史情境中书写的，因此，它们的意旨便显得复杂和不确定，从而为读者和研究者提供了多种阐释的可能。但无论如何，对文学艺术而言，青春期始终是一个颇具审美诱惑力的所在。青春期的浪漫、幻想、单纯、美丽的忧伤，包括青春期的躁动和“少年心事当拿云”的豪迈气概对于每一人来说，都只能拥有一次，失去了就永不再来。当动荡的岁月终于远去，化为昨天的记忆，而痴情回望在新的时代场景下又成为可能，知青作家们对于自己青春期历史的追寻与发现，便可能具有某种动人心魄的力量。也正因为这一原因，我把马青的《插队的故事》看作是20世纪90年代知青文学创作中又一次“重返青春”的心灵悸动。

所有读过《插队的故事》的人，都会被作品中叙事的单纯和明朗所打动，这种单纯明朗的艺术格调，无疑来源于创作者始自青春期的“年轻人的心态”。令我们惊讶的是，甚至在作者的知青生涯结束二十年之后，这一“年轻人的心态”依然不失其本色。关于这一点，马青在本书《没有尾声》一章中有一段夫子自道：“我从不认为我们是去受苦，我只承认那是一段经历。一段在特殊环境下的特殊经历。一段无法重复的经历。一段后人不能够体验甚至评说的经历。一段不依赖他人，一切要靠自己的生活经历。这样的经历，无疑对人的意志和情感是一种磨炼、一种锻造。何况，在十几岁的孩子眼中，对于从未经历的生活，往往是新鲜而美好的，甚至是充满诱惑的。无论未知的生活充满何样的艰辛、何等的困难，渴望尝试，这就是年轻人的心态。”我想，我们当然不能忽视这一段颇为骄傲的自白，从包括马青在内的许多知青作家所提供的文本来分析，我们就会发现，几乎所有的知青作家都生活在“过去”，生活在“别处”。艰难时世中诞生的这一代人的青春期的力量是如此强大，它已经很难用所谓的理性加以约束和规范。因此，青春期视角就成为知青作家们最乐于采用的叙事视角，并由此带来作品情绪和格调的明朗和乐观。这是解读马青《插队的故事》的一把钥匙，又何尝不是打开此前此后一些知青作家内心奥秘之门的一把钥匙。另一个不得不注意的事实是，《插队的故事》没有写惊心动魄令人心酸的知青往事，这类有关“知识青年”受难的故事，作者“不敢写”，也不愿意写。我想这和青春期视角也颇有关联。应该说，对于现实的苦难感和创伤感，并不是每一个作家都乐于表现出来的创作内容，更何况在激情和梦想弥漫的青春岁月，对于苦难和危险的感受时常是迟钝的。苦难是成人世界的话题和内心体验，青春的词典中仿佛没有它的存留之处。

尽管“怀旧”的说法已经显得有几分古板，尽管“我拿青春赌明天”的年代已经无暇“怀旧”，但《插队的故事》依然无法摆脱此前“知青文学”的惯常意绪：怀念乡土。与20世纪80年代出现的“怀念与回归”主题的知青小说的含蓄委婉、意在言外相比，马青的《插队的故事》因了文体的特殊，而表现得更加直抒胸臆。如果说，弥漫于早期知青文学中的“怀念与回归”意绪是源于知识青年回城之后的被城市冷落、推拒的心理创伤，那么，时隔差不多二十年之后，在当年的回城“知青”已经普遍地融入城市生活，不少人成为城市生活的弄潮儿的时候，“怀念乡土”之音重新奏响。我想，这一心理情势大概更多来自于对现实的某种矛盾和困惑之情。实际上，在《插队的故事》中，作者似乎是不经意地做了两个对比，一是今天的城市人和过去的乡下人的对比，二是当年的知青和眼前的年轻人的对比。在回忆往昔的知青生活中，作者着意描写了几个偏僻山乡的农民形象。这些农民形象的塑造，不仅使作品所涉及的知青生活的刻画有了更为充实的现实背景，同时也使得城里人与偏僻山村的淳朴农民，在价值观念、行为方式等方面具有了不言自明的对比性含义。当我们从良俊叔、银盆子身上感受深沉博大的善良情怀，当知青果榛当年教过的山村女孩（如今已经步入成人行列）费尽周折，终于在二十年后找到老师，向恩师鞠躬致敬时，所有人都会被深深打动。在物欲横流的今天，我们苦苦寻求的不正是人间的质朴和真挚之情吗？可以说，在众多知青作家的笔下，他们为之献出过青春岁月的乡土已经成为一个写意性、象征性所在，它代表着抚慰、庇护、温暖，是受到伤害的灵魂赖以栖息的美好家园。一旦写到熟悉的乡村，知青作家们记忆的蜂巢便会放飞充满诗情的小蜜蜂，而最终酿造的是心灵的安适和无以言说的甜蜜。

对像马青这样的知青作家来说，一部作品写什么和不写什么，并非随意为之。在他们的创作中，讲述过去，总是自觉不自觉地暗含着对现实的评价和对未来的心理期待。如同张承志和梁晓声等知青作家一样，《插队的故事》也试图在对复杂历史的描述中，“剥离”出值得珍视的因素，以维护一代人的青春年华和献身精神。与怀念过去相对应的是，作品当中有对知青的后代们（他们现在的年龄正好与知青当年上山下乡时的年龄相仿）的深深叹息。这构成了《插队的故事》中又一重对比，而对比的结果却是令人失望的。因为知青的后代们（他们是当今年轻人的代表），再也没有了他们父辈身上随时可以被激发出来的，敢于面对苦难的勇气和豪气，不仅没有勇气和豪气，甚至对“历史的苦难”到底为何物都无法说得清楚。于是，面对精神“退化”的一代人，《插队的故事》告诉我们：“苦难即财富”。一个真切地体验过生命苦难的人才可能变得优秀。知青所经历的一切，猝不及防的生活苦难和重压，恰恰是命运给予他们一代人的独特犒赏。我们发现，这显然是“青春无悔”的又一种新版本。在它的背后，仍然是知青作家们的复杂意绪，是久久难以释怀的青春期的执拗和真率。只是，并非所有人都能透彻地理解这种执拗和真率。时代的精神氛围毕竟已经大变，生活的航船正无法阻挡地驶入另一个历史的港湾。

2000年3月

让生命构筑的历史永生

——报告文学集《浙江人在宁夏》[1]读后

生活每天都在向人们展示着崭新的容颜：新鲜的人物和鲜活的故事。当岁月之河流逝，这“崭新”渐渐地就化为过去，沉淀为记忆，进入庄严的“历史”。历史有时候看起来似乎并不那么复杂，当它发生的时候，许多当事者触摸到的只是鲜活的跳动不已的现实人生，他们似乎还不大可能具有非常清晰的意识，认为自己的所作所为正在成为“历史”。历史庄严感的诞生，毫无疑问始于回望和追忆。当生活于宁夏的几代浙江人作为历史的亲历者和见证人，在许多年后发现，他们曾经有过的青春的欣喜与忧伤、创业的艰难和生存的不易，简而言之，他们所经历过的一切命运浮沉和生死歌哭都是与整个时代的风云聚散，与国家命运和宁夏山川的变化紧紧相联时，历史的庄严感就会从他们心灵深处喷涌而出，比任何时候都显得强大。坦率说，当我阅读完这本厚达七百六十多页的报告文学集《浙江人在宁夏》之后，一种历史的沧桑感和庄严感也自然地弥漫在心头。

《浙江人在宁夏》是一本沉甸甸的书，这种沉甸甸的分量

[1] 邓万. 浙江人在宁夏［M］. 银川：宁夏人民出版社，1999.

来自这部著作所记载的一百一十八位浙江人非比寻常的人生故事，来自这些故事背后所蕴含的历史沧桑和时代风云意味。作为一段历史的忠实记录，它以相当生动活泼的笔墨记载了浙江人四十多年来在宁夏这片土地上的生存和创业史。

在宁夏回族自治区四十余年的社会建设和发展史上，浙江人大规模进入宁夏有三次：第一次是在1959年和1960年两年间，有十万浙江青年响应党中央“开发大西北”、支援宁夏社会主义革命和建设的号召，告别美丽的江南，成建制地奔赴宁夏。这些支宁的青年，大多数被分配在宁夏川区各市县，从事工农业建设和生产。这批自治区成立不久即来到宁夏的支宁人成为生活和工作在宁夏的第一代浙江人。第二批浙江人来宁发生在20世纪60年代中后期。1965年、1966年和1968年，数千名杭州市和舟山地区的浙江知识青年来到宁夏的永宁、青铜峡和固原地区的六盘山区插队落户，他们的到来直接造成了“江南文化”向黄土高原深处的挺进。改革开放的新时期以来，又有约十万浙江人以市场经济的弄潮儿和创业者姿态进入宁夏，这第三批浙江人进宁夏更多自发性质，但对宁夏社会经济和文化所形成的冲击和影响同样巨大而深远。

浙江人在四十年间三次大规模进入宁夏，其时代色彩和运行方式略有差异。20世纪五六十年代的这两次浙江青年大规模进入宁夏，明显地属于当时的“国家战略”，与共和国当时的经济文化总体设想和建设步调保持着一致。改革开放以后，浙江人大规模进入宁夏，已经不再像前两次那样，是由政府组织的有计划、成建制的规模行动，而是机敏的浙江人以生意人和经营家的眼光看准宁夏这块市场，因而纷至沓来。这一次的进入时间相对漫长，改革开放二十年来，几乎年年月月都有浙江人来宁，其进入方式或“集团冲锋”，或“单兵突进”，而且由木匠、理发、缝纫等手艺人的“小打小闹”逐渐发展到相当数量的浙江“大老板”在宁夏各地开店办厂，从而给宁夏的经济文化建设注入活力。《浙江人在宁夏》以大量篇幅描写了数代浙江人在宁夏的奋斗史、创业史。其中，对20世纪五六十年代浙江支宁青年事迹的书写和记载感人至深。

第一、二代浙江人进入宁夏，明显地带有拓荒性质。当他们于自治区成立之初来到宁夏时，不要说银南、银北以及固原地区的各县，就是首府银川周围也十分荒凉，难有现代城市气息。在这本报告文学集中，不止一个人回忆到当1959年春夏之交的火车停靠在“银川站”时，下了车的人们吃惊地发现此地只有火车，没有“站”，因为铁道周围皆为荒滩。今天名闻遐迩的南梁农场和平吉堡农场，在20世纪50年代末60年代初是一片沉睡已久的荒原。是浙江的热血青年们怀着理想主义的情怀和报效国家的决心和意志，与本地的各族人民一道，将宁夏许许多多“风吹石头跑”的荒原改造成了万顷良田，不少的浙江青年在拓荒的艰难岁月里，永远地长眠于脚下的土地。本书所记载的王树林、徐阿奎、江再林、金彬彬等垦荒者的动人事迹，讲述的正是第一代来宁的浙江人开垦宁夏山川的艰辛和不易。

拓荒者的足迹也许并不仅仅限于自然物质空间，对精神文化空间的开拓应该是“拓荒”的题中应有之义。《浙江人在宁夏》这本报告文学作品集中同样记录了一批精神拓荒者的人生经历和心灵旅程，读来让人难以忘怀。宁夏曾经是一个文化极不发达的省区，地域的偏远、生产力水平的低下以及历史形成的偏见，导致这片神奇土地上的人们在相当漫长的历史时期之内，与现代文明社会和先进的文化观念相距十分遥远。浙江人和祖国经济文化先进地区的人们的大批进入宁夏，使宁夏的文化事业在很短的时间内取得突破性进展，并与祖国先进地区的文化构成对话关系；而在构筑“新宁夏文化”的神圣事业中，大批浙江籍知识分子的无私奉献功不可没。本书着力描写的经历坎坷却“虽九死其犹未悔”的王庆同教授；性情耿直，把一生献给宁夏高等教育事业的庄最清教授；愿做宁夏人民的“老黄牛”的著名美术师贝瑛仁；视学生如儿女的好教师林秀凤；等等，共同组成了为宁夏人民传播文化福音的“跋涉者”的人物画廊，从而成为宁夏人民永远铭记在心的知识群英。

在涉及传播现代知识、文化和现代文明生活方式这一话题时，我们将不能不去关注本书中所记载的若干位“白衣天使”的美丽身影。张水华的事迹早已传遍了宁夏山川，这位南丁格尔奖章获得者所表现的高尚情操和慈母情怀常常使我们对美好人生充满向往；而“医痴”何汉清，对病人一往情深的张镇、俞新奇，终年奔波于乡村的女医师朱银芳等医学工作者救死扶伤事迹的如实描画，又自然地让读者们感受到善良情怀实际上每天都在包围着我们每一个普通人，时时为我们的人生点燃深情的灯火。

《浙江人在宁夏》这部报告文学作品集，以比较大的篇幅描写了一批实干家的形象。这些实干家分布于宁夏全区各地，政治、经济和文化建设各条战线上都有其不凡身影。虽然，他们所取得的业绩各不相同，但是所有的主人公都显现着坚忍不拔的生命意志，搏击风雨的强者情怀，脚踏实地、埋头苦干的求实作风。在实干家队伍中，浙江籍的干部是引人注目的一群人。宁夏回族自治区原副主席王燕鑫、原宁夏军区司令员胡世浩、自治区政协常委傅洪备、自治区计委主任项宗西、宁夏供销社党组书记吴宣文、吴忠市副市长徐永富等领导同志，他们的人生经历和政治生涯往往非常有力地折射着宁夏社会的历史变迁和时代发展趋势，因而记载其事迹的这些篇章就具有了相当的历史认识价值。基层实干家和创业者的形象是这本书中刻画得比较丰满的一组形象。这一群体中包括已经去世的一生廉洁奉公，鞠躬尽瘁、死而后已的党的基层干部钦敦和、杜鑫康，闻名全国的小麦育种专家裘志新，党的十四大代表、全国劳模郭云姣，养猪状元周球光，矿山硬汉、共和国同龄人章永久等等，他们的人生命运总是与国家、民族以及宁夏人民的命运相依相伴，因而，他们的生活和情感经历就共同构成了宁夏社会发展的一个真实生动的面影。

在这组由实干家所构成的人物群像中，几个默默无闻的普通人的形象颇具性格光彩，他们的事迹也颇让人感慨。比如这本书的最后一篇作品《一个爱管闲事的人》就相当成功地塑造了一个颇具“侠气”的热心人唐德光的形象，读来呼之欲出；《走进新时代》以厨师娄阿昌的坎坷经历映现宁夏社会四十年来的历史变迁，小人物表现大时代；《鸿雁可以作证》截取金达秀、李华杏夫妇在非常岁月里的一段感人故事，读后万千感慨生于胸间。现在的人们大概已经难以理解“低标准”时期，那一张羊肉泡馍票的“千斤”重量！更不用说去体会它所述说着的诗意爱情。其他如“小站凡人”蒋勤富、一生苦乐在固原的王有才、乡村邮递员朱森铭、幼儿园园长陈金保等等，都从不同侧面展现着浙江人在宁夏这片土地上的生命轨迹，表现着他们忠于事业、默默奉献的高尚情操。

改革开放时代弄潮儿的事迹也是这部报告文学关注的重点。在作品集中，有好几篇文章是描写企业家形象的。一类记录的是曾经把青春热血奉献给宁夏这片土地，而今已经出国却还时时关注宁夏社会发展的浙江人。比如生活于东欧的爱国侨领张曼新，加拿大籍华侨企业家徐起政等。另一类则为崛起于改革开放年代、瞄准宁夏的市场，主动进入宁夏的浙江企业家和在宁夏本地成长起来的第二代浙江人企业家。前者的代表人物有白手起家的宁夏吉祥装饰材料公司总经理蒋方达，由温州来宁最终扎根中卫的林初乙等；后者则有大刀阔斧推行改革的林场场长丰贡献，由小裁缝铺发展成为制衣公司的“佳佳”老板顾宁生。有趣的是，如果说能够主动适应新的社会形势，敢于在市场经济的天地中经风沐雨，在20世纪五六十年代来宁的第一代浙江人那里还只是个别现象，那么，到了新时期成长起来的支宁人的后代身上，意气风发地进入商界大显身手，就已经变成了一个个寻常人生故事。我们应该明白，两代人之间观念和思想的差异饱含着多少人世的沧桑和言说不尽的社会历史内涵。

我们可以把《浙江人在宁夏》一书称之为“人物传记体”的报告文学集。这种文体的作品一般由许多人的个人事迹组成，表面上似乎缺乏勾连，看似散漫，但实际上当我们将每一个人的事迹引入时代风雨之中，我们就会发现，每一代人的命运、情感、价值选择，常常是非常相似的。这相似透露着时代的共同追求，显现着个人命运与社会历史的千丝万缕的联系。从这个意义上说，我把《浙江人在宁夏》视作数代来宁的浙江人的生命的赞歌和由曾经年轻的激情演绎的一段充满庄严感的历史。这历史已经深入我们的记忆，并成为构筑“宁夏精神”的重要基石。

1999年10月

荒原背影与往事歌谣

——田国斌摄影作品集《走进荒原》[1]简评

生活正在发生着巨大的变迁。时间之手涂抹着我们的容颜，也悄悄改变着周围曾经熟悉的一切。这是一个提倡奔跑、崇尚速度的时代，相当多的人已经无暇顾及和注视遥远的过去。人们更多的时候关注的是现在与未来。也许，用不了多久，一些被人们熟视无睹的人文生活景观将会逐渐地从我们的视野中消失得无影无踪，仿佛风中的一缕轻烟。中国西部黄土高原的古老生活显然也面临着这样的命运安排，种种独特的社会风景在时代进步的大背景之下，正显现着夕阳余晖中的苍凉姿态。在这样的时刻，用心地“挽留历史”便成为一项庄严而充满神圣意味的工作。留住历史的方式似乎是多种多样的，摄影作为一种无可替代的挽留时间的方式，它的艺术效果毫无疑问将更为真实自然和撼动人心。于是，当散发着油墨清香的田国斌摄影作品集《走进荒原》呈现在读者眼前时，我们确实被深深打动了。因为在这里，我们不仅目睹了中国西部即将逝去的古老生活的巨大背影，“倾听”到了这片辽阔荒凉地域的往事与歌谣，我们更感受到了一个生活和成长于西部的摄影家眷

[1] 田国斌. 走进荒原 [M]. 西安：陕西人民美术出版社，1999.

恋热土的动人情怀。

《走进荒原》展示给读者的最真切的画面便是黄土地上的“光阴的故事”。与气候温和、山清水秀、物产丰富的中国南方相比，西部人的生存环境明显地带有严峻色彩。我们看到，这里的人们为了维持基本的生存，要赶着小毛驴翻越许多道山梁，才能驮回几十公斤饮用水。黄土山乡的孩子们识文断字，常常是大地为纸，树枝做笔。那种有一个锅盖大小的锅盔（它一般可以存放一个星期而不坏）依然摆放在尘土飞扬的路边，提醒着旅人征程的遥远与艰辛。在南方许多乡镇已经绝迹的露天电影场，在西部的小县城往往是普通人们的精神欢乐之源。显然，这一切在局外人看来是落后的、欠发达的，甚至不能不使人为之洒一把同情之泪。然而，生活的艰难困苦却并不意味着这里的人们将丧失掉所有的人间快乐、理想追求。读者同样可以在诸多作品中发现完全属于西部的生存法则。劳动是艰辛的，但窑洞里的老汉仍然可以唱心中的歌；黄土地上的孩子们难以想象经济发达地区的同龄人怎样被父母娇惯，被沉重的书包压垮，在乡间的广阔天地，他们会无拘无束地追逐、嬉闹，在半拉子球场上抢篮球，在木棚架上完成漂亮的“规定动作”。有关生活进步的话题在这里虽然不及发达地区喊得那样响亮，但毫无疑问，在这片古朴厚重的黄土地上，毕竟已经生长了梦想和希望，具备了与外面的世界进行沟通和对话的可能。偏僻的小山村终于办起了科技夜校；扎着白羊肚毛巾的陕北老人蹲在县城的街头，在小本上记着致富的“信息”；普法教育工作队给山里人带来“法”的意识；已经不能再骑的自行车，如今挂上了房梁，成了爷爷的“宝物”……凡此种种，莫不显示着古老的生活在时代潮流冲击之下的进步和发展，透露着焦渴的黄土地上的心灵向往和美好追求。作品集中有一幅1998年拍摄于宁夏南部乡村的照片，题名为《夕阳下的村头》。在这幅作品中，那以滚动废轮胎为游戏的乡村少年、少年人身后模糊的老人身影以及西部的高远天空，共同构成了黄土高原上这一年代的生活景象和生存奥秘。我们有理由把这幅意味深长的摄影作品视作西部命运与情感的最为典型的象征。

自从摄影术发明以来，拍摄和记录不同地域的风俗史就一直是许多摄影家最为重要的创作内容之一。在《走进荒原》这部摄影集中，表现中国西北部特有的民情风俗的作品占有相当的数量。其中，“社火景观”和“唱大戏的故事”显然属于拍摄者煞费苦心的创作。由于地域的相对遥远和文化环境的封闭，也因为经济运行的相对滞后，一些在经济发达区域已经渐趋消亡的文化景观在中国的西部却往往保存着它最原初的状态。闹社火就是保存完好的文化“化石”之一。田国斌的这组社火作品，分别摄取了同属“黄土文化圈”的陕、甘、宁三个省区的社火景观，从雪后初练到小土院中演出前的化妆，从“伞头”的威风到“神仙”们靠在低矮的墙头上歇脚，毫不修饰的纪实风格将生活的全部真实和盘托出。读者从这组作品中既看到了古老的文化，同时也分明感受了黄土地上某一时刻人们精神的自由和解放。唱大戏的文化功能和意义与闹社火几乎是相同的，我们甚至可以把它们称之为“孪生兄弟”。理由是在西北的一些荒僻村落之中，它们共同长久地承担着乡下人精神娱乐与“狂欢”的神圣职责，为一代又一代人带来价值的寻求和生活的遐想。田国斌的这组“唱大戏的故事”的不凡意义在于，它不仅使我们目睹了台前观众的寻常神情，而且，它也使乡村艺人的幕后生活得以真实重现。大幕一拉，舞台就是饭堂的演出工作方式不仅记录着民间追求艺术的不易，也留下了人类在艰难时世中寻找美和浪漫的精神印记。

田国斌是一位生活于中国西部的“城市人”。西部的城市，大多带有不甚发达的特征，这从另一个方面说明西部的许多城市与乡村还存在着可以清晰辨认的精神血缘关系。生活在这样的地域文化背景之下，又有过几年知青下乡经历的田国斌显然对西部的山川和旷野有着更多也更为强烈的亲近感。这种亲近感直接导致了他在作品取材上的集中性，以及创作拍摄时的深情灌注。曾经有许多个年头的春节，田国斌是背着相机在西北的旷野中度过的。当别人正在城市里品味过年的喧哗与骚动，尽享天伦之乐的时候，他却孤独地行走于凛冽的风雪之中。然而，当纯朴的西北农人像迎接久别的亲人一样，把他让进古老的窑洞，并端出家中最好的吃食，腾出烧得最热的土炕时，他明白，他的一切付出都是值得的，都应该是无怨无悔的。很明显，对西北的热爱，对生活于黄土地上的不向命运低头的人民的热爱已经构成田国斌创作的精神资源和情感推动力。而他在西部山川所留下的一切珍贵记忆也已经毫无保留地在他的摄影作品中得以重现和张扬。当读者仔细翻阅《走进荒原》这部摄影集时，我们应该明白它们是纪实的，是即将逝去的古老而苍凉的背影；同时它们也是抒情的，是一个热爱大地的行吟诗人的深情而独特的倾诉。

1999年3月

“宁军”红旗待长风

宁夏是寂寞的。这种寂寞源于这片古老地域的远离市场和文化中心，更源于一种自卑心态。然而，就在这地老天荒的一隅，却也常常在寂寞和焦渴中生长一些动人心魄的绚丽果实。宁夏的文学便是这绚丽果实的一种。整个20世纪80年代，张贤亮成为一面黄土地上的文学旗帜，他以自己的卓越创作征服了大江南北。宁夏这片土地给他带来磨难，也带来荣光。所谓“诗穷而后工”大概就是如此。进入20世纪90年代，当市场经济惊涛拍岸之时，宁夏仿佛更加落寞。但是，也就在这远离喧哗与骚动的时日里，一批更年轻的实力派作家却在这片土地上蓬勃生长。在短短的几年之内，宁夏的文学创作已经使处于文化中心地带，并且拥有足够发言权的人们大为惊讶。始于1994年由中国作家协会中华文学基金会主持遴选的“21世纪文学之星丛书”，迄今已进行四届选拔和出版作品工作，“不起眼”的宁夏居然三届榜上有名。石舒清、马宇祯、陈继明分别以小说集《苦土》《季节深处》《寂静与芬芳》征服评委，赢得殊荣。如果我们知道，自1989年之后，全国范围内的文学评奖完全处于停顿状态，我们就会明白石舒清等人成为“文学之星”是多么地令人欢欣鼓舞。与此同时，宁夏的其他青年作家们也各带着灵气与豪气，以出色的创作实绩征服着更广大的文学疆土。银川的葛林、漠月、杨梓、贾羽、导夫、张鹏、金瓯，银北的莫叹，银南的季栋梁、杨森君，西海固的王漫西、李银泮、李方、火会亮、郭文斌、左侧统、古原、梦也、虎西山、冯雄、杨建虎、了一容、泾河等一大批创作家，几乎都在全国性报刊和杂志上发表过作品，许多人的作品经常处于头条位置。事实已经再清楚不过地表明，在宁夏这片神奇的土地上，不知不觉之间已经生机勃勃地集结了一支文学军团。如果在新时期文学史上曾经有过文学的“湘军”和“陕军”，我们为什么不能自信地认定这支创作军团为当今文坛的又一支生力军——“宁军”呢？

这样的命名显然不是一时感情冲动的结果。文学与经济的不平衡发展理论是我们打出旗号的思想基础，但更重要的是，“军团”里的“战士”们确实个个身手不凡。为了把这支来之不易的作家队伍更为有力地推向全国，我们必须提供优惠条件，拿出足够的财力做有效的市场“包装”和宣传，比如集中推出青年实力派作家作品集，为青年作家提供更多的学习和钻研的时间与机会，通过强有力的手段把宁夏文联唯一的纯文学刊物《朔方》办成全国一流文学杂志等等。道理非常简单，一个好的作家、一本出色的文学杂志都有可能成为一个省区的巨大“名片”，它所带来的知名度可能是惊人的。贵州省经济水平与宁夏相似，但是他们有一个好文学杂志《山花》，于是好多人通过《山花》而亲近贵州。宁夏有一个著名作家张贤亮，于是，当出门在外，你说你是宁夏人时，充满傲慢与偏见的外地人会变了口气说：噢，你们那里有一个张贤亮！

1999年4月

冲出城堡的可能

这几年宁夏青年作家的创作，尤其是青年小说家的创作颇有些起色。先是石舒清的作品于1994年率先进入“21世纪文学之星丛书”行列，接着便是马宇桢、陈继明二人再显身手（他们分别以《季节深处》和《寂静与芬芳》入选1996年和1997—1998年“21世纪文学之星丛书”之列），让拥有文学话语权的京城权威人士吃了一惊。到了近两年，又有金瓯、了一容等人先后在《人民文学》《民族文学》等国家级刊物上占据一席之地。粗略估算，表现出引人注目的才气与潜力，并且显示出相当良好的创作竞技力的宁夏青年作家已经有十数人。其中，出生于20世纪60年代和70年代的青年作家，正在成为当今宁夏文学整体发展格局中的不可忽视的力量。我们当然应该为此感到骄傲，甚至有一点自恋也无妨。但过多的自我陶醉和孤芳自赏显然对未来的文学发展不利。外地客人来到宁夏，心理调适之后，恭维本地作家几句，为宁夏青年作家打抱不平，感慨一下，原属于人之常情。有哪一个被邀请的客人来到主人家，会不识趣地说主人家的“人不美，饭不香”呢？只是，诸位本地作家别真的以为我们的创作实力已积聚到足以爆响“惊雷”的地步。从目前情势看，做文坛的顶尖高手，实在需要“十年一剑”的功夫，并非一蹴而就的易事。钱锺书早就有言，开得出菜单并不等于摆得成酒席，否则谁都可以马上称为善做菜的名厨师又兼大请客的阔东道主了。

前几年，我在宁夏文联召开的一次文学创作会议上，提出过一个“怪论”，认为单就宁夏许多小说家的整体文学观念而言，落后全国先进水平似有十年之距离。如今二三年过去了，我无意改变这一观点。我也在不同文章中反复说明，宁夏作家不缺乏生活，也不缺乏苦难，而我们缺乏的恰恰是升华生活和苦难的能力。无法将复杂异常的社会人世看得清清楚楚，从而在创作中升华生活，创造浓香四溢的文学佳酿，让阅读者沉醉，这一现象表明我们的思想和艺术创造能力尚未修炼到家。我们的文化视野还不宽广，我们的历史眼光还不具备足够穿透力，我们对中国现实、对宁夏本土生活的理解还缺乏新鲜和独到之处。从读书学习的角度说，我们是在寻求精神的解放和心灵的自由，还是在不自觉地落入他人的窠臼？甚至，在他人的起点处又后退了若干公里？

任何一个有人类生存的地域，都可能是文学的沃土，更不用说是历史悠久，多种文化流布传承久远的宁夏。宁夏不是现实中市场经济异常沸腾的所在，但惊涛拍岸之后的回声仍然清晰可辨。况且，文学的发达有时并不与经济发展成正比。我们不能引爆惊雷，是因为我们尚没有储存足量的思想的炸药和激情的导火索。所以，在冲出“城堡”之前，我们必须积蓄力量。

2000年5月

宁夏的孤独[1]

宁夏的孤独是显而易见的。在相当漫长的一个时期之内，它一直被远离西北的南方人当作是甘肃省的一部分。生活在宁夏首府银川市的居民常常会收到这样的来信，信封上写道：甘肃省宁夏地区银川市某人启。这样的远方来信常常搞得本地邮局的人异常恼火，禁不住要骂娘。外地人对宁夏知之甚少，有时也情有可原，宁夏毕竟太过遥远，似乎也没有什么值得惊奇之处。在西北五省区当中，它是版图和名气最小的一个。宁夏不及新疆辽阔，它只有新疆版图的二十五分之一；它也不及陕西省和甘肃省在历史上的声名赫赫，这两个省份在宋朝之前，一直占据着中国政治、经济和文化版图的中心位置。宁夏在某种程度上甚至不及青海省有名，青海是资源大省，又因为处于青藏高原，因此平添了一份神秘气息。宁夏在历史上似乎就是一个远离中心的边缘地区，是游牧民族和农耕民族反复拉锯、纷争不已的所在。这样的地域在许多人的意识当中，仿佛只是一个荒凉的古战场，只可遥想，不能近观。直到20世纪将近结束的时候，宁夏人到外地出差，火车上依然会有人好奇地问：你们那里是不是还是牛羊骆驼满大街地跑？或者充满同情和怜

[1] 这篇文章是为《雨花》所刊发的“宁夏作家创作小辑”所作的卷前语，原载于《雨花》2001年第3期。

悯地探询：宁夏人能吃到酱油吗？

外界的所有好奇和疑问都指示着宁夏的偏远和孤独。虽然宁夏这片古老的土地并不是人们所想象的那样仅仅是一个荒凉落寞的所在。倘若论及历史，实际上早在三万年前，这一地区便是人类繁衍生息的地方。这有宁夏灵武市的“水洞沟文化”遗址为证。前三世纪，秦始皇统一中国后，派兵在宁夏屯垦，在境内修筑了闻名世界的秦长城，还兴修了著名的秦渠，开创了宁夏平原引黄河水灌溉农田的历史。到了汉代，这里的农耕经济已相当繁荣，汉武帝两次巡视宁夏，向该地区移民七十万，以发展农业、巩固边防。唐代，宁夏南部成为联贯中西交通贸易的陆上丝绸之路的重要通道之一。由于当时的宁夏平原农业发达，颇为富庶，所以唐代诗人韦蟾在一首诗中咏叹道：“贺兰山下果园成，塞北江南旧有名。水木万家朱户暗，弓刀千队铁衣鸣。”（《送卢潘尚书之灵武》）21世纪中叶，在这片土地上曾经诞生过一个由党项羌建立的强悍的西夏王朝，这个王朝的军队在与宋朝军队作战时，经常是胜多负少，最后迫使软弱的宋朝只好以输送金银细软来息事宁人。差不多二百年后，西夏最终被更为强悍的蒙古大军所攻灭。令人惊讶的是，一直所向披靡的蒙古大军，居然连续攻战五次都未能使西夏人臣服，而在此期间，一代天骄成吉思汗却中了西夏人的毒箭，死于宁夏南部的六盘山。成吉思汗临咽气时，给儿孙们留下话：死后暂秘不发丧，等西夏末代君主李睍来献城时，予以捕杀，并坚决屠城。1227年，蒙古大军攻入西夏都城兴庆府（今银川）后，实施了大规模的屠城，甚至位于贺兰山脚下的西夏国历代帝王的陵寝也被破坏殆尽，以至于我们今天只能看到若干个黄泥夯成的“大土堆”。明、清时期的宁夏，是中央政府用心经营的地方，大批中原人和江南人以移民或被流放者的身份进入宁夏。明代洪武年间，一批江南知识分子被驱赶到宁夏，这些江南文人擅长吟诗作赋，巨大的生活命运的变迁使他们很快在宁夏形成了著名的“流寓诗派”。值得称道的是，“流寓诗派”的诗人们不仅自己创作，同时他们也在一定程度上影响和带动了宁夏本地的文学创作，并共同推动和促进着宁夏读书风气的空前高涨。据史书记载，整个明代，宁夏考中进士的读书人有二十九个，中举人者数以百计，于是当时的宁夏出现了“风俗休美，贤俊会集”，考中科举的读书人可以与中原各地相提并论的文化盛况（《嘉靖宁夏新志》）。

也许，我们并不能要求所有的外地人都能对宁夏的历史和现状耳熟能详。宁夏的孤独源于它的地处边鄙，也源于它的自我封闭和自卑心态。由于关山阻隔，出远门的机会少，所以宁夏人对前方的曲折蜿蜒之路难免有忐忑不安的想象；因为时常被傲慢与偏见所围困，甚至被伤害，所以往往出现这样的情形：一气之下干脆回到出发的地方，只仰看头顶上的这一块小小蓝天。诸多的矛盾心绪困扰着宁夏人，他们不知道可怕的被寂寞包围的孤独岁月到底要持续到哪一天才告结束。苍天有眼，移民作家张贤亮的出现为宁夏的摆脱孤独带来一抹亮色，打开了一条别样的通道。这位江苏人因为时运不济而在20世纪下半叶进入宁夏。谁承想“成败一萧何”，宁夏给他以磨难也赋予他难得的荣光。是宁夏这片古老而荒瘠的土地，成就了张贤亮的文学事业。时至今日，我们依然可以闻到“绿化树”马缨花的浓郁芬芳。那回荡在黄土高原上的“就是钢刀把我头砍断，血身子还陪着你呢”的如火歌谣，以一种美丽得近乎残忍的方式，使天下读者知道了张贤亮，同时也知道了宁夏。显然，张贤亮在无意当中打开了一条让外地人经由文学而认识和理解宁夏的奇异通道。张贤亮的“打通”明显地具有开创性意义，它使宁夏的文学艺术创作从此成为这个西北边远小省摆脱孤独、证明自己的巨大“名片”。张贤亮之后，宁夏文坛的优秀创作者代不乏人，他们以自己别开生面的创作，共同描画着宁夏山川和本地社会生活的多色容颜。近十几年来，以陈继明、石舒清、季栋梁、漠月、金瓯、杨梓、梦也、杨森君、郭文斌、张学东等为代表的出生于60年代和70年代的年轻作家，在宁夏文坛是风云人物。在全国文坛，他们当中的一些人也已经占据一席之地。陈继明、石舒清、金瓯三人就被京城评论界誉之为“宁夏三棵树”。

呈献给江南读者的“宁夏作家创作小辑”，是宁夏年轻作家们的最新创作。西北边地的长河落日与大漠风尘，赋予他们慷慨悲凉之气；来自中国最贫瘠地域的生活遭际，带给他们一双忧患的眼睛。他们的创作极具本土化特色，其中弥漫的是北方中国的干燥气息。在这里，温柔旖旎的姑苏烟雨和金陵春梦不大能寻找得到；全球化背景之下的消费和享乐的“神话”更是踪迹渺渺。宁夏作家似乎更擅长于讲述“老中国”的老故事，不是他们不愿意与时尚合谋，实在是因为生活其中的那片土地上的老故事还远远没有讲完。好在，好文学与坏文学的区别，并不在于写的是新时髦还是老传统。艺术的繁华盛景永远只取决于创作者心灵的是否博大。所以，笔者有理由相信，南方的读者能够从这些作品当中，深切感受到宁夏的孤独和寂寞，并由此感受到人类共同的精神困境。

2000年12月

宁夏有天下人

——漫说宁夏的移民文化

宁夏地处祖国西北边陲，历史上一直是中华大家庭多民族人民共同生息、繁衍的地方。在漫长的历史进程中，处于北方草原游牧文化与中原农耕文化相互交织缠绕的宁夏地区，事实上已经成为各民族东来西往、南去北来的会聚之处。从秦汉时期开始，历代统治者出于开拓边疆、巩固边防和发展经济的需要，频繁地从各地向宁夏地区移民。公元前3世纪，秦始皇统一中国后，曾派兵在宁夏屯垦，并在宁夏境内修筑了著名的秦长城。到了汉代，汉武帝刘彻两次巡视宁夏，向宁夏地区移民七十万，在宁夏平原首开大规模开渠垦田，发展农耕经济的先河。唐代，宁夏南部地区成为连贯中西交通贸易的陆上丝绸之路的重要通道之一，也是佛教传入关中及中原地区的重要通道之一。到了元、明、清时期，来自全国各地的移民更是以空前的规模进入宁夏。

据《元史》记载，至元八年（1271年）正月，朝廷签发湖北随州和鄂州一千一百多户居民前往宁夏屯田。经两年的颠沛流离，这批湖北人最终以八千人的移民队伍进入宁夏境内。明朝初立，由于当时残元势力比较强大，明军无力据守宁夏，因此曾在明洪武三年（1370年）到五年（1372年）间，将一部分宁夏居民迁往西安一带。但四五年之后，随着明朝国力的增强，迁出的人口陆续得以迁回。明洪武九年（1376年），明政府设立宁夏卫，又从中原地区和江南地区调发军民移居宁夏，其中以吴越人居多。这些移民带来了颇为先进的生产技术和文化，一时间使宁夏的社会生活习俗“彬彬然有江左之风”。在明代，还有一个社会现象值得注意，那就是内地读书人以官员和被流放者的身份频繁进入宁夏，这些“知识移民”的到来显然给宁夏整体的社会生活面貌带来了新的变化。据《嘉靖宁夏新志》记载，截至嘉靖年间，历任宁夏最高行政长官巡抚的四十二人当中，有四十一人来自浙江、江苏、江西、湖北、河南、山东、河北、山西这些文化发达地区。虽然，这些官员在宁夏生活的时间都不是很长，但他们在位期间积极倡导中原先进文化，建立各类学校，大兴儒学，通过个人影响和行政措施，为地处边陲的宁夏增添了士人风采和儒学气息。

宁夏又是历代失意官员和文人的贬谪之地。明代更是如此。明洪武初年，一批江南知识分子被驱赶流放到宁夏，这些江南文人擅长吟诗作文，巨大的生活命运的变迁使他们很快在宁夏形成了著名的“流寓诗派”。值得称道的是，“流寓诗派”的诗人们不仅自己创作，同时他们也在一定程度上影响和带动了宁夏本地的文学创作，并共同推动和促进着宁夏读书风气的空前高涨。据史书记载，整个明代，宁夏考中进士的读书人有二十九个，中举人者数以百计。于是当时的宁夏出现了“风俗休美，贤俊汇集”的盛况，考中科举的读书人可以与中原各地相媲美。

清代以后，随着各民族之间政治、经济、文化融合趋势的进一步扩大，宁夏地区可以说已经会聚了天下五湖四海之人。以至于民间有这样的说法：“宁夏有天下人，而天下无宁夏人。”

纵观古代历史，我们可以看出，历代统治者从中原地区向宁夏移民，起码起到了这样两种积极的效果：一方面，由中原地区向宁夏移民，无疑加强和巩固了边防，促进了当地社会局势的稳定；另一方面，伴随着人口的迁徙是文化的流动。相对发达的中原和江南地区的人民进入宁夏，尤其是“知识移民”来到宁夏，不仅带来了先进的物质生产技术，更为重要的是，他们往往在自觉和不自觉当中，带来了一整套新的文化价值观念和生活方式，这种外来的文化与宁夏原有的地域文化在一个时期里碰撞、冲突、渗透，最终相互融合，从而积淀和形成了一种全新的文化——移民文化。如果我们仔细考察多种文化交织缠绕的宁夏，我们就不能不对生长流布于这片神奇土地上的移民文化投下深情的一瞥。

移民文化作为一种精神的积淀，它作用于古老宁夏的社会历史进程之中，同时，作为一种在相当久远的年代里所形成的特殊的文化精神传统，它对宁夏人的当代生活也产生着不可忽视的影响。有时我们会无意间发现，历史往往会重现相似的情形，产生遥远的回声。在变化了的生活情境中，历史甚至会与新的时代和新的人们产生某种奇妙的共鸣。

翻开20世纪的宁夏社会发展史，移民文化这一古老的历史文化景观再次进入我们的视野。

1958年，宁夏回族自治区宣告成立。为了响应党中央“开发和建设大西北”的伟大号召，全国各地的干部、工人以及各类专业知识分子满怀着“革命者志在四方”的理想主义情怀，告别家乡，来到西北，投身于宁夏的社会主义革命和建设。这些响应国家号召进入宁夏的天南海北之人，可称为20世纪宁夏的“新移民”。在20世纪下叶这一大规模的移民潮中，有这样几个移民群体给当代的宁夏社会生活留下了难以磨灭的历史印痕。

从1958年宁夏回族自治区成立到20世纪60年代初期，来自上海和浙江的江南移民是新移民潮中的第一批弄潮儿。据统计，1959到1960年两年间，仅来宁的浙江青年，人数就达十万之巨。这些自小生长于南国水乡的新移民，分布于宁夏的各个地区。当时宁夏条件最艰苦的固原地区，20世纪50年代末至60年代初，就破天荒一下子拥入了相当数量的南方人。他们的到来，不仅给宁夏地区带来了先进的农耕文化，同时，他们也把江南人吃苦耐劳的精神、追求和重视知识的信念以及勤于思索、勇于创新的生存智慧带给了宁夏这片古老的土地。

也许，下面所讲述的这个小故事更能说明江南文化与宁夏本土文化的碰撞与交锋是何等的意味深长。

宁夏著名作家南台的家乡地处宁夏南部山区海原县。1958年前后，西海固地区来了许多北京、上海等大城市的人。时值盛夏，一位南方来的女同志把从大城市带来的裙子穿了出来。谁承想，这一寻常事件，在海原这座黄土高原深处的小城引发了一场“精神地震”。街上的大人和孩子们惊讶得如同看见了外星人。最终，硬是把穿裙子者看得落荒而逃。直到20世纪80年代后期，裙装才在海原“遍地开花”。

江南文化伴随着人口的流动，跨越了千山万水而进入宁夏。“塞上江南”的美好名称因为江浙人的到来而更加流光溢彩。四十多年来，来自江南的人们已经见惯了大西北的大漠风尘，已经听惯了河套平原的黄河涛声。他们的容貌在悄悄发生着细微的变化，他们的语言表达如今已糅合着故乡的声音和西北的情调。在岁月的更替和生活的变迁当中，在南方人与西北人的相亲相爱当中，江南文化与宁夏本土文化自然而亲切地融合在了一起。于是，在宁夏这片神奇的土地上，我们不仅能够感受北方的厚重、古朴，我们也能时时看到南方的轻灵和秀美。回顾历史我们会发现，江南文化与宁夏本土文化的有机融合，事实上已经为四十多年来宁夏社会的全面发展带来了前所未有的新鲜活力。它使宁夏人的精神文化性格在粗犷、豪放当中注入了南方的温柔和细腻，它使宁夏人的生命和生活空间从此拥有了更为开阔的美好天地。它拉近了宁夏人与外地人的心理距离，它使我们虽然远在大西北却时时刻刻感受着时代的激情和生活的召唤。

谈及20世纪下半叶进入宁夏的新移民群体，不能不谈到规模庞大的“工业移民”。从1958年宁夏回族自治区成立到20世纪70年代后期，伴随着宁夏工业建设的数次高潮，来自沿海和发达地区的工人、干部、技术人员源源不断地进入宁夏。某些时候，出于国家战略的考虑，一些外地大厂甚至成建制地搬迁到宁夏。

工业移民进入宁夏，使宁夏本地人逐渐对工业文明产生了由衷的亲近感，同时，一种伴随着工业文明的生活观念和生活方式也在不经意之间进入宁夏人的社会生活。宁夏人历来住的是土坯房。工厂的崛起，使宁夏人开始见识高大的厂房，而带暖气的工厂家属楼的修建，着实让许多宁夏人羡慕不已。20世纪六七十年代，在宁夏首府银川市，只有少数几家国营大厂有能力为职工盖起四层楼的住宅。每当夜深人静的时候，从这些为数不多的楼房中所放射出的灯光是温暖，也是更多银川人对明天的憧憬与期待。

新移民的大规模涌入，给当代宁夏的社会生活带来了新鲜灵动的色彩。这种新鲜灵动之处经岁月的沉淀和发酵，最终形成了宁夏地区的新的移民文化。在当今的宁夏，我们可以从社会生活的许多方面深切感受到新移民文化的绚丽色彩。

到过宁夏的外地人，对银川的第一个感觉是：银川的姑娘非常漂亮。他们许多人弄不明白，在天气干燥、时常风沙扑面的西北腹地，银川的姑娘何以显得如此容光焕发。答案可能是多样的，但银川作为一个移民城市以及它所拥有的文化不能不说是一个重要的原因。移民聚居、通婚，从优生学的角度来说，容易使下一代人有灵秀之气；移民文化成为社会生活中的重要底色，银川人的精神气度里便包含了融会百家之长的高雅和诗性气质。

在沿黄河而分布的河套平原，银川几十年来一直有“小上海”之称。说银川是“小上海”，并不是说银川真的在经济和文化上可以与大上海平起平坐了。这一说法，更多的是来源于银川人在生活方面的讲究以及某种可称时髦的物质和精神追求。这当然也源自充满活力的移民文化心态以及频繁地与大城市的沟通和交流。别忘了，银川人在北京、上海、天津、广州、深圳都有亲戚。比如，银川人在吃、穿、用方面喜欢追求品牌。这一风气，甚至可以追溯到20世纪的六七十年代。那时，银川城里不少人家都拥有一辆名满天下的产自天津和上海的“飞鸽”“凤凰”或者“永久”牌自行车。要知道，三四十年前，买自行车要凭购物券。国营单位一年可能会得到若干张购买紧俏商品的票，诸如买手表和自行车的票。能买到名牌自行车，自然是“有本事”和新潮的代名词。20世纪80年代，彩电走俏，银川人到处去“淘”彩电，纷纷以家中拥有进口彩电而自豪。这使得有一年国家统计局公布的统计数字说，银川是全国中、小城市中彩电拥有率最高的城市！这个官方说法着实让外地人大大吃了一惊。在穿着打扮方面，银川人的敢穿和会穿更是令来银川出差的外省市人百思不得其解。他们常常奇怪，都说宁夏人观念保守，可是银川人接受穿着“新概念”的速度却并不保守。头两天在北京、上海甚至广州、深圳流行的服装，怎么眨眼之间就在银川街头堂而皇之、大摇大摆地出现了。20世纪80年代到90年代，国内许多著名艺术家和演员包括一些体育明星来银川，都会由衷地感叹：宁夏街头的姑娘小伙子穿着打扮非常漂亮、有特色，完全出乎他们的意料。也许，穿衣打扮只是移民文化开放心态最普通的表现形式。

2001年11月

后记

这是我的第一部文学评论集，所收的四十余篇文章都是近十年间写作和发表的。多数文章刊登于本地报刊，也有十余篇出现在外地的报纸和杂志上，包括几家名气比较大的文学刊物。

我从小就做着当作家的梦，以为当了作家就可以呼风唤雨，让天地变色。高考结束后我报考了大学中文系。父亲在我填报志愿时忧心忡忡。他那一代人曾经耳闻目睹了共和国历史上许多舞文弄墨者的不幸，父亲担心我从此会踏入充满荆棘的人生之路。我那时正处于“少年心事当拿云”的人生阶段，哪里听得进父亲的话。1980年秋天大学开学时，父亲和我的高中班主任老师卫仰青先生一起把我送上开往北京的火车。

到了大学中文系，第一次和仰慕已久的教授们见面，时任北京大学中文系系主任的季镇淮先生就告诉我们这帮毛头小子：北大中文系不是培养作家的，它主要培养文学研究、编辑出版工作者和新闻工作者，比如文学批评家、文字编辑和记者等等。那是九月里的一个艳阳天，我坐在北大哲学楼一间大教室的第一排，季先生在讲台上所言听得真切，一时间觉得身坠冰谷，四顾而茫然失措，不知道将来到底应该去做什么。好在，我的老师们是国内最优秀的一批学者，他们很快地以渊博的知识和卓越的智慧风采征服了我。我想，即便以后当不成作家，也应该去当一个好编辑、好记者。利用大学这段时光，把古今中外的文学经典读深读透，总归是不错的。于是，本科四年当中，在老师的指点下读了许多书，包括文学和非文学的。1984年本科毕业时，班里的大部分同学留京当了记者和编辑，我却因为国家特殊的分配政策而回到宁夏做了高校的文学课教师而不是作家。自己生性愚钝，从来缺乏冒险和开拓精神，既然做了文学课的教师，想想离作家一途相距不很遥远，也就心安理得地在高校待了下来。这一待就是十七八年。授课之余便写一些文学评论文章。写评论文章于我有两重效用：一是为了完成本职工作。高校教师除了授课，还必须完成一定量的科学研究任务。这是岗位职责所规定，也是晋升职称的必要前提。我不是化外之民，做不得“闲云野鹤”，所以就被工作压力“压迫”出许多篇文章来。我写文章的第二个功用是为了抒发自己的心声。如明代大批评家李卓吾所说的“夺他人之酒杯，浇自己之垒块”。虽然随着岁月的流逝，当年的作家梦已经迹近于无，但自己对现实的关注之情却从来没有减弱和消失过。我选择中国现当代文学这门学科作为学术研究对象，看重的恰恰是它与社会现实的贴近与亲和之力。因此，我一直认为文学批评不是寄生性和附庸性的，它的根本应该深深扎在人类生活和时代的丰厚土壤之中，是变动不居的社会生活和绚烂多色的时代风云给予文学批评以强大的背景支持。一篇优秀的文学评论文章当中总是跳动着一颗对现实的热切关注和忧患之心，流淌着批评者对生活、时代和人本身的独特理解和新鲜感受。从这个角度而言，一个优秀的批评家和一个优秀的作家是具有同等价值和地位的。更不消说，中外文学史上还有许多兼有创作家和批评家两重身份的文学大师。本着这样的初衷，近些年来自己写了许多评论文章，虽不是什么传世的大作，但个人对现实的感受和见解还是能够看得出来的。其中，也不乏自己生命的痕迹。

20世纪90年代以来，众多读者对文学批评界啧有烦言，其中议论最多的一个话题是：读不懂批评文章。客观地说，“不知所云”的文章在学术界确实不少，而文学批评文章居然让人读不懂，在我看来委实是一件让从事文学批评的人心虚气短的事情。缘乎此，我写文学批评文章首先要求自己尽可能把话说得明白，说得透彻。这可能与我长期在高校从事教学工作有关。老师给学生讲课最要紧的就是把知识和道理讲得清楚明白，“云山雾罩”式的授课之法不仅会使学生丈二和尚摸不着头脑，久而久之也会摧毁教师自己的讲课信心。在课堂上授课，最受欢迎的风格应该是：透露着深刻和睿智的“简洁明快”。我写批评文章，追求的也正是渗透着哲思的“简洁明快”。当然，强调写文章与授课有相似之处，并不等于说课堂授课与撰写文章毫无二致，口语化的讲述与书面写作毕竟有着一段不小的距离。因此，讲究文字之美是我写作文学评论文章所追求的第二个境界，很多时候，我是把文学批评文章当作“美文”来写的。汉语是世界上最伟大神奇和最具表现力的语言之一，终我的一生，都不能把它的美妙之处参透，但我力图在自己的评论文章里尽可能展示它的美妙和神奇。具体而言，我在写批评文章时是非常讲究文字的锤炼的，注意汉字的音乐性和节奏感，希望不要将本来应该动人心弦能给读者以审美愉悦的文学论文，写成哲学高头讲章或者淡乎寡味的“玄言诗”。每写完一篇文章，我都要认真朗读几遍，看看是否通畅、好听，达不到要求者则多修改几遍。杜甫诗云：“为人性僻耽佳句，语不惊人死不休。”1982年诺贝尔文学奖获得者哥伦比亚作家加西亚·马尔克斯说他写作时其实是在“与每一个字摔跤搏斗”。自己的天分和才能都无法与文学大师们相比，但“文章千古事，得失寸心知”，在十余年的写作中，对文字的苦心经营之心确实是不敢轻易丢弃的。

这本评论集中有关新时期以来的宁夏文学创作现象及作家作品的研究文章，占了许多篇幅。这类文章有一些是自己想写的，更多的是“遵命文学”，受文学界朋友们的嘱托而写作的。宁夏从事文学批评的人不是很多，近些年我对本地区的文学创作，尤其是宁夏青年作家的创作多说了几句话，可能有了一些“声响”。于是朋友们便常常来约写评论文章。我不大会拒绝人，就每每应答下来。坦率地说，为本地区作家写评论，并非易事。有时为一个作家的短篇小说写篇千字评论，需要一个星期左右的时间。写作时，不仅要重温现代中国名家和外国作家的同类题材作品，也要翻检同时期国内文坛的顶尖作品，以期有更开阔的研究视野和更精确的参照与对比。如此，方敢下笔。从我上大学本科起，老师就告诉我：写文章思路要活跃、开阔，落笔要言之凿凿。我想，我的评论文章可能有对作品把握不当，说得不够精确的地方，但决没有信口雌黄之处。值得欣慰的是，为本地区作家所写的许多批评文字，给我带来了意外的惊喜。一些评论文章不仅在外地名气很大的报刊上发表了，而且还颇受好评。这使我想到，对于科学研究（包括文学研究）而言，也许并不存在“大学问”和“小学问”的区别。世间只有大、小学问家之分，而绝没有大学问和小学问的天壤之别。我们没有成为出色的学问家，实在是因为才能不逮，思想敏锐度不够，功夫没有下到家，而绝不是因为研究对象太小的缘故。清朝乾隆年间的诗人兼诗评家袁枚说过这样一段话，意思是：做诗要有灵性和诗才。充满诗人气质，就是写忠孝节义这些“大帽子”话题，也能写得生气勃勃，春意盎然；缺乏诗人的性情和气质，就是写闺房儿女之情，也会写得毫无风情可言。我想研究学问和写批评文章，道理大概也是一样的。

这部文学评论集能够顺利出版，得到了许多领导与朋友的鼓励和帮助。宁夏回族自治区党委宣传部和我所工作的单位宁夏大学中文系给予了经费上的支持，宁夏回族自治区党委宣传部原部长、现任银川市委书记的王正伟先生多次询问该书的出版事宜，责任编辑吕棣女士和其他的一些朋友都为这部评论集的出版倾注了心血和智慧，在此一并致谢。我想，在漫长的人生旅途中，朋友们的关心和无私的帮助就如同一盏长夜中永不熄灭的明灯，将会照亮和温暖我的一生。

2002年1月

再版后记

《负重的文学》是二十多年前所出版的我的第一本文学评论集。此书的初版本印数为两千册，现在市面上不大能够见得到了。许多我曾经教过的学生（比如宁夏文艺评论家协会秘书长王晓静女士）和一些文学爱好者不止一次地建议我再版此书。现在终于有机会再版，心情虽然不似二十多年前那样欣喜若狂，但毕竟还是激动的。

趁着再版的机会，我又重新翻看了书中所收的二三十年前写下的文字。想起了许多往事，偶尔也会有一些惊讶：既惊讶于自己年轻时曾经有过的敏锐和率真，也惊讶于往昔对宁夏文学所发的某些议论，今天读来依然未显老旧。这使我曾经有过的隐蔽的猜测得到了一些印证：文学评论家认真而庄严的思索和发声，有时文学创作家们虽然耳闻目睹了，但并没有完全放在心上。作家们更容易记住那些赞许他们的讨巧之类的话，批评的话和郑重的提醒与建议，他们常常容易忽略。这当然是人性使然，举目四顾，谁不喜欢旁人的恭维呢？——哪怕这恭维有时显得那样的不真实。我写作文学批评文章，对眼前的文学文本仔细阅读，下笔时常常颇费思量，措辞相当谨慎，风格称得上是“温柔敦厚”。但仍然会有作家感觉到被刺痛了。这实在是没有法子的事情。做文学批评的人，总不能对每一部作品都说：这是天底下最棒的文本。这样的话，对不谙世事的懵懂孩子的胡乱涂鸦可以随口说来。如果经常对大人们说，那就属于谄媚一途了。

本书中所收入的近五十篇文章，基本上是1991年至2001年十年间写作的，也有两篇是1985年的作品，初版时未曾收入，这次一并呈现于读者面前。这两篇文章《在理想与现实之间》《普通人心灵美的追求者》是我进入高校工作一年之后发表的文章，现在看来可能显得稚嫩些，但它们是我从事文学研究和批评事业出发期的作品，意义非比寻常。我没有“悔其少作”的心理负担，所以照录原文，只改动了个别词句。有关孙犁新时期散文创作的三篇文章，实际上是我的硕士研究生毕业论文。因为硕士论文有二万余字，刊物难以一次性发表，所以后来拆分为三篇文章各自面世。重读这三篇文章，我会回忆起20世纪80年代末在北大读研究生时的情景。北大45号楼最西面的那个单元五楼的嘈杂、北京夏夜的溽热、恩师佘树森先生戴着老花镜在书桌前当着我的面批改毕业论文初稿的情景……时光已经过去了三十多年，未名湖畔的风景依旧，看风景的人却是换了一茬又一茬。《觉醒与成长：近20年中国文学的简单回顾》《1995年以来的文学发展状况考察》两篇可以视作姊妹篇，是下了比较大的功夫写作的两篇论文。第一篇发表于《宁夏大学学报（哲学社会科学版）》，另一篇则发表于宁夏文联主办的文学杂志《朔方》。这两篇文章后来都获得了宁夏文学艺术奖文学评论一等奖（第五届和第六届）。如果放在今天的文艺评奖环境，是否能够获得一等奖实在不好说。现在是资本和“圈子”绑架学术的年代，讲究的是CSSCI和中文核心期刊出身。但据我的观察，学界认认真真做学术研究和写文章者并没有明显增多，整体的学术水准也未见明显提高。我只能暗自庆幸，自己年轻的时候，还能够心情淡定地读书和写作。倘若生活在当下，怕早已化身为上下接交、左右联通、席不暇暖之士了。以如此动荡的心绪，如何能够写出优秀的文章？《迷乱的星空》一文，是2000年10月为参加在广东肇庆召开的中国当代文学研究会年会而赶写的一篇文章。文章写出后，先寄给了年会筹备组。年会召开的时候，时任中国当代文学研究会常务副会长的白烨先生（我当时还不认识他）忽然找到我，希望我能够在小组讨论时作为重点发言者之一。于是就发了言。后来这篇文章发表在了中国艺术研究院主办的《文艺理论与批评》杂志上。《偏远地区的文学力量》（发表时题名《偏远地区的文学新军》）一文，最初刊载于中国作协主办的《小说选刊》上。《小说选刊》杂志一向以选载当代国内优秀中短篇小说为主，理论文章发得很少。这篇文章的写作和发表纯属偶然。新世纪初那几年，“宁夏青年作家群”的小说创作风生水起，宁夏回族自治区党委宣传部颇为重视，宁夏文联经常组织青年作家和评论家进京召开研讨会。开研讨会的次数多了，《小说选刊》等文学大刊的编辑们便对我有一点印象。2001年10月的一天傍晚，在中国作协开完会，正和一帮宁夏作家走在北京的大马路上，时任《小说选刊》副总编辑的傅活先生骑着自行车与我们迎面撞上。他忽然下车叫住了我，约我写一篇有关宁夏青年作家小说创作的评论文章，并言明《小说选刊》见到稿子就发。结果，我11月写出稿子，《小说选刊》2002年第1期就刊载了。《苦土上的岁月与人生》一文，最初发表于《民族文学》

2000年第10期，发表时的题目是《“西海固”之子和他的小说世界》。这是国内文学研究界第一篇全面论述石舒清小说创作的长篇论文。文章的写作时间差不多用了一个月。石舒清给我抱来了一大摞刊载着他的作品的文学杂志——大概有三四十本。我便一篇一篇地仔细阅读，认真做读书笔记，然后再去读鲁迅、沈从文、汪曾祺等现当代名家的乡土小说，以期有所参照，从而发现石氏的创作新质。这篇文章发表后，我一直未能收到编辑部寄赠的样刊。那年10月，我正好赴广东开会，路过北京，便摸索到《民族文学》所在的西城区大翔凤胡同3号，自报家门，觅得几本登载拙作的《民族文学》。

文集中的其他文章，大多数都是评论宁夏文学现象和具体的作家与作品的。20世纪90年代后期到新世纪初，宁夏文学创作正处于十年奋斗、一朝收获的阶段，自治区党委宣传部领导高看，文联领导重视，《朔方》杂志社和作协想方设法、热忱服务，遂有“三棵树”“新三棵树”等逐渐长成，名动一时。我受作家们创作热情的激发，经常是应命写作，不得推辞。因而，就有了数十篇为宁夏文学“鼓与呼”的评论文章。这些文章记载着宁夏文学曾经走过的一段峥嵘历程，也记录着我对宁夏文学的真实看法以及曾经的如火激情。现在，隔着二三十年的岁月风尘回头一望，会觉得年轻时的激情和真挚格外动人也令人难忘。

还想言及的一点是本书的获奖情况。这本著作的第一版出版后，于2004年10月获得中国当代文学研究会颁发的“中国当代文学研究第九届优秀成果奖”。2005年7月，该书又获得国家级文学奖——全国第八届少数民族文学创作“骏马奖”（宁夏同时获奖的作家还有石舒清）。2005年12月初，我随宁夏作家代表团前往昆明参加中国作协举办的颁奖典礼，获得“骏马奖”奖金一万元。时任宁夏文联主席的张贤亮先生也参加了昆明的颁奖典礼，他当时私下说：国家文学奖只给一万元，有点少吧？从昆明回到银川后，张贤亮主席又以他担任董事长的镇北堡西部影城有限公司的名义给我和石舒清各奖了一万元。张贤亮先生辞世已经快十年了，我提及此事，想表达的是对这位文学前辈的怀念之情。

这本小书中的大多数文章，都是在时任宁夏文联党组书记杨继国先生，宁夏文联副主席、《朔方》主编冯剑华女士以及时任宁夏文联副主席、作协常务副主席余光慧女士的热情鼓励和催促之下完成的，所以我要感谢这三位文联老人二三十年前对我的鼓励和无私的帮助。在经历了诸多世事的纷扰和变幻之后，愚钝如我者再一次深刻地体会到，在这不平静的文坛和泥沙俱下的人间，带着欣赏和期待的目光、满怀着真诚和善意扶持你成长并愿意做垫脚石助你进步的那些仁厚长者和朋友，并非在人生的任何阶段都可以碰到。倘若真的偶遇了，那是岁月给予你的稀有的恩赐，也是人世间终究温暖不绝的最佳证明。

2023年5月5日